U0140327

一千零一夜故事集

·最具代表性的原型故事【新譯版】·

The Arabian Nights

TALES FROM
A THOUSAND AND ONE NIGHTS

John Payne

約翰·培恩等——編　鄧嘉宛——譯

目次

【導讀】

開拓人類視野和想像力，為文學與藝術注入生命
——再談《一千零一夜》

鄭慧慈（政治大學阿拉伯語文學系教授）

《一千零一夜》是一部跨越時空的文學巨著，也是一部不朽的世界文學寶藏。書中所呈現的中世紀文化，涵蓋阿拉伯半島、兩河流域、大敘利亞、波斯、印度、埃及等地。此書的起源、作者與成書過程充滿疑點，學者們有許多不同的推斷，至今並無定論。

跨文化、跨時代的文學遺產

此書原波斯文版本著作時間或可推溯至公元三世紀，說故事者是波斯薩珊王朝（224-652AD）大臣之女夏合剌撒德（Shahrazād），她以引人入勝、發人省思的故事情節，改變了國王因怨恨而嗜殺新婚之妻的習慣。波斯版本在八世紀末或九世紀初翻譯成阿拉伯文之後，在阿拉伯人筆下不停增加篇幅，於十五世紀末至十七世紀初之間成書。流傳至今最完整的是埃及布拉格印刷廠版本，共含二六四個故事，全書瀰漫著濃厚的阿拉伯伊斯蘭以及跨文化、跨時代的風味，堪稱是最珍貴的阿拉

伯文學遺產。

《一千零一夜》儘管蒐集了流傳在中世紀各民族的民間故事，但自古未受到阿拉伯文壇的重視。其原因除了書中充滿違背伊斯蘭教義的怪力亂神及愛慾描述之外，根本因素則是當時奇幻文學被視為迷信的無稽之談，地位遠不及詩歌、講詞。此外，《一千零一夜》的阿拉伯語言水準顯得參差不齊，時而典雅，時而粗俗，組織結構顯得鬆散。書中精彩而複雜的故事情節、豐富的想像力等，顯然無法得到批評家的青睞。然而，研究此書起源的中世紀學者包含伊本・伊斯哈各（Ibn Isḥāq, d.768）、馬斯烏迪（al-Mas'ūdī, d.956）和伊本・納迪姆（Ibn an-Nadīm, d.1047）等，都是具學術權威的文史大師，至少反映阿拉伯人對於此書歷史價值的肯定。

結合神話與歷史、虛幻與現實，增添閱讀欲望

此書文學形態上許多故事運用「連串插入法」結構，在大故事中套入小故事，小故事再套入更小的故事，讓故事不斷的衍生，激發閱讀動機。

在內容上，結合神話與歷史、虛幻與現實、各民族風俗習慣、不同作者的智慧與喜好等。一方面包含許多與史實相符的歷史事件、阿拉伯黃金時期宮廷生活，譬如哈里發赫崙・剌序德（Hārūn ar-Rashīd）和他的大臣加厄法爾（Ja'far），及後來繼其位的兩位哈里發兒子阿民（al-Amīn）、馬俄門（al-Ma'mūn）的故事。另一方面，許多故事雖連結歷史與真實人物，但卻純屬杜撰，譬如將赫崙・剌序德描繪成極為普通的專制國王，顯然與正史記載差異甚大，引發許多研究者企圖揭露史實的好

奇心。

書中混合現實與虛幻的目的，似乎在抒發人們的情緒並增添閱讀欲望。各則故事中不時穿插應景的詩節，以表達求情、悔恨、警告或喜怒哀樂等較為激烈的情緒。詩的型態有傳統長短格詩及四行詩等，共含一千四百多段詩，其中少數出自著名詩人，如艾巴斯時期的阿布・努瓦斯（Abū Nuwās），大多數則是不同作者的即興詩。故事裡的詩通常以彈、唱、舞的方式增加情節的吸引力。

是故事，也是中古世紀東方社會的百科全書

史實之外，此書有許多故事純屬虛構，充滿想像力與創意。人、魔、精靈、動物交結於地面、空中、海底等不同空間，栩栩如生。巫師、魔法也占據許多篇幅，凡生物都各有其信仰程度，讓讀者感受到世界並不僅屬於人類，而是一個更複雜、更刺激、更寬廣的組合。作者擅長運用對比手法，對於人性的善惡、美醜、真假等有極為深刻的描繪，發人省思。故事的宗旨非常多元，包含愉悅讀者、警惕世人、揭露人性、闡揚伊斯蘭價值等，文筆樸實，表達直率，充滿魅力。

《一千零一夜》同時是一部百科全書，記載中古世紀東方社會的百態，提供歷史學與社會學珍貴的原始資料。除了對王公貴族奢華的生活有細膩的描述之外，也有許多篇幅描繪各行各業的，譬如裁縫師、柴夫、木匠、染匠、理髮師的生態與互動、小偷、流浪漢的物質與精神生活、社會階層的差異、統治者與人民的關係、異國風俗民情等。尤其反映阿拉伯社會自古以商為貴的觀念；富賈與統治者的互動頻繁，政商關係綿密，除頻頻聯姻之外，社會地位幾乎屬於同等階層。

角色的對比與翻轉精彩出色

書中對女人的著墨甚多，通常與情愛、美色相連結，且一反習俗的細膩描述。女人不論來自何種階層，也無論貧富，大多是具有能力的強者，足以左右男性命運。類似的思想也呈現在貧富、美醜、貴賤的角色安排上，翻轉對比立場在此書中極為頻繁，富人可能落得一貧如洗；市井小民可能躍升為國王。

今日《一千零一夜》除了是家喻戶曉的民間故事集之外，同時被世界文壇認為是人類創意之母。數百年來，不計其數的世界文豪、詩人、藝術家都從此書中擷取靈感，發揮創意，譬如浪漫文學、兒童文學、犯罪文學、科幻文學作家、畫家、音樂家、戲劇家幾乎都曾受到此書的影響。許多詞彙表達及流行文化的硬體與軟體名稱，也取自此書的人物或故事情節，譬如阿里巴巴、阿拉丁神燈、辛巴達、芝麻開門……。換言之，幾乎無人能否認《一千零一夜》開拓了人類的視野與想像力，為文學與藝術注入生命，更兼具文學、語言、歷史、社會等多重價值。

【導讀】

探索古人的腦洞世界

杜蘊慈（作家）

《一千零一夜》，又名 *The Arabian Nights*，「阿拉伯之夜」。一九〇〇年開始，陸續出現了節選漢譯，書名譯為《天方夜譚》，可謂信達雅。於是這個詞彙進入了中文世界，並且與此書在西方產生的影響一樣，從此主宰了中國人對於阿拉伯或者伊斯蘭世界的想像。

起源與流傳

然而這本書裡收集的故事起源，在地區與文化上並不僅限於阿拉伯半島，也包括了波斯，印度。在時代上，甚至早於伊斯蘭誕生。與世界上許多地區或者民族的故事傳說一樣，《一千零一夜》的故事原本都是口傳，在數百年的時間裡，流傳於東抵印度、西至埃及的地域，經歷了民族、文化、習俗、語言的變遷。

最早記載的成書，出現在西元十世紀，是從波斯文翻譯成阿拉伯文的《一千個故事》（*Hazar Afsana*），這反映了收集故事成書的做法，也反映了當時伊斯蘭世界以波斯文明為古典文明的現象。

後來《一千零一夜》的框架背景，也是在伊斯蘭之前的波斯薩珊王朝，那位夜夜聆聽夏合剌撒德說故事的舍赫亞爾，是薩珊王朝國王。

然而，也與世界上許多著作寫本一樣，原始的阿拉伯文寫本出現之後，流變的過程撲朔迷離，其中有許多改寫增補，在各個地區與時代。現今《一千零一夜》可考的最原始阿拉伯文寫本，大約是在十三世紀下半葉，地點可能在敘利亞，或者埃及。從這個最原始寫本，又衍生出兩個寫本派別，如今稱為敘利亞本以及埃及本。這兩個派別，此後自然又經歷了有意的改寫增補，以及無意的舛訛遺漏。比如，寫本除了抄本，更多的是聽寫本，而聽寫者的錯漏是很常見的；還有由於年代與地區變遷，原來的風俗細節可能被後人誤解，或者被改寫以適應時代。不斷隨意增加故事，也是《一千零一夜》的常態，原本書名裡的「千」只是形容其多，並非實指，但是由於故事受人歡迎，數量也就多多益善了。

相比於寫本，此書的阿拉伯文印刷本問世甚晚，比起法譯本，甚至晚了一個世紀，是在一八一四年與一八一八年，根據敘利亞寫本，於印度加爾各答印行。這個第一次印刷本，也同樣逃不過之前各寫本的命運：合併、增刪、改寫。

進入西方世界

一七〇四年至一七一七年，法國的東方學者加朗（Antonie Galland）陸續出版了十二卷法文譯本。他根據的主要是敘利亞寫本，但是也隨意增刪了故事或者內容敘事，以符合當時歐洲人的口味。比如現今最有名的〈阿拉丁和神燈〉以及〈阿里巴巴與四十大盜〉這兩則故事，事實上並不包括在敘利亞甚至埃及寫本中；據加朗本人說，這兩個故事是在一七〇九年，由一位敘利亞阿勒頗的基督徒口述記載而來的。

加朗的譯本大受歡迎，於是市面上迅速出現了各種盜版，以及冒名的偽版，而且也跟曾經流傳的那些阿拉伯文寫本一樣，加油添醬。加朗的譯本與這些偽作，迅速點燃了當時歐洲人對遙遠東方的想像甚至塑造，同時反映在藝術創作與通俗文化上，那種對於異域風情的獵奇與津津樂道，在十九世紀中葉之後到達顛峰，影響直至今日。

直接從阿拉伯文版本翻譯的英譯本，出現在十九世紀中葉。藍恩（Edward Lane），佩恩（John Payne），伯頓（Richard Burton）三人的譯本，各自根據幾個不同阿拉伯文版本，但是翻譯時並未比對各版本差異，而且也再次重複了此書不可免的命運：隨意增改。這種必然的巧合，也是此書歷史上的一件趣事。伯頓的譯本，以及十九世紀的法文新譯本，更增添了不少性描寫，反映了當時上流社會的表面壓抑，也迎合了當時對於東方的幻想。

此次的中譯本，主要根據佩恩的英譯本（1882-1884）譯出。佩恩是當時著名的詩人與伊斯蘭文學譯者，譯作包括詩人歐瑪爾．海亞姆（Cmar Khayyám, 又譯為奧瑪．開儼），以及哈菲茲（Hafiz）的作品。

故事類型與特色

由幾個虛構的敘事者集合在一起的「故事會」型態，常見於這類作品，因為這就是當初故事誕生與流傳的真實過程：人們創作故事，在聚會上口說。《一千零一夜》的特別之處，在於故事中還有故事，從整個大框架開始，就是包覆的型態，彷彿精雕九層象牙球，觀者觀之不足，隱約可見內層，於是更期待揭示下一層故事，以及最後綰合的結局。

《一千零一夜》的故事類型，包括了寓言、神仙故事、愛情故事、滑稽故事，以及歷史人物的言行記載，通常互有重疊。這些故事以每一夜劃分，長短不一，但總是吊著舍赫亞爾國王（與讀者）的胃口，並且一步步讓故事背景更加寫實圓滿。這些故事之所以動人，是因為融合了日常生活，以及不尋常的、超自然的、神奇的事件經歷，織造了一張奇境的錦繡；在那裡，主角遭逢不幸，但終能脫困，讀者暫時逃離自己所在的現實世界，沉浸在主角的奇異歷險，以及美滿結局之中。

這種令讀者樂在其中的特質，必須歸功於敘事者揉合了現實與超現實的能力：描寫與對話彷彿有一說一，而非誇大矯飾，還有故事細節上的揉合，比如嬌媚的巴格達姑娘買了各種土產鮮果與十斤羊肉；善魔化身為蟒蛇，粗大有如棕櫚樹幹等等。在《一千零一夜》的世界裡，幻影奠基於真實，超現實根植於現實。

這本《一千零一夜故事集》，選擇了最膾炙人口也最為有趣的十個故事，重新翻譯，以現今最簡明易懂的中文呈獻，無論讀者是初探或重履這個充滿古人腦洞的世界，都能再次享受閱讀的樂趣。

二〇一六年十月七日
臺灣南投

【推薦】

重讀的故事，與故事的重讀

楊富閔（小說家）

重讀《一千零一夜》，大腦不停帶我回到當年接觸這些故事的場景。記不得太清楚了，但應該是個聽故事與說故事的場合，似乎是山區學校下午的某堂「說話課」，孩童上台稍息立正輪流分享，也像幼稚園某個木質地板的空曠教室，我們穿著襪子盤腿聆聽；又或是電視影集改編翻拍的各種版本，我與鄰居坐在客廳目不轉睛——我突然覺得自身與這些故事的接觸過程，也像融入了故事中成了故事的一部分，因而最後長出了獨屬於我自己的版本。那麼屬於你的《一千零一夜》，它的故事是什麼模樣呢？

當今是個故事無處不在的年代，到處布滿出入故事閘口。這次的重讀，我特別有感故事的流轉，它的動態感與延展性，從而想到故事如何不只是故事，而有了接地氣的可能；也思考到了故事流轉之中，說者／聽者／抄者／乃至各種故事的仲介，差異的語言養成，如何形塑了一個故事的體態，口頭語與書面語的鎔鑄過程：日治時期台灣的歌仔冊出版文化，乃至晚近各種故事新編，顯然都是不錯的觀察切入點。

重讀《一千零一夜》的過程處處充滿閱讀的驚喜，讓我想起故事是會隨著不同年紀有了不同領悟，好像我在故事中看到自己的思想變化，而故事也有了屬於它自己的生命故事，最後人與故事，各自帶著故事，活了下來。

01

舍赫亞爾國王和弟弟的故事

古時候流傳下來的許多歷史記載裡，有這麼一個發生在很久很久以前的故事。在中國和印度一帶的群島[1]有個代代相傳的薩珊王國[2]，國王擁有眾多兵馬、護衛和臣僕。他還有一大一小兩個兒子，兄弟倆都是一等一的勇士，但哥哥的騎術比弟弟更精良。老國王去世的時候，把王國留給了大兒子舍赫亞爾，他以公正統治萬民，深受百姓愛戴。弟弟沙赫扎曼則成為韃靼的撒馬爾罕[3]的國王。

兩位國王都以公正治理自己的王國和人民，二十年來享受著無比豐富快樂的生活。直到有一天，哥哥思念弟弟，命令宰相到弟弟的王宮請他前來相聚。宰相回答：「遵命。」隨即出發，經過長途跋涉，終於平安抵達沙赫扎曼國王的王宮。他代表舍赫亞爾國王致意，轉達哥哥渴望見到弟弟，希望弟弟能前去拜訪。沙赫扎曼國王高興應允，開始為這趟旅途做各種準備，同時指派自己的宰相在他出訪期間代為治理國家。

他下令帳篷、駱駝、騾子都先出發安營，他的護衛和侍從也都準備好，隨他出了城，隔天一早就啟程前往哥哥的王國。到了半夜，他突然想起有個東西放在王宮裡忘了拿，於是暗暗返回王宮去取。當他走進寢宮，發現妻子在他床上，竟躺在一個黑奴的懷裡。

見此情景，他頓時眼前一黑，心想：「我才離城幾步就發生這樣的事，要是我到哥哥的王宮住上一段日子，這該死的女人還會做出什麼事來。」他隨即拔劍上前，毫不留情將床上兩人都殺了，這才返回自己的營地，沒把發生的事告訴任何人。

緊接著，他下令啟程，等到接近哥哥的國都時，便派使者去報告自己平安來到的消息。哥哥聞訊歡喜無比，立刻出城迎接，並下令全城張燈結綵，歡迎弟弟的到來。

待兄弟二人坐下敘舊，哥哥十分快樂，但是沙赫扎曼國王無法忘記自己妻子的背叛，內心的悲苦愈演愈烈，以至於臉色發白，身體虛弱。

舍赫亞爾見這情景，以為弟弟是想念自己的家園和王國，沒有多問，讓弟弟獨自安靜休息。直到有一天，他忍不住開口說：「弟弟啊，我看你怎麼身體愈來愈虛弱，氣色也愈來愈差。」

沙赫扎曼回答說：「哥哥，我有傷心的事。」但是他沒再多說。

舍赫亞爾說：「我希望你跟我一同出門打獵，或許打獵能讓你心情輕快起來。」

不過沙赫扎曼拒絕了，於是舍赫亞爾獨自率隊出去打獵。

沙赫扎曼的寢宮有幾扇窗戶可以俯瞰哥哥的花園。這日，正當沙赫扎曼坐在窗前眺望花園時，看啊，王宮有一扇門打開，魚貫走出二十個女奴和二十個黑奴，前後簇擁著他哥哥那美麗絕倫的妻子。他們來到噴水池旁，男男女女都脫去衣裳，坐在一起。接著，王后喊道：「米索烏德！」隨即有一黑奴來到她身邊，二人互相擁抱，接著做那男女之事。與此同時，那些黑奴也各自抱住女奴，親吻、撫抱、私通、縱酒狂歡，如此一直嬉鬧到日落才停。

韃靼國王見此情景，自言自語說：「安拉[4]在上，我的不幸跟這個比起來真不算什麼！」他放下了心中的悲憤，說：「這比發生在我身上的事更嚴重！」於是，他拋開憂鬱，正常吃喝起來。

---

1 阿拉伯文裡的島嶼（jezireh），也有「半島」的意思。此處顯然是這個意思。閱讀時請記得這雙重的意思，才能解釋東方故事裡許多顯而易見的差異。（培恩注）

2 薩珊王朝（Sassanid Empire, 224-651）：伊斯蘭崛起之前，最後一個以波斯為中心的帝國，始自公元二二四年，六五一年亡。薩珊王朝的居民稱薩珊王朝為埃蘭沙赫爾或埃蘭。薩珊王朝取代了被視為西亞及歐洲兩大勢力之一的安息帝國，與羅馬帝國共存了超過四百年。（譯注）

3 Samarkand of Tartary。薩馬爾罕是中亞大城，當時屬於薩珊王朝，今位於烏孜別克境內。此處的韃靼指的是廣義韃靼地區，其實際範圍依年代不同而有不同說法，大致是指北鄰西伯利亞，西起窩瓦河，南達黑海、裏海、蒙古、新疆、東抵韃靼海峽的廣大地區。（編注）

4 安拉（Allah），又稱阿拉，是伊斯蘭教信仰中獨一無二的主宰，因此漢語穆斯林也稱之為真主。（編注）

不久，他哥哥打獵歸來，兄弟彼此問候，舍赫亞爾看見沙赫扎曼恢復了氣色，臉色紅潤，胃口很好，不像先前食不下嚥。他說：「弟弟啊，先前我見你臉色蒼白，身體虛弱，但是現在我見你一臉容光煥發，快告訴我這是怎麼回事。」

沙赫扎曼說：「我會告訴你我蒼白憔悴的原因，但請原諒我不能告訴你我恢復的原因。」

舍赫亞爾說：「讓我先聽聽你蒼白虛弱的原因吧。」

「哥哥啊，請聽我說。」沙赫扎曼回答：「當你派宰相邀請我前來拜訪，我準備好旅途一切所需，事實上也出了王城，這才想起我竟忘了帶準備送你的特別的珠寶。於是我返回寢宮去取，卻發現在我床上的妻子竟躺在一個黑奴的懷裡。我當下就把他們一併殺了，然後才來見你。這件事一直盤據在我心頭，令我鬱鬱寡歡，以至於面色蒼白，身體虛弱。不過，我不能告訴你我恢復的原因，請你見諒。」

做哥哥的聽見這話，便說：「安拉在上，我懇求你一定要告訴我你康復的原因！」於是，沙赫扎曼說出了自己所見的一切。舍赫亞爾說：「我一定要親眼看見才行。」

「那麼，」沙赫扎曼說：「你假裝出發去打獵，然後回來躲在我房間裡，這樣你就可以親眼看見整件事情的真相。」

於是，舍赫亞爾再次下令出門打獵。當衛隊出城安營，他也隨他們出城，在自己的帳篷中安身，然後吩咐僕人不許任何人來打擾他。接著，他喬裝打扮，悄悄返回沙赫扎曼的寢宮，和弟弟一起在俯瞰花園的窗前坐下，直到一群男女奴僕伴隨著他們的女主人走進花園，所做的事和他弟弟先前敘述的一樣，直到傍晚祈禱的喚拜聲響起才結束。

舍赫亞爾國王看見眼前發生的事，幾欲發狂，他對弟弟說：「走，我們馬上離開這裡。我們不需要王國了，出去流浪吧，直到找到某個與我們同病相憐之人，否則我們活著還不如死了的好。」

他們從宮殿的後門離開，連續走了幾天幾夜，來到一片濱海的草原，草原中央有一棵非常高大的樹，旁邊還有一泉流水。他們喝了溪流中的水，坐下休息。

白晝漸漸消逝，突然，大海翻騰，海中冒出一根直上雲霄的黑柱子，並且朝著草原移動而來。兄弟二人見這情景，驚恐萬分，連忙爬到樹頂，想看看這究竟是怎麼回事。

看啊，眼前出現一個身高體壯、頭顱巨大、胸膛寬闊的惡魔，頭上頂著一個玻璃箱，箱上鎖了七把鋼鐵打造的鎖。他上了岸，逕自走到大樹下坐下，放下箱子，打開，從箱中取出一個稍微小一點的匣子。他打開匣子，裡面走出一個身形窈窕、美麗炫目、如太陽般燦爛的美女，恰如詩人烏提雅所描述的：

她在昏暗中發光，啊，白晝登時顯現，
所有的樹木都綻放出明亮又潔淨的花朵，
太陽如同從她額頭升起，而月亮
在她揭下面紗時，也忙羞愧隱藏。
當她除去遮掩，她隱藏的魅力全部展現，
萬物拜伏在她腳前。
她一瞥而過的目光猶如閃電，
她使眾生淚落紛紛，猶如大雨傾盆。

惡魔看著她說：「高貴仕女中的女王啊，我在你新婚之夜把你偷來，現在我要睡一會兒。」然後他把頭枕在她膝上，進入了夢鄉。

這時，女子抬起頭來朝樹上望，看見躲在樹頂枝椏間的兩個國王。她托起惡魔的頭讓他枕到地上，起身站在樹下，示意要他們下來，一點也不在乎那個惡魔。

他們態度一致地回答她：「奉真主之名，求你別叫我們下去。」

她歎口氣回答：「你們若不下來，我就叫醒這個惡魔對付你們，他會毫不留情殺了你們。」

他們非常害怕，只得聽從，從樹上下來。她走到他們面前，要與他們歡好，說：「你們兩個都要跟我好好歡愛，否則，我就叫這個惡魔對付你們。」

舍赫亞爾國王滿心恐懼地對弟弟沙赫扎曼說：「弟弟啊，快照她的話做吧。」

沙赫扎曼說：「別叫我，該由你先跟她做。」

兩人互相推讓不休，直到她說：「你們倆為什麼推來推去？要是再不過來躺下，我就把這個惡魔叫醒對付你們。」

他們因為害怕惡魔，輪流上前和她同寢。等他們做完，她叫他們起來，同時從胸口掏出一個錦囊，裡面是一條串著五百七十枚戒指的項鍊。她對他們說：「你們知道這是什麼嗎？」

他們回答：「不知道。」

她說：「儘管有這個惡魔在，這些戒指的主人都照我的話做了。現在，把你們兩人的戒指交給我吧。」

他們兩人於是各取下一枚戒指交給她。她對他們說：「告訴你們，這個惡魔在我新婚之夜把我搶來，然後把我放在這個匣子裡，又把匣子關在這個玻璃箱裡，用七把大鎖鎖上，再把箱子沉到波濤洶湧的大海底。可是他不知道，當一個女人想要得到什麼，是沒有人能阻擋得了的。正如某個詩人所說：

我勸你莫信任女人，
也莫信她們的滔滔誓言，全都是空：
她們慾望的滿足，
全靠她們的愛憎。
她們虛情假意，並且背叛
衣服裡裹藏著禍心。
從約瑟[5]的故事學個教訓，
看一個女人如何陷害他下獄；
你豈不見你們的祖先亞當[6]，因她們的錯
才被逐出了伊甸樂園。

又如另一個詩人所說：

該死！犯罪者必遭責怪；
你會說我的過錯實在沒那麼嚴重。

5 見《聖經》〈創世紀〉第三十九章。約瑟被賣到埃及法老王的護衛長波提乏家裡當奴隸，他做事能幹，被提拔為總管，又因為長得秀雅俊美，波提乏的妻子看上了他，想與他通姦。約瑟不從，波提乏的妻子拉住他不放，約瑟棄了外衣逃跑。波提乏的妻子於是拿著這件外衣向丈夫控告約瑟戲弄她，約瑟因此坐牢。（譯注）

6 見《聖經》〈創世紀〉第三章，亞當吃了夏娃遞給他的善惡果，那是上帝吩咐他們不可吃的。二人因此違反禁令，被上帝逐出了伊甸園。（譯注）

若我正在戀愛，恰是如此，我的情況亦是
從前那些男人所經歷的。
若有任何尚在人世的男人，
能毫髮無傷逃過女人的欺哄，
就太令人驚奇！

兩位國王聽完這話，驚奇萬分，對彼此說：「安拉啊！安拉啊！唯獨真主至高無上，主宰萬物！我們要尋求真主的力量對抗女人的惡意害人，因為她們的詭計確實厲害！」

她對他們說：「你們可以走了。」

他們返回原路，舍赫亞爾對沙赫扎曼說：「安拉在上，這個惡魔的情況比我們兩個可慘得多。這可是個惡魔啊，他在她的新婚之夜把她偷來當作自己的女人，把她鎖在匣子裡，又鎖上七把大鎖沉到海中央，以為這樣防備她就能改變命運的判決。可是我們卻看到，儘管有他在，她還是睡過五百七十個男人，還加上我們兩個。老實說，這種事沒發生在我們倆身上，我們應該感到無比安慰。讓我們返回自己的王國吧，並且決心不再娶女人為妻；至於我，我會讓你看看我將怎麼做。」

他們立刻出發，不久便來到舍赫亞爾國都城外的營區，進入國王的營帳，在自己的床落座。接著，侍從、軍兵、貴族都前來晉見，舍赫亞爾下令返回王城。眾人拔營回城，舍赫亞爾登上大殿寶座，召見宰相，吩咐宰相前去殺了王后。宰相依命行事，殺了王后。與此同時，舍赫亞爾來到後宮，拔劍將眾女奴和妃嬪全都殺了。然後，他下令選召新的姑娘來取代，同時發誓，他會在每天晚上娶一位處女，並在第二天早上將她處死。他要讓這世界上再也找不到一位不貞的女子。

至於沙赫扎曼，他想馬上返回自己的王國；於是哥哥為他備好旅途一切所需，設宴送別，派人護送他直到他抵達自己統治的領土。

舍赫亞爾國王這時也命令宰相為他找個新娘，讓他當晚有姑娘可以同寢。宰相為國王帶來一名貴族的女兒，國王與她同寢，第二天早晨吩咐宰相將她砍頭。宰相不敢違背國王的命令，依言殺了她，並為國王再找來另一個姑娘，那是國中重要人物的女兒。國王和這姑娘同寢，第二天早晨又吩咐宰相殺了她。國王如此連續進行了三年，全國再也沒有適婚的姑娘，而所有的女子與她們的父母都痛哭反抗國王，詛咒他，向天地的造物主宰抱怨他，尋求那位聽人祈禱並回應人呼求的真主施予援手。那些家中有女兒的人，全帶著女兒逃離，直到城中再也找不到一個適婚的姑娘。

有一天，國王命令宰相按照往例為他帶來處女；宰相滿城搜索卻一無所獲。他滿心憂愁，因為懼怕國王的憤怒，悄悄返回自己的家。

宰相有兩個女兒，大女兒名叫夏合剌撒德，小女兒名叫杜雅薩德。夏合剌撒德博覽群書，知道古時歷代君王的歷史和各族人民的故事。據說，她收藏了上千本古代帝王、詩人和各族人民的史冊書籍。她還讀過各種科學和醫學典籍，腦海中儲存著無數詩歌、故事、民間傳說以及君王和聖人的名言，同時也是個充滿智慧、機智、有判斷力又有良好教養的姑娘。

她對父親說：「父親，您為什麼憂心忡忡，滿臉壓抑不住的擔憂和焦慮？有個詩人說得好：

告訴憂心愁苦的人，
悲傷不會無休無止，
正如歡樂轉瞬即逝，
悲傷也會終止消失。」

宰相聽完女兒的話，便把自己面臨的事告訴她。她說：「安拉在上，父親啊，把我嫁給這個國王吧，我若不是成為解救所有穆斯林姑娘的方法，就是和她們一同香消玉殞。」

「看在真主的分上，」宰相回答：「千萬不要拿你的性命去冒險！」

不過她說：「事情只能這麼辦了。」

於是她父親很生氣地說：「你真愚蠢，不知道愚昧的人愛管閒事會有多大的危險，會付出什麼代價。他會發現，自己惹來大難臨頭時，找不到朋友幫助。正如格言所說：『我本悠閒度日，卻因愛管閒事，給自己招災惹事。』我恐怕公牛、毛驢和農夫的遭遇，會發生在你身上。」

「公牛、毛驢和農夫遭遇了什麼事？」她問。

宰相說：「女兒啊，且聽我說……」

公牛和毛驢的故事

從前有個商人和妻子兒女住在鄉村，他擁有許多貨物和牲口，也很擅長農活。真主賜給他一項本領，讓他能通曉獸言和鳥語，但是如果他告訴任何人他有這種本事，就必死無疑。他怕死，因此一直守著這個祕密。

他養了一頭公牛和一匹毛驢，都綁在畜欄裡，兩隻動物處得並不好。有一天，商人坐在畜欄邊，聽見公牛對毛驢說：「毛驢啊，我羡慕你真快活，天天享受照顧和休息！他們總是把你的畜欄打掃洗刷乾淨，你吃的是篩過的大麥，喝的是乾淨的水，而我整天勞累，他們在半夜就把我拉起來，給我的脖子套上軛，讓我出去耕地，從天亮辛苦工作到天黑，片刻不得休息。我被迫做超過體力能負擔的活兒，還要被殘酷的耕夫鞭打虐待，遭受各種侮辱傷害。當我勞累一天回到家，我身體兩側都是傷，脖子皮開肉綻。他們把我關進牛欄裡，扔給我一些豆子和麥稈，裡面還混了泥土和莢殼，而且我整夜躺在臭氣熏天的糞便中。可是你的地方總是灑掃清潔，你的食槽也很乾淨，裡面裝滿了香甜的草料，你總是在休息，偶爾我們的主人會騎你出門，但總是很快就回來了。你瞧，你總是休息，我總是操勞，你在睡覺，我得醒著；你總是吃飽，我總是挨餓，你受尊敬，我被嫌棄。」

「哎呀，大牛，」毛驢回答：「他喊你公牛[7]真是一點沒錯，你蠢到了極點，而且也沒有思考能力，沒有技能，你只有熱心，以至於你在主人面前拚命操勞，自己做死做活來讓別人得好處。人家清早祈禱時你就出門，直到日落才回來，整天忍受各種痛苦折磨，一下挨打，一下勞累，一下虐待。等你回來，農夫把你綁在臭氣熏天的畜欄裡，你蹦跳、刨地、用角頂撞畜欄、大聲吼叫，他們以為你很滿意。他們一扔進草料，你馬上不顧一切貪吃到飽。如果你肯聽從我的建議，你會過得比較好，而且會跟我一樣得到雙倍的休息。當你去犁田時，他們一把牛軛放到你脖子上，你就躺下，即使他們打你也別站起來，或者站起來後又躺下；當他們帶你回來，你立刻趴在地上，拒絕吃他們扔給你的那些草料，假裝生病。你這麼做上一、兩天，就能脫離苦海了。」

公牛十分感謝毛驢的建議，並且祝福他。商人聽了所有這些話，都記在心裡。

第二天，農夫照樣來把牛牽出去，套上軛，帶到田裡去犁地。公牛開始按照毛驢的建議，工作一會兒就不動了，農夫使勁打他，打到他掙斷了軛逃開，但農夫追上他，打到他簡直不想活了。即

7 ox 有蠢笨的意思。（培恩注）

便如此，他還是站著不動，要不就倒在地上不起來，直到日落天黑。農夫帶他回家，把他綁在牛欄裡；但是他不靠近食槽，不像以往那樣蹦跳頓足、大聲吼叫，這讓農夫感到很奇怪。接著，農夫拿來豆子和麥稈，但是他只嗅了嗅就轉身離開，躺到遠處的角落裡，一整夜都沒吃東西。

隔天早晨，農夫來了，看見豆子和麥稈都沒動過，公牛躺在地上，肚子腫脹，四腳朝天；他很擔心，自言自語說：「這牛肯定是生病了，難怪他昨天不肯犁田。」然後他去報告主人，說公牛生病了，草料一口都沒吃。

農場主人知道這是怎麼回事，如前所述，他無意間聽到了公牛和毛驢的對話。於是他說：「把毛驢那惡棍拉出去，把軛套在他脖子上，上好輓具，用他代替公牛去幹活兒。」

於是農夫把驢子牽出去，不顧他的體力能承擔多少，逼他一整天完成公牛該做的工作；農夫把他打得遍體鱗傷，他的脖子被軛磨得皮開肉綻。天黑時，驢子被牽回家，幾乎走不動路了，但是公牛休息了一整天，胃口大好，開開心心吃著草料，一整天都對毛驢的美好建議感謝不已，完全不知道那些建議讓毛驢自己遭遇了什麼。

因此，當天黑後毛驢回到畜欄時，公牛起身對他說：「毛驢啊，聽到這樣的好消息你一定會很高興。因為你的建議，我今天休息了一整天，安靜又舒服的吃了一頓飽飯。」

因為憤怒、惱火、疲憊，以及被痛打了一整天，毛驢沒回答，但心裡想：「這一切都是因為我愚蠢地給了那個傢伙好建議；就如俗話所說：『我本悠閒度日，卻因愛管閒事，給自己招災惹事。』我得動動腦子說服他回到原來的勞動上，要再這樣下去我肯定沒命。」他步履蹣跚地走向食槽，公牛仍一直不停對他說著感恩戴德的話。

「而你，我的女兒啊，」宰相說：「就像那頭毛驢，會因為缺乏常識而丟了性命，所以，你保持安靜，別給自己招來毀滅；我給你的確實是好建議，因為我無比疼愛你啊。」

「父親啊，」她回答：「說什麼都沒用，我一定要去見這個國王，成為他的妻子。」

他說：「你要是再不安靜聽話，我就要照那商人對待他妻子那樣對待你。」

「他怎麼對待妻子？」她問。

他回答：「聽著……」

商人和他妻兒來到屋外露台上，那天晚上是滿月，月光皎潔明亮。這露台正好俯瞰著畜欄，商人坐下來，看著小孩在面前玩耍，不一會兒就聽見毛驢對公牛說：「蠢牛啊，告訴我，明天你打算怎麼辦？」

「就按照你的建議做啊。」公牛回答：「你的建議不能再好了，我得到充分的休息，怎麼也不會放棄這樣的事；所以，等他們拿我的草料來，我會假裝生病拒絕不吃，再讓肚子膨脹鼓起。」

毛驢搖搖頭說：「要當心我給你的建議。」

「為什麼？」公牛問。

毛驢回答：「聽著，我聽見我們的主人對工人說：『如果那頭牛今天還不起來吃他的草料，就把他拉到屠夫那裡去宰了，把肉拿去分給窮人，把皮拿去做地毯。』我真怕這事發生在你身上。所以，為了避免厄運落到你身上，這次我建議你，當他們拿你的草料來時，你要起來吃，還要吼叫，用腳刨地，否則我們的主人肯定要宰了你。」

於是公牛起身吼叫，感謝毛驢說：「明天我一定會很樂意跟他們走的。」然後他把草料全都吃了，還用舌頭把食槽舔得乾乾淨淨。

商人聽完，被毛驢的詭計給逗樂了，忍不住笑得前仰後合。

「你笑什麼？」他妻子問。

他說：「我剛才看見和聽見一件好笑的事，但這是祕密，我不能洩漏，否則我會喪命。」

她說：「我不管，你一定要告訴我你為什麼笑，就算你會死也得說。」

「我不能說，」他回答：「我怕死。」

「那你一定是笑我。」她說，然後不停地糾纏他，直到他筋疲力盡，心煩意亂。

於是，他召聚所有的家人和親戚，又請來法官和證人，打算先立好遺囑才告訴她祕密，然後等死，因為他真的很愛她，而且她是他叔父的女兒，又是他孩子的母親。此外，他還請來她所有的親人和鄰居。等所有人都到了，他告訴他們事情的嚴重性，以及自己命不久矣。他把妻子當得的財產分給她，又為自己的孩子指定好監護人，放了家裡的女奴，再跟老老少少告別。他們全都哭了，連法官和證人也哭了，他們上前對他妻子說：「安拉在上，我們懇求你放棄這件事吧，免得你丈夫、你孩子的父親因此喪命。如果他不是這麼清楚自己說出祕密一定會死的話，他早就告訴你了。」

可是她回答：「安拉在上，我不會放棄要他說，就算他會死，也得告訴我。」

於是他們克制住自己不再逼她了。在場所有人都哭得很傷心，屋子裡像在辦喪事一樣。於是，商人起身出去，走到畜欄那兒，給自己沐浴淨身做討白[8]，打算回去後就說出祕密然後喪命。

在畜欄裡，他養了一隻公雞、五十隻母雞和一隻狗，他聽見狗對公雞說：「你這隻公雞真沒腦子！他大概會失望養了你。我們的主人正處於絕境，而你拍著翅膀喔喔啼，從這隻母雞飛到那隻母雞！真主詛咒你！難道現在是玩耍娛樂的時候嗎？你不感到可恥嗎？」

「狗兄啊，我們的主人出了什麼事？」公雞問。

狗告訴他這個家發生的事，商人的妻子如何糾纏他，直到他準備把祕密告訴妻子然後喪命。

公雞聽了以後說：「我們的主人頭腦太差，還欠缺常識；他連一個老婆都搞不定，那條命確實不值得再活長一點。你瞧，我有五十個老婆。我滿足這個，朝那個發脾氣，控制這個，餵飽那個，透過我聰明的統治，她們全都服服貼貼受我控制。現在，我們主人看起來又聰明又有成就，但連一個老婆都不知道怎麼管束。」

狗說：「那我們主人該怎麼辦？」

「他應該拿根棍子，」公雞回答：「把她痛打一頓，一直打到她說：『我懺悔，大人！只要我活著一天，就不再問任何問題。』當他這麼做，他就再也不用擔心，可以好好享受人生。只不過，他既沒常識又沒判斷力。」

商人聽了公雞說的話，找了一根藤條藏在一間空儲藏室裡，然後回去找他的妻子，對她說：「跟我到儲藏室來，我把祕密告訴你，然後死在裡面，不會有人再看見我。」

她高高興興進了儲藏室，心想他要把祕密告訴她了，但他鎖上房門，接著取出藤條，朝她的背脊、身側、肩膀不斷抽打，說：「你問的問題關你什麼事了？」他把她打得半死，直到她喊道：「安拉在上，我再也不問你任何問題了，我真心懺悔了！」她拚命親吻他的雙手和雙腳。

於是他開門走出去，告訴大家發生什麼事，眾人十分高興，哀悼的氛圍一下轉成為歡喜開心。

就這樣，商人從公雞那裡學會了好的管理，他和妻子都快樂地享盡天年。

8 「討白」是穆斯林用語，意即懺悔、悔罪。穆斯林除了平日要向真主懺悔，臨終前的討白是必行的儀式。（譯注）

「而你，我的女兒，」宰相又說：「除非你不再提起這事，否則我就要像商人教訓他妻子那樣教訓你。」

「我非提不可，」她回答：「這個故事也不能讓我回心轉意。你阻止不了我，我會自己去見國王，向他告狀，說你不願把我嫁給他。」

她父親說：「非嫁不可嗎？」

她說：「是的。」

於是，宰相無力再與女兒爭辯，因為無法改變她心意而感到絕望。他返回王宮去見舍赫亞爾國王，伏身親吻國王腳前的土地請安，告訴國王，自己的女兒如何堅持成為他的新娘。

國王感到很驚奇，對他說：「怎麼會有這樣的事呢？憑真主起誓，如果你把她帶來給我，隔天早上我一定會對你說：『把她帶出去處死。』如果你不把她處死，我肯定會處死你。」

「陛下萬歲，」宰相回答：「是她堅持要嫁給您。我已經把這事告訴她了，但是她不聽我勸，堅持要嫁給您，與您共度這一夜。」

「很好。」舍赫亞爾回答：「去吧，幫她做好準備，今晚把她帶來給我。」

於是宰相回家，把經過都告訴了女兒，說：「願真主不使我們失去你！」

夏合刺撒德非常高興，無比歡喜地為自己準備好所需的一切，然後對妹妹杜雅薩德說：「親愛的妹妹啊，留心聽我說。等我去到蘇丹面前，我會派人來接你，等你見了我，看國王遂了他的心願後，你要這麼對我說：『親愛的姊姊，請你先別睡，跟我們講個有趣的故事，讓我們不要虛度了這一夜吧。』你這麼做，也願真主垂憐，讓這成為解救我和天下所有姑娘脫離大難的方法，我將藉由此法使國王回心轉意，改掉這習慣。」

杜雅薩德回答：「就這麼辦。」

宰相把夏合剌撒德帶去給國王，他帶她上了床，開始輕佻地逗弄她。她哭了起來，國王說：「你為什麼哭呢？」

「陛下萬歲，」她回答：「我有個妹妹，今晚我想再見她一面，與她話別，也希望她能在早晨來臨之前與我話別。」

於是他派人找來杜雅薩德，她等蘇丹對姊姊發洩了慾望，趁三人都還清醒時，輕咳一聲說：「親愛的姊姊，請你先別睡，為我們說個好聽的故事來消磨這漫漫長夜吧，到了早晨，我會與你話別。」

「如果善心的陛下允許的話，」夏合剌撒德說：「我很樂意說。」

國王十分清醒，這時很樂意聽個故事，便說：「你說吧。」

夏合剌撒德聽了非常高興，說：「威嚴的陛下啊，請聽我說……」

02

商人和惡魔的故事

從前，有個商人家財萬貫，在世界各地都有生意。有一天，他騎馬經過某個特定的地區，也許是去收取別人該給他的錢，也許是有其他事，總之，因為天氣太炎熱，正巧又看到前方有個園子[1]，於是走了過去，隨意在一處泉水旁的胡桃樹下坐下乘涼。

他從鞍袋裡拿出餅和椰棗來吃，吃完順手將棗核一扔。未料，一個身材魁梧的惡魔突然出現在他的面前，手裡握著一把出鞘的利劍，走上前來對他說：「起來，我要殺了你，就像你殺了我兒子一樣。」

「我怎麼會殺了你兒子？」商人問。

惡魔回答：「你扔棗核的時候，我兒子正好經過，棗核打中他胸口，當場把他打死了。」

商人一聽，說：「坦白說，我們屬於真主也必歸於真主！唯獨真主至高無上，主宰萬物！如果我殺了他，是運氣不好誤殺，求你饒了我的命吧。」

可是惡魔說：「說什麼都沒用，我一定要殺了你。」他一把抓住商人按倒在地，揮劍準備殺他。

商人哭著哀求說：「先讓我向真主託付些事情吧！」然後他開始唸誦以下的詩句：

命運分二日，一日無憂，一日愁，
生活分兩面，一面幸福，一面苦，
對那些奚落我們遭命運出賣的人說：
「那些高昂著頭的人豈不招來命運的箭矢？」
時光之手玩弄著我們的人生，
直到它延長的吻使厄運逮著我們。
你見過暴風嗎？狂風颳起時，

豈非饒過弱小的，摧折雄偉的樹木？
看啊，天上有許多星辰，無人能述說它們的故事，
唯獨日月有虧蝕，帶來遍地黑暗。
大地生長許多香草、植物和樹木：
但遭到石頭擊打的，只有結果實的佳木。
放眼大海，浪濤上淨是漂流之物，
但珍珠卻逗留在大水最深之處。

「你給我長話短說，」惡魔說：「安拉在上，你說什麼都沒用，我一定要殺了你。」

「惡魔啊，請聽我說，」商人回答：「我家裡有妻子兒女，有許多家產，我有欠人的帳也有人欠我的帳。因此，請容我先回家，把所有的事都處理妥當，我指著神聖的真主起誓，明年元旦我一定回來見你，任憑你處置，願真主見證我所說的話。」

惡魔接受了他的保證，放了他。他回到自己家，清償了債務，又安頓好所有其他事務。此外，他立了遺囑，把發生的事告訴妻子兒女，一直待在家人身邊。到了那年年底，他沐浴潔淨[2]，再把裹屍的布卷夾在腋下，然後和家人、親戚、鄰居道別，極其不願地離開了家門，去履行他對惡魔的承諾。他的家人放聲大哭，如辦喪事。

1 在阿拉伯文裡，任何耕種的土地，或植物、樹木很多的地方，都可稱為園子（bustan）。歐洲人可能會把這類地方稱為綠洲。（培恩注）

2 指為死亡做準備。（培恩注）

他馬不停蹄來到上回遇上惡魔的園子，時間正好是新年的第一天。他坐下來等候自己的厄運。就在他為自己的遭遇落淚時，前方來了一個用鎖鍊牽著一隻羚羊的老人，他上前問候商人，說：「你瘋了嗎？這裡是許多妖魔鬼怪出沒的地方，你怎麼一個人坐在這裡？」

商人便把自己碰上惡魔等所有的事都告訴了他，老人聽了十分驚奇，說：「安拉在上，小兄弟啊，你言而有信，值得作為榜樣，你的故事也很離奇！這飛來橫禍真叫人椎心刺骨啊，若是記載下來，也可作為後人借鑑。」然後他在商人旁邊坐下，說：「安拉在上，小兄弟啊，我不離開你，我要親眼看看你跟那惡魔的事會有什麼結果。」

他們坐著閒聊，儘管有老人的陪伴，商人還是非常恐懼，內心的憂愁愈來愈重。這時又來了另一個老人，牽著兩隻黑狗。他上前問候，問他們為什麼坐在一個明知有妖魔鬼怪出沒的地方。商人對他重複了一遍自己的故事。這老人坐下沒多久，又來了第三個老人，牽著一匹有花斑的母騾子，在問了同樣的問題且獲得同樣的回答後，也跟著坐下來等候。

四人坐沒多久，看啊，曠野中央突然騰起一根遮天蔽日的沙柱，朝他們滾滾而來。接著，黃沙消散，惡魔出現，手中握著出鞘的利劍，雙眼冒著怒火。他走上前，從他們當中一把揪出商人，說：「起來，我要殺了你，像你殺了我心肝寶貝的兒子一樣！」

商人為自己悲哭起來，三個老人也一起放聲大哭，為他悲傷。接著，那牽著羚羊的第一個老人走上前，親吻惡魔的手說：「偉大的惡魔，群魔之王，如果我告訴你我和這隻羚羊的故事，而你認為這故事精彩絕妙的話，你能把這商人三分之一的性命送給我嗎？」

「可以，老頭。」惡魔回答：「如果你說的故事我覺得精彩，我會饒了他三分之一的性命。」

於是老人說：「惡魔啊，請聽我說……」

第一個老人的故事

這隻羚羊是我叔父的女兒，跟我有血緣關係。她還是少女的時候我便娶她為妻，跟她一起生活了將近三十年，卻未生有一子半女。於是，我另娶一妾，她為我生了一個兒子，那男孩就像一輪滿月，眉眼俊美無比。他漸漸長大，長得好極了。在他十五歲那年，我帶了許多貨品出門去做買賣。

我那妻子從小學過法術和魔法，於是趁我不在，把我兒子變成一頭小牛，把他媽媽變成一頭母牛，然後把他們送給放牧的人。經過一段很長時間，當我結束旅程回到家，問起我兒子和他媽媽，妻子告訴我：「你那個女奴死了，她兒子跑了，我不知道去了哪裡。」

我日日傷心哀哭，熬過了這一年。後來，一個大節日即將來到，我派人去請放牧人為我挑選一頭肥牛，作為過節的犧牲。

結果他帶來的，就是我妻子施法術讓我的妾變成的那頭母牛。我捲起袖子，拿起刀走過去準備宰殺她，但她坐下哞哞哀哭，非常可憐，我不禁覺得既驚訝又同情，於是收手放過她，對放牧人說：「另外找一頭牛來吧。」

「不！」我妻子喊道：「就殺這頭，我們沒有比這頭更好更肥的牛了。」

於是我又朝牛走過去，但是那牛大哭起來，我只好退開，吩咐放牧人把她宰了，然後剝皮。放牧人宰了牛並剝下皮，卻發現這牛既不肥，也沒肉，只有皮包著骨頭。我很後悔殺了她，但這時後悔也沒用了。我把她給了放牧人，說：「幫我帶一頭小肥牛來吧。」

於是他帶了我兒子變成的小牛來。小牛看到我，掙斷了牽繩跑到我身邊，一邊蹭著我哀鳴，一邊掉淚，直到我心軟不願殺他。我對放牧人說：「放過這頭小牛，給我帶一頭母牛來吧。」

但是我妻子大聲對我吼道：「不行，今天你非殺了這頭小牛不可，不能換別的牛。今天是個神聖受祝福的日子，我們得獻上最好的東西，我們再沒有比這頭小牛更肥更好的牛了。」

我說：「看看我聽你的話宰殺了那頭母牛的後果，我們被她的外表給騙了。這次，我不會再被你說服去宰那頭小牛。」

「偉大的真主在上，充滿憐憫和慈悲的真主啊，」她回答：「在這神聖的日子裡，你千萬不可錯過宰殺這頭小牛！否則，你就不是我丈夫，我也不是你妻子。」

我聽到她說出這麼強硬的話，不知道她是何居心，卻只能拿起刀來朝小牛走過去。

說到這裡，夏合剌撒德看見天快亮了，就停了下來。她妹妹說：「這故事好迷人、好好聽啊！」

夏合剌撒德說：「如果陛下容我活下去，我來夜要講給你聽的，比這更有趣。」

國王在心裡說：「安拉在上，我不能殺她，等我把這故事聽完再說！」於是他們躺下來休息。

到了早晨，國王上大殿聽政，宰相也來到殿前，腋下夾著裹屍的布卷。然而，令宰相驚訝的是，國王下達命令、指示和罷黜人事，一句也沒提宰相女兒的事。等到這一天結束，議會[3]停歇，國王返回後宮去休息。

於是來到第二夜

杜雅薩德對姊姊夏合剌撒德說：「親愛的姊姊，為我們說完商人和惡魔的故事吧。」

「要是陛下允許，」姊姊回答：「我很樂意。」

國王吩咐她說：「說吧。」

於是她開始說：「威嚴的陛下，充滿智慧的統治者啊，第一個老人接下去是這麼說的……」

群魔之王啊，就在我舉刀要殺小牛的時候，我內心怎麼也下不了手，於是我對放牧人說：「把小牛帶回去和其他的牛一起養吧。」於是他牽起牛離開了。

第二天，我獨自坐在家中，放牧人跑來見我說：「大人，我有個讓你高興的好消息要告訴你，而且，因為這個好消息我要討個賞。」

我說：「沒問題。」

於是他說：「大人，我有個女兒，從小和一個跟我們住在一起的老婦人學了魔法。昨天，我帶你給我的那頭小牛回家，她一見那小牛便捂著臉哭了起來。接著，她又大笑對我說：『爸爸，你已經看輕我了嗎？竟把一個陌生男人帶到我面前。』

「『哪裡有陌生的男人？』我問：『你為什麼又哭又笑？』

「她說：『你帶來的這頭小牛是我們主人的兒子，他中了魔法，她母親也是，施法的是他父親的妻子。我笑的就是這件事。我哭，是因為他父親殺了他母親。』

「我聽了這話，吃驚到了極點，因此天一亮就跑來告訴您。」

---

3 Divan，指伊斯蘭國家的高級行政體系，在不同時期、不同國家各有不同的功能，本書中一律譯為「議會」。此詞在一五八六年首次在英語中以 Dīvān、Dīwān 出現，意思是「亞洲的國家議會」。（譯注）

（老人繼續說）

惡魔啊，聽完放牧人說的事，我雖滴酒未沾，卻高興歡喜得像喝醉了酒，隨他一起回到他家。他女兒歡迎我，親吻我的手，小牛也上前來不停蹭我。

我對那姑娘說：「我聽到的小牛的事，是真的嗎？」

「是的，大人，」她回答：「這確實是你兒子，是你的心肝寶貝。」

於是我對她說：「好姑娘啊，如果你能解除他身上的魔法，你父親現在管理的所有牲口和貨物，全都歸你！」

她微笑著說：「大人，我不看重財富，我會按您的話滿足您的心願，但是我有兩個條件。第一，您要讓我嫁給您兒子；第二，您要允許我對那個女巫施法，把她變成動物。如此一來，我才不會被她的法術所害。」

我回答：「除了你要求的這兩件事，你還會繼承你父親手中管理的一切產業。至於我的妻子，你要是願意，殺了她都合法。」

她聽了這話，便去拿個杯子盛滿水，對著它唸了咒語，接著把那杯水灑在小牛身上，說：「你若天生就是小牛，那麼保持原狀，不要改變，但你若中了法術，那麼，承蒙至高的真主允許，你就變回原來的模樣。」

話一說完，小牛身子一抖變成了人。我上前抱住他，說：「看在真主的分上，快告訴我我妻子對你和你母親做了什麼事。」

他把事情從頭到尾對我說了一遍。我對他說：「我兒啊，這是真主派人解救了你，要為你復仇。」

於是，我為兒子娶了放牧人的女兒做媳婦，她把我妻子變成了這隻羚羊，並對我說：「為了您的緣故，我將她變成一隻優雅的羚羊，以免您一看見她就討厭。」

這兒媳婦跟我們日夜生活在一起，直到真主把她接去。她死了以後，我兒子出門遠行，去了印度，也就是這位商人的家鄉。一段時日以後，我帶著羚羊開始浪跡天涯，一個地方又一個地方打探我兒子的消息。直到碰巧來到這座園子，發現這商人坐在此地哭泣。這就是我的故事。

惡魔說：「這的確是個罕有的故事，我饒了他三分之一的性命。」

這時，牽著兩條獵犬的第二個老人走上前來，對惡魔說：「我要告訴你我和這兩條獵犬的故事，如果你覺得這故事更稀奇，你會把這商人另外三分之一的性命送給我嗎？」

惡魔說：「我同意。」

於是第二個老人說：「偉大的群魔之王啊，請聽我說……」

第二個老人的故事

這兩條狗是我的兩個哥哥。我們父親死的時候，留給我們三千金幣，每人一千。我用這筆錢開了一家店做買賣，我兩個哥哥也都這麼做。但是，沒過多久，我大哥就把他的店鋪和貨物都賣了，得了一千金幣，另外買了貨物和商品，出門旅行經商去了，一去就是一整年。

有一天，我坐在店門口，來了一個乞丐站在我面前，我對他說：「願真主援助你！[4]」

4　言外之意是「我沒有錢可以給你」。（培恩注）

他哭著對我說：「你不認得我了嗎？」

我仔細一看，天啊，這才認出這人竟是我大哥。我起身歡迎他，請他跟我一起坐下，問他怎麼會落到這步田地，但是他回答：「別問了，我的錢都耗盡了，運氣壞透了。」

於是我帶他去澡堂洗澡，又把自己上好的衣服拿給他穿，讓他跟我一起住。另外，我結算了一下店鋪的帳，發現自己已經賺了一千金幣，這時我有兩千金幣了。我把這筆錢跟我大哥平分，對他說：「這筆錢給你，你就當自己從來沒有到外地經商就是了。」他很高興，拿了錢又開了一家店。

不久，我二哥動了跟大哥一樣的念頭，賣掉一切，決定出外經商。我們大力勸阻，但他不聽勸，拿錢買了一些貨物，然後出門經商，一整年都沒有消息。一年後，他回來了，情況就像大哥一樣。我對他說：「二哥啊，我不是勸過你不要出去經商嗎？」

他哭著說：「弟弟啊，這都是命。你看，我窮苦潦倒，衣不蔽體，連一分錢都沒有了。」

於是我帶他去澡堂洗澡，給他穿上一套我的新衣服，帶他回到我的店鋪裡，一起吃喝，飽餐一頓。飯後，我對他說：「我會像一年前一樣，結算一下我店裡的帳，會把盈餘平分給你。」

然後我起身去結算帳目，發現自己有兩千金幣的盈餘。我感謝神聖的真主讓我賺了這麼多錢，於是分了一千金幣給二哥，他用這筆錢又開了一家店。

就這樣，我們過了一段平靜的日子。有一天，兩個哥哥來找我，慫恿我跟他們一起出去經商。我拒絕了，對他們說：「出外經商給你們帶來什麼好處？難道我要落得跟你們一樣的下場嗎？」我不肯聽他們的。我們繼續開著店鋪做買賣，每一年他們都來逼我出外經商，我也都推辭，如此一直過了六年。最後，他們的期盼令我屈服了。我對他們說：「兩位哥哥，我會跟你們出去經商，但是先讓我看看你們有多少本錢。」於是我去查他們的帳，發現他們一無所有，他們把自己的本錢拿去吃喝玩樂，全部揮霍得一乾二淨。

不過，我什麼都沒說，也沒責怪他們。我把自己的貨物和資產賣了，結算下來發現自己有六千金幣。我很高興，把這錢分成兩份，先把其中一份埋藏起來，萬一我也落到他們那步田地，那麼我們回來時起碼還有本錢東山再起，重新開店。然後，我對兩個哥哥說：「這裡有三千金幣，可當作我們外出經商的本錢。」我給他們一人一千，自己留下一千。他們對此十分滿意。接著，我們給自己買了經商的貨物，以及旅行所需的一切，把貨物裝上一條船，一同出發。

經過一個月的航行，我們來到一座城市，在城裡把每樣貨物都賣了十倍的價錢（最高價）。當我們要再搭船時，在海邊遇到一個衣衫襤褸、看似落難的女子。她親吻我的手說：「大人，你內心有慈愛和寬容嗎？我會回報你的。」

我說：「我的確喜愛行善和寬容，不過沒有人回報我。」

她說：「大人，我請求你娶我為妻，給我衣服穿，帶我回你的家鄉，因我對你以身相許。懇求你善待我，我確實需要慈愛和體貼。我會報答你的，請別讓我窘迫的外表欺騙了你。」

她說的這話感動了我的心，我順從了神聖至高真主的意旨娶了她，讓她穿上好衣服，帶她一起上船，為她鋪了一張好床，與她歡好，並且非常疼愛她。

我們再次出海航行，我確實深深愛上了她，日日夜夜都陪伴在她身旁，也因此冷落了兩個哥哥。然而，兩個哥哥嫉妒我。他們看我擁有許多貨物與錢財，十分眼紅，兩人湊在一起商量要殺了我，瓜分我的東西：「我們把弟弟殺了吧，如此一來，所有一切就都屬於我們了。」撒旦使他們鬼迷心竅，覺得此計甚好。

於是他們趁我睡在妻子身邊時，把我們兩人抬起來拋入海中。我妻子醒來，搖身一變成為惡魔，把我救起來，帶到一座海島，隨後離開了一陣子。第二天早晨，她回到我身邊，說：「憑至高真主的允許，我把你從大海中救起，使你免於一死。我報答了你。我本是惡魔，信仰真主和蒙真主祝福與保護的聖徒。我對你一見鍾情，愛上了你，於是以你看見的困窘模樣來到你面前，而你真的娶我為妻。現在我救了你，讓你免於淹死，但是我對你那兩個哥哥非常惱火，非殺了他們不可。」

她說的話令我驚奇不已，我感謝她救了我的性命，然後求她不要殺害我的哥哥，並告訴她，從前我跟哥哥之間發生的所有的事。她說：「今天晚上，我會飛到他們那裡，把他們的船弄沉，讓他們就此一命嗚呼。」

「求你看在真主的面上，」我回答：「千萬別這麼做。俗話說得好：『當以善報惡，多行不義者必自有報應！』畢竟，他們是我哥哥。」

她說：「安拉在上，我非殺了他們不可。」

我懇求她許久，最後她帶著我起飛，飛回我的家，把我放在屋頂上，然後離我而去。我從屋頂上下來，開了鎖進門，把埋在地下的金幣挖出來，拜望了親友鄰居，又買了貨物，之後繼續開店做買賣。傍晚天黑後，我返回家去，發現院子裡拴著這兩條狗。他們一看見我，立刻走上前來，流著眼淚不停蹭我。這時候，我妻子突然出現，對我說：「這是你兩個哥哥。」

「是誰把他們變成這個樣子？」我問。

她回答：「我派人去請我的姊妹，她把他們變成這個樣子。必須等十年之後咒語才能解除，他們才能解脫復原。」

接著她告訴我可以去哪裡找她，然後就走了。如今，十年期限已滿，我正帶著狗要去找她，希望她能把他們變回原形。我經過這裡時遇見這個商人，得知發生在他身上的事。於是，我決定留下來陪他，直到看見你們之間的事獲得解決。這就是我的故事。

「這故事確實罕見。」惡魔說：「我把他的三分之一條性命送給你，免去他三分之一的罪過。」

這時那牽著騾子的第三個老人走過來，說：「惡魔啊，我想告訴你一個比這兩人所說的更驚人的故事，你會把這商人三分之一的性命送給我，免了他的罪過嗎？」

惡魔回答：「可以，你說吧。」

於是第三個老人說：「妖魔中的蘇丹大王啊，請聽我說……」

第三個老人的故事

這匹騾子原本是我妻子。好一陣子之前，我碰巧有事出門遠行，離開她一年。旅行結束後的某天夜晚，我回到家裡，竟發現妻子和一個黑奴睡在床上，兩人有說有笑，彼此親吻調情。她看見我時，急忙下床取了一杯水，唸了咒語，然後把水灑在我身上，說：「從人變成一條狗吧！」

我登時變成了一條狗。她把我逐出家門，從此我流落街頭，無人收留。有一天，我來到一家肉鋪，停下來求些骨頭吃。肉鋪的屠夫收留了我，把我帶回家，但是他女兒看見我，立刻用面紗遮住臉，對父親說：「你怎麼把一個陌生男人帶到我面前？」

他問：「哪裡有陌生男人？」

她回答：「這條狗是個男人，他妻子對他施了魔法，但是我可以解救他。」

她父親聽見這話，說：「安拉在上，女兒啊，請你快解救他吧！」

於是她取來一杯水，唸了咒語，灑了一點水在我身上，說：「脫離這個形體，恢復你原來的模樣吧。」

我立刻變回人的模樣。我親吻她的手，求她對我妻子施法，就像我妻子對我施法一樣。

於是她給了我一點水，說：「等她睡著了，把這水灑在她身上，照你剛才聽見我說的那樣說，看你要她變成什麼，她就會按你的願望變成什麼。」

我拿了水回家，進入妻子的房間，發現她正在睡覺。我把水灑在她身上說：「從現在這模樣變成一匹騾子吧。」她立刻變成了一匹騾子。噢，妖魔中的蘇丹大王啊，現在在你面前的這匹騾子就是她！

然後他對騾子說：「我說的話是真的嗎？」

騾子點點頭，意思好像是說：「一點也沒錯，這就是發生在我身上的事。」

說到這裡，夏合剌撒德看見天快亮了，就停了下來。

杜雅薩德對她說：「親愛的姊姊，你說的這個故事真好聽啊！」

「這不算什麼，」夏合剌撒德回答：「如果陛下容我活下去，明天晚上我會講更精彩的故事給你聽的。」

國王心裡想：「安拉在上，我不能殺她，等我把她的故事聽完再說，因為真的很精彩啊。」

於是他們一起躺下休息，直到天亮。國王起身上朝去聽政，宰相與百官羅列聽命，殿中站滿了人。

國王斷理議事，發號施令、批准或否決各種事項，直到這一天結束，議會停歇，他才返回後宮。

於是來到第三夜

待國王在宰相的女兒身上滿足了慾望，杜雅薩德對姊姊說：「親愛的姊姊，為我們把故事說完吧。」

「我很樂意。」姊姊回答：「威嚴的陛下啊，當惡魔聽完第三個老人的故事，他驚奇萬分，心情大好，於是說：『我免了商人其餘的罪過。』然後他放了那個商人。

「商人走到三個老人面前，感謝他們。他們都恭喜他逃過一劫，獲得新生，隨後他們便各自歸鄉去了。不過，這故事還沒有漁夫和惡魔的故事來得精彩。」

「那是個什麼故事？」國王問。

她說：「威嚴的陛下啊，我很樂意說給您聽……」

03 漁夫和惡魔的故事

從前有個上了年紀的窮漁夫，家裡有妻子和三個孩子。他有個習慣，每天只撒四次網，絕不超過。有一天，漁夫在中午來到海邊，放下魚簍，紮起衣襬，走下海去撒網。一直等到網沉穩了，他才開始收繩拉網，卻發現這網沉重得拉不動，無法拉出水面。於是，他拉著網繩的一端上岸，把它綁在一根木樁上，綁得牢牢的。然後他脫了衣服，潛下海到漁網旁，猛力拉扯，費了一番力氣把它弄出水面。他非常高興地回到岸上，穿好衣服，但是當他過去察看網裡的東西，卻發現那是一頭死驢，而且漁網還扯破了。他看見這情形，非常苦惱，說：「至高無上，全能高尚的真主啊！這樣的運氣實在太不可思議了！」然後他唸了以下的詩句：

噢在黑暗危險的陰鬱中奮鬥的人啊，
省省你的力氣吧，因為辛勞本身並不帶來成功！
你豈不見，那靠海為生的漁夫
立在環抱他的星辰之網的中央，
涉入波濤洶湧、衝擊他腰腹的深水中。
即使水深及腰，他的雙眼依舊警醒，
直到他打上魚返家，這夜才得完滿。
死亡之手毫無憐憫地用三叉戟撕開誰的咽喉，
有一人來買他的獵物，那人穿過黑夜，
不受寒冷侵襲，滿載平安與祝福的欣喜。
讚美賜予這事、看顧拒絕者的真主！
有人打魚，有人吃那勞累終日打來的魚。

然後他說：「勇敢一點！我下一次運氣應該會更好，真主護佑！」接著唸了以下的詩句：

若你為逆境所襲，你當以逆襲為衣
懷著耐心，如高貴之人，如智者所為。
不向人抱怨，即使確實該抱怨，
避免向那些無仁慈者抱怨仁慈的真主。

唸完之後，他把死驢拖出來扔了，擰乾漁網，攤開。然後他走進海裡，再次撒網，說：「奉真主之名！」他一直等到漁網沉落海底好一會兒才收拉網繩。未料，這次漁網比上次更重、更拉不動。他以為這次打滿了魚，於是把網繩在岸上綁牢，脫了衣服，潛下海來到漁網旁邊，鬆動漁網，拖著它，將它整個拉上岸。結果，他發現網裡是個裝滿泥沙的大甕。見此情景，他痛苦大喊，接著唸道：

命運的怒火，可憐我容忍我吧，
或至少收手放我一條生路！
我出來尋我今日的口糧
卻發現生計消失無影蹤。
多少愚蠢之人飛黃騰達，
而聖智者卻窮苦無名！

然後他扔了大甕，清洗漁網，把水扭乾，隨後祈求至高的真主原諒他的焦躁，再回到海中，第三次撒網。他等網沉到海底，然後拉起。這次他發現網上來的都是陶片、骨頭和破瓶子。對此他非常憤怒，忍不住哭泣，唸了以下的詩句：

運氣和真主同在，你無法左右：
沒有任何知識或技術能將好運帶來給你。
確實，運氣與好處全憑命運擺布：
一處鄉野蒙福有良田千頃，其餘都是不毛之地。
厄運傾力落在一個有價值的人身上，
而那些無用之人卻受抬舉登上高位。
所以，死亡啊，來吧！因為生命全無價值；
當我們看見鷹隼淪落沙塵，鴨鵝直上青雲。
這也難怪，你發現高貴的學士窮苦，
而失敗者卻靠武力篡奪他的主權。
一隻鳥兒得從東到西飛越全地，
另一隻無需移步卻得償所有心願。

然後他抬眼望天說：「我的真主啊，你知道我一天只撒四次網。如今我已經撒了三次卻什麼也沒打到，最後這一次，我的真主啊，求您賞賜我今天的飲食。」他振臂撒網說：「奉真主之名！」然後等網沉落到海底才起網，但是拉不動，漁網像勾在海底了。「全能高尚的真主啊！」他說，然後唸了以下的詩句：

世道若如此，遠離這世道！
我在世間除了痛苦氣餒，一無所有！
一個人縱使早晨安詳，
到了夜晚他必飲下痛苦之杯。
然而若有人問：「誰是世上最快樂的人？」
眾人會指著我說：「正是此人。」

然後他脫了衣服，下海潛到漁網旁，費力拉扯，直到把網拖拉上岸。他打開漁網，發現裡面有個黃銅膽瓶，瓶口用鉛封著，上面蓋著大衛（願他安息）之子所羅門的印。當他看見這印，高興地說：「我要把它拿到銅器市場去賣，它起碼值十個金幣。」

他搖了搖膽瓶，發現它很重，嘀咕道：「這裡面是什麼呢？在拿去賣掉以前，我要打開來看看。」於是他抽出小刀，從瓶上小心撬下瓶口的鉛封，放在一旁。然後他把瓶子倒過來搖晃，想把裡面的東西倒出來。但是什麼也沒有，他覺得非常奇怪，便把瓶子放在地上。

這時，有一縷煙從這瓶子裡冒了出來，直上雲霄，遮蔽了大地。接著，這煙凝聚成團，一陣抖動後，變成一個巨大的惡魔。他的頭在雲端，腳踩大地，腦袋大如寺院的穹頂，雙手像鐵叉，兩腿像帆船的桅桿，嘴像山洞，牙像岩石，鼻孔像喇叭，眼睛像燈籠，長得又醜又凶惡。

漁夫看見這個惡魔，嚇得全身發抖，牙齒打顫，嘴裡發乾，不知該如何是好。惡魔看見他，說：「真主是獨一真神，所羅門是祂的先知！神的先知啊，請饒我一死，無論是言語還是行動，我都再也不敢違背您或反對您！」

漁夫說：「馬力得啊[1]，你說：『所羅門是真主的先知。』但是所羅門已經死了一千八百年了，我們現在是在末後的時代。你遭遇了什麼？怎麼會在一個瓶子裡？」

馬力得聽見這話，說：「真主是獨一的真神！漁夫啊，我有消息要告訴你。」

「什麼消息？」他問。

惡魔回答：「我要毫不留情地殺了你。」

「惡魔的首領啊，」漁夫說：「你讓真主撤回對你的保護，就為了說這事！我從無邊的大海裡把你打撈出來，帶你上岸，把你從瓶子裡放出來，你為什麼要殺我？我有什麼該死的罪過？」

惡魔說：「你選個死法吧，你想怎麼被殺？」

「我犯了什麼罪過？」漁夫問：「我放你出來，竟得到這樣的報應？」

惡魔回答：「漁夫啊，聽聽我的故事吧！」

「說吧，請長話短說。」他回答：「我嚇得心臟都要從嘴裡蹦出來了。」

於是，惡魔說：「漁夫啊，你要知道，我和舍克爾都是離經叛道的惡魔，背叛了大衛之子所羅門。他派他的宰相阿瑟夫．提．貝爾海亞來強行抓了我，不顧我的意願，把我綁了帶去見他。所羅門乞求真主的幫助對抗我，勸我皈依信教[2]，服從他的權威，但是我拒絕了。於是他派人拿來這個黃銅膽瓶，把我關在裡面，用鉛封住瓶口，以至高者的名字封印，然後讓善良的惡魔拿起來把我拋到深海裡。我在海中待了幾百年，我在心裡說：『誰放了我，我就給他一輩子用不完的財富。』但是幾百年過去了，沒有人救我出來。到了下一個世紀，我說：『誰放我了，我就為他打開大地的寶庫。』但是沒有人救我出來。又過了四百年，我說：『誰放了我，我就給他三個願望。』但是沒有人救我出來。於是，我非常憤怒地對自己說：『從今以後，誰要是放了我，我就要他的命，我會讓他自己選擇死法。』現在，你放了我，我讓你自己選擇死法。」

漁夫一聽這話，大喊道：「真主啊，太遺憾了，我不該到現在才來釋放你！」然後他對惡魔說：「饒了我，或許真主也會饒了你。不要殺害我，免得真主也把你交給一個能毀滅你的人。」

但是惡魔說：「沒辦法，我必須殺了你。所以，趕緊選一個死法吧。」

漁夫又回到原來的爭論，說：「我放了你讓你自由了，饒了我吧。」

「我難道沒告訴你，」馬力得說：「這正是我要殺了你的原因。」

「惡魔的首領啊，」漁夫說：「我以仁慈待你，你卻以惡報善。箴言說的果然沒錯：

我們善待他們，他們卻以惡報善。

我指著自己的命發誓，此乃邪惡所行之事！

幫助那些不值得幫助的人，所獲得的報償

就像土狼付給幫助她度難的人一樣。」

「不必再多說，」惡魔說：「你必須死。」

漁夫心裡說：「這是惡魔，我是人類。真主給了我聰明才智，所以我必須用我的才智和巧思，在他設法用他的詭計殺我之前解決他。」於是他對惡魔說：「你一定要殺我，沒有其他辦法了嗎？」

惡魔說：「沒有。」

漁夫說：「奉那刻在大衛之子所羅門的戒指上至高者的名，我懇求你誠實地回答我一個問題。」

---

1 在惡魔的等級裡，馬力得（Marid）是力量最強大的一種。這名字絕大多數時候是指邪惡的妖魔。（培恩注）

2 按伊斯蘭教的說法，穆罕默德是最後的先知，此前若從頭算起，第一位先知是亞伯拉罕，其後有所羅門。（培恩注）

惡魔聽見他提到至高者的名，忍不住心驚膽戰，說：「好吧，你問吧，長話短說。」

漁夫說：「這個膽瓶連你的手或腳都裝不下，怎麼可能把你整個人都裝進去？」

惡魔說：「你不相信我之前待在那裡面？」

「對，」漁夫說：「我不相信，除非我親眼看見。」

說到這裡，夏合剌撒德看見天快亮了，就停了下來。

於是來到第四夜[3]

杜雅薩德對姊姊說：「姊姊，你別睡，為我們把故事講完吧。」

於是夏合剌撒德開始說：「威嚴的陛下，我聽到的故事是這樣的……」

當那個惡魔聽見漁夫所說的話，立刻全身一抖，變成一團籠罩在海上的煙。那煙逐漸聚攏在一起，然後一點一點進入膽瓶，最後全都進了瓶中。這時漁夫急忙上前，拿起鉛封塞住瓶口，然後大聲對惡魔說：「選擇你想要的死法吧！安拉在上，我要把你丟回大海裡，然後在這裡蓋個房子，所有到這裡來的人，我都會警告他們別在這裡釣魚，並對他們說：『在這海裡有個惡魔，會讓那些將他從海底打撈上來的人選擇自己的死法，再按人的選擇殺了他們。』」

惡魔聽見這話，發現自己又被關在膽瓶裡，知道漁夫以智取勝擊敗了他。他拚命想出去，卻辦不到，因為所羅門的封印擋住了他。於是，他對漁夫說：「我剛才只是跟你開個玩笑。」

「你這卑鄙邪惡又骯髒的惡魔，你騙人！」漁夫回答，接著把膽瓶滾到大海邊。瓶子裡的惡魔感覺到了，大喊著：「不要！不要！」

而漁夫說：「要！要！」

於是惡魔降低音量，讓自己的聲音聽起來很溫順，說：「漁夫啊，你要怎麼處置我呢？」

「我一定要把你丟回海裡，」漁夫回答：「既然你已經在海底躺了一百八十年了，現在該回去待在那兒，一直待到末日審判的時刻。我豈不是跟你說過：『饒了我，或許真主也會饒了你，不要殺害我，免得真主也殺了你。』但是你拒絕了我的哀求，非要以怨報德加害我。因此，我對你使詭計，現在真主把你交在我手裡了。」

惡魔說：「放我出來，你要什麼好處都好商量。」

漁夫回答：「該死的傢伙，你騙人！你跟我，就像尤南國王的大臣和杜班醫師的故事一樣。」

「他們是誰？」惡魔問：「他們之間有什麼故事？」

於是漁夫說：「惡魔啊，這就跟你說吧……」

杜班醫師的故事

從前，在波斯的一個大城裡，有個威勢強大又富有的國王名叫尤南，他擁有各類軍伍、護衛、

3 從這裡開始，我省略每夜開始和結束時一模一樣的介紹。這些重複的內容只會使讀者厭煩，而我也只不過在邊角多記錄幾次夜數罷了。（培恩注）

後備兵員，國勢強大，但是他患了痲瘋病，所有御醫都治不好，智者全都束手無策。他試了無數內服外敷的藥粉藥膏，全不見效，沒有一個醫生能治好他。最後，國王的首都來了一個偉大的醫師。他年紀很老了，名叫杜班，博覽古今書籍，懂古今希臘文，以及波斯、土耳其、阿拉伯、敘利亞和希伯來文，並通曉醫術和占星術，既懂理論又能實踐。

此外，他通曉所有的植物和藥草，知其有益或有害，而且精通各家哲學。簡言之，他是科學、醫學和其他所有學科的大師。他才進城幾天就聽說真主使國王患了痲瘋病，所有醫師和科學家都治不好。於是他徹夜閱讀研究，到了第二天早晨，換上自己最昂貴的衣袍，一身光鮮地去晉見國王。他在國王面前伏身吻地請安，用精挑細選過的話來祝福國王尊榮昌盛，接著報上自己的名字，說：「陛下，我得知您身體不適，也知道群醫無策，治不好您。但是我能把您治好，陛下，您既不需吃藥，也不需擦藥膏。」

國王聽見這話，很驚訝地對他說：「你如何能夠辦到？安拉在上，如果你能治好我，我會讓你與你的子孫富貴一生，我會給你數不盡的好處，你想要什麼都必滿足，你將成為我的親信和朋友。」接著國王賞賜他一襲華服，非常敬重他，說：「你真的可以不用藥粉或藥膏就把我治好嗎？」

「是的，」杜班回答：「我不需要那些藥就能治好您。」

國王聽了非常驚奇，說：「醫師啊，你打算什麼時候治療我呢？我兒，快動手治療我吧。」

杜班說：「遵命。明天就能把您治好。」然後他返回城裡，租了一個房子，安置好他的書籍和藥材，然後開始抓藥煉藥，再把提煉的藥放進一根挖空的球槌裡，為球棍裝上握柄，另外又精心製作了一顆球。第二天早晨，他來到國王面前，伏身吻地請安，並請國王到騎士競技場上去打球。

於是，國王騎上馬，跟文武百官一同到場上去打馬球。臨近競技場，杜班醫師上前，把自己準備好的球槌和球呈給國王，說：「請拿著這根球槌，抓緊握柄，騎馬在場上奔馳，伸展您的身體，擊打這顆球，直到您的手掌和全身大汗淋漓，球槌中的藥會滲透您的手並遍布全身。當您打完球，這藥已經進入您體內，您便回宮洗澡，好好睡一覺，等您醒來，病就好了。願平安與您同在！」

國王接過球槌，騎上駿馬，將球往前一拋，然後全力奔馳擊打，他的手始終牢牢握著球槌，馬不停蹄地追著打球，直到手掌和全身大汗淋漓。杜班知道藥效已經在國王身上發揮效果，便要他立刻回宮洗澡。

國王啟程回宮，下令先為他做好沐浴準備。國王的僕人、侍從趕到澡堂，要民眾都離開，然後備好國王要穿的細麻衣與其他一切必需品。國王進了澡堂好好刷洗一番，然後穿上衣服，返回王宮睡了一覺。當他睡醒，起床察看自己的身體，發現身體光滑潔淨如白銀，一點痲瘋病的痕跡都沒有。他無比歡喜，胸口漲滿快樂。第二天早晨，他恢復舊例，上朝聽政，文武百官全都列位出席。

這時，杜班醫師前來晉見，在國王面前伏身吻地請安，接著唸誦了以下的詩句：

您即位子民之君，諸般美德崇高：
稱號萬民景仰，無人膽敢僭越。
眉宇睿智光明，驅散疑懼迷霧，
上至堂皇武功，下至小民所欲，
您的面容永遠光耀歡欣，
命運只能嚥下無法施展的怒氣！
雲朵傾灑甘霖於乾渴的山巒，
您降恩典浩蕩，非我所能希冀。

慷慨布施賞賜，無分親疏遠近，
猶如您求取的事功，榮耀已極。

國王急忙起身迎接他，擁抱他，賜他座椅，並讓他穿上尊榮的錦衣華服。接著，一桌桌的佳餚美食端了進來，杜班和國王同席吃喝，促膝長談了一整天。當夜幕降臨，國王賞他兩千金幣和許多其他禮物，還讓杜班騎他的御馬回去。醫師返回自己的小屋後，國王對他的醫術驚歎不已，說：「這人不用任何藥膏就把我治好了。安拉在上，這真是完美的本領！我應該賜他榮譽，好好報答他，讓他一輩子都做我的親信和知己。」

國王因為擺脫疾病糾纏、身體完全恢復健康，滿心歡喜，無比滿足地過了一夜。第二天早晨，他上朝端坐在寶座之上，文武百官分坐左右，場面盛大。國王派人召來杜班醫師，他來後伏身吻地請安，國王起身請他過來坐在自己旁邊，與自己一同吃飯，不停與他交談，非常重視他的見解。到了日暮天黑，國王下令賜給他五套錦衣華服，又賜一千金幣。他返回自己的家，對國王的賞賜感到非常滿足。

隔天早上，國王一如既往上朝聽政，文武百官各就各位，環繞在他身旁。在他的群臣中，有一位面貌嚇人、貪婪猥瑣、嫉妒心重的大臣，此人天生一肚子壞水，總出壞主意，看見國王如此敬重杜班，又賜他許多禮物，嫉妒之餘便起心要害他。正如俗諺所說：「無心不生妒。」又說：「暴虐潛於靈魂之中，軟弱者隱藏它，強橫者顯露它。」

他來到國王面前，伏身吻地請安，說：「陛下萬歲，我在您的恩澤下成長，我有鄭重的警戒之言要說予您聽，若我藏在心裡不說，我就是無恥之徒。因此，如果您允許我說，我就說。」

大臣的話令國王不安，便說：「你有什麼警戒之言？」

「陛下英明，」大臣說：「古人曾說：『不計後果之人，前途堪憂。』依我看，陛下也走上了同樣的路。您偏愛自己的敵人，而那人企圖拖垮您的王國。陛下對他的看重、讚譽和親近，確實是太過了。坦白說，我為陛下您擔憂。」

尤南國王聞言大為困擾，臉色也變了，說：「你說的是誰？」

大臣回答：「您若還在沉睡，醒醒吧。我說的是杜班醫師。」

「你給我滾出去！」國王說：「他是我真正的朋友，是所有人當中我最親信的。你看，他只讓我握住一根手杖，就治好了令群醫束手無策的痲瘋病。當今之世，再也找不到和他一樣的人了，無論東方西方，全世界都找不到，而你竟然這樣毀謗他！從今天起，我要任用他，給他職位，以及每月一千金幣的薪俸。我認為你說這些話純粹出於嫉妒，要我殺了他之後後悔，就像辛巴德國王殺了他的獵鷹之後後悔。」

「陛下萬歲，請您恕罪。」大臣說：「那是怎麼回事？」

國王說：「故事是這樣傳說的……」

辛巴德國王和他的獵鷹

從前有個波斯國王非常喜歡打獵，他飼養了一隻獵鷹，無論晝夜都與鷹形影不離，連晚上睡覺也讓鷹整夜棲息在自己手上。他出門打獵時一定帶著鷹，還讓人打造了一個金杯，掛在鷹的脖子上，讓鷹隨時可以喝水。有一天，他的馴鷹師前來對他說：「陛下，現在打獵正是時候，出發吧。」

於是國王下令出獵，腕上架著獵鷹，在官員和侍從的陪伴下出發了。他們騎著馬來到一個山谷，隊伍整合成追獵的包圍隊形，這時，突然有隻羚羊闖進了包圍圈，國王看見了立刻說：「誰讓羚羊從自己頭上越過逃跑，我就將誰問斬。」

接下來，他們開始縮小包圍圈，愈來愈接近羚羊。未料，羚羊朝國王所在之處奔來，接著停步，將兩隻前蹄抬高到胸口，彷彿要伏身吻地向國王致意。國王低頭還禮，豈知羚羊後腿一蹬，從他頭上一躍而過，逃進了曠野。國王見隨從的官員彼此擠眉弄眼，似在議論他，便對宰相說：「宰相，我那些官員在說什麼？」

「他們說，」宰相回答：「你剛才說過，誰讓羚羊從自己頭上躍過，就要問斬。」

「為了保住我的腦袋，」國王回答：「我一定會追上牠，把牠帶回來！」於是他策馬追去，一直追蹤到羚羊巢穴所在的一座山。國王放出獵鷹，獵鷹在天空盤旋，朝羚羊俯衝而下，將羚羊啄倒。國王趕上前抽刀割斷牠的咽喉，宰殺剝皮，然後掛在自己的鞍頭上，準備帶回去。

這時已是正午休息時間，但國王置身曠野，和馬都非常口渴。他四處找水，不一會兒看見有一棵樹，樹幹上有像油一樣的汁液緩緩滴下來。國王戴著皮手套[4]，取過獵鷹脖子上的杯子接滿汁液，舉到面前正要喝，未料獵鷹一搧翅膀，把杯子打翻在地。

國王拾起杯子，再次接滿汁液，以為獵鷹因為口渴才掀翻杯子，於是這次他把杯子拿到獵鷹面前，但獵鷹又一揮翅膀把杯子掀翻。這次，國王被獵鷹惹火了，他拿起杯子第三次接滿，然後放在自己的馬前面，可是獵鷹再次振翅將杯子掀翻。

於是國王說：「該死，你這隻最搗蛋的鳥，自己不喝，還不讓我和我的馬喝！」接著他拔出劍，一劍砍下獵鷹的翅膀，獵鷹卻抬頭示意，彷彿在說：「看看那樹上有什麼。」

國王抬眼一看，只見樹上盤著一窩蛇，而從樹幹上滴下來他以為是水的東西，其實是牠們的毒液。國王十分懊悔自己斬了獵鷹的翅膀，跨上馬，趕回山谷紮營的地方。他把羚羊交給廚師去烤，自己進帳棚坐下，那隻鷹還架在他手上，但沒多久就抽著氣死了。國王悲傷痛哭，哀悼這隻救他免於一死卻遭他錯殺的獵鷹。他很後悔，卻追悔莫及了。

「這就是辛巴德國王的故事。至於你，大臣啊，嫉妒已經進入了你的心，你竟要我殺了醫師杜班，然後像辛巴德國王那樣後悔。」

「偉大的國王啊，」大臣回答：「杜班醫師又沒有傷害我，我為什麼希望他死呢？我這麼做，真的是關心您，盼望您能知道真相，否則，就讓我像那個要謀害王子的大臣一樣死於非命吧。」

「那是什麼樣的故事？」國王問。

大臣回答：「陛下，請聽我說……」

王子和食人女妖

從前有個熱愛打獵的王子，他父親指派了一名大臣專門陪伴他，無論王子到哪裡，大臣都要跟在身邊。有一天，王子出門打獵，大臣陪著他一路行到野外。他們看見一隻很大的野獸，大臣便對王子說：「快追，別放過那隻野獸！」於是王子策馬上前，緊追著野獸不放，直到奔出大臣的視線。

不久，那隻野獸消失在曠野中，王子發現只剩自己一人，而且迷路了，不知道該往哪裡走。這時，

4 也許這皮手套能防毒液。（培恩注）

前方突然出現一個姑娘，在路邊哭得很傷心。王子問她：「你是誰？」

她說：「我是印度一個國王的女兒，隨著一群人外出，經過這裡時睡著了，從馬上跌了下來，不省人事。我的同伴不知道我跌下馬，繼續往前走，現在剩下我一個人，不知道該怎麼辦才好。」

王子聽到這話，非常同情她的遭遇，便將她拉上馬背，讓她坐在自己背後，兩人繼續往前騎。不久，他們來到一處廢墟，姑娘對他說：「大人，我想要在這裡方便一下。」

於是王子讓她下馬，她進了廢墟，卻停留許久都沒有出來。王子等得不耐煩，只好進去找她，未料卻看見她露出原形。這個食人女妖，正對著她的一群孩子說：「孩子們，今天我給你們帶了個肥肥胖胖的年輕人回來了。」

「親愛的媽媽，」那些小妖回答：「快把他帶進來，讓我們可以飽餐一頓。」

王子聽見這些話，不禁嚇得全身發抖，趕緊退了出去。不一會兒食人女妖從廢墟出來，走到他身邊，見他驚慌顫抖不停，就說：「你為什麼害怕成這樣子？」

他說：「我有個敵人，我很怕他。」

「你不是說你是國王的兒子嗎？」她問。

他答：「我是。」

「那麼，」她說：「你為什麼不賞他錢，收買他呢？」

他回答：「說實話，他不要錢，也不要任何東西，他只要命。我很怕他，我是個受欺壓的人啊。」

「如果你真的是個受欺壓的人，」她回答：「你可以祈求真主的幫助，祂肯定會保護你脫離你的敵人，脫離你所懼怕的災禍。」

於是，王子舉目望天說：「有求必應、聽受欺壓者祈求的主宰啊，當人向您呼求，請您救他們脫離災禍。我的真主啊，求您助我對抗我的敵人，讓他不能加害我，因為您確實是無所不能的。」

食人女妖聽見他這番祈禱，就離開他走了。他找到路回到家，對父王報告了大臣的作為，國王一聽，立刻派人把大臣處死了。

「而您，我的王啊，」那個嫉妒的大臣繼續說：「如果您繼續信任醫師杜班，他一定會用最邪惡的方法害死您。實話實說，他贏得您的喜愛，接受您的友誼，同時密謀要害死您。您要知道，他是從遠方他國前來的奸細，目的是害死您。您瞧，他只給您一個東西握在手裡，就治好您的疾病。您如何知道他不會用同樣的方法來謀害您的性命？」

「愛卿，你的勸言甚好，令我寬心。」國王說：「事情一定是像你說的，這醫師毫無疑問是個想要謀害我性命的奸細，還有，如果他能讓我握著一個東西就治好我的病，他也一定能讓我嗅聞某樣東西就要了我的命。你說，我該怎麼處置他？」

「立刻派人把他叫來，」大臣回答：「等他一到，在他下手害您之前，先下令把他問斬，如此一來，您就可以高枕無憂，不怕他加害您了。」

「愛卿，你說得很對。」國王說，隨即派人去招醫師。杜班高高興興地來了，完全不知道自己面臨的是什麼命運。正如古詩所說：

懼怕厄運之人，要懷抱善心和盼望！
將你的事託給那創造大地和海洋的主宰！
真主的命令必然成就。
那些未成之事也必不困擾你。

杜班進到大殿，唸誦了以下的詩句：
我所有的感謝若不及於您所當得的，
我作的詩歌文章除了您還能獻給誰？
確實，我尚未開口您已賜下恩澤，
我太幸福，沒有理由就享有如此豐厚恩寵。
我怎能遺漏公開給您當得的稱頌，
不日日全心高聲讚美您的慈愛良善？
我必要大聲宣布我欠您的恩澤，
厚重的恩惠，唯念茲在茲時得以輕省。

接著他又說：
將您的臉轉離困擾和憂慮，
信靠真主掌管您的事務。
對眼前的快樂幸運應當歡欣，
您當在其中忘卻所有的愁苦。
許多令人疲乏和困擾的事，
結局都令人安慰，公平美好。
真主按自己的意志安排萬事，

不要違抗祂所備妥的事。

又說：

將您的事交託給看不見的主宰，
真主知曉萬事，
離開世事平靜安歇，
勿為一事驚擾。
須知，世事不會
如您所願臨到，
但是偉大的真主命定一切，
全地的王都受祂支配！

最後說：

振奮起來，快樂起來，忘掉您一切愁苦，
就連智者的智慧也會受憂慮吞噬。
什麼思慮和言談，能給無助無力的奴隸帶來好處？
放下思慮，在永恆的歡樂中得享平安！

當他說完，國王對他說：「你知道我為什麼派人召你來嗎？」

醫師回答：「不知道，唯獨至高的真主知道隱藏的事。」

國王說：「我召你來，為要處死你，終結你的性命。」

杜班對這話大吃一驚，說：「陛下，我犯了什麼罪，您要處死我？」

「有人告訴我，」尤南說：「你是奸細，是來謀害我的，但我會先下手為強。」接著他對劊子手大聲下令說：「把這個叛徒的頭給我砍了，讓我們不再受他所害！」

「饒我一死，」杜班說：「真主就饒你一死；不要將我處死，免得真主將你處死！」

「杜班對尤南重複的話就像我之前對你說的一樣，但惡魔啊，你不肯饒了我，一直堅持要置我於死地。」

於是，國王對杜班說：「除非將你處死，我不會有真正的安全。你讓我用手握杖柄的方式治好我的病，我怎知你不會讓我嗅聞香水或其他東西來害我的命。」

「陛下，」杜班說：「這就是我從您得的回報？您要恩將仇報？」

國王回答：「別說傷人的話。你必須死，一刻都不得拖延。」

醫師杜班見國王已經下定決心，非殺他不可，於是放聲悲哭，後悔自己對不值得的人做了善事，責怪自己在忘恩負義的旱地上撒種，並唸了以下這首詩：

梅木娜的父祖雖位列智者高位，

她卻毫無智慧。

一個沒有常識能控制自己腳步的人，

無論處在乾地溼地，都要滑倒。

這時劊子手上前來，將醫師的雙眼蒙上，然後抽出利劍，對國王說：「您許可我這就動手嗎？」於是醫師哭著說：「饒我一死，真主也許饒您一死。不要取我性命，以免真主取你性命！」接著他唸了以下的詩句：

我以強大的信心行善，他們卻背叛。我本一無所求。

他們成功，而我的忠心卻招來禍患。

如果我逃得一死，我將不再忠告世人，

若我喪命，萬族中善良的謀士都受詛咒！

然後他對國王說：「這就是我從您獲得的回報嗎？您給我的是鱷魚的回報。」

國王說：「鱷魚有什麼故事？」

「在這種情況下，我不能說，」杜班回答：「但是，安拉在上，您若饒我一命，願他也饒您一命。」說完他放聲大哭。

這時，王的首席大臣起身說：「陛下，看在我的面上，免除這人一死吧，我們沒看見他有任何冒犯您的罪過，也未見他行惡，相反的，他治好了您的疾病，在此之前群醫束手無策啊。」

「你們不明白我為什麼要處死他。」國王說：「因為我相信他是個奸細，受人教唆，心裡藏著詭計來害我。他能用一根杖柄治好我，就能用同樣的方式輕易毒殺我。如果我饒了他，他絕對會殺了我。因此，我必須處死他，這樣我才能感到安全。」

當杜班醫師確信自己再也沒有希望，國王的確要殺他，於是他對國王說：「陛下，如果您真要處死我，請給我一點時間，讓我回家安排後事，處理我的醫書，告訴我的親朋好友如何埋葬我。我的眾多書籍當中，有一本非常罕見的珍本，我想把它送給您，您可以將它收在藏寶庫中。」

「那本珍本裡寫了什麼？」國王問。

杜班說：「那書記載豐富，無法數清。它所載的祕密當中，最微不足道的一則是，當您砍下我的頭以後，您翻開書，翻到第六頁，然後讀左邊那頁的第三行，我的頭就會說話，會回答所有您問的問題。」

國王聽了大為驚奇，高興萬分地說：「醫師啊，你的頭砍下來之後真的還能跟我說話嗎？」

醫師回答：「是的，陛下。」

國王說：「這真是太奇妙了！」於是派護衛送醫師回家。杜班回到家裡，把這一天餘下的時間全部用來處理自己的事。隔天，國王上朝，文武百官、王公大臣及國家要員全都來到大殿，整個殿堂如同百花開放的花園一樣熱鬧。

這時，醫師杜班進來了，手裡拿著一本書和一個裝著粉末的小罐子。他坐下，要人送上盤子。他們拿來一個盤子，他把粉末倒在盤上，鋪平，然後說：「陛下，請拿著這本書，但是先別翻開。當他們砍下我的頭後，把它放到盤子裡，壓在粉末上，當它停止流血，那時您就可以翻開書，按照我吩咐的去做。」

國王接過那本書，向劊子手示意，劊子手揮劍砍下醫師的頭顱，接著放上盤子，在粉末上壓一壓，鮮血立刻就止住了，隨後那顆頭顱的雙眼張開，說：「陛下，請翻開書！」

尤南翻開書，發現書頁都黏在一起，因此用手沾了唾液，把書頁分開。他就這樣費勁地一頁頁翻著書，好不容易翻到第七頁，卻發現上面什麼也沒寫，於是對頭顱說：「醫師啊，這上面什麼也沒有。」

頭顱說：「再多翻幾頁。」於是國王以同樣方式又多翻了幾頁。話說，這書是染了毒藥的，沒多久，毒藥就在國王體內發作了。他往後癱倒，身體抽搐，大聲喊道：「我中毒了！」

那頭顱見此情景，張口唸道：

那些執掌王權者，用嚴酷和傲慢統治百姓！
頃刻之間，他們的疆土消逝，彷彿不曾有過。
如果他們以公正統治，他們會得到公正的回報，
但是他們不行公義，命運就以失勢和悲慘作為酬謝。
現在，他們去世，那是多行不義必自斃，
「這是你惡有惡報。我想，不必埋怨命運。」

詩句一唸完，國王倒地而死，頭顱也跟著氣絕。

漁夫接著說：「惡魔啊，你瞧，如果尤南國王饒了杜班醫師一命，真主也會饒他一命；但是他拒絕了，必要處死醫師，因此真主也奪了他的命。而你，惡魔，如果你饒了我，我也會饒了你；可是無論我說什麼你都不聽，一定要置我於死地。因此，現在我只好把你關在這個膽瓶裡，把瓶子拋入大海，切斷你的生路。」

聽見這話，瓶中的惡魔咆哮說：「安拉在上，漁夫啊，千萬別這麼做！請你饒了我，別對我做

的事心懷怨恨，人類的智慧還是高過惡魔的。如果我行惡，你以善報惡，俗諺說：『以善報惡的人啊，那惡者的惡行自會報應他。』別像烏馬曼對待阿提凱那樣對待我吧。」

「烏馬曼對阿提凱做了什麼？」漁夫問。

然而惡魔回答：「現在我被關在瓶子裡，沒時間講這個故事。放我出去我就告訴你。」

漁夫說：「那你留著別說吧。我一定要把你丟進海裡，讓你永遠再也別想出來。我卑躬屈膝乞求你，但是怎麼說都沒用，你就是要殺我，而我從來沒有冒犯過你，沒對你做過任何壞事，相反的，我仁慈地釋放了你。當你這樣對待我，我就知道你是個無藥可救、做盡惡事的妖魔；同時，我知道必須把你扔回海裡，並且告訴每個人發生在你我之間的事，作為警戒，這麼一來，如果有人捕魚時將你撈起來，會再把你丟回海裡。你應該一直待在海裡，直到世界末日，並受盡各式各樣的折磨。」

惡魔說：「放我出去，這是慷慨寬容的時節；我會跟你立下約定，永遠不傷害你，並且幫助你發大財。」

惡魔指著至高的主宰發誓不但永遠不會傷害他，還會為他服務之後，漁夫接受了提議，揭開膽瓶的封印。接著，一縷煙冒出瓶口，緩緩上升，聚在一起變成一個惡魔。惡魔隨即伸腳一踢，把膽瓶踢進了大海。漁夫一看，差點嚇得魂都飛了，心想：「這真不是個好預兆。」但是他鼓起勇氣說：「惡魔啊，至高的安拉說：『要信守你所立的約定，因為它們都要受到查問。』你已經和我立了約定，對我發過誓，不會傷害我。所以，別欺騙我，以免真主用同樣的方式對待你，因為祂是一個忌邪的神，祂雖延遲懲罰，卻從未放過任何惡人。因此我對你說，正如杜班醫師對尤南國王說：『饒我一死，真主也許饒您一死！』」

惡魔大笑，開始朝內陸走，同時對漁夫說：「跟我來。」

漁夫跟著他，邊走邊發抖，不相信自己能逃脫。惡魔領著他朝著和城鎮相反的方向走，接著翻過一座山，來到一個開敞的平原，平原中央是個湖泊，周圍環繞著四座山丘。他領著漁夫來到湖中央，站定後吩咐漁夫撒網捕魚。

漁夫定睛朝水中一看，發現水裡有紅、黃、藍、白四種顏色的魚。他拿出漁網撒網，拉上來時捕得四條魚，每種顏色各一條。漁夫非常高興，惡魔對他說：「把魚帶去獻給蘇丹，他會賞給你讓你發財的東西。非常抱歉，關在海底一千八百年直到今日才能上岸，我不知道還有什麼其他辦法可以實踐對你的誓言。請記住，一天只能撒網一次，不要貪多。我願安拉看顧你！」說完，他用力頓足，大地裂開，將他吞了下去。

漁夫往回走，心裡對發生在自己身上的事驚奇不已。他回到家，拿碗裝水，把魚倒進去，牠們開始歡快地游著。接著他把碗頂在頭上，前去王宮，按照惡魔的吩咐，把魚呈獻給國王。國王從沒見過這種形狀和種類的魚，大為驚喜，便對宰相說：「把魚交給希臘國王送給我們的那個廚娘，告訴她把魚煎了。」這廚娘是希臘國王送來的禮物，國王三天前才獲得的，還沒試過她的廚藝。

宰相端著魚來找廚娘，說：「這些魚是有人拿來獻給蘇丹的禮物，他對你說：『不到難處不落淚！』今天就請你顯顯你絕佳的手藝吧。」

宰相回到蘇丹身旁，蘇丹吩咐他賞給漁夫四百個金幣。漁夫把錢收進腰包，出宮回家。他高興狂奔，踉蹌跌倒，又爬起來，感覺自己像在作夢一樣。他買了需要的東西返回家中妻兒身旁，高興快樂無比。

與此同時，廚娘拿起魚，剖洗乾淨，在火上架起煎鍋，倒了麻油，等油熱了之後，把魚放下去煎。當魚煎好一面，她翻過魚身準備煎另一面時，廚房的牆壁突然裂開，裡面走出一個身材窈窕的美少女。少女光潔的雙頰如凝脂，烏黑的雙眼透晶瑩，身穿飾有閃亮埃及小金片的綾羅綢緞，頭纏滾著藍邊的絲巾，兩耳戴著耳環，雙手戴著手鐲，手指戴著一些鑲著寶石的戒指，手裡還拿著一根印度藤杖。她走到黃銅爐前，把藤杖戳進煎鍋裡說：「魚啊！你們信守約定嗎？」

廚娘聽見這話，嚇得昏了過去。那少女把問題重複了第二次和第三次，所有的魚都抬起頭來，異口同聲大聲說：「是的，是的。

「你反悔，我們就反悔。你守信，我們就守信。

「你若捨棄約定，我們也會捨棄對你的約定！」

少女聽罷，用藤杖掀翻煎鍋，再從原路回去，牆壁合攏，恢復原狀。

這時廚娘醒過來，看見四條魚已經燒成焦炭，說：「第一次上陣，就損兵折將！」接著又昏倒，不省人事。宰相來到廚房，用腳踢了踢廚娘。廚娘醒來，哭著告訴宰相剛才發生的事。他吃驚地說：「這確實是件怪事！」

他派人去找漁夫，說：「漁夫啊，再給我們帶四條一樣的魚來。」

於是漁夫返回湖邊，撒網捕魚。當他拉起網來，看見網裡有四條和上次一樣的魚。他帶著去見宰相，宰相拿著魚去找廚娘，說：「來吧，當著我的面煎魚，我要看看會發生什麼事。」

廚娘把魚剖洗乾淨，在火上架起煎鍋，把魚放下去煎。過沒多久，牆就裂開，穿著同樣打扮的那個少女出現，把藤杖戳進煎鍋裡說：「魚啊，魚啊，你們信守舊約嗎？」

看啊，所有的魚都抬起頭來，像前一次一樣大聲說：「是的，是的。

「你反悔，我們就反悔。你守信，我們就守信。

「你若捨棄約定，我們也會捨棄對你的約定！」

少女隨即用藤杖掀翻煎鍋，然後由原路返回，牆壁合攏如初。宰相見此情景，說：「這件事一定要稟報國王。」於是他去見國王，告訴國王他看見的一切。

國王說：「我必須親眼看見這事。」然後他派人去找漁夫，命令漁夫再帶四條一樣的魚來。

漁夫立刻去到湖邊，撒網又捕了四條一樣的魚，帶去給國王。國王又賞了他四百金幣，並派護衛看著漁夫，直到他弄清楚究竟發生什麼事再說。然後國王轉身對宰相說：「你當著我的面煎這四條魚。」

宰相說：「遵命。」於是他在火爐上架起煎鍋，把魚剖洗乾淨後下鍋。他才開始煎魚，牆壁就裂開，走出一個身形如山的黑奴，或者是亞達族[5]存留下來的後裔，手裡拿個一根綠樹枝。他用可怕的聲音說：「魚啊，魚啊，你們信守舊約嗎？」

所有的魚都抬起頭來大聲說：「是的，是的，我們始終如一。

「你反悔，我們就反悔。你守信，我們就守信。

「你若捨棄約定，我們也會捨棄對你的約定！」

黑奴走上前，用樹枝掀翻煎鍋，再循原路返回，牆壁合攏如初。國王上前察看那些魚，發現牠們已經燒得漆黑如炭。他感到很困惑，對宰相說：「這件事不能緘默不問，這些魚一定跟某種奇怪的情況有關。」於是他派人去找漁夫，說：「你這打魚的，那些魚是從哪弄來的？」

「是從一個有四座山環繞的湖裡打來的。」漁夫回答：「在王城後面那座山的另一邊。」

「從這裡去要幾天的路程？」國王問。

漁夫回答：「陛下，只要半小時就能到了。」

5 《古蘭經》裡提到的一個令人難以置信的巨人族。（培恩注）

國王一聽，十分驚訝，立刻下令衛隊整裝出發。他的侍從緊跟著他，在最前方領路的是開始暗暗咒罵惡魔的漁夫。

一行人騎馬翻越山丘，來到寬闊的平原，他們從未見過這處景色，每個人都很驚奇。他們一路前進，直到來到四座山丘包圍的湖邊，看見湖裡有紅、黃、藍、白四個顏色的魚。

國王站在湖邊看得驚奇不已，對侍從說：「此前你們有人見過這個湖泊嗎？」

眾人回答：「陛下萬歲，我們這輩子從來沒見過這個湖泊。」

接著他又問那些上了年紀的人，但他們也說了同樣的話。國王說：「安拉在上，我沒弄清楚這個湖泊和這些魚，就不返回我的王城，不坐在寶座上聽政！」接著，他下令眾人在山腳下紮營，並召來博學多聞、經驗豐富、既精明又很有能力的宰相，說：「我今晚打算一個人去查明這座湖和這些魚的祕密，我要你坐在我的大帳門口，告訴所有的王公、大臣、衛隊和侍從，蘇丹不舒服，不見任何人，你也不可把我的意圖告訴任何人。」

宰相不敢違背國王的計畫。國王喬裝打扮一番，腰配寶劍，悄悄離開，從一條小徑爬上一座山丘，翻過山，從黑夜一直走到第二天，炎熱的天氣迫使他停下來休息。接著他繼續出發，繼續走了一天一夜，直到第三天早晨，望見遠處有個黑色的東西，很高興地說：「看樣子我能找到人告訴我那個湖泊和魚的祕密了。」於是他繼續走，一直來到一座黑色的建築物前。那是一座黑石建造的宮殿，有兩扇鑲鐵的大門，一開一閉。

國王見了很高興，走上前去輕輕敲了敲大門，但是沒有人回應。他敲了第二遍，又敲了第三遍，結果還是一樣，沒有人回答。他敲得更大聲，但依舊無人回應。他心裡想：「這裡一定是廢墟。」他鼓起勇氣走進前廳，大聲喊：「喂，宮殿裡的人，我是個異鄉人，走了很遠的路，又餓又渴。你們有什麼吃的東西嗎？」他把這些話重複了兩、三遍，但是沒有人回答。

於是他大著膽子往宮殿裡走，發現牆上掛的、屋中陳設的都是絲綢製品，上面用金線繡著繁星，每扇門都有直垂到地的門簾。屋宇中央是個寬闊的庭院，四邊搭了四個台子，還有一張岩石長凳。庭院正中央有個巨大的噴水池，池的四角立著四隻金紅的獅子，口裡噴出的水泉猶如珍珠寶玉；庭院裡養滿飛禽，院子上空張著一張金網，以防群鳥飛走。

國王左右張望了半天，一個人也沒看見，他很想找個人問問有關湖泊、魚和這個宮殿等等令他驚奇又棘手的事。於是他回到前廳，在大門前坐下，思索著自己看見的這些景象。這時候，他聽見一聲哀傷悲歎，接著有個聲音唸誦說：

我隱藏我對你的忍耐，它終要見光，
沉睡終必清醒，此後我得看分明。
命運啊，你既不饒過我，也不對我手下留情。
啊，我心為悲傷和恐懼所苦！
我的夫人，無論如何，請給予那從偉大降為卑微、
因為愛而從富有變成貧窮者同情吧。
嫉妒的風曾經一度吹拂著你，
唉！命運不眷顧我，他的雙眼受黑夜蒙蔽。
當敵人接近，是什麼阻擋了弓箭手的本領？
他的弓弦斷裂，他在戰鬥中全然無助。
當災禍壓迫高貴的心智，

一個人要躲到何處才能逃避命運？

國王聽見唸誦的聲音，立刻起身循著聲音往前走，發現那來自側廳的一道門內，門上掛著長長的門簾。他掀起門簾，看見一個年輕人坐在一張高約一腕尺[6]的長榻上。那青年面貌英俊，身材也好，額頭雪白，雙頰紅潤，頰邊一點黑痣，猶如一滴龍涎香，有詩云：

苗條的人兒！他的額頭覆蓋著黑夜般烏黑發亮的頭髮，
燦爛的白晝和黑夜輪流。
別嫌他腮邊的痣。杯盞似的銀蓮花豈不完美？
其中心卻配戴著一個黑色的洞眼。

那年輕人身穿滾著埃及金邊的絲袍，頭上戴著鑲珠寶的王冠，但是臉上滿是痛苦的痕跡。國王看見他很高興，向他問安，年輕人沒有起身，但是彬彬有禮地致意，說：「大人，請原諒我沒有起身行禮，我該向你致意，但我實在辦不到。」

「年輕人，我不介意！」國王回答：「我是你的客人，因為一件要緊的事來到這裡，請你詳細告訴我那座湖、湖裡的魚，還有這座宮殿的祕密，以及你為什麼一個人坐在這裡哭泣。」

年輕人聽見這話，眼淚又不停滾落兩頰，哭得非常傷心，直哭到胸口溼透，然後他吟誦道：

對那些傷心人說吧，命運之箭射中他們，
「有多少人是她瞄準但最後又放過！
啊，你若酣睡，真主的眼目從來不打盹。

誰的生命真有安寧，誰的機運穩妥不驚？」

他重重歎了口氣，又繼續吟誦：

把你的事託付給萬物之主宰

把你的思慮和憂愁拋開

對已過去的事不要追問：「為什麼是這樣？」

因為萬事都仰賴真主的命令。

國王十分驚訝，說：「年輕人啊，你為什麼哭泣？」

他回答：「面對這樣的景況，我為何不哭？」然後他伸手掀起長袍的下襬，看啊，他從腰部以下全都石化了。

國王看見他的情況，為他感到萬分難過，不由得大喊：「唉呀！唉呀！」然後說：「年輕人啊，你真是使我愁上加愁。我來請問你有關魚的事，但是現在我也想知道你的經歷。全能高尚的真主掌管一切！因此，年輕人啊，跟我說說你的故事吧。」

年輕人說：「請你細聽，也請你理解。」

國王回答：「我全神貫注聽你說。」

於是年輕人說：「那些魚和我的故事非常離奇，但它像針扎眼角那般痛苦[7]，足以成為後人的

---

6 腕尺是指從中指尖到手肘的長度，阿拉伯的腕尺約〇．五八八三公尺。（譯注）

7 with needles on the corners of the eye 中的 eye 或可譯成「瞭解」。這句話常在故事中出現，但真正的意思已無人知曉。（培恩注）

鑑戒。」

「怎麼說呢？」國王問。

年輕人回答：「大人啊，請聽我說……」

王子受魔法所困的故事

我父親名叫穆哈麥德，是這座城的國王，也是黑島的主人，而黑島就是你看見的那四座山丘。父親在位七十年，在真主接走他之後，我繼承了王位，並娶了我的堂妹為妻。她非常愛我，愛過了頭，每次我離開，她就不吃不喝，直到我回來為止。

我跟她在一起生活了五年，有一天，她到浴池洗澡，我吩咐廚師趕緊準備晚餐，等她回來就可一起享用。然後我回寢宮躺下休息，吩咐兩個宮女分別坐在床頭和床尾為我搧風。我因為妻子不在身旁心神不寧而睡不著，但依然閉著雙眼。

這時，我聽到在床頭的宮女對另一個說：「麥絲歐德啊，我們主人真不幸，年紀輕輕卻娶了一個人盡可夫的該死女人，他真可憐。」

「確實是這樣。」麥絲歐德說：「願真主詛咒所有不忠的淫婦！她夜夜外宿，我們的主人把青春浪費在這個賤女人身上，真不值得。」

另一個宮女說：「我們主人真是昏庸，當他晚上醒來，發現她不在身邊，難道都不問她去哪裡了嗎？」

「你長點心眼吧，」麥絲歐德說：「我們的主人怎麼會知道。她能讓他知道嗎？她每天晚上在他睡前喝的酒裡下藥，麻醉劑讓他睡得像死人一樣，完全不省人事，然後她濃妝豔抹出門，直到天亮才回來。她回來後焚香在他鼻子前一薰，他才會醒過來。」

當我聽見宮女的談話，只覺眼前一黑，以為天再也不會亮了。不久，我妻子洗澡回來，宮女擺上晚飯，我們一同坐下吃喝談話，一如往常。然後她喚人端來我的睡前酒，把杯子遞給我。我舉杯假裝喝了，其實是把酒倒進衣襟裡，隨即上床躺下，假裝睡著開始打鼾。

接下來，我聽見她說：「睡一整夜吧，最好永遠別醒來！安拉在上，我恨你，討厭你的模樣。我受夠了你的陪伴，真不知道真主什麼時候才會取走你的性命！」

然後她起身穿上最華貴的衣袍，周身灑滿香水，又配戴我的寶劍，然後打開宮門離去。我起身跟著她，她穿過城中街道，來到城門口，喃喃唸了幾句我聽不懂的話，城門上的大鎖立刻脫落，門也應聲打開。

她直接出城，在城外的垃圾堆之間穿行。我悄悄跟著她，見她最後來到一處圍籬，裡面是一座磚砌小屋。她進了小屋，我爬上屋頂往下看，看見妻子站在一個卑賤的黑奴面前。那黑奴有兩片肥厚的嘴唇，上唇像床罩一樣覆蓋著下唇，都能清掃地面的灰塵了。黑奴躺在廢棄的甘蔗床板上，身上裹著一件破舊的衣服。

她在他面前伏身吻地請安，他抬起頭來對她說：「該死的東西！為什麼拖到現在才來？剛才有一群我的親友聚在這裡吃喝，現在他們都抱著自己的情人走了。我拒絕跟他們喝酒，因為你不在。」

「噢，我的主公，我心愛的，我的安慰，」她回答：「你豈不知我嫁給了我堂兄，我憎恨看見他，厭惡他的陪伴。我是害怕你出事，否則早把他的城市變成一堆廢墟，見不到旭日，讓貓頭鷹和烏鴉在那裡叫囂，狼群和狐狸在那裡做窩。我會把城中的岩石都移到卡夫山[8]後面去。」

「該死的東西，你說謊！」黑奴說：「我指著黑人的那話兒發誓（否則就讓我們那話兒跟你們白人一樣差勁！），下次你要是耽擱到這時候才來，我就不要你來陪，也不跟你歡好！該死的東西，卑鄙的傢伙，臭婊子，無恥的白人，你就是為了自己的歡欲才跟我們在一起的吧？」

我親耳聽見、親眼看見他們兩人的情景，只覺眼前發黑，不知自己身在何處。我妻子杵在那裡哭，低聲下氣地對那人賠不是，說：「吾愛，我心裡的珍果，若你對我惱火，還有誰體恤我？我心愛的，照亮我眼睛的光啊，若你不要我，還有誰收留我？」

她不停哭泣哀求，直到獲得了他的原諒。她很高興地起身，脫了衣裳，對那黑奴說：「主公，你這裡有什麼東西可給婢女吃嗎？」

「那邊蓋著的盆裡有，」他說：「裡頭有煮熟的老鼠骨頭，這罐子裡還剩一點小米釀的啤酒。都拿去吃了喝了吧。」

於是她吃了喝了，洗了手並漱了口，然後赤身裸體在那黑奴身邊躺下，用破衣服蓋在身上。見這情景，我幾乎發狂。我爬下屋頂，走進屋子裡，拿起她帶來的寶劍，抽出劍來，想將他們兩人都殺了。我一劍砍向黑奴的脖子，以為把他砍死了，未料這一劍只割了他的皮肉和食道，沒有割斷他的頸靜脈。他粗聲驚喘，喉嚨咯咯作響，驚醒了我妻子。我收劍入鞘，後退離開，返回王宮，躺下睡到天亮，我妻子進來把我喚醒。我看見她剪了頭髮，穿上了喪服。

「堂兄啊，」她說：「別責怪我這身打扮。我收到消息，說我母親過世了，因我父親在戰場上陣亡，而我兩個哥哥也死了，一個遭到蛇咬而死，一個跌落懸崖而死，所以我有理由哭喪哀悼。」

聽見這樣的話，我沒有責備她，而是對她說：「照你的意思做吧，我不會攔阻你。」

她哀悼了一整年，一年後她對我說：「我想在你的王宮中修一座圓頂墓室，稱為哀悼之屋，專門作為哀悼用。」

我說：「你覺得怎麼好就怎麼做吧。」於是，她給自己建了一座有圓形穹頂的哀悼之屋，像聖人的墳墓一樣，中央有座紀念碑。她把那個黑奴運來安置在這墓室裡。他非常衰弱，從我砍傷他那天開始，他就無法跟她歡好，不能說話也不能做任何事，只靠喝湯水活命。他的死期還沒到，人還活著。

她通常在早晨和傍晚去探望他，給他帶酒和肉湯去，哭哭啼啼地安慰他。就這麼又過了一年，我繼續以耐心待她，不過問她做的事，直到有一天，我碰巧遇見失魂落魄的她，發現她在喃喃自語：「我心中的歡樂，你為什麼從我面前躲開？跟我說話啊，我的命根子！跟我說話啊，我心愛的！」

接著她吟誦道：

若你將我遺忘，我的毅力也將辜負我，不再盼望，
除了你，我的心和我的靈魂再也無能去愛。
無論你去何處，帶我走，把我的身體和靈魂一併帶走，
你在哪裡躺下安息，讓我也葬在那裡。
我的墓碑上只刻我名；我骨頭的呻吟，
必轉向你的聲音，戰慄地回應。

她哭泣著又唸道：

---

8 根據穆斯林的世界觀，這是一座環繞世界的巨大山脈。（培恩注）

我歡樂的日子，是那些你與我親近的日子；
當你轉離，我的年日充滿死亡和恐懼。
是什麼使我整夜顫抖，落在死亡的恐懼中，
然而你的擁抱遠比安全更加珍貴。

隨後又唸道：

縱使給我所有能讓人生甜美之物，
縱使我擁有科斯洛埃斯[9]的帝國，或整個世界都屬於我，
倘若我眼再也不能望著你的臉，
這一切的價值於我都不及一隻蚊子的翅膀。

當她唸完，我過去對她說：「堂妹啊，你的哀悼應當足夠了，因為哭泣並無助益啊。」
她回答：「別攔阻我，否則我這就去死。」
因此，我不再多說，讓她隨意而行。她不停止這樣的哀悼和哭泣，如此又一年。到了第三年年末，這件棘手的事令我苦惱至極，也十分厭倦了，有一天我進到墓室裡，發現她坐在穹頂下方的墳旁，說：「我的主公啊，我一直沒有聽見你對我說話，一個字也沒有。我的主公啊，你為什麼不回答我？」
接著她唸誦道：

墳啊，墳啊，他的俊美或你的光輝，消逝了嗎？
你容顏所煥發的光澤，已經不存在了嗎？

墳啊，墳啊，對我你既不是天也不是地，

何以日月都同聚於你？

聽見這話，我的感覺猶如火上加油，我說：「唉！這哀悼還要繼續多久？」然後我模仿她說了以下的詩句：

墳啊，墳啊，他的烏黑或他的光輝，消逝了嗎？

你容顏汙穢的光澤，已經不存在了嗎？

墳啊，對我你既不是炭爐也不是池沼！

何以炭渣和汙泥都同聚於你？

她聽見我這麼說，立刻跳起來，說：「你這條該死的狗！就是你對我做的好事，砍傷了我心愛的，使我深受痛苦，使他浪費青春，這三年來就這樣不死不活的躺著受苦。」

「你這骯髒的淫婦、最汙穢的妓女、私通黑奴的賤貨，」我回答：「這事確實是我幹的！」我拔劍上前，打算一舉殺了她。

但她大笑說：「滾，你這條狗！你以為覆水能收，以為人死了能復生嗎？千真萬確，真主讓這麼待我的人落進了我手裡，願我心中的怒火生生不熄，憤怒永不足歇。」接著她站起來唸了一些我

---

9 科斯洛埃斯（Chosroes）是拜占庭人使用的譯音，指的是霍斯勞一世（Khosrow I）。他是薩珊王朝最偉大的國王（五三一年～五七九年在位）。在後世的伊朗文學中，霍斯勞一世總是以正義化身和完美君主的形象出現。「霍斯勞」這個名字的意思是「偉大的聲望」。在伊朗和西亞，人們通常是以「阿努希爾萬」（意為「不朽的靈魂」）來稱呼他。（譯注）

聽不懂的詞句，對我說：「在我的咒語下，讓你一半變成石頭，一半還是肉身。」

我登時變成了你現在看見的模樣，從此不死不活，既不能站也不能坐。接著她對整個城市、所有街道和花園施了魔法，變成你所看見的湖，原本城中信仰四種宗教的居民，變成了四種顏色的魚：穆斯林是白色，基督教徒是藍色，祆教徒是紅色，猶太教徒是黃色。她把四座島嶼變成四座山丘，環繞著湖泊。此外，她把我變成這樣還不滿足，每天都要拿鞭子抽我一百下，打得我皮開肉綻，鮮血淋漓，然後給我上身披上毛織的衣服，衣服外再披上這華貴的袍子。」然後他邊哭邊唸了以下的詩句：

大人，我將自己交給您，竭力面對命運，
若您樂意，我受苦等待也滿足。
我的敵人壓迫我、折磨我，令我全身疼痛不堪。
但是，最終或有樂園，能夠補償。
雖然命運重重壓迫我，我信靠先知穆罕默德，
接受獨一的真主，做我的辯護人。

國王聽見這話，轉過身對他說：「年輕人，你幫我解決了一個困擾，卻增加了另一個。不過，告訴我，你妻子在哪裡？那受傷的黑奴又在哪裡？」

「那黑奴躺在墓室的穹頂下方。」年輕人回答：「我妻子住在這門對面的房間裡。每天日出之後，她會從房間出來，先來這裡修理我，扒掉我的衣服，抽我一百鞭，把我打得痛哭流涕，喊得聲嘶力竭，但是她無動於衷。當她折磨完我之後，會拿著酒和肉湯去伺候黑奴，親手餵他。明天早晨日出之後，

她就會來。」

「年輕人，」國王回答：「安拉在上，我保證幫你這個忙，我將因此載入史冊，永遠被人記得。」

然後他坐下來和年輕人交談，直到夜幕降臨，才分別休息睡覺。隔天天還沒亮，國王便起身脫了衣服，拔劍在手，前去墓室。那裡面沒有繪畫裝飾，只點著蠟燭、油燈和薰香。他找尋黑奴，找到後上前一劍殺了他。隨後，他把屍體背出墓室，扔在王宮中的一口井裡，再回到原處，穿上黑奴的衣服，在黑奴原本躺的地方躺下，把劍藏在身側。

不久，那該死的妖婦出來了。她先去丈夫的房間，扯下他的衣服，拿鞭子抽他，打得他痛苦大喊：「痛啊！我受不了啦，別打了，堂妹啊，可憐可憐我吧！」

但是她回答：「你可憐過我嗎？你饒過了我心愛的人嗎？」她一直打到自己累了，他也鮮血淋漓才停手。她給他穿上毛織衣，再披上華貴的袍子，隨後端著一杯酒和一碗肉湯前去墓室。當她來到墳前，忍不住哀聲痛哭說：「我的主公啊，跟我說話吧！」接著她唸道：

你的嚴苛相待要到幾時才會變成憐憫？

我流的眼淚難道還不夠多？

她邊哭又邊說了一遍：「我的主公啊，跟我說話吧！」

國王壓低嗓音，捲著舌頭學黑人講話的口音說：「嗚呼！唯獨真主至高無上，主宰萬物！」

當她聽見這話，欣喜若狂，尖叫著昏了過去。等她醒來，她說：「我的主公啊，你真的對我說話了嗎？」

國王弱聲弱氣地說：「該死的女人，你不配我開口跟你說話！」

「為什麼？」她問。

他回答：「因為你整天折磨你丈夫，他的哭叫擾得我不得安寧，他還整夜呼求真主幫助，懇求詛咒臨到你我，這讓我從入夜到天亮都煩得不能睡覺。要不是這樣，我早就痊癒了。這就是我不回答你的原因。」

她說：「那就請你允許我把他從這種情況裡釋放了吧。」

「快放了吧。」國王說：「讓我們不必再聽他吵鬧了。」

「遵命。」她回答，隨即出了墓室回到王宮，取了一杯水，對著水唸了幾句咒語，杯裡的水開始沸騰冒泡，像在鍋子裡煮沸了一樣。她走到年輕國王面前，對他灑了些水說：「若你是因著我的能力和咒語而變成這種模樣，現在脫離此身，恢復原形吧。」

他隨即全身一抖，雙腳立地，對自己獲釋歡喜無比，說：「我見證除了真主再無真神，穆罕默德是祂的使者，願真主賜福保護他！」

她對他厲聲吼道：「立刻離開這裡別回來，免得我殺了你。」他馬上離開了。她返回墓室，去到墳前說：「主公，靠近我一些，讓我看看你的好模樣！」

國王用虛弱的聲音說：「你幹了什麼好事？你幫我除掉小恙，卻還留著大患。」

「我心愛的人兒，我的小黑寶，」她說：「什麼是大患？」

「你這不長眼的，該死的傢伙！」他回答：「每天晚上，一到半夜，這座城裡那些被你的咒語變成魚的百姓，全部從水裡冒出頭來呼喊真主求助，同時詛咒你我，就是這樣我才不得痊癒。所以你快去釋放他們，然後回來，握著我的手扶我起來；我確實開始康復了。」

她聽見國王這話（她一直以為說話的是黑奴），高興無比地說：「我的主公，我的頭腦和眼目，奉真主的名我這就去！」她滿心歡喜地出了墓室，奔到湖邊，雙手捧起一些水，對著水說了幾句沒有人能聽懂的咒語，湖中的魚激動騷亂起來，他們的頭全部冒出水面，接著全站了起來，恢復了原來的人形。

這城的人民就這樣擺脫了魔法，城市中的街道和市集再次繁榮起來，商旅來來往往，每個人都回到原來的營生，那四座山丘也變回原來的四座島嶼。接著，那妖婦返回墓室，來到國王身邊說：「主公，請把您尊貴的手給我，讓我扶您起來吧。」

「靠近我一點。」國王有氣無力地說。她聞言上前，他舉起劍來刺向她胸口，雪亮的利劍從她後背穿出。他接著抽劍一揮，將她劈成兩半，任她倒地身亡。他出了墓室，見年輕的國王站在室外等他，他很歡喜看見年輕人獲救，對方也非常高興地感謝他並親吻他的手。

蘇丹說：「你要留在這個城裡，還是跟我一同返回我的京城？」

「陛下萬歲，」他回答：「您知道從這裡到您的京城有多遠嗎？」

蘇丹回答：「要走兩天半的路。」

「陛下，」他說：「如果您還在作夢，醒醒吧！從這裡到您的京城，腳程勤快的人也要走上整整一年；您兩天半就走到這裡，是因為這城中了魔法的緣故。不過，陛下，我永遠不會離開您，就算眨眼的功夫也不願離開。」

蘇丹聽見這話非常高興，說：「讚美真主，是祂將你賜給了我！我這輩子沒有孩子，你就做我的兒子吧。」

他們擁抱彼此，歡喜不盡。兩人一起回到王宮，年輕的國王吩咐眾臣為他準備旅行的行李及一切所需。這準備花了十天的時間，接著年輕的國王率領五十個白人奴隸，浩浩蕩蕩陪著蘇丹出發。

蘇丹離開京城已經有好長一段時間，歸心似箭。

他們日夜兼程，走了整整一年，真主保佑他們一路平安，終於接近了蘇丹的京城。他派使者先去報信，讓宰相知道他平安歸來。

宰相本已放棄希望，認為蘇丹不會回來了，這時聽見消息，立刻率領大隊人馬出來迎接，在蘇丹面前伏身吻地請安，對他平安歸來無比欣喜。

蘇丹回到宮裡，坐上寶座，向前來晉見的宰相講述了發生在自己和年輕國王身上的所有的事，宰相祝賀年輕國王重獲自由。

隨後，一切事務步上軌道，蘇丹賞賜臣民許多禮物，並派人召來那個送來四色魚的漁夫，因為他，黑島的人民才得以從魔法中獲得解救。國王賜給漁夫錦袍，又詢問他的情況，問他有沒有孩子。漁夫回答自己有兩女一男三個孩子。國王召他們來，自己娶了漁夫的大女兒，又讓年輕的國王娶了小女兒，並讓漁夫的兒子擔任大司庫。此外，他委派宰相前往黑島國擔任國王，賜宰相錦衣華服和軍隊，讓陪伴王子前來的五十個侍從隨他前去上任。宰相親吻國王的手，隨即出發前往黑島。漁夫成了那個時代最富有的人，他和貴為王后的女兒及兒子，一家人平安順遂，享盡天年。

04 腳夫和三個巴格達姑娘的故事

從前，巴格達有個單身漢腳夫，有一天，他站在市場裡，倚靠著他的籃框等候雇主時，有個姑娘長髮飄飄，髮上繫著絲帶和黃金，身穿金線繡花、滾著金蕾絲邊的細紗衫，腳上穿著繡花靴子，朝他款款走來。她在他面前站定，掀起臉上的面紗，露出一雙烏溜溜、水靈靈、完美無比、彷彿會說話而且睫毛又長又翹的大眼睛，對腳夫說：「拿起你的籃子跟我走吧。」那聲音既清脆又甜美。

她話一說完，他立刻拿起籃子說：「今天運氣真好！今天真主恩待我！」於是跟著她，一直走到一棟房子的大門前。她停下腳步敲門，大門打開，走出一個拿撒勒人，她給那人一個金幣，對方遞給她一個橄欖綠的瓶子，裡面裝滿了酒。她把瓶子放進籃子裡，對腳夫說：「拿起籃子跟我走。」

他說：「安拉在上，今天真是個快樂又幸運的日子！」他頂起籃子跟著她走，一直走到一家水果店前，她在那裡買了敘利亞蘋果、土耳其榲桲、阿拉伯桃子、秋黃瓜、蘇丹尼橘子和佛手柑，此外，還買了阿勒坡的茉莉花、大馬士革的水蓮、桃金孃、羅勒、鳳仙花、鮮紅的銀蓮花、紫羅蘭、香葉薔薇、水仙花、甘菊和石榴花等等，她把所有這一切全部放進腳夫的籃子裡，說：「頂起來走吧！」

他頂起籃子跟著她，一直走到一家肉店，她對屠夫說：「給我切十磅的肉。」屠夫切了肉，用香蕉葉包起來遞給她。她把肉放進籃子裡，說：「扛起來，腳夫！」然後又去一家食品雜貨店，買了開心果、帶殼杏仁、榛果、胡桃、甘蔗、熟豌豆和麥加葡萄乾等等可當零嘴的東西。接著再去一家糕餅鋪，先買了一個有蓋的拖盤，然後在盤裡裝滿果子餡餅、蜂蜜炸果餅、三種顏色的果凍、檸檬口味和蜜瓜口味的杏仁膏、各種形狀的糕餅，以及店裡各種蛋糕糖果，然後放到腳夫的籃子裡。

腳夫對她說：「你要是早告訴我，我就會帶一匹騾子或駱駝來搬運所有東西。」

她笑著拍了下他的後頸說：「快跟上，別囉唆，此乃真主眷顧，你會有一筆好賞錢的。」

她來到一家藥材店，買了玫瑰花水、蓮花水、橙花水、柳花水和其他六種花水，以及一瓶混合了糖、乳香、沉香、龍涎香、麝香、藏紅花的特製玫瑰水，還有用亞歷山大蠟做的蠟燭，這些她全放進腳夫的籃子裡。然後她來到賣蔬菜的店，買了醃漬的和新鮮的紅花和橄欖、龍蒿和香草，還有敘利亞乳酪，把它們全放進籃子裡，對腳夫說：「頂起籃子，跟著我。」

於是他頂起籃子跟著她，一直來到一座高大華美的屋子前，兩扇黑檀木大門上鑲嵌著閃閃發亮的金片，門前的庭院十分開闊。那姑娘走到門前，將面紗往後一掀，輕輕敲門，腳夫站在她背後，暗暗驚歎著她的美麗和優雅。不一會兒，兩扇大門打開，他張大眼睛想看開門的是誰，不料，是個美麗絕倫的窈窕佳人，豐胸細腰，額白腮紅，雙眼如羚羊又圓又大，眉似齋月的新月又細又彎，雙頰如血紅的銀蓮花，嘴似所羅門的印璽，唇紅如珊瑚，貝齒如珍珠，頸項似羚羊，胸脯似泉源，兩乳好像豐滿的石榴，腰腹似錦緞，肚臍可容一盎司安息香，正如論及她的詩人所言：

看看她苗條的身材和照人的美！
此乃集日月之輝於一身！
你的眼目再不會見到黑白的優雅如此成功融合
在她的容色裡，在親吻額頭的青絲中。
她的美麗與她的名字相符，她的雙頰如有紅旗搖動，
彷彿刻意隱藏她的甜美誘惑
她行走的步態流暢如游泳，她的雙臀令我讚歎而笑，
但腰肢纖弱，令我歎息而泣。

腳夫看見她，大腦和心靈如遭一陣風暴狂掃，差點把頭頂的籃子砸在地上，喊道：「我這輩子

可說今天最有福氣！」這時只聽看門的姑娘對採買的姑娘說：「好妹妹，什麼讓你耽擱了這麼久？快進來，讓這可憐的腳夫能把重擔放下。」於是採買的姑娘走進門，看門的姑娘緊跟在後，最後面是腳夫，三人往前走到一個寬敞的大廳。這裡建築高雅，裝飾美麗，色彩繽紛，雕刻著精緻的幾何圖形，還有陽台、長廊、櫥櫃、長椅，以及一些拉上簾幕的密室。大廳中央是個大水池，泉水噴湧，廳中最高的位置擺了一張鑲嵌著寶石的刺柏木沙發，上方撐著紅緞華蓋，邊緣縫了一圈珍珠，粒粒都比橡實還大。沙發上端坐著一位容光照人的姑娘，面如滿月，眉似月牙，雙眼猶如蘊藏著巴比倫的魔法，甜蜜的雙唇如紅玉，唇角含笑，臉上神情沉靜溫柔又端莊。她光彩照人的面容會令旭日感到羞怯，她像天空中最燦爛的明星，或一頂黃金帳棚，或出身高貴的阿拉伯新娘在夜裡揭開面紗的時候，正如論及她的詩人所言：

當她微笑時，整齊的牙齒如珍珠，
如少見的雪花花瓣。
她漆黑的捲髮如落下的夜幕，
她的美麗令晨曦羞慚。

她起身朝大廳中央的姊妹走來，步態端莊，說：「怎麼還站著不動，快把這可憐傢伙的重擔卸下來。」於是，採買的姑娘在前，看門的姑娘在後，在第三位姑娘的幫忙下，三人一同將籃子從腳夫頭頂卸下來，並將籃子裡的東西一一收置。然後她們給他兩個金幣，說：「你可以走了，腳夫！」

他站在那裡看著三位姑娘，十分仰慕。他從未見過面貌身材如此美麗、儀態如此令人愉悅的姑娘，又對她們採買那麼多的美酒、食物、水果和鮮花等等感到非常好奇，也對她們沒有男人陪伴感到奇怪，因此站在那裡動也不動。

於是，年紀最長的屋主姑娘對他說：「怎麼啦？你怎麼站著不走？難道是嫌給你的錢少？」她轉身對那採買的姑娘說：「再給他一個金幣吧。」

「不，安拉在上，」腳夫回答：「小姐，我真不是嫌錢少，通常雇用我的人頂多給我兩個銅板。老實說，我整個人都為你神魂顛倒啦。我很好奇，為什麼你們三位沒有男士陪你們消遣。需知女士的活動若沒有男士可沒意思了，就像一張桌子得有四條腿才完整，可是你們沒有第四個人。就像詩人說的：

你豈不見，娛樂都要四種東西來聯合，
樂器要有豎琴、笛子、弦琴和鐃鈸，
關於配香水，一致要用
紫羅蘭、玫瑰、桃金孃和血紅銀蓮花，
我們的娛樂同樣也需要四樣東西，否則不完美，
那就是金錢、美酒、花園和美麗自由的女主人。

「而你們只有三位，還差一人，這人應該是個機智、明理、謹慎又會保密的男性。」

她們聽他這話覺得十分有趣，笑著對他說：「我們要這樣的人做什麼呢？我們姑娘家最怕把祕密說給不能守信的人聽。我們讀過許多書又讀過歷史，詩人艾布·伊特·胡曼說：

切莫道出你的祕密，當盡你所能守住。
揭開的祕密立刻就失去。

若你胸懷藏不住祕密，
如何期待他人能守住？

「阿布．努瓦斯在守密這件事上說得好：

蠢人，那些說出祕密的男人，
應該在他們額頭打上烙印。」

「我指著你們的性命起誓，」腳夫說：「我是個理智又謹慎的人，並且博覽群書，閱遍史籍。我向來抑惡揚善，正如詩人所言：

除了忠信謹慎之人，無人能保守祕密。
將祕密交與忠實坦誠之輩，必得安全；
將祕密託付我，是託給鎖上的房屋
此屋的鑰匙已經遺失，門上貼了卡帝的封條。」

三人聽見這話，屋主姑娘對他說：「你知道我們花了許多錢來準備這場宴樂，難道你不該給我們一些回報？我們不會讓你同席做我們的密友，看著我們未蒙面紗的美麗容顏，除非你分擔你該付出的價錢。難道你沒聽過：

有愛無錢，
一文不值？」

「吾友，若你有任何東西，」看門的那姑娘補充說：「你就值什麼東西。如果你什麼也沒有，就空手離開吧。」

採買的姑娘插嘴說：「兩位姊姊，讓他待下來吧。安拉在上，今天他幫了我們大忙，換成別人，未必有他這份耐心陪伴。我會幫他付他該分攤的那一份。」

腳夫一聽，大喜過望，趴下來親吻地面感謝她，說：「安拉在上，是你賞給我今天的彩金！這裡是你給我的兩個金幣，請收下並讓我加入你們的聚會，不是做你們的客人，乃是做你們的僕人。」

「歡迎。」她們說：「坐下吧。」

儘管如此，屋主姑娘說：「安拉在上，我們只在一種情況下接受你加入我們的社團：不得打聽跟你無關的事，你要是問東問西，就要挨打。」

腳夫說：「我同意，女士，用我的腦袋和眼睛擔保！從現在起，我是啞巴。」

於是，採買的姑娘起身，束上腰，在噴水池邊擺好桌子，又在桌上擺開杯子、酒壺、鮮花、香草和飲酒所需的一切，然後端來葡萄酒擺上。她和兩個姊姊以及腳夫，四人圍著桌子坐下，腳夫感覺自己如在夢中一般。採買的姑娘拿起葡萄酒斟滿一杯，自己喝盡；接著又斟滿杯子，遞給其中一位姊姊，那姊姊飲盡後又斟滿，遞給另一位姊妹，同樣的，她喝完後斟滿，遞給腳夫說：「敬你一杯，願你身體健康。這乃是醫治百病的良藥。」

他接過杯子拿在手中，鞠躬感謝，接著唸了這些詩句：

莫要暢飲，除非同席之人可靠可信，

思慮真誠，行為高尚，身世清白。

酒就像風，吹過香氛，既香又甜，
但若颳過腐屍，飲來難免惡臭。

又唸：

莫飲美酒，除非捧給你的是美女的手，
像你這樣奉上酒杯，飲者必歡喜又自信。

然後他親吻她們的手，喝了酒，心情十分愉快，又搖頭晃腦唸了以下的詩句：

安拉在上，我在此懇求您！
酒杯斟滿葡萄美酒！
我請求您，滿滿一杯賜我，
因此乃生命之水，確切無疑！

採買的姑娘斟滿酒杯遞給看門的姑娘，對方接過道謝後一飲而盡。接著她把杯子斟滿遞給屋主姑娘，她飲畢同樣斟滿遞給腳夫。他道謝並一飲而盡，然後唸了以下的詩句：

我們被禁止啜飲任何血液，
除了從葡萄藤蔓噴湧的汁液。
故此，為我斟滿，奉給你的雙眼，
好贖回你手中握著的我的靈魂和我的一切。

他轉向年紀最長的姑娘，也就這屋子的屋主，對她說：「小姐，我是你的奴隸，你的僕人，你的苦役！」接著他唸了以下的詩句：

有個屈服於你的奴隸這時站在你的大門前，
他不要你的賞金只想唱歌和歡慶。
美麗的姑娘，他能進來瞻仰你的魅力嗎？
我確實再也無法脫離對你的渴望。

她對他說：「喝吧，願你健康又幸運！」他接過酒杯並親吻她的手，唱了以下的詩歌：

我為吾愛帶來純淨的陳釀，如同她的臉頰，
煥發的光彩令人想到亮如黃銅的紅心。
她舉杯輕觸雙唇，頑皮地大笑，
「你要怎麼讓我暢飲自己的臉頰呢？」她說。
「喝！」我回答：「它是我的眼淚；它的顏色是我的鮮血；
「它在火上加熱過，火焰以我的歎息為柴薪。」

她以這些詩句回答他：

吾友，你若真為我落下血般熱淚，
我請求你，將它們給我暢飲，

飲自你的雙眼和頭顱！

然後她舉杯祝姊妹們健康，將酒一飲而盡。他們繼續飲酒作樂，唱歌跳舞，歡笑唸詩，高唱民謠。腳夫開始調戲、親吻、咬嚙、觸摸、愛撫她們，和她們毫無拘束地嬉戲。她們這個把點心放他嘴裡，那個捶打他，這個給他一拳，那個朝他擲花。和她們在一起，是他這輩子最暢快的時刻，彷彿置身天堂樂園裡的女神當中。

他們就這麼毫不停歇地飲酒作樂，直到人人都有了醉意。這時，看門的姑娘起身，脫去衣裳，解開長髮遮住赤裸的身體，接著跳進水池裡戲水，像鴨子般一會兒游泳一會兒潛水，又把水含在嘴裡，再噴到腳夫身上。她洗了四肢和雙腿間的私處，然後出了水池，撲進腳夫懷裡，指著自己私處問他：「吾友，親愛的，你說這裡叫什麼？」

「你的玉穴。」他回答。

但她說：「呸！你真不害臊！」並伸手朝他頸背打了一巴掌。

他說：「你的陰門。」

「啊呸！」她又打了他一巴掌，說：『這詞太難聽了！你真不害臊啊？」

「你的私處。」他說。

她說：「呸！你真是沒羞沒臊啊？」並且連連打他。

接著他又說：「你的陰戶。」

無論他說什麼，她們都對他又掐又打，直到他脖子疼痛。她們把他當成笑柄哈哈大笑，最後他說：「好吧，那你們女人怎麼稱呼它？」

「甜蜜的芳草地。」她們異口同聲說。

「讚美真主我得平安！」他喊道：「甜蜜的芳草地！」

然後他們又傳杯飲酒作樂。不一會兒，採買的姑娘起身撲到腳夫的懷裡，指著自己的私處問他：「我的帥哥，這裡叫什麼？」

「你的私處。」他回答。

「你真不害臊啊？」她說，並且伸手打了他一拳，讓其他人再次起鬨重複說：「呸！呸！你真不害臊啊？」

他說：「甜蜜的芳草地。」

「不對！不對！」她回答，對他的脖子又掐又打，說：「不對，它不叫這個名字。」

然後他說：「你的玉穴，你的陰門，你的陰戶。」

她們回答：「不對！不對！」

他再次回答：「甜蜜的芳草地。」

這時她們哈哈大笑，笑得前仰後合，然後伸手朝他頸背打了一巴掌。

於是他說：「好妹妹，它叫什麼名字？」

她們異口同聲回答：「你怎麼稱呼剝了殼的大麥？」

採買的姑娘起身穿好衣服，他們再次坐下歡鬧宴飲，腳夫只能暗暗哀悼自己的脖子和肩膀。酒杯在他們當中傳了又傳，那個年紀最長又最美的姑娘起身，脫去衣裳；腳夫用手護住自己的脖頸說：「我的脖子和肩膀恐怕要去見真主了！」

那姑娘跳進水池裡，戲水、游泳、洗浴；腳夫看著赤身裸體的她，皎潔如滿月，且是在黎明前最燦亮的時刻。他定睛看著她的曲線、她的兩乳，還有她豐滿顫動的雙臀。她光溜溜的就像新生兒一樣。他歎道：「嗚呼！嗚呼！」接著唸了以下的詩句：

若我將你的身軀和枝幹上的新芽相比，
我是給自己的心頭加上難以承擔的重擔；
枝幹最美之時乃在添上了新綠，
但是你，在揭去一切遮蔽後，姣美無與倫比。

聽見這話，她從水裡上來，朝他腿上一坐，指著自己的私處問：「我的小朋友，這裡叫什麼？」

「甜蜜的芳草地。」他回答。

但是她說：「不對！不對！」

他說：「剝殼的大麥。」

她說：「啊呸！」

於是他說：「你的玉穴。」

「呸！呸！」她說：「你一點都不害臊嗎？」說著伸手給他頸背一巴掌。

接著無論他說哪個名稱，她們都報以粉拳，說：「不對！不對！」

直到最後他說：「好姊姊們，它叫什麼名字？」

她們齊聲回答：「阿布．曼索爾的客棧。」

他說：「讚美真主我得平安！太棒了！太棒了！阿布．曼索爾的客棧！」

於是姑娘起身穿上衣裳，他們又回到宴樂傳杯的狀態，嬉鬧了好一陣子。

這時，腳夫站起來脫去衣服，像之前她們做的，跳到水池裡繞著水池游泳，洗滌自己的下巴和腋窩。然後他出了水池，撲進屋主姑娘懷裡，又把手伸到看門姑娘懷裡，把腳探進採買姑娘懷裡，接著指著自己胯間說：「我的女主人們，這裡叫什麼？」

她們哈哈大笑，笑得前仰後合，其中一人回答：「你的帆桅。」

「你真不害臊啊？」他說：「答錯！」然後朝每個人索了一吻。

另一個說：「你的舵把兒。」他回答：「不對。」並戲謔地咬了每個人一口。

她們齊聲說：「你的陽物。」

「不對。」他回答，然後擁抱每一個人。

她們繼續說：「你的帆桅，你的舵把兒，你的陽物，你的那話兒！」而他不斷親吻、抱緊並撫摸她們，直到心滿意足，她們則笑得花枝亂顫，幾乎斷氣。

最後她們說：「好兄弟，它的名字叫什麼？」

「你們不知道嗎？」他問。

她們說：「不知道。」

他說：「這是闖破一切攔阻的騾子，在芳草地來回嚼食，狼吞虎嚥剝了殼的大麥，然後在阿布．曼索爾的客棧裡過夜。」

她們全笑得東倒西歪。接著他們又繼續如此輪番飲酒作樂。直到夜幕降臨，她們對腳夫說：「奉真主之名，穿上你的涼鞋走吧，讓我們看著你還保有完好的肩膀！」

他說：「安拉在上，讓我丟命容易，離開你們艱難！讓我和你們共度此夜直到天明，明天早晨我們就各走各路吧。」

「我拿性命擔保你吧！」採買的姑娘說：「讓他跟我們一起過夜吧，我們可以取笑他，他是個讓人愉快的傢伙；我們可能再也碰不到像他這樣的人了。」

於是屋主姑娘對腳夫說：「你可以留在這裡跟我們過夜，但是得守這項規矩：你必須服從我們的命令，無論你看見什麼，都不許發問，也不許查問原因。」

「沒問題。」他回答。

她們說：「過去看看那門上寫的話。」

他走到門前，看見門上有一行金字，寫著：「莫談與你無關之事，以免聽到逆耳之言。」

他說：「你們都是見證，我不會說跟我無關的事。」

採買的姑娘起身準備晚飯，他們都吃了。之後，他們點起燈籠和蠟燭，在蠟燭上撒滿龍涎香和沉香，然後又撤了杯盤，換上新鮮的瓜果、鮮花和美酒等等，繼續坐下來飲酒作樂。他們不停吃喝歡樂，共飲同笑，說話嬉戲，直到前門傳來一陣敲門聲。她們其中一人起身去應門，沒有打斷宴會。不一會兒她回來說：「今晚我們的快樂到此為止，不能繼續了。」

「怎麼啦？」其他人問。

她回答：「門口來了三個外國托缽僧，頭髮、下巴和眉毛都剃得光溜溜的，最怪的是，三人都同樣瞎了右眼。他們顯然長途跋涉，一身僕僕風塵。他們敲門的理由如下：他們初抵巴格達，第一次來到我們的城市，沒想到是在夜裡到的，又在城裡找不到住處，不知道能找誰收留一夜。因此，他們彼此說：『也許這房子的主人會把馬房或柴房的鑰匙給我們，讓我們在那裡睡一夜。』我說姊姊啊，他們每個人的樣子都好好笑，如果我們讓他們進來，他們會讓我們今晚更有意思，到了明天，他們可以各走各路。」

她不停說服她們，直到她們說：「讓那些人進來吧，同樣的規矩：不可詢問與他們無關的事，以免聽到讓他們不高興的話。」

於是她高高興興地出去，領著三個托鉢僧進來。三人鞠躬行禮，隨即退到後面站著，但是姑娘們起身歡迎他們，問候他們旅途平安，然後要他們坐下。三個托鉢僧打量四周，看見這是個令人非常愉快的地方，面前桌上還擺滿鮮花、瓜果、香草、甜點和美酒，燃燒的蠟燭散發出陣陣香氣，座上三位姑娘都沒有蒙面紗，他們異口同聲說：「安拉啊，這真是太好了！」接著他們轉頭看見腳夫，見他喝得半醉又嬉戲得十分疲累的模樣，以為他與他們是同類人，便說：「他跟我們一樣是托鉢僧，若不是阿拉伯人，就是外國人。」

腳夫聽見這話，起身兩眼盯著他們說：「乖乖坐著不要多嘴。你們難道沒看見門上寫著什麼嗎？那就是寫給你們這樣來跟我們乞討但嘴巴不牢靠、愛東問西問的人看的。」

「這位兄弟，我們請求真主的寬恕！」他們回答：「我們的腦袋隨你處置。」姑娘們都笑了，趕緊給他們打圓場，端來食物放在三個托鉢僧面前。當他們都吃飽了，一群人再次坐下飲酒作樂。看門的姑娘給新來者倒酒，酒杯輪流傳了好一會兒，直到腳夫對三個托鉢僧說：「兄弟啊，你們有什麼故事或稀奇的見聞，可以說來讓我們開開心嗎？」

三個托鉢僧酒酣耳熱，開口要求樂器；看門的姑娘為他們拿來鈴鼓、魯特琴、波斯豎琴。三人各取了一件樂器，調了音，便開始演奏歌唱；三個姑娘也開口高聲唱和，一時之間熱鬧無比。

正當他們唱得高興的時候，又有人敲門，看門的姑娘起身去看是誰來了。原來，這夜哈里發[1]赫崙．剌序德按照他向來的習慣，帶著宰相加厄法爾和掌刑大臣麥斯魯爾假扮成商人，微服出巡，

1 哈里發（Khalif）：伊斯蘭教國家對政治宗教領袖的尊稱。（譯注）

進城裡來查訪民情。當他們經過這棟三個姑娘居住的大宅時，聽見屋裡演奏歌唱歡笑的聲音，哈里發對加厄法爾說：「我想到這家去，聽聽音樂，看看唱歌的是誰。」

「大人，」加厄法爾回答：「這些人肯定都喝醉了，我怕我們進去會吃他們的虧。」

「不要緊，」哈里發說：「我一定要進去，趕緊為我想個說詞，讓我們能進去瞧瞧。」

「遵命。」宰相回答，隨即上前叩門，屋裡看門的姑娘出來應門。加厄法爾上前，在她面前伏身吻地致意，說：「小姐，我們是從提比里亞[2]來的商人，十天前來到巴格達做買賣，住在一個商賈的客棧裡。今晚我們去一個商人家做客，吃飯聊天，暢談了好一陣子才告辭。我們打算返回客棧，卻因為是外鄉人，對巴格達不熟，在黑夜裡竟迷路了，找不到我們的客棧。因此我們希望你能行個方便，讓我們在你家裡借宿一夜，願真主賜福給你。」

看門的姑娘打量他們，見他們穿著商人所穿的長袍，看起來又很正派，於是返回姊妹那裡對她們說了加厄法爾講的話，她們不禁同情起這幾個迷路的外鄉人，於是吩咐讓他們進來。她返回門前，打開大門。

他們說：「你同意讓我們進去了？」

「進來吧。」她回答。於是哈里發、加厄法爾和麥斯魯爾都進了門。屋裡的姑娘們看見他們都起身歡迎，請他們坐下，奉上酒食，並說：「歡迎你們來此做客，但是你們得記住一個規矩。」

「什麼規矩？」他們問。

屋主姑娘回答：「你們必須有眼無口，無論看見什麼，都不許發問，也不許談論跟你們無關的事，以免聽到令你們不愉快的話。」

「很好，」他們回答：「我們都不是愛管閒事的人。」他們都坐下來吃喝宴樂。哈里發打量那三個托鉢僧，很驚奇他們都瞎了右眼。當他細看那三個姑娘，更驚訝於她們美麗姣好的容貌。

她們斟酒遞給哈里發說：「請喝。」

他回答：「很抱歉，我起誓要去朝聖[3]，不便飲酒。」

看門的姑娘起身，拿來一條繡金花的餐巾鋪在他面前，又擺上一個中國瓷碗，為他倒上柳花水，又加了一匙冰雪和幾磅的糖果。

哈里發向她道謝，心想：「安拉在上，明天一早我一定要重賞她。」

他們又繼續宴樂，直到大家都有了醉意。這時最年長的姑娘起身，向客人行禮，然後拉著採買姑娘的手說：「來吧，兩位妹妹，讓我們來盡我們的責任吧。」

她們說：「好的。」

於是看門的姑娘起身，先撤了桌子，又把吃剩的食物果皮都扔了，再把大廳中央打掃乾淨。她重新在香爐裡添了香，請三個托鉢僧坐在華蓋一側的沙發上，又請哈里發和他的同伴坐在另一側的沙發上。然後她對腳夫說：「你怎麼這麼遲鈍和懶惰！快過來幫幫我們。你是這個家的一分子，可不是客人！」

他趕緊起身束上腰說：「你要我做什麼？」

她回答：「你先待那兒別動。」

採買的姑娘起身在大廳中間擺了一張椅子，又走到一間密室前，打開房門，對腳夫說：「過來

2 提比里亞（Tiberias）：以色列城市，位於巴勒斯坦北部加利利海畔的下加利利。（譯注）

3 朝聖的規矩之一是朝聖者從接受朝聖的慣例開始，一直到朝聖結束，不得干犯禮儀法（當中禁止飲酒）。據嚴格的學者解釋，這從真正下定決心進行朝聖之旅的時候開始生效。即使像赫崙．刺序德（Haroun er Reshid）哈里發這般耽溺的酒色之徒，終究也要不時嚴格遵守穆斯林規矩。（培恩注）

幫忙。」

他走過去，她從房間裡牽出兩條戴著項圈的黑狗，交給他說：「牽好牠們。」他牽著狗走回大廳中央，而屋主姑娘這時捲起袖子，取了皮鞭，對腳夫說：「牽一條狗過來。」

他牽一條狗過去，只見那狗哭著對著屋主姑娘一直搖頭，屋主姑娘揚起鞭子猛抽那狗，腳夫拉住項圈不讓牠跑。狗被打得淒慘嚎叫不止，但屋主姑娘一直打到臂力不支才停。她扔了鞭子，把狗抱進懷裡，連連親牠的頭，抹去牠的眼淚。然後她對腳夫說：「把牠牽回去，把另一隻牽過來。」

他照著她的話做。她把第二隻狗照樣抽打了一遍。哈里發看著她做的事，內心很不安寧，胸口不停起伏，克制不住自己的耐性，很想知道這究竟怎麼回事。他對加厄法爾使個眼色，但加厄法爾把頭轉開，彷彿在說：「別出聲，這可不是莽撞好奇的時候。」

這時看門的姑娘對屋主姑娘說：「請姊姊起身上座，回到您的位子，換我來做我該做的。」

「很好。」她說，轉身走到上方罩著華蓋的上位，在那張刺柏木沙發上坐下。看門的姑娘也在一張椅子坐下，對採買的姑娘說：「做你該做的吧。」

採買的姑娘起身走進一間密室，拿出一個黃色錦緞製成的袋子，上面繫著綠色絲繩，還有金色流蘇。她走到看門姑娘面前坐下，打開袋子取出一把魯特琴，接著邊彈奏的袋子邊唱了以下的詩歌：

你是我的願望，你是我的目的；吾友，你的出席，
為我帶來永久的喜樂，你的缺席令我心如火燒，
為你憂心如焚，為你痴迷，你始終掌管著我的心，
我對你的愛無所謂指責與恥辱。
當愛情抓住我的心，人生的面紗在我面前被撕開，

因為愛將面紗一扯為二，為榮譽的名聲帶來恥辱，
我披上病弱的外袍；標誌出顯眼的過錯。
自從我的心選擇了你，愛情和孤單都找上我，
我的雙眼終日淚水漣漣，所有我的祕密全都暴露無遺，
當我的眼淚滔滔奔流，噴吐出珍藏的你的名字。
你醫治我的痛苦，對於我，你既是疾病又是良藥。
而他，治癒的良方在你手中，折磨永存。
你的一瞥令我心燃起烈火，用我的慾望之劍斬殺了我。
坦白說，有多少最高貴的人，陣亡在愛情的烈焰之劍下？
然而，願我的激情不會終止，也不會想要尋求解脫。
因為愛情是我的安慰、驕傲和法律，在公眾之前或私下都一樣。
滿眼都是你的那雙眼睛，這是有福的，它們的意願就是看著你！
啊，我毫不費力地承認，我已經變成激情的奴隸。

看門的姑娘聽了這兩兩成對句的歌，竟喊道：「唉呀！唉呀！唉呀！」並撕破自己的衣裳，倒地昏了過去。這時哈里發看見她裸露的身上遍體鱗傷，盡是遭鞭子棍棒痛打的傷痕，不禁大為驚訝。

採買的姑娘起身，取水灑在她臉上，又幫她拿來一件完好的衣服穿上。那些客人見此情景，內心都很不安，因為他們都不明白這到底是怎麼回事。哈里發對加厄法爾說：「你看到那姑娘身上的傷痕嗎？除非我得知所有這些事情的真相，瞭解這位姑娘和那兩條黑狗的故事，否則我無法一直保

持沉默，安心坐在這裡。」

「大人，」加厄法爾回答：「她們給我們立過規矩，我們不該談論與我們無關的事，否則就會聽到令我們不愉快的話。」

這時看門的姑娘說：「安拉在上，妹妹你過來，輪到你為我服務了。」

「我萬分樂意！」採買的姑娘回答，拿起魯特琴靠在胸前，用指尖撥動琴弦，唱了以下詩歌：

若我們抱怨那人缺席，嗚呼！我們當說什麼？
抑或孤單襲擊我們，我們當去往何處？
若我們相信傳訊者會為我們闡述，
但信息哪能正確表述情人的悲歎？
當此心所愛遭棒打鴛鴦，
情人的生命短暫，我們何能假裝耐心？
嗚呼！除了悲傷和絕望，我一無所有，
淚珠滾落我的雙頰，成串不歇。
你永遠離開了我渴望的視線，
卻永遠住在我心中。
我好奇，你是否守住那愛你至深之人的誓言？
她的忠誠，在時光中永遠不會衰敗。
你會永不忘記愛你的那個人嗎？
她在淚水、病苦和激情中磨滅多少時光！

嗚呼！在擁抱中愛將你我再次結合，
但那過去的嚴寒卻與我須臾不離。

看門的姑娘聽到這歌曲，大聲尖叫著呼喊：「安拉在上！這歌太棒了！」接著伸手抓住衣服用力扯破，倒在地上昏了過去。採買的姑娘起身為她拿來另一件衣服穿上，灑水在她臉上讓她醒來。她坐起身來對採買的姑娘說：「再唱一首，幫我完成我餘下的任務；只剩一首歌了。」於是採買的姑娘拿起魯特琴，唱了下面這首詩歌：

悲哉，我！這艱苦和殘忍要持續多久？
我流的眼淚還不夠讓你心軟嗎？
若你的疏遠繼續延長，你殘酷的意志，
打算使我絕望，我祈禱，到底足夠了吧！
如果詭譎的命運只針對情人和他們的悲歎，
他們不會徹夜睜眼，痛苦失眠。
憐憫我吧，你的蔑視沉沉壓著我的心；
我的王，終於到了你憐憫我的時候了嗎？
你宰殺我，我該讓你看我的痛苦嗎？
深愛又證明所愛之人背叛的，他們何等悲傷！
愛和痛苦折磨，在我胸口隨時間流逝而擴大。
流放的日子持續著，我看不到盡頭。

穆斯林，警醒的主人，為愛奴復仇，
激情的暴君踐踏著她的耐心，
我的請求是否公正？當我死時，你卻把自己的擁抱
賜給了別人，罔顧真愛的判決？
我愛的人只向我投以輕蔑，
即使來到我身邊，我豈能享受平靜？

看門的姑娘聽完第三首歌，大喊一聲，伸手撕了衣服，甚至撕了裙子，第三次昏倒在地，身體再次露出那些遭到棒打的傷痕。那三個托缽僧說：「真希望真主沒讓我們踏進這間屋子，而是睡在垃圾堆上！我們的娛樂節目因為這些叫人心痛的事而坐立難安。」

哈里發轉身問他們說：「怎麼回事？」

他們回答：「我們心裡真的因為這件事而非常不安。」

他說：「難道你們不是這個家裡的人？」

「不是。」他們回答：「我們是今天才來到這裡的。」

哈里發說：「你們旁邊那個人，他肯定知道這是怎麼回事。」於是他們詢問腳夫，而他回答：「全能者在上！我們同在一條船上！我是在巴格達長大的，但是今天是我這輩子第一次踏進這棟房子，而我進到這屋裡來陪伴她們是因為我好奇。」

「安拉在上，」他們說：「我們還以為你跟她們是一家人，現在我們把你看為自己人了。」

哈里發說：「我們這裡有七個男人，但她們只有三個女人。讓我們來問問她們怎麼回事吧，如

果她們不願意回答，我們就強迫她們說。」

他們一致同意，只有加厄法爾例外，他說：「這真的不妥，她們愛怎麼做就怎麼做吧。我們是客人，要記得，她們給我們立過規矩，而我們全都答應了。因此，我們對這件事最好保持沉默，現在都已經過了大半夜了，馬上天就亮了，屆時我們各走各路吧。」他對哈里發使個眼色，低聲說：「只要再等一會兒天就亮了，明天我會把她們帶到你面前，你就可以詢問她們的故事了。」

只見哈里發抬起頭來，非常生氣地說：「我沒那個耐心等到那時候。讓托缽僧去問她們。」

加厄法爾說：「這真的不妥。」

他們還是聚在一起商量，一人一句說得熱鬧，至於誰去問問題，他們一致決定由腳夫去問。

他們議論的聲音引起屋主姑娘的注意，她對他們說：「諸位客人，什麼事？你們在講什麼？」

於是腳夫上前對她說：「小姐，這群人想請你告訴他們那兩條狗是怎麼回事，為什麼你痛打牠們，打完又親吻牠們，幫牠們抹去眼淚。還有你妹妹，為什麼她身上被打得都是傷，只有男人才會被打成那樣。這就是他們要我來問你的問題，願你平安。」

當她聽見這話，她轉身對其他人說：「他說你們要問這些問題，是真的嗎？」

他們異口同聲回答：「是的。」只有加厄法爾保持沉默不說話。

於是她說：「安拉在上！諸位客人，你們真是陷我們於不義啊。我們之前與你們立過規矩，每個人不要問與自己無關的事，否則就要聽見讓自己不愉快的話。難道我們讓你們進屋來做客，用美酒美食接待你們，還不夠嗎？不過，過錯不在你們，而在帶你們進來的人身上。」

說罷，她捲起袖子，伸手在地上拍了三下，說：「來人啊！」一間密室的門打開，魚貫走出七個黑奴，人手一把雪亮的出鞘長劍。屋主姑娘對他們說：「把這些多嘴的人的手都反綁起來，然後再把他們一個接一個綁在一起。」

那些奴隸依照她的吩咐把人都綁了，說：「高貴的小姐，您要我把他們的頭都砍下來嗎？」

「慢著！」她答：「在你把他們的頭砍下來之前，先讓我問明他們的情況。」

「安拉在上，小姐，」腳夫喊道：「千萬不要因為他人犯的過錯而殺我，全都是他們的錯，是他們冒犯你，只有我除外。安拉在上，要不是這些托鉢僧，我們今晚本來可以很愉快的，他們光是出現，就足以讓一座繁榮的城市變為廢墟。」接著他唸了以下的詩句：

偉大者的憐憫多麼公正！
對那些低下的人多麼可貴！
憑著你我之間所有的情意，
別判無罪者遭遇罪犯的命運！

屋主姑娘聽到這些話，儘管生氣，還是忍不住笑起來，並走過去對那些客人說：「告訴我你們是誰，你們還可以再活一會兒。你們若不是位高權重之人，絕不敢如此大膽冒犯。」

哈里發對加厄法爾說：「該死的你！快告訴她我們是誰，免得她誤殺了我們。對她說話客氣些，免得我們倒大楣。」

「這對你不過是塊小點心嘛。」加厄法爾回答。

哈里發大聲怒斥他說：「開玩笑有開玩笑的時候，該認真有該認真的時候。」

屋主姑娘問三個托鉢僧：「你們是兄弟嗎？」

「不是。」他們回答：「我們是窮苦的外鄉人。」

她對其中一人說：「你生來就瞎了一隻眼睛嗎？」

「安拉在上！不是的。」他回答：「我經歷了一件少有的事，失去了一隻眼睛，這故事很慘痛，就像眼角遭到針刺一樣，如果寫下來，可作為後人的鑑戒。」

她問另外兩個托鉢僧，他們的回答大同小異，說：「安拉在上！女主人啊，我們來自不同的國家，若不是國王之子，就是統治一方的貴冑王子。」

於是她轉向其他人，對他們說：「你們每個人輪流上前來，為我們講講自己的故事，說完了就可以離開去做自己的營生；但是拒絕不說的人，我會砍了他的腦袋。」

第一個上前的是腳夫，他說：「小姐，我是個腳夫。這個採買的姑娘雇用了我，首先帶我去酒商那兒買酒，再去屠夫那兒買肉，又去了水果商那兒買水果，再去雜貨商那兒買食品，然後去蔬菜商那兒買菜，隨後去糕餅鋪買糕餅，最後去香料鋪買了香料，然後就到這裡來了，然後發生在你我身上的事你都知道了。這就是我的故事。願你平安！」

這些話讓屋主姑娘笑了，對他說：「走吧，去幹你自己的營生吧。」

不過他說：「安拉在上，除非我聽完其他人的故事，我不走。」

這時第一個托鉢僧走上前來說：「小姐，請聽我說……」

第一個托鉢僧的故事

我父親是個國王，他有個弟弟是另外一座城的國王。我叔父育有一兒一女，說來湊巧，我和叔父的兒子同一天出生。隨著時光流逝，我們都長大成人，感情也十分融洽。我不時前去探望叔父，每次總會在他那兒住上幾個月。

有一天，我照例前去拜訪，發現叔父外出打獵了，但是堂弟以最熱忱的方式接待我，為我宰羊，又備美酒，我們一同坐下吃喝。當我們喝到都有醉意時，堂弟對我說：「哥哥，我有一件重要的事要請你幫忙，我將要做的事，求你不要攔阻。」

「我一定全心全意幫你。」我回答。

他要我發下最鄭重的誓言，讓我按照他的意思做。隨後他出門去，不久就回來，帶著一個蒙著面紗、香氣襲人、衣著華貴的姑娘，對我說：「帶著這個姑娘，先我一步去墳場，進入某某墓室。」他接著為我描繪墓室的樣子，讓我知道地點，然後說：「在那裡等我來。」

我已經對他發過誓，不能反對他，只好帶著那個姑娘一起去了墳場，進入墓室裡等他。他很快就來了，並且帶著一桶水、一袋石灰和一把鏟[4]。他走到墓室中央的那座墳，用鏟鬆動墳上的石塊，把一塊塊石頭撬起來擺在一旁，接著再以鏟刨土，直至出現一塊鐵板，大小如一扇小門。他拉起鐵板，露出底下一道蜿蜒的階梯。

他轉身對那姑娘說：「該你做決定了。」她上前走下了階梯，消失在我們的視線中；然後堂弟對我說：「哥哥，等我下去之後，請你完成對我的善舉，把這鐵板門蓋上，再把土堆回鐵板上，接著用桶裡的水混合袋子裡的石灰，把這座墳上的石塊重新砌上，像之前一樣用石灰抹好，免得有人看見後會說：『這雖然是舊墳，但最近打開過。』我已經為這件事在這裡忙了一整年，除了真主，沒有任何人知道。這就是我要請你幫的忙。哥哥，願真主永遠不會讓你失去朋友！」

說完他便走下了階梯。當他從我的視線消失，我蓋回那塊鐵板，按照他吩咐的做好一切，讓墳墓看起來像從沒被動過一樣。那時我整個人昏沉沉的，歇了好一會兒才起身返回王宮，卻發現叔叔還沒回來。第二天早晨，我終於會意過來前一天發生了什麼事，很後悔自己竟聽從了堂弟的話，可是懺悔無用。我覺得整件事就像作夢一樣。

於是我開始四處打聽堂弟的消息，但是沒有人知道他的下落。我也去了那片墳場，找尋我拋下他的那座墳墓，但是找不到。我一個墓室接一個墓室、一座墳接一座墳不停地找，直到日落天黑，始終沒找到。我返回王宮，茶不思飯不想，心裡因為堂弟的事煩惱不已，想不透他到底怎麼一回事。我苦惱到了極點，整夜睡不著，就這麼睜著眼睛焦慮到天亮。天一亮，我立刻前往墳地看能否做什麼補救。我琢磨堂弟做的事，十分懊悔自己聽從了他的話。我在所有的墳墓間轉來轉去，但一直找不到我要找的那一座。我一連找了七天，始終一無所獲。我的擔心和焦慮不停上升，幾乎使我發瘋，在毫無辦法的情況下，只好返回我父親家。

我啟程返鄉，長途跋涉回到父親的國都，但是剛踏進城門，就有一群人衝上來把我壓倒在地，把我的雙手反綁在後。我萬分吃驚，因為我是王子，而那些人是蘇丹的臣僕，有幾個還是我的僕人。我突然非常害怕，心裡想：「我父親到底出了什麼事？」於是問抓捕我的人，但是他們都不回答。過了一陣子，其中一個曾是我僕人的說：「你父親出事了，軍隊背叛了他。宰相殺了他，奪取了他的王位；我們奉他的命，埋伏在這裡抓你。」

他們抓了我，把我帶到宰相面前。父親的噩耗令我心神錯亂，幾乎發狂。我與這個宰相有宿仇，原因是這樣：我很喜歡玩彈弓，有一天，我站在王宮的台階上，看見一隻鳥落在宰相府的台階上，碰巧宰相那時候也站在那裡。我朝那隻鳥射了一彈，未料，造化弄人，彈丸改變了方向，擊中宰相

4　一種向內砍鑿、用來削平木頭的工具，柄長，刀刃和握柄之間是垂直的。（編注）

的一隻眼睛，害他瞎了。正如詩人所云：

我們的腳步走上它們命定的路，
此路沒有凡人能步入歧途：
命運指定他在此處喪亡，
他就不會身死他鄉。

那時，宰相什麼話也不敢說，因為我是這座王城的蘇丹之子，但是從此對我懷恨在心。當我被帶到他面前，他下令把我砍頭。我說：「我犯了什麼罪要被處死？」

「還有什麼罪比這更嚴重？」他說著，指了指他瞎掉的眼睛。

我說：「我不是故意射中你的。」

他回答：「如果你是不小心的，那麼我就以眼還眼。」然後他說：「把他帶過來。」他們把我拉到他面前，他伸出手指戳入我右眼，把我的右眼挖了出來；從此我就變成如你所見的，只剩一隻眼睛了。他又下令把我手腳都捆了，放進一個箱子裡，再對劊子手說：「把這傢伙帶到城外去殺了，把他的屍體扔給飛禽走獸去啃。」

劊子手把我扛到城外曠野中，然後把我從箱子裡拖出來，我的手腳都被捆著，他想蒙上我的眼睛然後殺了我，但是我痛哭不已，以至於他也哭了。我看著他，唸道：

我把你當作鎧甲
抵擋敵人射向我胸口的箭矢。
唉！你竟是他的利劍！

我期盼你在每個邪惡關頭給予我援手，
雖然我右手無法給左手援助，
但請站在一旁冷眼旁觀，不要把你的運氣賭注在恨我者身上，
讓我的敵人發射箭矢對待他們的前主！
如果你拒絕幫我對抗我的仇敵，
至少也保持中立，既不幫我也不幫敵。

又唸：

我想，我有多少朋友是堅固的鎧甲！
他們確實如此，只是穿在敵人身上。
我認為他們是精準的箭矢；他們是
精準的箭矢，但是，哀哉，卻扎在我心上！

劊子手聽見這些話（他曾經是我父親的手下，而我待他也不薄），說：「殿下，我是個聽命的奴才，我該怎麼辦？」接著他又說：「你逃命去吧，永遠不要回到這裡來，以免你丟了命，我也跟著性命難保。」就像有個詩人說的：

如果壓迫臨到你，逃命去吧，
讓樓宇訴說與建者的命運！
若你尋找，此鄉他鄉皆有居處；

或遲或早，命卻只有一條。
真主的天地何其偉大寬闊，
只有托鉢僧才該住破屋！

我親吻他的雙手，實在不敢相信自己逃過一死；跟差點死於非命相比，只失去一隻眼睛真算不得什麼。我回到叔父的王城，前去見他，將父親遇害及自己的遭遇告訴他。他傷心痛哭，說：「你這是給我愁上加愁，令我的悲傷雪上加霜。你弟弟已經失蹤許多日子，我全然不知他的下落，沒有人能告訴我一點他的消息。」他說完又哭，直至暈厥，我心裡也為他悲痛不已。

當他醒來，他想要醫治我的眼睛，卻發現那裡只剩一個空洞，他說：「我兒，幸好你失去的是眼睛，不是生命！」

我對堂弟的事不能再保持沉默，於是把整件事情對叔父說了一遍。他聽到自己兒子的消息，非常高興，說：「快，帶我去那座墳墓。」

「安拉在上，叔父啊，」我回答：「我不知道是哪座墳墓，因為我事後去找過許多次，都找不到它。」

儘管如此，我們還是去了墳場，到處尋找，最後，我總算找到了。我們兩人高興極了，一同進入墓室，先刨去墳上的土石，再掀開鐵板，接著走下階梯，走了五十級才到底，但在底層遇上了瀰漫的煙霧，讓我們什麼也看不見。

我叔父說了一句不知源於何人的話：「唯獨真主至高無上，主宰萬物！」

我們往前走，發現自己來到一個由數根柱子頂著的大廳，連接地表處有可以透入光線與空氣的通氣孔，大廳中央有個蓄水池。廳裡堆滿了裝貨的木板箱，以及一袋袋的麵粉、穀物和其他食物；大廳盡頭有一張掛著帷幔的床。我叔父逕自走到床邊，拉開帷幔，發現他兒子和那姑娘抱在一起，但兩人從頭到腳彷彿被大火狠狠燒過，都已焦黑如炭。

叔父見此情景，立刻朝兒子臉上吐了一口唾沫，接著脫下一隻鞋猛打兒子，怒吼道：「你這個下流胚，你這是罪有應得！這是你在這個世界的報應，你下到地獄中的火獄[5]之後還有更痛苦和嚴厲的懲罰在等著你！」

我為堂弟變成了焦炭感到悲痛不已，叔父的舉動令我驚訝萬分，我對他說：「叔父，弟弟的遭遇難道還不夠慘，您為何還要拿鞋子痛打他？」

「大侄子啊，」我叔父回答：「我這個兒子，從小就瘋狂地迷戀他妹妹，我嚴厲禁止他接近她，心想：『他們還只是孩子，不懂事。』沒想到，等他們長大，兩人就發生了醜事，儘管他的隨從告誡他要禁絕如此邪惡之事，以免這事洩漏，被往來的商旅傳到外國去，使他顏面喪盡，使我們這個帝王之家遺臭萬年，因為這等邪惡之事無論是在他之前或之後都不會有人做。我聽到傳聞，當然不信，不過還是把他找來，嚴厲斥責他，說：『當心別再發生這種事，否則我會詛咒你，把你處死。』然後，我把她關起來，把他們倆分開，但是這個該死的女兒迷戀他。撒旦迷住了他們的心，讓他們把這醜事看為美好。我兒子見我把他們隔離，就弄了這麼一個地方，如你所見，還運來這麼多食物，然後趁我出門打獵不在，帶著他妹妹藏到這裡來，以為可以跟她享樂好長一段時間。但是真主的憤怒臨到了他們，把他們燒死了。在他們死後要去的火獄裡還有更痛苦和嚴厲的懲罰在等著呢！」

說完他忍不住痛哭，我也跟著落淚不止。隨後他看著我說：「從今以後，你就取代他，當我的

5 穆斯林信仰相信有地獄（Jahannam），意譯為火獄。（譯注）

兒子吧。」這時我想到自己和變化無常的世界，想到宰相殺害了父親、篡奪王位、剜了我一隻眼睛，以及發生在堂弟身上這些怪事，忍不住又痛哭流涕，叔父也隨我痛哭。

隨後，我們爬上階梯出了墓穴，把鐵板蓋上，將墳墓恢復原狀。我們返回王宮，才剛坐下，就聽見外面鼓號齊鳴，馬蹄奔馳，人聲鼎沸，接著是金鐵交擊的兵戈聲和馬嘶聲，馬蹄揚起的陣陣塵土瀰漫了眼前整個世界。對此我們吃驚萬分，不明白究竟怎麼回事，找人來問，才知道是那個篡奪了我父親王位的宰相調兵遣將，並雇用了野蠻的阿拉伯人，率領多如海沙的大軍殺過來了。他們的人數多不勝數，無人能擋，趁著王城毫無防備時進攻，城中百姓抵擋不住，於是開城投降了。我叔父被殺，我則躲到郊外，知道自己如果落入宰相之手，肯定必死無疑。

我悲苦萬分，想到自己的境遇實在淒慘，又想到父親和叔父雙雙慘死，不知道自己下一步該怎麼辦。如果我露面，這城裡的人民和我父親的軍隊都認得我，必會爭先恐後殺了我，以換得篡奪者的賞賜。我逃脫無門，只有剃去臉上所有毛髮才能改頭換面。於是我剃了鬍子和眉毛，穿上托缽僧的行頭，在無人察覺的情況下離開了王城，來到這個城裡，希望能有人帶我去見這城可信賴的領導、兩個世界的代理主人[6]，以便在他面前陳明自己的遭遇，請他主持公道。

我今天才抵達這座城，正站著不知道該往哪裡去，就看見這第二位托缽僧。於是我上前問候他，說：「我是個外鄉人。」

他回答：「我也是個外鄉人。」

這時來了我們的第三個同伴，就是這位托缽僧，他問候我們，說：「我是個外鄉人。」

「我們也都是外鄉人。」我們回答。於是我們結伴同行，直到天黑，命運領我們來到你的大屋。

這就是我的經歷，以及我失去右眼又剃掉鬍子和眉毛的經過。

他們都對他的故事深感驚奇，哈里發對加厄法爾說：「安拉在上，我從來沒聽過也沒見過發生在這個托鉢僧身上的事。」

屋主姑娘對托鉢僧說：「你走你的路去吧。」

不過他回答：「除非聽完其他人的故事，我才肯走。」

於是第二位托鉢僧走上前來，親吻地面說：「小姐，我不是生來就瞎了一隻眼，我的故事也很離奇，但它像針扎眼角一樣沉重，足以留給後人作為鑑戒。」

第二個托鉢僧的故事

我是一國之君的兒子，是個王子。我父親教我讀書寫字，我對《古蘭經》嫻熟於胸，知道它的七種讀法，並在多位飽學之士的指導下讀過各類書籍。我學過天文學、詩歌，認真鑽研過各種知識，遠遠超過同代人。我的書法特別好，技冠群英，我的聲名遍及四海，全世界的國王都聽說過我。

這些國王中，印度國王聽見我的名聲，便差派使者帶了大批適合送給國王的禮物和珍寶前來見我父親，請我去印度。我父親為我預備了六艘船，我們揚帆啟程，航行了整整一個月才抵達陸地。我們牽下隨船運來的馬匹及十匹駱駝，駱駝的背上載滿要送給印度國王的禮物。我們上岸走沒多遠，就見前方捲起極大的塵土，飛沙漫天，遮蔽了整個鄉野。

6　代理主人（Vicar of the Lord）：伊斯蘭教發展初期，穆斯林對宗教與政治領袖哈里發的尊稱。（譯注）

一陣子之後，塵埃落定，只見風塵中出現五十個身披鎧甲的騎士，他們凶猛如獅，我們很快就明白他們是一群阿拉伯強盜。當他們看見我們只有一小隊人馬，又帶著十匹載滿禮物的駱駝，立刻舉起刀槍對我們衝了過來。我朝他們打手勢，讓他們知道我們一行是偉大的印度國王的使節，但是他們以同樣的方式回覆，表示他們既不在印度王的領土，也不受他管轄。

接著他們上前攻擊我們，我的隨行侍從被殺的被殺，逃跑的逃跑，我也身負重傷，若不是因為阿拉伯強盜把注意力放在搶奪那些財物，我不可能逃脫。我從錦衣玉食的日子一下子落難，一時之間不知該何去何從。我冒險往前逃，一直逃到一座山頂，找到一個山洞躲過了一夜。第二天早晨，我繼續往前走，就這麼走了一個月，直到一座安全又宜人的城市。彼時寒冬已過，春天帶著玫瑰而來；城裡一片鳥語花香，溪水潺潺。正如詩人所描述的：

一座和樂而居、全無紛擾的城市；
安全與和平永遠是這地的主人。
對其中的百姓而言，它像座樂園，
正燦亮展現出它美麗稀有的容顏。

我進入這座城市，既悲又喜，喜的是長途跋涉使我疲累不堪，病弱又焦慮，此時竟能來到這樣一座城市，悲的是我竟以如此淒慘的光景抵達。無論如何，我進了城，不知道要去哪裡落腳，就漫無目的到處走，直到遇見一個坐在裁縫店裡的裁縫。我向他問好，他也向我問好，並且親切地歡迎我。他見我是個外鄉人，待我十分客氣，詢問我為何會來到這裡。

我告訴他所有的遭遇，他為我擔憂，說：「我兒，你千萬別告訴任何人你的身分，因為這座城的國王與你父親有不共戴天之仇，是你父親的頭號敵人。」然後他為我擺上食物和飲料，我開始吃了起來，他也陪我吃了一些。我們一直聊到日落天黑，他安排我在他隔壁的房間住宿，又為我搬來一張床和被褥。

我在他那裡住了三天，第三天他問我：「你會什麼謀生的手藝嗎？」

我回答：「我是個法學家，是讀書人，能抄擅寫，是文法學者、詩人，也是數學家，還能寫一手好字。」

他說：「你這些謀生的本事在這個國家都用不上，這城裡的人除了賺錢，既不懂科學也不會寫字，基本上什麼都不懂。」

「安拉在上，」我說：「除了我告訴你的這些，其他的我什麼都不會。」

他說：「把腰束上，帶上斧頭和繩子，到野地裡去砍柴，賣柴為生，直到真主解救你。別告訴人你是誰，以免他們殺了你。」

他為我買了斧頭和繩子，又把我交給一群樵夫。我跟他們一起到野地裡砍了一整天的柴，頂在頭上運回來賣，一捆柴賣半個金幣，我拿這些錢的一部分維持生活，其餘的存起來。就這樣，我過了一年。年末的時候，有一天我去到野地，按照自己的習慣又脫離同伴獨自行動，碰巧看見一座樹林，林中有潺潺的溪流，林裡乾柴也多；於是我走進樹林，來到一棵長著節瘤的巨大樹椿前。我想把它挖起來，便用斧頭開始挖樹椿周圍的土，把土刨開。

挖著挖著，我的斧頭碰上一個銅環；於是我把周圍的土全清開，發現那是一個木板蓋。我拉起木蓋，看見底下是個梯階，便順著往下走，一直走到一扇門前。我推開門，發現自己來到一座構造精美的廳堂，裡面還有位如珍珠一樣貴重的姑娘。她的美貌能驅走人心裡的痛苦憂慮和不安，她的言語能醫治焦慮的靈魂，迷住所有有智慧的人和聰明的人。她身材窈窕，胸脯豐滿，雙頰姣美，容光照人，美麗無雙。她的臉蛋熠熠生輝，就像穿破如黑髮般的長夜而升起的太陽；她的牙齒比胸脯更雪白閃亮。正如詩人對她的描述：

柳腰細細，瀑布長髮漆黑如夜，就是她，
臀如沙丘，身板筆直如香脂樹。

又有詩人說：

永不聯合的事物有四種，除了
令我的心滴血，使我的靈魂遭風暴襲擊。
這些是漆黑如夜的秀髮，明亮如晝的前額，
兩腮紅如玫瑰，身材筆直窈窕。

我看著她，在她的創造者面前下拜，因為祂將她造得如此優雅而美麗。她看著我說：「你是人還是惡魔？」

「我是人。」我說。

她說：「誰帶你到這裡來的？我在這裡住了二十五年，從來沒見過任何人。」

她的聲音話語如此甜美，我說：「小姐，是吉星高照，領我到這裡來驅散我的悲傷和焦慮。」

於是我把自己的遭遇從頭到尾說了一遍。

我的遭遇太慘，她聽得淚落不止，對我說：「我說說我的故事來回報你。我的家鄉離印度很遠，我是艾伯尼島艾菲塔穆斯國王的女兒。我父親把我嫁給堂哥，但在新婚之夜，一個名叫吉爾吉斯·本·拉穆斯的惡魔擄走我。他是我姨母的兒子，是依比利斯魔鬼。他搶走我之後，帶著我一直飛到這裡，將我安置在此，並將所有我需要的衣服、首飾、家具、飲食等運來供我使用。因為他未經他家人的同意就強占了我，所以他每隔十天會來這裡住一夜，然後再回去過他自己的日子。他跟我約定，他不在的期間，若我有事找他，無論白天還是夜晚，只要觸摸壁龕上刻的這兩行字，他就會立刻出現在我面前。他上次來是四天之前，還有六天才會再來，所以你願不願意在這裡住五天，並在他來的前一天離開？」

「我願意。」我說：「天啊！希望這不是夢。」

她聽了很高興，牽起我的手領我穿過拱門，進入一間小而簡潔的浴室，我們脫了衣服，她幫我洗澡。隨後她拿來一套新衣服讓我穿上，又領我到長沙發坐下，讓我坐在她身旁，為我拿來加了麝香的甜水，接著又端來食物，我們邊吃邊說話。

一會兒之後，她對我說：「你累了，躺下休息吧。」

我躺下沉睡，忘卻自己所有的遭遇。當我醒來，發現她正在按摩我的腳[7]，連忙道謝並祝福她。我們又坐著說了一陣子話。

她說：「安拉在上，我內心十分悲傷，因為我獨自在這地底住了二十五年，連個說話的人都沒有。讚美真主，因為他派你來到我這裡！」接著她又說：「年輕人，你喝酒嗎？」

我回答：「如你所願。」

她到櫥櫃前取了一瓶密封的老酒，又用鮮花和香草妝點了桌子，接著唸道：

7 東方人經常這麼做，溫柔的按摩或揉捏雙腳，有催眠的作用，也可喚醒熟睡的人。（培恩注）

若我們知道你要來，我們會獻上犧牲
為你傾倒心血和雙眼。
啊，我們會將臉頰鋪在你走的路上，
猶如地毯，讓你的腳從眼簾上踏過。

我感謝她，因為她的愛確實征服了我，悲傷和焦慮都離我遠去了。我們坐著喝酒交談直到天黑，那夜，我和她一起度過了我這輩子最快活的一夜。第二天早晨，我們歡愉更勝之前的快活，如此直到中午，我喝到神智不清，起身東倒西歪地走著，說：「來吧，美麗的姑娘！我帶你離開這個地洞，幫你擺脫那個惡魔。」

她笑著回答：「你就滿足並保有現在所擁有的吧。每十天有一天是惡魔的，另外九天是你的。」

那時我已酩酊大醉，說：「現在我就要敲碎這個上面刻著符咒的壁龕，把那個惡魔召喚過來，殺了他，我曾經一次斬殺過十個惡魔。」

她聽見這話，立刻奉安拉之名懇求我克制自己，並唸道：

這是會毀了你的事；
我勸告你，聰明的話千萬遠離它。

又說：

噢，你這是急著尋找別離的馬蹄，
天下無雙的飛毛腿，

忍耐吧，因運氣的本質是欺騙，
別離是歡樂之愛的墳墓。

我完全沒把她的話聽進去，反而使盡全力踹向壁龕，登時，整個屋裡變得天昏地暗，接著閃電雷轟，天搖地動，整個世界一片昏黑。見此情景，我喝醉的腦袋一下清醒過來，問那姑娘說：「這是怎麼回事？」

「惡魔馬上要出現了。」她回答：「我不是警告過你了嗎？安拉在上，你真是害死我了！不過你趕緊逃命吧，快從你進來的路逃走。」

於是我趕緊奔向階梯，但是在無比的恐慌中忘了自己的草鞋和斧頭。我剛跑上兩階，回頭一看，老天，地面已經裂開，從中冒出一個面目猙獰的惡魔，對那姑娘說：「出了什麼大事讓你這樣驚動我？你遇到什麼災禍了嗎？」

「我沒遇上災禍，」她回答：「我只是心情不好，喝了些酒解悶。沒想到剛才起身時，頭重腳輕，一下跌撞在壁龕上。」

「賤人，你說謊！」他說著左右四處張望，看見了斧頭和草鞋，說：「這些是男人的東西。是誰跟你在一起？」

她說：「我從沒見過這些東西，現在才看到，那是你來的時候捲著帶進來的吧。」

但是他說：「胡說八道，你騙不了我的，婊子！」接著他扒光她的衣服，拉開她的手腳，分別綁在地上的四根木樁，開始嚴刑拷打，逼她承認。我受不了聽她哭嚎，恐懼顫抖著爬上階梯，回到地面，把木板蓋蓋上，再把土掩上。我想到那姑娘和她的美麗，以及因為我的愚蠢為她招來的災禍，就為自己所作所為懊悔不已。接著我又想到父親和他的王國，想到自己如何成了樵夫，想到自己在過了一段平靜的日子之後此時又有了麻煩，不禁落淚唸道：

當命運的殘酷用危難壓倒你的時候，
想想你必然一日舒坦，一日受壓迫。

我繼續往前走，一直走回朋友家，發現他像熱鍋上的螞蟻般等著我。他見到我十分高興，說：「兄弟啊，你昨晚到哪裡去了？我心裡為你著急得不得了，深怕你在野外碰到野獸或其他危險。不過，讚美真主，你安全回來了！」

我感謝他對我如此掛念，並告退回房，滿腦子回想發生過的事，嚴厲譴責自己魯莽多事，竟去踢那個壁龕。不久，裁縫進到我房間說：「我兒，外面有個外鄉來的老人說要找你。他拿著你的斧頭和草鞋去找那些樵夫，對他們說：『我在早晨的喚拜聲中出門，發現門外有這些東西，不曉得這是誰的，請指點我到哪裡可以找到它們的主人。』他們認得你的斧頭，讓他來這裡找你。現在他坐在我的鋪子裡。你快出去謝謝人家，把工具拿回來吧。」

我聽見這話，頓時嚇得臉色發白，還沒來得及想該怎麼辦，地面突然震動裂開，從裂縫中冒出一個外鄉人，就是那個惡魔！他用最野蠻的酷刑拷打那位姑娘也無法逼她說出丁點訊息，於是拿了斧頭和草鞋說：「我既然是依比利斯魔鬼一族的吉爾吉斯，就有本事將這把斧頭和這雙草鞋的主人帶回來！」

於是他去找了那群樵夫，說了上述的故事，他們便指點他來找我。他一把攫住我，二話不說，帶著我高飛，不久之後降落，帶我一同鑽入地底，我一下子昏了過去。待我醒來，他已經帶我來到那座地下廳堂，我看見那姑娘依舊赤身裸體被綁在地上，渾身鮮血淋漓。見此景象，我忍不住淚流滿面。惡魔為她鬆綁，又拿衣服蓋住她，說：「婊子，這是你情夫嗎？」

她看著我說：「我不認識這個人，在這之前我也沒見過他。」

他說：「你受了這麼多折磨，還不招認嗎？」

她回答：「我這輩子從來沒見過他，真主禁止我說謊陷害他，以免你殺害他。」

「那麼，」他說：「如果你不認識他，就拿這把劍把他的頭砍下來。」

她拿起劍，走過來站在我面前。我朝她揚起眉毛示意，同時淚水不斷滾落臉頰。她明白我的意思，眼神中滿是歎息，像是在說：「是你給我們倆招來這樣的災禍。」我以同樣的方式回答她，示意這是她原諒我的時候；這情景恰如詩人所言[8]：

我的雙眼傳達了我舌頭要訴說的我的感覺：
所有我封藏在內心的愛。
我們相逢時熱淚迅速滾落兩腮，
我瘖啞，但我雙眼揭露出對你的思念。
她向我使眼色，而我，懂得她眼神所示。
我比個手勢，她明白我無聲的懇求。
我們的眉眼本身已滿足了我們的交流。
我們沉默不語，但激情依然在我們悄悄的注視中暢言。

8　東方文學作品當中經常使用這種眉目傳意的表達方式。（培恩注）

她拋下劍說：「我怎麼能把我不認識又沒傷害過我的人砍頭？我的信仰不容我這麼做。」

惡魔說：「要你殺了情郎確實是一件很痛苦的事，因為你曾經和他共度良宵。你忍受這樣的嚴刑拷打都還不肯把他供出來，只有同類才會互相袒護。」接著他轉向我，說：「凡人，你認識這個女人嗎？」

「我今天才見到她。」我回答：「她是誰？」

「那麼，」他說：「拿著這把劍，過去砍了她的頭，這樣我就相信你不認識她，並且不為難你，放你走。」

我說：「好吧。」我拿起劍輕快地走到她面前，舉起手來，但是她對我揚起眉毛，像是在對我說：「我傷害過你嗎？你就這樣回報我嗎？」我明白她要說什麼，便以同樣的方式回答她：「我會用我的命來贖你。」詩人說的正是這種情景：

情人能用他的眼皮訴說多少情話，
讓他的思緒明白傳達給他的情婦。
他眨眼向她示意，
她立刻明白面臨的事。
眼神在二人之間交流何等迅速！
多麼美好，又多麼令人喜愛！
一人用他的眼皮寫下他要說的話，
另一人用她的眼睛接收這無聲的言語。

我的雙眼一下充滿了淚水，說：「偉大的惡魔，剛強的英雄啊！如果一個沒有理智和信仰的女人都認為砍我的頭不合法，我一個男人又怎麼能讓自己去殺害一個我這輩子從來不認識的女人？就算我會粉身碎骨，我也絕對不殺她！」我扔下手中的劍。

惡魔說：「這表明了你們之間相知很深啊，不過我會讓你見識見識你做這事的後果。」說罷他拿起劍來，連揮四劍，先砍了那姑娘的兩隻手，再砍了那姑娘的兩隻腳。見此情景，我確信自己必死無疑，而她也以眼神向我道別。

惡魔見了說：「你還用眼睛當著我的面通姦！」接著一揮劍，砍下她的頭。然後他轉過來對我說：「凡人，按照我們的法律，當我們的妻子與人通姦，我們把兩人都處死是合法的。至於這個女人，我是在她的新婚之夜將她偷來，那時她十二歲，從此她除了我不認識任何人。過去我按照外國人的習俗，每隔十天就來看她，跟她共度一夜；當我確定她欺騙我，我就殺了她。至於你，我不確定你是不是她的同謀。儘管如此，我也不會讓你毫髮無傷的走，我給你一個選擇吧。」

聽見這話我非常高興，說：「你會給我什麼選擇？」

他說：「我會讓你選擇看是要變成狗、變成驢，還是變成猴。」

我一心以為他會饒了我，說：「安拉在上，饒了我吧，真主會報答你饒了一個沒有傷害過你的真正的信徒。」我在他面前卑微地苦苦哀求，痛哭流涕說：「你這樣待我真不公平啊。」

「別對我說這麼多廢話，」他回答：「我有權殺了你，但是我給了你選擇。」

「噢，惡魔啊，」我回答：「你最好饒了我，就像被嫉妒的人饒了嫉妒者一樣。」

惡魔說：「那是怎麼回事？」

我回答：「惡魔啊，請聽我說……」

嫉妒者和被嫉妒者的故事

從前，有座城裡有兩個比鄰而居的人，兩戶人家隔著一道牆。他們當中一個嫉妒另一個，成天眼紅對方的一切，費盡心思想要陷害對方。他的嫉妒在心裡滋長，最後竟讓他吃不下飯，睡不安穩，可是那個被嫉妒者卻一路發達致富，嫉妒者愈是努力想害他，他就益發家道興旺、事業成功、財富增加。最後，鄰居的妒恨令他厭煩了，他終於意識到這個鄰居始終費盡心思要害他，於是說：「安拉在上，因為他的算計，我不得不放棄這個地方的生活了！」

就這樣，他離開自己生長的家鄉，到很遠的城市裡落腳，在那邊買了一塊地，地裡有一口曾經用來灌溉田園的枯井。他幫自己蓋了一間小禮拜堂，並置辦了一切需用的家具陳設，安心住在那裡，誠心誠意靜心事奉至高的真主。

很快的，一些托鉢僧和窮人紛紛前來投靠他，他的名聲也在城裡廣為傳開，許多達官顯貴也來與他結交求助。一段時間之後，他萬事亨通、身居顯要的消息傳到了那位嫉妒他的老鄰居那裡，於是這個嫉妒者出發來到老鄰居住的城，打聽到他隱修的地方。這個被嫉妒者誠心歡迎故舊來訪，以最敬重的禮數招待他。

那嫉妒者說：「我千里迢迢跋涉到這裡來，是要告訴你一個好消息，所以，你遣退那些信眾，讓他們回自己屋裡待著，你跟我到外頭去。除非只剩下我們兩個人，不會有人聽到我們談話，否則我不會把這消息告訴你。」

於是，被嫉妒者吩咐那些托鉢僧回房，他們也照做了。接著他拉起老鄰居的手，一同走到屋外，一路踱步來到那座枯井旁。嫉妒者趁他不備，猛力一推，把他推下井去。這時四下無人，沒有人看見，嫉妒者隨即離開，心想自己終於結束了這傢伙的性命。

話說回來，這座井裡住著一群善良的精靈，其中一個伸手托住落井的善心人，讓他緩慢下墜，落地時毫髮無傷。他們讓他坐在一塊石頭上，有個精靈開口問：「你們知道這是誰嗎？」

他們回答：「不知道。」

他說：「這就是那個被嫉妒者，他逃離那個嫉妒他的人，來到我們的城市定居，幫自己蓋了一間小禮拜堂，每天不斷祈禱和誦讀《古蘭經》，令我們十分快慰。可是那個嫉妒者長途跋涉來到這裡探望他，又趁他不備，把他推下井來。話說，這個虔誠人的事蹟今天晚上傳到本城蘇丹那裡了，蘇丹為了女兒的事，打算明天來拜訪他。」

「蘇丹女兒出了什麼事？」另一個精靈問。

「她被惡鬼纏上了，」第一個精靈說：「有個叫做梅姆恩．本．丹丹的邪惡惡魔愛上了她。不過，如果這個虔誠人知道藥方，就能治好她。其實藥方非常簡單。」

「藥方是什麼？」另一個精靈問。

第一個精靈說：「有隻黑貓跟他一起住在小禮拜堂裡，在她尾巴尖上有個錢幣大小的白色斑點。他只要從斑點上拔下七根白毛，點燃後在公主面前薰一薰，那個惡魔就會離開她，永遠不再回來，她也會馬上痊癒。」

被嫉妒者把這些話全都聽進了耳裡。

第二天天亮，天氣非常晴朗，一群托缽僧出來尋找他們的領袖，看見他從井裡上來，在他們眼裡，他變得十分高大威武。他抓來黑貓，從貓尾巴上拔了七根白毛，放在一旁。太陽才剛剛出來，國王就到了，他把群臣留在門外，在宰相陪伴下進入被嫉妒者的隱居處。

那個被嫉妒的虔誠人上前歡迎國王，說：「我可以猜猜您的來意嗎？」

「可以。」國王回答。

他說：「您是為您女兒的事來找我商量的。」

國王說：「虔誠的長者啊，你說的一點也沒錯！」

被嫉妒者說：「請把她送過來吧，願真主相助，我能讓她藥到病除。」

國王很高興，立刻差人把女兒帶來。公主被綁著手腳帶來後，被嫉妒者讓公主坐在一道簾幕後面，又拿出貓毛，點燃之後用來薰公主。那個附身糾纏她的惡魔發出大聲咆哮，然後就離開她了。她恢復了正常意識，蒙上臉說：「發生了什麼事？是誰把我帶到這裡來的？」

蘇丹見此情景，歡喜到了極點，不但連連親吻女兒的眼睛，也親吻被嫉妒者的手，然後轉身對眾臣說：「你們怎麼說？這人治好了我的女兒，該怎麼酬謝他？」

群臣回答：「他應該得到公主做妻子。」

國王說：「你們說得好。」於是把公主嫁給他，被嫉妒者成了國王的女婿。

一段時日後，宰相過世了，國王說：「我們該選誰來擔任宰相呢？」

「你的女婿。」群臣回答。於是，被嫉妒者成為宰相。

又過了一段年日，蘇丹也去世了，群臣決定指派宰相繼任王位。於是他當上了蘇丹，成為統治的國王。

有一天，他在文武百官的陪同下騎馬巡行各地時，在夾道歡迎的百姓中看見了他的老鄰居，那個嫉妒者。他轉身對一個大臣說：「把那個人帶來見我，別嚇著他。」

那位大臣去把嫉妒者帶來。國王說：「從我庫裡取一千金幣，再備上二十馱貨物，一併賞給他，同時派人護送他返回自己的城市。」然後他與那人道別，送他離開，並禁止對他過去所做的事加以懲罰。

「惡魔啊，你瞧，被嫉妒者如何原諒了那個嫉妒他的人。那人總是恨他，千方百計要害他，不惜長途跋涉，然後用計把他推下井去。可是被嫉妒者沒有報復那人的惡行，相反的，不但原諒他還賞他厚禮。」說完之後，我哭著苦苦哀求那個惡魔放過我，並且唸道：

我請求你，饒恕我的冒犯。心思審慎之人
原諒那些易於犯罪者所犯的罪過。
唉！若我心裡裝的全是冒犯的念頭，
願你的饒恕也清楚顯現在各個方面。
人應當饒恕那些落在他們手裡的人，
若他們也蒙在他們之上的人施予恩惠。

惡魔說：「我不會殺了你，也不會就這麼放你走，我肯定要對你施法術的。」接著他一把將我抓離了地，飛上天空，直到大地像一片汪洋中的一個盤子。不久，他把我放在一座山上，抓了一把土，喃喃唸了些咒語，再把土撒在我身上說：「從這個形狀變成一隻猴子。」我立刻變成了一隻百歲老猴，接著他就拋下我走了。

我看見自己變成這副醜模樣，又哭了，但是只能順從這暴虐的命運，知道沒有人能夠一直走好運。我走下山，山腳下是一片廣闊的平原。我在平原裡往前跋涉了一個月，來到一處海濱。我佇立在海岸一陣子，看見大海中有一條船，正順著風朝岸邊駛來。我躲到岸邊一塊岩石後面，等到船靠近了，立刻縱身一躍跳到甲板上。船上一個乘客說：「快把這不吉利的東西從我們當中趕出去！」

船長說：「我們把他宰了吧。」

第三個人說：「讓我用這把劍殺了他。」

我抓著船長的衣襬，哀哀地哭，眼淚流了滿臉。船長可憐我，說：「各位商客，這猴子求我保護，我願意保護他。從現在起，他在我的保護之下，不得有人騷擾或虐待他。」從此船長以仁慈待我，無論他說什麼，我都明白，我總是隨侍在側，服侍他一切所需，因此他非常喜愛我。

這條船在風平浪靜的大海上航行了五十天，最後在一座大城市的港口下了錨。這城人口眾多，究竟有多少只有真主知道。我們一靠岸下錨，城內國王的大臣們就上了船，對商人說：「我們的國王很高興你們平安抵達，派我們送這卷紙過來，你們每個人都要在紙上寫一行字。須知，國王的書法大臣過世了，國王鄭重發了誓，誰能把字寫得跟書法大臣一樣好，就可接替他的職位。」接著他們把紙卷交給商人展開，那卷紙有十腕尺長、一腕尺寬，接著每個會寫字的商人都上前寫了一行字。等他們都寫完了，我起身過去，從他們手裡搶過紙卷。他們對我大喊大叫，責罵我，怕我把紙卷撕了，或把它扔到海裡，但我做了個手勢，表示我也會寫字。

他們非常驚訝，說：「我們從來沒見過猴子寫字！」

船長對他們說：「讓他寫。要是他把紙抓壞了，我們會趕開他把他殺了。不過，要是他寫得好，我會認他做兒子，因為我從來沒見過這麼聰明又有禮貌的猴子；願真主讓我兒子像他這麼聰明，而且生養眾多！」

於是我拿起筆，沾了墨水，用書信體寫道：

時間記錄了偉人的美德，

但是你直到此刻才被編寫入史。
願真主不使你成為人類的孤兒，
因你是所有一切善行的父母。

接著我又用行書寫道：
你有一枝筆將恩惠傳向四方，
讓世間所有生物享得幸福恩澤。
尼羅河的豐富怎比得上你的慷慨，
你五指伸出豐沛賜予天下蒼生。

接著我又用刻印體寫道：
每個書法家都會與世長辭，
但他的書法卻會永存於世。
因此，盡情書寫那些令你快樂的句子，
好在末日審判時在你眼前展讀。

接著我又用楷體寫道：
在命運的判決下，我們分離，
在殘酷的命運機遇裡，我們的努力再次成空，

我們飛進墨水壺口，藉由筆的傾訴，
我們或可抱怨別離之苦。

接著我又用大字體寫道：
任何凡人都不會永遠牢據王位。
若你否認，世間第一位統治君主今何在？
故此，種下善行的樹苗，讓你成為偉人，
縱使你被驅離、被取代，功績卻永不消逝。

接著我又用法庭公文體寫道：
當你開啟墨水壺，行使權力，以王權駕凌眾生，
讓你的墨水展現你高貴的思維、慷慨的目的；那麼，
當你權力在握之時，寫下仁慈的事蹟和與之相隨的善行，
好讓你的美德在刀鋒和筆鋒下廣布。

然後我把紙卷交給大臣，他們收下帶回去呈給了國王。國王看了之後最讚賞我的字，於是對大臣說：「去找寫這些字的書法家，為他穿上華麗的袍子，再讓他騎上騾子，派一支樂隊在他前面吹吹打打，帶來見我。」

大臣聽見這話都笑了，國王生氣地對他們說：「你們這些該死的傢伙，我命令你們做事，你們

竟然笑我！」

「陛下，」他們回答：「我們之所以笑，是有充分原因的。」

他說：「什麼原因？」

他們回答：「陛下，您下令要我們帶寫這幾行字的人來見您，只是寫這些字的不是人，是一隻猴子。那猴子的主人是一艘船的船長。」

「這是真的嗎？」他問。

他們回答：「是的，慷慨的陛下！」

國王對他們的報告驚奇不已，興奮無比地說：「我想把那個船長的猴子買下來。」接著他決定派使者到那艘船去，並且對使者說：「照我說的為他穿上袍子，讓他騎上騾子，再派一支樂隊在他前面吹吹打打，帶他來見我。」

於是他們來到船上，抓住我，為我穿上袍子，讓我騎上騾子，帶著我列隊穿過城市。城中居民大吃一驚，紛紛擠在街道兩旁盯著我看，全城因為我而騷動不已。當我來到國王面前，我伏身吻地三次。他吩咐我坐下。我跪坐在腳跟上，周圍看熱鬧的人都很驚奇我的行為得體，國王尤其驚訝。

一會兒之後，國王遣退所有侍臣，在場只剩下我、國王陛下、一個太監，還有一個白人小奴隸。國王下令，讓他們送上一桌美食，包括天上所有的飛禽，以及各式山珍海味。他示意我跟他一起吃，於是我起身在他面前伏身吻地，再坐下與他一同吃喝。用餐完畢後，桌子撤走，我洗了七次手，然後取了筆和墨水，寫道：

為粥碗中所盛的飛禽落淚，

為燉肉和山鶉的消失長嘘一口氣！

為稚嫩的松雞哀悼，悲傷不已，
為煎鍋中的蛋餅和焦黃的家禽，我亦悲傷。
我心何等渴盼那魚，它何等與眾不同，
安靜隱藏在麵粉做的派中！
為烤肉讚美真主！它放在盤中，
還有鍋中香草，盛在粥碗中，飽含醋汁！
我的飢餓得以滿足。我躺下，
打算把雙手伸進牛奶麥片粥中，浸至手鐲所在。
我喚醒沉睡的胃口起來進食，如同在笑話中，
所有的餡餅都疊著餡餅，在我眼中熠熠生輝。
噢，靈魂啊，耐心一點！命運確實充滿了驚奇。
若有朝一日命運使你窮困潦倒，解救必已不遠。

寫完我起身坐到一旁，國王閱讀我寫的詩，大為驚訝，說：「一隻猴子竟有如此天分，寫出如此流暢又老練的書法，真是太奇怪了！安拉在上，這真是奇中之奇啊！」接著他們選了好酒，用玻璃酒樽呈給國王，國王喝了之後遞給我，我吻地後接過酒杯一飲而盡，寫了以下的詩：

他們用火燒我[9]，逼我開口，
卻發現我既忍耐又自信。
因為我乃出身貴胄之家，

親吻美女的玫瑰唇瓣！

又再寫：

黎明穿破昏黑，請為我斟上一杯
美酒，美酒使悲傷的心歡快！
如此純淨光彩，不知是酒在杯中，
還是杯在酒中。

國王看了之後，歎口氣說：「如果有人具有如此敏捷的才思，他會是當代出類拔萃的人才啊。」他喚人擺上棋盤，對我說：「你能跟我下盤棋嗎？」我點點頭，就像是說：「可以。」我上前坐下，跟他對下了兩盤棋，兩盤都是我勝，他益發吃驚了。於是我拿起筆來，又寫道：

兩軍終日對壘死戰，
激戰直達夜幕降臨；
直到黑暗終止他們的爭鬥，
在一張長榻上他們並肩躺下，沉睡。

這些詩句讓國王充滿驚奇又歡喜，他對太監說：「去請美麗的公主來，讓她來看看這隻妙極了的猴子，樂一樂。」

9　此處指的當然是酒，就如一些古國的習俗以及今天的日本和中國，通常會把酒溫熱了再喝。（培恩注）

太監出去，不一會兒隨著一位姑娘進來。那姑娘一見到我就蒙上臉說：「父王啊，您為什麼派人召我來給這個陌生人看呢？」

「親愛的女兒，」國王說：「這裡除了這個小奴隸、跟在你後面的太監、還有你的父親我，沒有其他人了。你是為誰蒙起面紗呢？」

她說：「這隻猴子乃是個聰明的飽學之士，是個王子。依比利斯一族的惡魔吉爾吉斯殺了自己的妻子後，用魔法把他變成了猴子。吉爾吉斯的妻子原是艾伯尼島艾菲塔穆斯國王的女兒。」

國王聽了這話，驚訝地轉過頭來問我：「她說的這些話都是真的嗎？」

我點點頭如同開口說：「是的。」同時哭了起來。

於是他對女兒說：「你從哪裡知道他中了魔法？」

「父王，」她回答：「我小的時候，有個照顧我的老婦人擅於魔法，她教我魔法的規則，並讓我勤練不輟，因此，我用心學習，熟練一百七十種魔法的變化，最簡單的一種是把您城中的石頭挪到卡夫山的背後，又把陸地變成大海深淵，把人民變成在汪洋中游泳的魚。」

「親愛的女兒，」國王說：「我指著性命起誓，請你解除這個年輕人身上的魔法，好讓我任命他做我的大臣，因為他著實討我喜歡，又是個頗有才華的年輕人。」

「我很樂意。」她說，隨即拿來一把刀，刀上鐫刻著希伯來字母。她用刀在大殿中央畫了一個圓圈，在圈中塗寫了一些名字和符咒，同時口中喃喃唸著咒語，有些我們能聽懂，有些聽不懂。

不久，一陣黑暗籠罩了我們，那個惡魔出現在我們面前，本相具現，兩手巨大如乾草叉，雙腿如船桅，兩眼如熊熊火窟。我們一見就非常害怕，但是公主對他說：「你是個不受歡迎的狗東西！」

他卻搖身變成一隻獅子，對她說：「你這個叛徒，你毀壞了與我的約定！我們豈不是發過誓，不侵犯彼此嗎？」

「該死的傢伙，」她回答：「我怎麼可能跟你這樣的妖魔立下約定？」

「那好，」他說：「你就等著自作自受吧。」他張開大嘴撲向她，她迅速閃避，同時從頭上拔下一根頭髮，迎空晃了晃，嘴裡唸唸有詞，頭髮立刻變成一把鋒利的寶劍。她一揮劍把獅子斬成了兩截，但他的頭登時變成一隻蠍子，公主則搖身變成一條大蛇，纏住蠍子，兩人打得難分難解。

只見蠍子翻身變成一隻蒼鷹，大蛇搖身變成了獅鷲[10]，振翅疾追蒼鷹，追了很長一段時間，直到蒼鷹落地變成黑貓，獅鷲也跟著變成一隻有花斑的狼。雙方又展開一場激戰，後來黑貓落敗，變成一條蟲，爬進大殿中央噴水池旁的一粒石榴裡，那粒石榴開始膨脹，一直脹得像西瓜那麼大。狼奔上前想抓住石榴，但是它蹦到空中，又摔落地面，摔得四分五裂，石榴子四散紛飛，落得滿地都是。那匹狼搖身一變，成為公雞，迅速啄食石榴子，把它們全部啄光，只有一粒，因為命運使然滾到水池邊，隱藏在那裡。

公雞開始咯咯啼叫，搧拍翅膀，用喙子向我們示意，彷彿說：「還有石榴子沒被吃掉嗎？」但是我們不懂牠的意思。牠暴啼一聲，聲音非常巨大，我們以為整個宮殿會坍塌下來。牠在大殿中奔跑搜尋一圈，最後看見那顆石榴子，立刻竄過去要啄食。不過石榴子一躍落入水中，變成一條魚沉到池底。公雞也搖身變成一條大魚，緊追下水。我們有好一會兒看不見牠們，只聽見尖叫咆哮的聲音，看見池水劇烈翻騰。

這時，惡魔竄出水面，整個變成一團火球，眼睛、鼻孔、嘴巴都噴火冒煙。公主緊接著從他背

10 獅鷲：希臘神話傳說中的生物，也稱為格芬、格里芬、鷹頭獅、獅身鷹、獅身鷹首獸、鷲頭飛獅。牠有獅子身體，以及鷹的頭、喙和翅膀。因為獅子和鷹分別稱雄於陸地和天空，獅鷲被認為是非常厲害的動物。（譯注）

後冒出來，也是一團烈火，兩人激烈打鬥，直到雙方都被一團大火包圍，宮殿中充滿濃煙。

濃煙幾乎讓我們窒息，我們害怕會被人火燒死，一直想跳進水池裡躲避。國王說：「至高無上、全能高尚的真主啊！我們屬於祢也必歸於祢！真主啊，真希望我沒有催促女兒去嘗試解救這隻猴子，我這是加給她何等可怕的重擔，讓她和可怕的惡魔對戰，這是一個全世界的惡魔都戰勝不了的對手！真希望我們從未見過這隻猴子，願真主不要祝福他，也不祝福他來到的時刻！為了真主的愛的緣故，我們盼望以善待他，將他從魔法中解救出來，但是我們現在把這可怕的痛苦拉到自己身上來了！」

而我張口結舌，一句話也說不出來。

突然，惡魔從火中竄出，朝站在台階上的我們俯衝而來，對著我們的臉噴火。公主緊追著他，對他噴火，飛濺的火星對我們當頭罩下。她的火星落在我們身上不會傷害我們，但惡魔的火星有一團落在我的右眼，毀了我的眼睛。另外有一團落到國王臉上，燒毀了他下半邊的臉、一半的鬍子和他的下牙。第三團火星落到太監胸口，令他身上著了火，全身燃燒，就此燒死。眼看我們的性命危在旦夕，非死不可，這時我們聽見一個聲音呼喊：「真主是最偉大的！祂幫助並賜予勝利給真信徒，拋棄那否定信心之月、否定穆罕默德的信仰的人！」看啊！國王的女兒發出的火焰燒著了惡魔，將他燒成一堆灰燼！

她來到我們面前說：「給我拿一杯水來。」他們遞上水杯，她對著水喃喃唸了一些我們聽不懂的咒語，又把水灑在我身上說：「奉最偉大的真主之名，憑著真理的美德，你變回原來的模樣！」

我全身一顫，立刻變回原來人類的模樣，但右眼已經瞎了。這時她卻大喊：「烈火！烈火！啊，父親，我命在旦夕，因為我不習慣和惡魔作戰，要是他是人類，我早就滅了他。在那石榴爆開之前，我的較量並不費力，但我漏啄了一粒石榴子，那個惡魔的性命就在那顆石榴子當中。若我吞吃了它，他會立刻被消滅，但是命運使然，我沒察覺到命運的捉弄，使他在我不及防備之下撲上了我，使我跟他陷入苦戰，從地下打到天空，又從天空打到水中。每次我對他施展一種法術，他就對我施展另一種法術，直到最後，他對我施展火術。火術之門一開，通常難有生還者，但是真主幫助我抵擋他，讓我在召喚他擁抱伊斯蘭的信仰時，用火先燒死了他。至於我，是個必死的女人，願真主彌補你我離去後的位置！」接著她呼求真主援助，一直不停祈禱，她身上的衣服突然竄出一股火苗，燒上她胸口，又竄上她的臉。火燒到她臉上時，她哭著說：「我見證真主是唯一主宰，穆罕默德是真主的使徒！」

我們看著她遭烈火燒成一堆灰燼，在她旁邊則是那堆惡魔的灰燼。我們為她悲傷痛哭，我真希望自己代她去死，實在不願見到盡力救我的美麗女子變成一堆灰燼。然而真主的命令無法改變。當國王看見發生在自己女兒身上的事，他拔光了臉上剩下的鬍子，不斷打自己耳光，又撕扯身上的衣服；我也同樣這麼做。我們一同為她痛哭。

朝中大臣紛紛趕來，非常驚訝大殿上有兩堆灰燼，而且蘇丹暈厥在地。他們圍著他，直到他醒來。國王對他們說了事情的經過，他們無不痛苦悲傷，所有的婦女和女奴都尖叫哭泣。他們為公主哀哭追悼了七天。

此外，國王下令為公主興建一座有巨大拱頂的陵墓，裡面長年點著蠟燭和明燈，但是他們詛咒惡魔的灰燼，讓它隨風揚散。喪禮過後，國王重病了一個月，幾乎喪命，之後逐漸康復，鬍子也長了回來。他差人來召我去見他，對我說：「年輕人，在你來之前，我們一直生活幸福，遠離命運的無常，你來之後禍患不斷。但願我們從未見過你，沒看見你那張醜臉！由於跟你談話、同情你，我們落到這種親人喪亡的地步。因為你，我失去太多。首先，我失去了比男人還強百倍的女兒。其次，燒傷讓我受了許多苦，使我失去了下牙，我的太監也遭火燒死。我沒把這些全怪在你頭上；這全是真主裁量給我們和給你的。讚美真主，我女兒救了你，儘管她犧牲了自己的性命！但是，我兒，現在你離開我的城市吧，但願我們因你而遭遇的災禍到此已經足夠。」他對我大吼說：「你趕緊走吧，若我再見到你，我會殺了你。」

於是我從他面前趕緊退下，但離開之後卻不知要去哪裡，很難相信自己居然得以全身而退。我從頭到尾回想一遍自己的遭遇，為自己只是失去眼睛而不是性命而感謝真主。在我出城之前，我先去了一趟澡堂，剃了鬍鬚和頭髮，穿上一件毛袍子。隨後我開始新的旅途，每天都回想發生在自己身上的種種不幸，哭泣著唸道：

憐憫我吧，我暈頭轉向，不知何去何從。
悲傷從四面八方向我襲來，我不知它們幾時成長。
我會忍受，直到耐心本身比不上我更有耐心，
我會忍耐，直到耐心討得真主歡喜，終止我的悲苦。
一個遭擊敗的男人，不抱怨，我會忍受我的厄運，
如同荒漠中乾渴的旅人忍受無比的炎熱。
我會忍受，直到沉香坦承我確實
比它更能抵禦苦毒。
沒有苦毒；但是忍耐有可能欺騙了我，
我相信，這於我將比一切更苦毒。
銘刻在我心上的紋路述說著我隱藏的痛苦，

如果思緒可以穿破我的胸膛，閱讀在它底下的事物。
若把我的重擔放在山上，山嶺都會崩垮成灰，
落在火上火會瞬間熄滅，拋向風中風會立刻止息。
讓那些說生命甜美的人終有一日遇上，
在他們一定需要苦毒更勝沉香之時。

我跋山涉水，經過許多地方和城市，希望能來到和平樂園巴格達，晉見哈里發，向他述說自己所有的經歷。我在今晚抵達這座城，並發現我這位兄弟，也就是這第一位托缽僧正站在路上不知何去何從；於是我問候他，跟他聊了一陣子。

不久來了我們另一位兄弟，這第三位托缽僧，他對我們說：「願你們平安！我是個外鄉人。」

「我們也是外鄉人，」我們兩個回答：「是在這個美好的夜晚來到這座城的。」

於是我們三人結伴而行，彼此並不知道對方的經歷，直到運氣領我們到你家門前，進門見到了你。這就是我的故事，我是這樣失去了眼睛、剃了鬍鬚和頭髮的。」

屋主姑娘說：「你的故事確實離奇。現在你可以走了，去忙你自己的事吧。」

可是他回答：「我不走，我要等到聽完其他人的故事才走。」

於是第三個托缽僧上前說：「尊貴的小姐啊，我的經歷和這兩個同伴不同，但同樣稀奇，並且更驚人。他們都是無意中遭受命運擺弄，而我是自己給自己招惹禍事，你這就聽我說吧。」

第三個托鉢僧的故事

我名叫阿吉布，是卡西斯布國王之子，我在父親去世後登基做了國王，以公正和仁慈治理百姓。我的王城位於海岸上，面對著廣闊的大海，以及散布海中的許多大小島嶼。我有五十艘商船，五十艘比較小的遊船，以及一百五十艘戰艦。

我喜愛航海，很想去看看海上那些島嶼，於是在一艘船上備了一個月的糧食和飲水，出海去那些島上遊玩，然後再返回王城。接著，我又想展開一趟為時更久的航行，在五條船上裝備了足足兩個月分量的飲水和食物。出海航行了二十天後，有一天夜裡，海上颳起大風，波濤洶湧，翻騰的巨浪不斷朝我們襲來，整個世界天昏地暗。

我們放棄抵抗，讓船隨意漂流。我說：「讓自己落在危險中的人，就算全身而退，也不當讚揚。」我們向真主祈禱，懇求他的保佑，但是猛烈的狂風不停，大浪接連不斷，直到第二天天亮，風才止住，大海恢復平靜，太陽升起照耀。

不久，我們看見一個島，於是登陸島上，做飯吃飯，休息了兩天。然後我們再次出發，航行了二十天都沒看見任何陸地。大海的水流把我們帶離了原來的航道，船長發現自己來到一片陌生的水域，無法估算船隻的位置，眼前一片茫然，於是吩咐瞭望員爬到桅桿頂部去看看情況。瞭望員爬上船桅眺望四方後說：「船長，無論左邊或右邊，除了天空和大海，我什麼都沒看見。不過，前方遠處的海中有個東西聳立著，一會兒黑，一會兒白。」

船長聽見瞭望員的話，竟然一把扯下頭巾扔在甲板上，又拉扯自己的鬍鬚，不斷打自己的臉說：「陛下啊，我們全都死定了，沒有人能生還。」他說著流下眼淚，我們都跟著他一起哭起來。

我對他說：「船長，告訴我們，瞭望員看見的是什麼？」

「陛下，」他回答：「那天晚上遭遇暴風之後，我們就迷失了航向，偏離航道航行了二十一天，也沒有風把我們帶回正確的航道上。明天傍晚，我們就會遇上那座黑石山，它又叫磁石山，水流正把我們帶往那裡去。等我們接近它來到一定的距離，船上的所有釘子就會脫離飛出去，牢牢吸附在那座山上，整條船就會解體。至高的真主賜給那座磁石山一股神祕的力量，讓它能吸走所有鐵器。這座山有許多的鐵，總共有多少，只有真主知道。從古至今，不知道有多少船隻因為撞上它而遇難。它的山頂上有一座十根柱子撐起的黃銅圓頂建築，圓頂上有一個同樣用黃銅鑄造的銅馬和銅騎士。騎士手裡握著一根黃銅魚叉，胸前掛著一塊鉛牌，上頭刻著名字和符咒。陛下，導致航海人發生危險的就是那個騎士，只有當他跌落下馬，咒語才會解除。」他放聲痛哭，我們全都確定自己必死無疑，於是每個人都和同伴交換了遺言，因為對方也許能在劫難中獲救生還。

那天晚上我們都沒睡。隔天早晨，我們都看見了那座磁石山，水流以沛莫能擋之勢將我們推送過去。當船接近到一定距離，船體開始崩裂，釘子開始往外飛，船上所有的鐵器全奔向磁石山，吸附在山上。到了那天傍晚，我們全都落進山體周圍的海裡，苦苦掙扎。我們有少部分人獲救，絕大部分人都淹死了。獲救的人因為強風的吹颳和狂浪的拍打，全都昏昏沉沉，不知道彼此的下落。

至於我，真主保全了我的性命，好讓我遭受更多祂要我承受的困難、折磨和災禍。我落水後，抱住一塊船隻解體後的木板，風浪把我推到了岸邊，正好面對一條通往山頂的小路，那就像一道在岩石間劈砍出來的階梯。我一邊喊著至高真主的名，祈求祂的幫助，一邊走上階梯，慢慢往山上爬。真主讓風停下來，助我順利攀登，最後我安全抵達了山頂。

山頂上果然有座圓頂建築，我走進去，對自己逃得一死歡喜無比。我淨了身，連續伏拜做了兩次祈禱，感謝真主保全了我的性命。接著我在圓頂下睡了一覺，並且作了一個夢，夢中有人對我說：「卡西斯布之子啊，當你醒來，挖開腳下的地，會找到一張黃銅製成的弓，還有刻著符咒的三支鉛箭。你就用這把弓箭射下圓頂上的騎士，幫人類除掉這個大禍害。你射中他後，他會跌落海裡，那匹馬會跌落在你腳前，你就把馬埋在原來埋弓箭的地方。完成之後，海水會開始上漲，一直漲到山頂的高度，並且會出現一條小船，船上載著一個手裡握著槳的銅人（也就是你射下的那個騎士）。他會朝你划過來，你要坐上那條船，但是切記，不可呼喊真主的名。他會載著你航行十天，將你送到安全的港口，在那裡你會找到能帶你返回家鄉的人。這一切都會實現在你身上，只要你記得不要呼喊真主的名。」

我猛醒過來，急忙按照夢中那神祕聲音的吩咐去做，找到了弓箭，張弓搭箭把那騎士射了下來。騎士落進海裡，那匹馬掉到我的腳前，我依照囑咐把馬埋了，接著便見大海翻騰起來，海水上漲，一直漲到了山頂。沒多久，我就看見大海中央有條小船朝我划來。我感謝真主。當小船靠近，我看見船上果然是個銅人，胸前有塊刻著名字與符咒的鉛牌。我一語不發上了小船。銅人載著我整整划了十天的船，我終於看見一些島嶼和山嶺，看見自己平安獲救的可能。那時我高興過了頭，歡天喜地的大聲呼喊了全能者：「唯獨真主是神！真主最偉大！」登時船就翻了，我整個人直接跌進汪洋大海中。

幸好我會游泳，我便開始往前游，從白晝直到天黑，直到肩膀和雙臂再也划不動了。眼看命在旦夕，於是遵從信仰，宣告真主的名，等候葬身海底。不料，大海上漲，狂風吹起高牆般的巨浪，捲起我往前推送，把我拋到陸地上，真主的旨意終於成就。我吃力地爬上海灘，脫下衣服，把水擰一擰，攤開晾乾，同時躺下睡了一夜。天一亮我便醒來，穿上衣服，起身察看四周。

我走到島上的樹林前，繞著走了一圈，發現自己是在一個四面環海的小島上，不由得喃喃道：「我才剛逃過滅頂之災，又跌進孤絕之地。」

正當心裡思索著自己的景況，希望得個好死，卻看見遠處有條船朝我駛來。我連忙爬上一棵樹，藏身在枝葉當中，不久就見那艘船停下來定了錨，隨後有十個奴隸拿著鐵鍬上岸，走到島中央，一起動手挖掘，一直挖到露出一扇地板門，然後把門掀起來。接著他們返回船上，陸續扛下各種物品，有大餅、麵粉、油、蜂蜜、肉類、地毯，以及居家所需的一切。他們就這麼來來回回把船上所有東西都運到地底。隨後回到船上，再下船來時，搬運的是錦衣華服，同時簇擁著一個老態龍鍾的老者，他枯乾骨架上的一襲藍袍，被風吹得東搖西晃。有詩這麼描述他：

時光令我們顫抖，多麼可悲啊！
他多麼剛強，充滿力量。
我曾經長途跋涉也不疲倦，
如今，我不行走也感到疲憊，可歎的我！

一個勻稱完美的少年攙扶著老人，他俊美無雙的容貌如同歌謠所傳述的那般，優雅柔嫩宛如樹苗，令觀者無不心神迷醉，痴痴凝望。有詩這麼描述他：

他們將美帶來與他並比，
但美垂下頭，感到羞恥和恐懼。
「美啊，」他們說：「你見過他這樣的嗎？」
它回答：「我從未見過與他相似的。」

他們一行人一個接一個走下地底，過了一個多小時，才見那老者和奴隸上來，卻不見那名少年。接著，他們把地板門蓋上，再把土堆回原處，掩住門板，然後返回船上，拔錨啟航。

他們一離開我的視線，我立刻從樹上下來，來到我看他們挖掘的地方，動手把土刨開，一直刨到露出那扇地板門。門是木製的，形狀大小像一塊磨坊的磨石。我拉起門，底下露出一條蜿蜒的石階。我一邊感到驚奇，一邊往下走，最後抵達一個美輪美奐的房間，牆上掛著各色絲綢，地上鋪著各種地毯。我看見那少年獨自坐在高腳臥榻上，手裡握著扇子，倚著靠墊，面前擺滿了芬芳的花朵、香草和水果。

他看見我，頓時嚇得臉色發白。我安慰他說：「冷靜，別怕；不會有人傷害你。我跟你一樣是人，是個王子，是真主派我來陪伴你，使你免於孤單。現在，告訴我你的故事，為什麼你會一個人來住在這地底下。」

當他確定我跟他一樣是人，他很高興，臉色也恢復了。他讓我接近他，說：「這位哥哥，我的故事比較奇怪，你聽我說吧。」

「我父親是個珠寶商人，家財萬貫，有許多黑奴和白奴往來各地為他經商，有的用駱駝商隊走陸路，有的以船隻遠達海外，去到最遙遠的國家。他也與各地的君王做生意，可是一直沒有孩子。一天晚上，他夢見自己會有個兒子，但這孩子非常短命，他哭著醒來，又大哭一場。接下來那天晚上我母親就懷孕了，他也記下她懷孕的日子。等她十月懷胎期滿，就生了我。

我父親老年得子，高興萬分，他大宴賓客，接濟窮人，並且召集了當時最負盛名的天文學家、數學家，以及飽學之士和星象家，他們排了我的星盤，對我父親說：『你兒子會活到十五歲，屆時他的生命線會斷裂。他的星盤排列顯示出極大的危險，如果他能避過這個凶險，就能長命百歲。他會遭遇到的危險是這樣的——在危險海域中聳立著一座磁石山，山頂上有個騎著銅馬的黃銅騎士，胸口掛著一塊鉛牌。在這騎士落海的第五十天，你的兒子會喪命，殺他的是那個把騎士推翻入海的人，他是卡西斯布國王之子，一個名叫阿吉布的國王。』

我父親對這預言憂愁不已，不過他認真將我撫養長大，讓我接受很好的教育，直到我年滿十五歲。十天前，有消息傳到他耳裡，說那個銅騎士落入了海中，是卡西斯布國王之子阿吉布將他拋進海裡的。我父親憂心如焚，深怕我會性命不保，因此為我挖了這個地下室，為我準備各種生活所需品，然後把我送到這裡，讓我在餘下的四十天危險期裡可以避開阿吉布國王的掌握。等這四十天過了之後，他會回來帶我返家。這就是我的故事，是你之所以會在這裡發現我獨自一人的原因。」

他的話令我驚訝萬分，我暗自道：「我就是他說的阿吉布國王，但是安拉在上，我百分之百不想殺害他啊！」於是我對他說：「公子，願真主旨意成全，免除你的痛苦和死亡，你也不必煩惱、悲傷或不安，我會陪伴你、服侍你，我生來就是要在這些日子裡陪伴你的。我會隨你返回你的家園，請你父親派些僕從護送我返回自己的家鄉。真主會要求你報答我的。」

少年聽了我的話很高興，我們坐著一直聊到天黑，我起身去點了一根巨大的蠟燭，又給油燈添上油，然後擺上晚餐、飲品和甜點。我們吃喝談話，一直聊到深夜。他躺下睡覺，我幫他蓋好被子，這才自己躺下來休息。第二天早上，我起來後先燒了熱水，這才溫柔地喚他起床，然後給他端來熱水洗臉。他感謝我，說：「年輕人，真主會以善報答你！安拉在上，如果我逃過一劫，逃過卡西斯布國王之子阿吉布，我一定會讓我父親酬謝你的！」

「願你遭害的日子永不來到。」我回答：「願真主把我喪命之日排在你前面！」然後我擺上食物，一同吃了飯。接著我焚香淨身，他也幫自己薰了香。

我為他擺開棋盤，我們下棋，吃點心，又繼續下棋，一直玩到晚上。我起身點上燈，擺上晚飯，一起吃飯說話，聊到深夜。他躺下休息，我幫他蓋好被子，自己才去睡覺。就這樣，我陪著他一日一日的過，內心對他的喜愛逐日加深，忘了自己的煩惱，心想：「那些星象學家說謊。安拉在上，我不會殺他的！」

我每天伺候他，陪伴他，讓他開心，就這麼過了三十九天，到了第四十天早上，他高興地對我說：「兄弟，今天是第四十天了，讚美保守我免於一死的真主，這真是託你的福，有你來陪伴我，我祈禱安拉帶你返回自己的家鄉！現在，兄弟，請你燒些熱水，我好沐浴更衣。」

「我很樂意。」我回答。我燒了許多熱水，端去給他，伺候他用羽扇豆皂從頭到腳刷洗了一遍，再為他換上衣服。他攤開手腳躺在高腳床上，洗累了想休息。

他說：「兄弟，幫我切個西瓜來吃，上面還要撒糖。」

我到櫃子裡選了個很好的西瓜，找了盤子端過來，同時問他：「公子，你這裡有刀嗎？」

「這裡有，」他回答：「在我頭頂的架子上。」

我連忙爬上凳子去取，把刀從刀鞘裡抽出來，但就在我下來時，腳下突然一滑，重重跌在少年身上，手裡的刀也迫不及待執行命運的安排，直接插入了他的胸口，瞬間斷送了他的性命。

當我察看時，他真的沒了呼吸，我確實殺了他。我放聲痛哭，兩手拚命打自己的臉，撕裂衣服，說：「我們屬於真主，也歸回真主！這個少年人的危險時間就剩這一天，那些星象家早就告訴過他，這個美少年要命喪我手！我的人生一無所有，只餘痛苦折磨和災禍！真希望他沒有叫我切西瓜，或讓我先他而死！但是真主的安排已經應驗了。」

當我確定他確實已死，起身爬上階梯，蓋上門板，再將土撥回來掩住門板。隨後我眺望大海，看見有一艘船朝著小島破浪而來。我心裡害怕，說：「他們馬上就要到了，並且會發現那個少年死了，他們會知道是我殺了他，到時必會殺了我償命。」

於是我趕快爬上一棵高大的樹木，藏在枝葉間。我才剛藏好，船就已經泊岸下錨，一群奴隸簇擁著老人登陸，直接朝地下室走去。他們挖開泥土，發現土很鬆軟，像是新挖過的。接著他們掀開地板門，進入地下室，發現少年穿著乾淨的衣服，臉也洗得乾乾淨淨，但是胸口插著一把刀，已經死了。

看見這景象，他們尖聲大叫、痛哭、打自己的臉，不住喊道：「哀哉！這椎心痛苦的一日啊！」

老人昏了過去，很久都沒有醒來，那些奴隸都認為兒子的死對他是致命的。他們用少年的衣服裹著屍體，抬上來放在地面，又用絲綢的裹屍布將他裹上，接著再把地下室裡的東西都搬回船上。終於，老人醒來，隨他們一同出了地下室。當他看見躺在地上的兒子，不禁撲倒在地，抓起塵土撒在自己頭上[11]，又打自己的臉、扯自己的鬍子。他趴在死去的兒子身上，哭得更加傷心，一直哭到暈厥。

一會兒之後，那些奴隸帶著一張絲織地毯回來，扶老人躺臥在地毯上，然後圍著他坐下。從頭到尾我都在樹上看著他們。面對如此情景，我內心悲苦無比，足以讓我髮未白而心先衰。昏死的老人一直到太陽西沉時分才醒來。當他清醒，看見自己死去的兒子，想起過往一切，以及他所懼怕的

11 中東地區的風俗，表示哀慟至極。（譯注）

事情已經成真，他擊打自己的頭臉，喃喃唸道：

愛的斷絕將我心劈裂為二；
灼燙熱淚自我雙眼傾流。
所有我對愛子的期望，隨水東流。
我能做或能說什麼？我還有何盼望和援助？
但願我從未見過他可愛的臉！
哀哉，給我的路無論遠近都很艱困！
我心中愛的烈火熊熊燃燒，
還有什麼魔法能給我帶來平安？什麼水喝了能遺忘？
但願我的腳能與他一同踏上幽冥之路！
如此一來，我這時就不用孤單悲泣。
真主啊，你是我的盼望，可憐可憐我吧！
讓我們團圓，我懇求讓我們永遠團聚在樂園裡！
我們曾經多麼幸福，一同住在一個屋簷下，
我們全然滿足的幸福生活就此成為過去！
直到命運將斷絕的箭矢瞄準我們，
將我們分離。誰能抗拒她的箭呢？
看啊！年歲累積的珍珠，父母的愛兒，
優雅的典範，被選出來受死！

我呼喚他回來：「願真主使你壽終的時刻永不來到！」

這景況先聲奪人，先阻止了我的哀嚎。
它以最快的速度贏走了你，我兒！
我的靈魂付了代價，假使你的生命得被買回。
太陽也無法與你相比，看啊！它西沉了。
在天空盈虧轉換的月亮也比不上你。
哀哉，我對你的悲傷，我對命運的怨歎！
無人能如你給我安慰，無人能取代你的位置。
為你悲苦衰殘的父親已經心神發狂，
自從死亡臨到你，他的指望就此斷絕。
沒錯，敵人對我們投來嫉妒的眼神，
願那做了這事的人遭到當得的報應！

他再次哭泣，隨即嚥下最後一口氣，也死了。那些奴隸不禁大喊：「哀哉，主人啊！」他們全都抓起塵土撒在頭上，放聲痛哭。隨後他們抬起兩具屍體，上了船，收錨啟航。他們一離開我的視線範圍，我就從樹上下來，拉開地板門，進入地下室，裡面遺留一些少年的物品，又讓我想起了他，我忍不住唸道：

我看見它們的遺跡，為渴望痛苦而憔悴；
面對這空寂的住所，我熱淚滾滾而下！

我向真主祈禱，是他的旨意使我們分離，
願他的恩典，有一天允許我們團圓！

然後我回到地面，趁著天光繞著小島走了幾圈，天黑時才回到地下室。就這樣，我在島上住了一個月，這段期間，我注意到小島西邊的大海一天天往後退去，一個月過後，我發現海水已經變得夠淺，露出一條通往陸地的通道。

見此情景我非常高興，確定自己能離開了，於是涉過淺淺的海水，走到對岸的陸地。上岸後我發現許多巨大的沙丘，連駱駝膝蓋都會陷進沙中。不過，我鼓起勇氣跋涉過沙丘，看見前方有閃閃發亮的東西，像是熊熊的火焰。我朝閃光走去，希望能找到協助，邊走邊唸道：

也許命運終於拉住它的韁繩，
給我帶來幸運的機會；因為命運，機會停佇；
儘管諸事盡毀，新事仍將發生，
我的希望朝未來前進，領我達成我的意圖。

當我接近以為是火焰的閃光，看見那原來是一座宮殿，有黃銅打造的大門，當太陽照在門上，反射出燦爛閃耀的光芒，遠看就像一團熊熊的火焰。見此情景我很高興，一直走到宮殿門口坐下，但還沒坐穩，裡面就出來十個年輕人，全都穿著華麗的衣服，並且都瞎了右眼。他們簇擁著一位老者，我對他們華麗的衣著，以及全都同樣瞎了右眼感到很吃驚。他們向我問安，又詢問了我的情況，我便把發生在自己身上的事全都告訴了他們。

他們帶我進入宮殿，對我說的故事感到十分驚奇。我在宮殿裡看見十張長榻圍成一圈，這些床榻的被褥都是藍色的，當中還擺了一張比較小的床。我們進來後，每個年輕人都坐到自己床榻上，老人坐到中間那張比較小的床上。他們對我說：「年輕人，在地上坐下吧，別問我們的行為舉動，也別問我們失去右眼的原因。」

過一會兒，那老人站起來，端出飲食分給每個年輕人，也分給了我，各自裝在不同的碗裡。我們吃喝交談，他們詢問我的冒險之旅，我也一一回答，如此直到深夜。然後他們對老人說：「長老，時間到了，你不為我拿報酬來嗎？」

「我很樂意。」他說，起身走進一個房間，不久之後回來，頭上頂了十個盤子，每個都蓋著一塊藍布。他把盤子放在十個年輕人面前，又點燃十根蠟燭，分別放在十個盤子上。然後，他掀開藍布，看啊，盤子裡裝滿了灰燼、煤灰和炭渣。

所有的年輕人都捲起袖子，開始哭泣哀悼；他們抓起泥灰抹黑了臉，又撕扯衣服，打自己耳光，捶胸頓足喊道：「我們明明舒舒服服地過日子，偏偏我們的好奇心不容我們安生！」

他們持續這麼哭喊著直到天亮，老人起身去為他們燒了熱水，他們紛紛洗了臉，換上乾淨的衣服。我見這情景，不免感到疑惑，內心十分困擾，不明白他們這些奇怪的舉動是怎麼回事，最後我竟忘了自己的遭遇，克制不住想要問個清楚，於是對他們說：「在我們高興吃喝談天之後，你們為什麼要這麼做？讚美真主，你們那麼聰明，但行為舉止卻像瘋子！我懇求你們，用你們最寶貴的東西發誓，請告訴我你們為什麼這麼做，還有你們怎麼會失去一隻眼睛！」

聽見這話，他們轉過頭來對我說：「年輕人，別讓你的青春沖昏了你的頭，別問這些問題。」然後他們躺下睡覺，我也跟他們一起睡了。等我們醒來，老人又端上飯來；等我們吃飽，碗盤撤去之後，我們坐著閒聊一直到天黑。老人起身去點上蠟燭和油燈，又為我們端上了晚飯。

我們吃喝談話，笑鬧宴飲到了半夜，然後他們對老人說：「睡覺的時間到了，把我們的報酬拿來吧。」於是他起身為他們拿來裝著煤灰的盤子，他們做了跟前一天晚上同樣的事。

我和他們同住了一個月，這個月裡他們每天晚上都抹黑自己的臉，到了早晨再洗臉換衣服。我的困惑和驚訝愈積愈深，甚至令我茶飯不思。最後，我失去耐心，對他們說：「年輕人啊，你們要是不把抹黑自己的臉的原因告訴我，不跟我解釋你們所說『我們明明舒舒服服地過日子，偏偏我們的好奇心不容我們安生』這句話的意思，那就讓我走，讓我回到我自己的人民那裡，不再看到這些事。正如諺語說，智者走為上策，眼不見則心不煩。」

「年輕人啊，」他們回答：「我們不告訴你這些事是為你好，以免發生在我們身上的事也發生在你身上，使你變成我們當中的一個。」

「根本不是為我好，」我說：「你們一定要告訴我。」

「我們給了你忠告，」他們回答：「你最好聽從，不要再追問我們的事，否則你就會變成跟我們一樣只剩一隻眼睛。」

可是我堅持我的要求，他們說：「年輕人，我們提醒你，如果這事發生在你身上，我們就再也不會讓你加入我們，也不會讓你和我們一起住在這裡了。」

然後他們抓來一隻公羊，殺了，將羊剝了皮，又給我一把刀，說：「躺在羊皮上，我們把你縫在裡面，把你放在外面。我們離開之後，會有一隻叫做拉克的大鳥來用爪子抓住你，帶你飛到一座高山上，把你放下。當你一感覺到自己著陸，立刻用刀子割開羊皮出來；那隻大鳥看見你一定會受到驚嚇，離開你飛走。你往前走上半天的路程，會看見一棟高聳入雲的宮殿，是以有香氣的雜木、檀香和沉香建造的，還鍍上紅金、鑲嵌著各種祖母綠和其他寶石。你進去之後，就能得到你想知道的答案。我們全都去過那個地方，是那個地方使我們失去了右眼，並且用泥炭塗臉。要是我們個別訴說自己的故事，將會花費很長的時間，因為我們各自是在不同的冒險中失明的。」

他們把我縫進羊皮裡，把我放在宮殿外面，不久大鳥來抓起我，帶著我飛到山上。我割開羊皮出來，大鳥驚飛離開。隨後我起身往前走，一直走到那座宮殿。宮殿的大門敞開著，我走進去，發現自己來到一個寬闊又漂亮的大廳，它像廣場一樣大，四周環繞著一百扇檀香和沉香做的門，鑲嵌著紅金，裝飾著銀環。

在大廳頂端，我看見四十個少女，穿著打扮華麗無雙，個個姣美如月，令人百看不厭。她們和我打招呼，說：「歡迎你，大人，非常歡迎！這個月我們就期待像你這樣的人來。讚美真主為我們送來一個彼此相配的人！」

她們讓我坐在一張高腳椅上，對我說：「從今天開始，你就是我們的主人，我們是你的侍女，你可以隨意命令我們。」她們這話令我非常驚奇。不久，她們當中一人起身，端來食物放在我面前，我吃飯時，有些人去燒熱水，然後幫我洗手、洗腳，又幫我換了衣服，另一些人準備了果子露給我喝。她們全都對我的到來高興萬分。

她們坐下來和我說話，直到夜幕低垂。其中五人起身，鋪開一張蓆子，在蓆子上擺滿鮮花、水果、糕點，又多樣又豐富，並且還擺上酒。我們坐下喝酒，她們有些人開始唱歌，其他人彈奏魯特琴、四弦琴等各樣樂器。酒杯在我們當中傳轉，我陶醉在這快樂當中，忘了世間一切憂慮，說：「這才叫人生啊，但是時光飛逝。」

我們如此歡樂宴飲直到深夜，人人都喝得全身暖洋洋的。她們對我說：「主人，請你在我們當中選一個做你今天晚上的床伴。你選了之後，要等四十天後才能再輪到她。」

我選了一個臉孔非常漂亮的姑娘，有著水汪汪的烏黑眼睛和波浪般的頭髮，門牙稍微分開[12]，眉毛連在一起，形狀和樣式都很完美。她就像一棵小棕櫚樹，又像甜蘿勒的青梗。這樣一個姑娘會使人心神紛亂，心醉神迷。有詩這樣描述她：

把她比做柔軟的枝條也是徒勞，
是誰將她與羚羊相比！
然而羚羊確實如她身材完美，
她的蜜唇嚐起來既甜又香，
她那雙大眼睛，對愛她之人多麼危險，
我以孩子般的愚蠢寵愛她。
當一個懂愛的人變成孩子，有什麼好奇怪的！

我又對她唸了以下這首詩：

我的雙眼凝視你的優雅，鄙視其他。
我的腦海中只有你，一切由你主導。
我的美人兒，我的靈魂只渴望你的愛；
在你的愛裡，我死亡又重生。

那晚我與她同床共枕，體會了從未有過的快活。當早晨來臨，那位姑娘帶我到澡堂，幫我洗了澡，又拿華貴的衣服給我穿。然後她們擺上食物，我們一同吃喝，酒杯在我們當中傳轉，如此直到入夜，然後我從她們當中選一位姑娘，長得既美麗，腰肢又柔軟，正如詩人對她的描述：

> 我看見她的胸脯如兩個雪白的匣子，
> 以麝香封印，她確實禁止情人從中取樂。
> 她以眸中閃亮的箭矢守護它們；
> 那些想輾壓它們的人，她目光的箭矢出擊。

我跟她度過了最快樂的一夜。長話短說，我跟著她們過了最美好的生活，天天吃喝宴飲，每天晚上還可以挑選一個姑娘共眠，如此過了整整一年。歲末年終時，她們來到我面前，流著眼淚和我道別，緊抓著我痛哭流涕。我非常吃驚，問她們說：「你們怎麼啦？你們這樣真叫我心碎。」

「但願我們從未認識過你！」她們回答：「我們陪伴過許多男人，從來沒有一個像你這麼彬彬有禮，相處起來這麼舒服。現在我們必須離開你了。如果你聽從我們的忠告，那麼就還有機會再見到我們，我們就永遠不需要分開了。只是我們的心預先告訴我們，你不會聽從我們的忠告，我們因此痛哭。」

我說：「告訴我你們為什麼會這樣說。」

她們回答：「你要知道，我們都是公主，過去幾年來，我們一直在這裡逍遙度日，但是每年我們都要離開這裡四十天，然後再回來吃喝快樂過完一年。現在我們按照習慣必須離開了，我們怕你在我們走了之後違背我們的禁令，如此一來，我們就永遠再也見不到你了。不過，如果你聽從我們

12 阿拉伯人認為門牙之間微微有縫是美。（培恩注）

的忠告，那就萬事大吉。這些鑰匙交給你，它們是宮殿中這一百個房間的鑰匙，每個房間裡都有足以讓你消磨一天的娛樂。這裡的九十九個房間你可以打開，在裡面盡情享受，不過要留意，別打開第一百個房間，就是那個紅金色的門；那個房間裡有會造成你我分離的東西。」

我說：「如果第一百個房間的門裡有會造成你我分離的東西，我保證絕對不去打開它。」於是她們當中有一人上前來擁抱我，反覆讀了以下的詩：

我們艱苦的愛若能享有團圓之日，
我的眼眸若能享有再見到你的欣喜，
光陰的臉雖長久蹙眉也當微笑，
我也會原諒命運所有的過往。

我唸了以下的詩：

在我們的別離之日，當她上前來道別，
她的心同時遭受愛的撫摸和渴望的擊打，
她的淚是純潔的珍珠，我的雙眼淌下的是紅玉；
看啊，它們串在一起，做成了她項上的珠鍊！

我見她哭泣，說：「安拉在上，我永遠不會打開第一百扇門！」於是她們向我說了再見，然後離開，留下我獨自住在宮殿裡。當黃昏來臨，我打開第一扇門，發現自己進入了一座果園，裡面長滿盛開花朵的樹木，而且結實纍纍，空氣中迴盪著鳥兒響亮的歌唱，還有潺潺的流水聲。這景象為我的靈魂帶來了安慰。我走進果園，穿梭在樹木之間，深深呼吸著花朵的芬芳，聆聽鳥兒輾轉的歌唱，不由得開聲讚美全能獨一的真主。我抬頭看著樹上的蘋果，它們的顏色有飽滿的紅與黃，如同詩人所言：

蘋果融合了兩種顏色，
是情人紅紅的臉頰，還有幽怨的嫩黃。

然後我看著榲桲樹，深呼吸它的芳香，那是令麝香和龍涎香都要羞愧的芬芳，就如詩人所言：

榲桲樹含有一切令人歡喜愉悅的事物，
遠勝所有的水果，當享有盛名美譽。
它品嚐起來像美酒，嗅聞起來像麝香；
它的色彩是純潔的金黃，它的形狀是滿月的圓滿。

我又從榲桲樹旁走到梨樹前，它們的滋味遠勝玫瑰水和糖。還有李子，它們就像打磨光亮的紅寶石，悅人眼目。直到看夠了這個地方，我走出去，鎖上了門。

第二天，我打開第二扇門，發現自己來到一個極大的樂園，裡面有許多棕櫚樹和潺潺流水匯聚的水塘，水邊種滿一叢叢的玫瑰、茉莉、指甲花、甘菊、馬鬱蘭、薔薇，以及一大片一大片的水仙、牛眼菊、紫羅蘭、百合和香石竹。微風吹過這些芬芳的花草，將香氣散播到各處，令我完全沉醉在喜悅中。我在其中歡喜徜徉了好一陣子，減輕了不少懊喪。我走出房間，把門鎖上，再去打開第三扇門，發現裡面是個寬敞的大廳，鋪著各種顏色的大理石和各種寶石，還掛著許多檀香和沉香做的鳥籠，籠裡都有唱歌的鳥兒，有上千種聲音的夜鶯、斑鳩、黑唱鶇、雉鳩和努比亞鶯。這些鳥兒的歌聲使我心醉神迷，忘卻了煩惱，我在這大鳥籠中睡著了，一覺睡到第二天早晨。

我打開第四扇門，看見又是一個大廳，兩旁各自羅列著四十個房間。每個房間門都開著。我走進去，發現裡面堆滿了珍珠、紅寶石、橄欖石、綠寶石、祖母綠、珊瑚、紅榴石與各式各樣的寶石，還有完全無法用言語形容的各種金銀珠寶。我簡直不敢相信自己看見的，忍不住自言自語說：「我想，就算全世界的君王聯合起來，也湊不出這麼多的寶藏！」我感到無比歡快，不禁大聲說：「現在我是這個時代的君王了，因著真主的恩寵，所有這些寶藏都是我的，而且我還擁有四十個美麗的姑娘，她們全是我的，沒有其他人能分享。」

長話短說，我不停探索這裡豐富的寶藏，就這麼過了三十九天。除了公主們囑咐不可打開的那一扇外，我打開了所有的門，但我心裡一直惦記著它，撒旦為了要毀滅我，也一直慫恿我。雖然只剩下一天的時間，我還是無法克制自己，打開了第一百扇門，就是上面鍍著紅金的門。門一開，迎面一股香氣撲來，一種過去從未聞過的香味，帶著十分微妙和滲透的性質，一下就充滿我的腦海，令我跌倒在地，像中毒般昏過去，過了好一陣子才醒來。之後，我鼓起勇氣走進去，發現自己置身一個大廳，地上鋪滿藏紅花，頂上掛著許多金燈和蠟燭，它們發出強烈光芒，散發出濃郁的麝香和沉香味。大廳中央立著兩個巨大的香爐，裡面燒著沉香、龍涎香和其他香料，整個空間裡瀰漫著這些香味。

不久，我看到廳裡有一匹漆黑如夜的黑馬，馬繮鞍配一應俱全，鞍座還是紅金色的，黑馬站在兩個水晶馬槽之間，其中一個槽裡裝滿了穀物，另一個裝著帶有麝香味的玫瑰水。看見那匹馬，我很驚訝地想：「這肯定是一匹貴重非凡的寶馬啊！」魔鬼試探了我，因此我牽出了馬，騎上馬背，但是那匹馬動也不動。我用腳後跟的馬刺踢牠，牠還是不動。於是我揚起鞭子抽打牠，牠痛得發出一聲嘶鳴，猶如打雷一般，接著張開翅膀，載著我飛上了高空。不久之後，牠落向地面，停在從前那座宮殿的台階上，接著把我甩下馬背，馬尾巴朝我臉上用力一掃，打瞎了我的右眼，接著就拋下我飛走了。

我走進宮殿裡，再次置身在那十個獨眼的年輕人之中，他們看見我，異口同聲驚叫道：「我們不歡迎你！」

我說：「看啊，我變得和你們一樣了，現在請給我一個裝著泥灰的盤子，讓我把臉塗黑，請你們接受我成為你們的同伴吧。」

「安拉在上，」他們說：「你不能跟我們住在一起！立刻滾出去！」他們把我趕出了宮殿。

我對他們的排斥非常傷心，只能滿心悲傷、淚眼朦朧地離開，心裡對自己說：「我明明舒舒服服地過日子，偏偏我的好奇心不容我安生！這話真是一點也沒錯。」於是我剃了鬍子、眉毛，放棄了俗世，成為托鉢僧，在真主的世界裡隨處流轉。蒙他保佑，今天晚上我平安來到了巴格達，遇見這兩位托鉢僧站在路旁不知何去何從。於是我上前問候他們，說：「我是個外鄉人。」

他們兩個回答：「我們也是外鄉人。」

碰巧我們都是托鉢僧，也各自都瞎了右眼。屋主姑娘，這就是我的故事，我剃去臉上毛髮和失去一隻眼睛的經過。

屋主姑娘說：「你可以走了，去忙你的事吧。」

可是他說：「安拉在上，我不走，我要聽完其他人的故事！」

於是她轉向哈里發和其隨從說：「跟我說說你們的故事吧。」

加厄法爾上前重複了他告訴看門姑娘的故事。於是屋主姑娘說：「我原諒你們所有的人，你們可以走了。」

於是他們全都走了。等他們來到大街上，哈里發對那三個托鉢僧說：「你們現在要去哪裡？天還沒亮呢。」

「安拉在上，」他們回答：「大人，我們不知道要去哪裡！」

哈里發說：「那跟我們走吧，今天晚上跟我們一起過。」然後他轉向加厄法爾說：「你帶他們回家去，明天早上帶他們來見我，我們好把他們的經歷記錄下來。」

加厄法爾遵照哈里發的吩咐去做。哈里發返回自己的宮殿，卻遲遲沒有睡意，他清醒地躺著，想著那三個托鉢僧的冒險，並且迫不及待想知道那兩個姑娘及兩條黑狗的故事。天才剛亮，他便起身上朝，坐在自己的寶座上。文武百官出席朝拜完畢，他轉頭對加厄法爾說：「去把那三位姑娘、兩條黑狗，還有托鉢僧都帶來。動作快一點。」

加厄法爾奉哈里發之命，把所有人全帶進宮來見哈里發。他讓姑娘們坐在簾幕後面，代表哈里發對她們說：「姑娘，鑑於你們昨晚慷慨的款待，以及你們不知道我們的身分，所以我們原諒你們昨晚對我們的不敬。現在，我讓你們知道，你們見到的是信仰的領袖，阿布．加厄法爾．曼索爾之子梅哈第．穆罕默德的兒子阿巴斯的第五代哈里發。你們要告訴他你們的故事，並且必須句句實言，不得欺瞞。」

她們聽了加厄法爾的話後，屋主姑娘首先上前，說：「值得信賴的領袖啊，我的故事就如眼角遭到針刺，必須銘記，作為往後那些願意聽從忠告者的鑑戒。事情是這樣的……」

屋主姑娘的故事

這兩隻黑狗是我同父同母的親姊姊，另外這兩位——身上有挨打傷痕的姑娘和採買的姑娘，是我同父異母的妹妹。我父親去世後，我們每個人都繼承了一份遺產，一段時日之後，我母親也去世了，我們親姊妹每人繼承了一千金幣。不久，我兩個姊姊結了婚，跟她們的丈夫生活了一段時間。她們的丈夫拿了妻子的錢，置辦貨物，然後帶著妻子出門去旅行，我有五年時間沒有她們的任何消息。原來，她們的丈夫揮霍她們的錢財，最終破產，便將她們拋棄在異鄉。不久，我大姊一路乞討回來見我。她衣衫破爛、面紗骯髒，整個人落魄狼狽不堪，我一開始根本認不出她來；等認出來後，我問她怎麼會落到這步田地。

「噢，妹妹啊，」她說：「收益什麼的就別提了吧。判官的筆[13]已經寫下判決了。」

於是我帶她去澡堂洗澡，讓她穿上我的整套衣裳，好言好語對她說：「大姊，你就代替父母跟我同住吧。真主賜福，我分配到的遺產這些年來在我手中有增無減，因此我現在豐富許多，你可以分享我獲得的利潤。」

因此她跟我同住了一年，其間我們一直掛記著另一個姊妹的狀況。終於，二姊也回來了，她的情況比大姊更糟，我對待她比對待大姊更周到，兩個姊姊都分享了我物質上所擁有的一切。

一段時日之後，她們對我說：「妹妹，我們很想再婚，我們受不了沒有丈夫的日子。」

「我寶貴如眼瞳的姊姊啊，」我回答：「婚姻真的不好，何況如今好男人很不容易找。你們兩

13 指天意。（培恩注）

人都經歷過婚姻，卻未從中受益，我實在看不出結婚有什麼好。」

她們卻不聽我的勸，沒有我的贊同就又再婚了。無論如何，我還是拿出自己的錢給她們辦了體面的嫁妝，她們就跟著丈夫走了。沒有多久，她們的丈夫就騙光了她們的財物，拋下她們走了。她們景況淒慘地回來找我，跟我道歉說：「別責備我們。你比我們年輕，在想法上卻比我們成熟，從今以後，把我們當侍女收留吧，好讓我們有一口飯吃。我們永遠再也不提結婚的事。」

我說：「歡迎兩位姊姊，對我而言，再沒有什麼比你們倆更寶貴了。」我領她們進屋，比從前更加周到地對待她們。我們就這樣同住了一年，到了年底，我興起出門旅行的念頭。於是，我在巴索拉找了一條大船，將船裝滿貨物、糧食、飲水，以及航行所需一切物資，然後對我兩個姊姊說：「你們要跟我一起去，還是要在家裡等我回來？」

「我們要跟你一起去，」她們回答：「我們不能忍受與你分離。」於是我把錢財分成兩份，一份託給一個可靠的朋友，說：「萬一船有不測，我們活下來，那麼這筆錢可留著用。要是我們平安歸來，我們將知道自己有什麼遭遇。」然後我就帶著她們一同出海航行了。

我們晝夜航行，後來船長迷失了正確航向，船載著我們偏離到一個不是我們要去的水域。我們對這水域一無所知，在風平浪靜下航行了十天，最後，瞭望者爬上桅桿頭向外眺望，大喊道：「好消息！」

他爬下來，非常高興地對我們說：「我看見遠方有座城市，形狀像鴿子。」

我們聽了都很高興，又繼續航行了一個鐘頭，遠方果然出現一座城市。我們問船長：「那座城市叫什麼名字？」

「安拉在上！」他回答：「我不知道，我這輩子頭一次來到這片海域，頭一次見到這座城市。

不過，既然我們平安來到這裡，你們就上岸去把貨物卸下吧，若找到市場，行情也好的話，就做買賣或交易。要是不行，我們就在這裡休息兩天，重新補給食物飲水，然後啟航。」

於是我們進了港，船長上了岸，離開了一段時間。不久，他回來告訴我們：「起來，都進城去，看看真主對祂的創造有何驚人的處置，同時祈求不要惹祂發怒。」

我們上岸進城，看見守門人手裡都握著手杖。然而，當我們走近才發現，他們遭到真主的憤怒擊打，全都變成了岩石。我們進了城，發現城中所有居民全都變成黑色的岩石，不但一個活人都沒有，連一點火苗炊煙都看不見。我們驚訝萬分，穿過條條大街和市集，發現各種貨物和金銀都擺在原地，所有人高興地說：「毫無疑問，這裡發生了神祕的事。」

我們在城市的街道上分散，每個人都去搜刮自己看見的錢財，把口袋塞滿自己身邊所見之物，完全不聽同伴的勸告。我朝這城的城堡走去，發現那是個精美的建築。我進入國王的王宮，見到一切器皿都是金銀所鑄，國王坐在大殿中央，衣袍閃耀華貴，文武百官羅列兩旁。國王所坐的王座鑲嵌著許多珍珠和寶石，他身上穿的金袍也綴滿寶石，閃爍如繁星。在他周圍站著五十個白奴，身穿各色綢衣，手握出鞘長劍，但是等我走近一看，他們也全都是黑石。這景象令我十分困惑，但是我繼續往前走，來到後宮大廳。廳裡牆上掛著金色條紋絲綢的織錦，地上鋪著同樣的地毯，上頭繡著朵朵的金花。我看見王后躺在床上，身上穿著綴滿珍珠的袍子，那些珍珠顆顆大如榛果，頭上戴的王冠鑲嵌著各種顏色樣式的寶石，衣領上也掛滿項鍊。她的衣服和首飾沒有絲毫改變，但她本人已經被真主的憤怒變成了黑石。

這時我瞥見一扇打開的門，門前有七級台階。我爬上台階，走進門去，發現自己來到一個鋪著大理石的房間，牆上的掛毯和地上的地毯都用金線繡花，房間另一頭有個以簾幕遮住的凹室，裡面有光透出。於是我走到凹室前往裡看，發現裡面有張刺柏木做的床，鑲嵌著珍珠、鑽石和大片的翡翠，床上鋪的絲綢奢華得令人眼花撩亂，簾幕也一樣，綴著一圈圈的珍珠，床頭點著兩枝蠟燭，床中央擺著一張小凳子，上面放著一顆鵝蛋大小的寶石，像盞燈一般光彩四射，照亮了整個地方。可是這裡依舊不見人影。我看見這一切，忍不住疑惑道：「這些蠟燭一定是有人點燃的。」

我走出房門來到廚房，接著去了酒窖和國王的寶庫，繼續探索整個王宮，從一個地方走到另一個地方。眼前所見令我感到驚奇連連，我忘了自己，在漫遊中落入了沉思，直到日暮天黑。我想離開王宮，卻迷了路，找不到大門在哪裡。因此，我返回那間凹室，在床上躺下，給自己蓋上被子，唸了一段《古蘭經》，準備睡覺。然而，我輾轉反側，始終睡不著。到了半夜，我聽見有個低沉甜美的聲音在唸《古蘭經》，我高興地起身，循著聲音找過去，來到一個門半開著的房間。我從門縫往裡望，看見裡面是個禮拜堂，牆上有個祈禱的壁龕[14]，室內點著蠟燭，天花板垂著吊燈。房間中央鋪著一張祈禱毯，上面坐著一個英俊的青年，正在誦讀面前攤開的《古蘭經》。我很驚訝在整座都是石頭人的城裡發現一個活人，於是走進去向他問安。他抬起眼來，也回禮問候我。

於是我說：「按著您所誦讀的真主之書的真理，請求您回答我的問題。」

他面露笑容看著我說：「真主的使女啊，請先告訴我你是怎麼來到這裡的，然後我會告訴你這個城市的百姓和我發生了什麼事，以及我為什麼不先回答你。」

我告訴他我的經歷，他聽得十分驚奇，然後我再問他和城中百姓的遭遇。他說：「姊妹啊，對我稍有耐心一些！」接著他闔上《古蘭經》，將它放進一個絲綢袋子裡。他又要我在他身邊坐下，我細看著他，只見他猶如滿月一般的臉上容色煥發，神情溫和，身材勻稱，長得英俊瀟灑，甜得像糖一樣，正如詩人所描述的：

星辰的預言者在夜晚閱讀諸天之書，
看啊，在書卷中他看見一個可愛的少年出現。
土星將他的頭髮染成渡鴉翅膀的色彩，
又將天堂樂園的麝香[15]點在他臉上。
他雙頰的玫瑰色來自火星的緋紅色彩，
人馬座的疾箭從他雙眼射出。
荷米斯將自己水銀般的智慧賦予他，
大熊座避開探子間諜們凶惡的掃視。
智者看見那動人的少年不禁大感驚奇，
滿月猶如奴僕一般，親吻他面前的大地。

至高的真主確實以完美為衣裳讓他穿上，並以他雙頰閃亮的光輝來刺繡這衣裳，正如詩人所描述的：

憑著他眼皮的芬芳及他的細腰我發誓，
憑著他以魔力氣息為翎的羽箭，
憑著他柔嫩的腰側，明亮銳利的眼神，
憑著他驕傲的弓眉，一顰一笑控制了我的悲喜，

14 禮拜者在祈禱時必須面朝麥加，牆上的壁龕用來指示他該朝向的方向。（培恩注）
15 痣，東方有些地區認為臉上有痣很美。（培恩注）

驅趕了我眼中的睡意，
憑著如桃金孃的頰鬚，如玫瑰的雙頰，
憑著紅寶石的唇，珍稀貝珠的齒，
憑著他頸項的美，憑著他胸膛的柔膩，
還有我的目光看見的一對石榴子，
憑著他結實的後部，無論動靜總是輕顫，
往上還有苗條的腰，如此纖細無法承重，
憑著他潔淨絲緞般的皮膚，矯捷的步履，
憑著他的形體融合了最美的事物，無與倫比，
憑著他毫不枯竭的慷慨雙手，真實不虛的言語，
憑著朝向他微笑的星辰，賜愛而溫文，
看啊，他的芬芳正是麝香，
周身環繞著濃郁的龍涎香，
正午光耀的太陽比不上他的風度，
只不過是他剪棄的一牙燦爛指甲。

我偷看他一眼，這一眼令我讚歎千遍，我的心立刻愛上了他。我對他說：「大人，我所問的問題，請告訴我吧。」

「遵命。」他回答：「真主的使女啊，須知，這城乃是我父親的首府，他就是你所見坐在王座

上變成黑石的人，而躺在床上變成黑石的王后，是我母親。他們和全城的百姓都是祆教徒，他們拜火，而不是敬拜充滿全能的真主，他們指著火、光、陰影、熱度和轉動的星辰發誓。我父親原本沒有子嗣，直到晚年才生了我，並認真把我撫養長大。我非常幸運，家裡有個年邁的老保母，她內心是個穆斯林，一心信仰真主與他的先知，只是外表遵從我國百姓的信仰。我父親很信任她，以為她的信仰跟他自己是一樣的，待她非常好，知道她既可靠又有各種美德。因此，當我長到一定年紀，父親就把我託付給她，說：『你帶著他，盡你所能培養他，給他最好的教育，教導他認識我們信仰中各樣的事。』

「於是她帶著我，教導我伊斯蘭的教義和信條，以及沐浴和祈禱的律例，並且虔心學習《古蘭經》，囑咐我單單敬拜至高的真主，又要我對自己的信仰守密，以免我父親知道後殺了我。因此，我隱瞞自己的信仰，在這樣的情況下過了一段時日，直到老保母去世。然而全城的百姓加倍不敬，在他們錯誤的道路上愈奔愈遠。有一天，我聽見天上傳來聲音，隆隆如雷，無論遠近都能聽見，那聲音大聲宣告說：『城中的百姓，從拜火的道路上回頭吧，要敬拜真主，真主是有憐憫的君王！』

「全城的百姓聽見這話都非常恐懼，他們聚集到我父親面前，對他說：『這個恐怖至極、嚇得我們魂不附體的可怕聲音，是什麼呢？』

「可是父親說：『不要受那聲音驚嚇，也不可背離你們的信仰。』

「他們聽從他的話，不但沒有停止拜火，反而變本加厲，遵從自己所信的，直到他們聽見那超自然聲音整整一年後的同一天，他們再次聽見了。到了第二年結束，他們第三次聽見那聲音。然而，他們堅持走在自己的邪路上，直到有一天，破曉時分，從天而降的憤怒審判臨到他們身上，他們自己、他們的動物和牲口全都變成了黑石，除了我，沒有一個活物倖免。

「從那天直到如今，如你所見，我都是一個人。我讓自己忙於祈禱、禁食和誦讀《古蘭經》；事實上，我已經厭倦了沒有人作伴的獨居生活。」

於是我對他說（他的確已經贏得了我的心）：「年輕人，你願意跟我一起去巴格達嗎？在那裡，你可以遇見學者和神學家，增進智慧、理解力和法律的知識。儘管我是我們家的家長，統管許多男人、奴隸和侍從，假使你肯去，我願意當你的使女。我有一條載滿貨物的商船，冒險的航行使我們來到這個城市，讓我得知了你的故事，我們能夠相識，乃是命運的安排。」我不停對他說好話，遊說他，直到他同意跟我一起走，我喜不自勝，在他腳邊躺下睡了一夜。

天亮後，我們去寶庫挑選了一些貴重但輕巧容易攜帶的寶物，然後離開王宮來到城裡，在城中遇見了四處找我的船長和奴隸。他們看見我非常高興，我將自己的見聞告訴他們，包括這年輕人的故事，以及落在這城百姓身上的詛咒。他們聽了都很驚奇。不過，當我兩個姊姊看見王子，她們開始因為他而嫉妒我，心裡暗暗醞釀著害我的毒計。

我們都上了船，對自己所獲得的戰利品欣喜萬分，而我最大的快樂來自王子的同行。我們等到順風，啟航離開。

當我們坐下來聊天，我兩個姊姊問我：「妹妹，你對這個俊俏的年輕人有什麼打算？」

「我打算選他當我的丈夫。」我回答；然後轉身對王子說：「大人，我對你有個提議，希望你不要反對。當我們抵達巴格達之後，我想嫁給你，請你當我的丈夫，我做你的妻子。」

他說：「遵命。你是我尊貴的小姐和女主人，無論你做什麼，我都不會反對。」

於是我轉過去對兩個姊姊說：「我有這年輕人就滿足了，想要財物的人，財物都可歸他們。」

「說得好。」她們回答，心裡卻在計畫著要害我。我們一路順風航行，直到離開危險的海域，來到平安的水域。過了數日，一天傍晚時分，我們已經遙遙望見巴索拉的城牆。我兩個姊姊等到入夜王子和我都睡著後，將我們倆連鋪蓋一起抬起來拋下海去。王子不會游泳，在海中溺死了，真主將他列入了殉道者當中。至於我，真希望自己也能隨他一同溺死！但真主的旨意是讓我獲救。我落水後祂為我送來一塊木頭，我跨坐在木頭上，海浪托著我，直到把我拋在一座海島。我上了岸，徹夜繞著島嶼走了一圈，天亮時，看見有一條小徑從島嶼通往陸地。

這時候太陽已經出來了，我在太陽下把衣服曬乾，吃了島上的水果，也飲了島上的水，然後出發往前走，直到抵達陸地，並發現自己離城市只有兩小時的距離。我坐下休息，不久看見一條有棕櫚樹那麼粗壯的大蛇使盡全力朝我急竄而來，因為疲憊，她的舌頭耷拉在外，約有一個虎口長，當她急竄時，舌頭不停掃著泥土。她被一條細長如矛的龍追趕，這時龍已經趕上她，一口咬住她的尾巴，大蛇眼中流下淚來，不停扭擺著身體想要甩脫龍。我對她心生憐憫，抓起一塊石頭朝龍的頭擲去，當場打死牠，大蛇隨即張開翅膀飛走了，只留下驚奇萬分的我。

我很疲累，困倦不堪，倒下來睡了好一陣子。當我醒來，發現有個女人坐在腳邊，正在幫我揉腳，她還帶著兩隻黑狗。我很不好意思，連忙坐起來對她說：「姑娘，你是誰呢？」

「你怎麼這麼快就忘了我！」她回答：「我是那條大蛇，你殺了我的敵人，救了我。我是個善魔，那條龍是個惡魔，因為你的慈悲之舉，我才獲救。你一救了我，我就乘著風飛到你的船上，把船上所有財物全都搬運回你家，然後把船沉了，又把你兩個姊姊變成黑狗，因為我知道你和她們之間所有的事。不過，那個年輕人已經淹死了，來不及救他了。」

說罷，她帶著我和兩隻狗飛起來，不久便飛到我家，把我們放在屋頂上。我回到屋裡，發現船上所有財物都在，一樣也沒少。然後她對我說：「憑著我主所羅門（他賜平安！）戒指上的文字起誓，你若每天不鞭打這兩隻狗三百下，我就把你也變成和她們一樣。」

「遵命。」我回答。

從那時候開始，儘管心懷不忍，我每天都得鞭打她們三百下。信仰的領袖啊，她們知道自己挨打不是我的錯，也原諒我。這就是我的故事。

哈里發對她的經歷十分驚奇，接著又問看門的姑娘：「你呢？你身上那些傷痕是怎麼來的？」

她回答：「值得信賴的領袖啊……」

看門姑娘的故事

我父親去世後留給我龐大的財產，他死後沒多久，我就和巴格達最富有的其中一名男子結了婚。未料，一年之後他也去世了，我合法繼承了他一部分的遺產，有八萬金幣。於是我的財富超過所有人，我富有的名聲也遠傳到海外。我為自己置辦了十套衣服，每套一千金幣。有一天，我獨自坐在家裡，有個老婦人來見我，她雙頰凹陷、眉毛稀疏、眼睛渾濁、牙齒殘缺、一臉老人斑、頭禿髮白、佝僂著骯髒的身軀、流著鼻涕、膚色蠟黃，正如詩人所描述的：

一個醜惡的女巫！她的罪不得赦，

也別讓她的恩主獲知她何時可離世！

她滿腹欺騙，只要一根蜘蛛絲

她就能拴住一千隻驚跳的騾子。

她向我問安，又在我面前伏身吻地，說：「我有個孤女，今晚我要慶祝她的婚禮，要揭紗[16]。我們是外鄉人，在這城裡誰都不認識，著實心都碎了，您要是能參加她的婚禮，就是莫大的善行，是回報了社會。這城裡的夫人小姐聽見您出席，也會來參加，這將為我女兒的心靈帶來安慰，因為現在她很傷心，除了至高的真主，沒有人可以指望。」接著她一邊哭一邊親吻我的腳，唸道：

您的出席令我們蓬蓽生輝，我們心悅誠服您的寬宏大量。
如果您拋棄我們，沒有人能代替您在這裡的地位。

我對她起了憐憫的心，說：「就聽你的吧。按真主所願，我願意幫她，讓她穿上我的衣服、戴上我的珠寶首飾來舉行婚禮。」

老婦人聽見這話，極其歡喜，又趴在我腳前連連親吻我的腳，說：「真主必以善報答您，使您心中快樂，就如我心中快樂一樣！不過，小姐啊，現在您先別忙，您只要在傍晚時準備好，屆時我會來接您。」

說罷，她親吻我的手，然後離去。我也開始穿衣打扮，做好出席的準備。約定的時間到了，老婦人返來，滿臉堆笑，親吻我的手說：「我的姑娘啊，城裡大部分的夫人小姐都到齊了，我告訴她們您一定會來參加，她們聽了都很高興，這會兒正等著您，切切盼著您的到來。」

16 揭紗，或在丈夫面前展示新娘，是穆斯林上層階級的婚禮高潮。新娘總會穿戴最豪華的衣裳和首飾，這些東西有時都是借來的。（培恩注）

我蒙上面紗，帶著女僕跟著老婦人走，一直走到一條打掃清潔又灑過水的街道，穿過街道時還可嗅到陣陣傳來的香氣。她在一座漂亮的大理石拱門前停下來，拱門通往一座從地面拔高到雲端的宮殿，大門口掛著黑色的門簾，高懸著作工古怪的金燈籠，門上寫著這麼幾句話：

我是個住家，為歡樂而建；
我的日子永遠充滿喜樂的晝夜。
在我中央是一座噴湧的泉井，
那泉水驅逐痛苦和絕望，
它的周圍環繞著玫瑰、水仙、甘菊、
銀蓮花和桃金孃，裝扮美麗。

老婦人敲敲門，門便敞開。我們一進門，是一條鋪著地毯的長廊，懸掛著明亮燈火，點著蠟燭，一路裝飾著許多寶石和礦石掛飾。我們穿過長廊走進大廳，這是世間少見的地方，廳內全鋪著絲毯，掛著絲綢織錦，一排排懸掛的燈和點燃的蠟燭照得四下猶如白晝。大廳另一端擺著杜松做的沙發，上頭鑲嵌著珍珠和寶石，並有垂著絲緞帷幕的華蓋，華蓋上環著一圈珍珠。我才剛看完這一切，凹室裡走出一位少女，美麗如滿月，額頭光潔如晨曦，燦燦生輝，如同詩人所言：

她如帝王般款款走來，可愛燦爛，
全是為了君王的新房和皇帝的裝扮。
她臉頰的花朵紅如龍血，
她的臉如紅與白的玫瑰盛開。

修長惺忪的雙眼和倦柔的步態，
所有可愛的神態都在她甜美的一瞥。
她額上的頭髮就像積雲的夜，
從那兒閃耀出歡樂的早晨。

她走下台階，對我說：「歡迎，歡迎親愛又著名的姊姊您一千遍！」接著她唸了以下這幾句詩：

如果屋宇知道拜訪者是誰，它一定會歡欣鼓舞，
彎腰親吻她雙腳所站的快樂之地。
並且，儘管聲音瘖啞，仍然要說，要呼喊：
「歡迎，無比歡迎慷慨又善良的人！」

然後她坐下來對我說：「我的好姊姊，我有個長得比我還俊美的哥哥，他在某個節慶裡見到你，一見鍾情，深深愛上了你，因為你的美貌和優雅遠超過世人。他聽說你是一家之長，而他也同樣是一家之長，因此他想認識你。他用這計謀找你來跟我作伴，因為他想娶你為妻。按著真主及其先知的律法，明媒正娶是合法的，沒有不可見人之處。」

我聽見她這話，明白自己落入陷阱了，只得回答：「如你所願吧。」她聽了十分高興，拍了拍手，有一扇門打開，門裡走出一個英俊無比的年輕人，穿著高雅，俊美絕倫，長相勻稱，風度過人，雙眉如彎弓，雙眼的魅力使人心醉神迷。他就像詩人所描述的：

他的臉猶如新月，美人痣如珍珠，既好運又優雅。

真主祝福說了這話的人：
他著實獲賜美貌和優雅，
那捏塑和製作他面容的是應當讚美的！
所有罕見的魅力都聚集成就他的美貌，
他具有魔力的美令人類分心。
美麗將自己安置在他額頭，
「除了這位青年，世上再無美貌之人。」

我對他一見傾心，立刻愛上了他。他在我身旁坐下，跟我說了一會兒話。不久，那少女第二次拍拍手，一旁有扇門打開，走出一位法官和四個見證人，他們問安之後坐下，為我和那位年輕人寫了婚書，然後離去。

他轉過身來對我說：「我的女主人，願我們的新婚之夜蒙受祝福！我對你有個要求。」

我說：「我的主人，什麼要求？」

他起身拿了一本《古蘭經》，對我說：「對我發誓，從今以後除了我，你不可以看別的男人，也不可以喜歡他們。」

我照他的意思發了誓，他極其高興，熱切擁抱我，我也全心全意愛上了他。

不久，他們為我們擺上佳餚，我們盡情吃喝，直到心滿意足，夜幕深沉。隨後他領我進了房間，上了臥榻，親吻我擁抱我，直到天明。我跟他快快樂樂生活了一個月，有一天，我對他說，我想去市場買些必需品，他同意了。

於是我蒙上面紗，帶著老婦人和一個女僕去了市場，老婦人為我推薦一個她認識的店家，我便去了那個年輕商人的店。老婦人說：「這年輕人的父親在他還是孩子時就過世了，為他留下不少家產。他店裡百物齊備，你要找的東西那裡都有，市場上沒有一家的東西比他家的更精巧細緻。」她又對那店主說：「把你店裡最好的東西拿來給這位夫人看吧。」

他回答：「遵命。」然後她開始誇讚他。

然而我說：「我對你誇他不感興趣，我只想買好我需要的東西，然後回家。」

他拿來我要的東西，我付錢給他，但是他不要錢，說：「你今天來我店裡，是我的貴賓，這是給貴賓的禮物。」

於是我對老婦人說：「要是他不收錢，就把東西還給他。」

「安拉在上，」他說：「我絕不會收你一分錢！我把東西當作禮物送你，只求一個吻作為回報。你的吻比我店裡所有的一切更珍貴。」

老婦人說：「一個吻能讓你得什麼好處呢？」然後她對我說：「我的女兒啊，你聽見這年輕人的話了。一個吻能對你有什麼損失呢？他吻你一下，你不用付錢就能得到所有這些東西。」

「你難道不知道我發過誓，是受約束的？」我回答。

可是她說：「閉嘴，讓他吻你，不花你一分錢，不會對你有害處的。」她不停勸說，直到我落入圈套同意為止。我遮上眼睛，並拉起面紗的邊緣擋在自己和街道之間，這樣路人就不會看見我。他把嘴貼到我面紗下的臉頰上，但是他不是親吻我，而是狠狠咬了一口，把我的臉頰咬破了，我頓時昏了過去。當我醒來，發現自己躺在老婦人的懷中，店門已經關上。她對我的遭遇很悲傷，說：「感謝真主，情況沒有更糟！」又對我說：「來吧，打起精神，我們回家去吧，以免事情走漏風聲，敗壞你的名節。等回到家，你就裝病躺下，把頭臉蓋上，我會給你拿藥來，你的傷口很快就會痊癒的。」

過了好一會兒，我才能站起身來，滿心恐懼和焦慮，一路磨磨蹭蹭，最後還是回到了家。我進屋躺下，傳話說病了。到了晚上，我丈夫進屋來看我，說：「夫人，你這趟出門，發生了什麼事？」

我說：「我頭疼，不舒服。」

他點了一根蠟燭，拿進前來看著我說：「你柔嫩的臉頰上，那個傷是怎麼回事？」

我說：「我經過你同意，今天出門買東西，路上有匹載滿柴薪的駱駝跟我爭道，有根木柴扯破了我的面紗，劃破了我的臉頰，造成了你看見的傷口。這城裡的街道實在太狹窄了。」

他回答：「明天我要見這城的長官，把這事告訴他，讓他把每個賣柴薪的人都絞死。」

「真主垂憐，」我喊道：「你千萬別冤枉好人，犯此大罪！事實是我騎的驢子失了蹄，把我甩在地上，我的臉頰碰上了一塊玻璃，劃破了。」

「那麼，」他說：「明天我會去找加厄法爾，告訴他這件事，他會把全城的驢都給殺了。」

「這事發生在我身上，若是真主的旨意，」我說：「你要因為我把所有的人都殺了嗎？」

「我非這麼做不可。」他回答，接著跳起來，一個問題接一個問題地逼問我，直到我害怕了，說話結結巴巴起來，於是他猜到發生了什麼事，並大聲說：「你違背了你發過的誓！」

接著，他大吼一聲，門立刻打開，進來了七個黑奴，在他的命令下他們把我拖下床，拋在房間中央。不但如此，他命令他們一個抓住我肩膀，坐在頭上，另一個坐在膝蓋上抓住我雙腳，又給了第三個人一把出鞘的長劍，對他說：「薩德，揍她，把她砍成兩半，你們各自拎著半截，把她扔到底格里斯河去餵魚，這就是她打破自己的誓言，對她愛人不忠的下場。」說完他怒氣更盛，又唸了以下這些句子：

如果有人同我一樣占有她，我所愛的她，
我會鏟除內心的激情，儘管渴望會摧毀我。
我會對我的靈魂說：「死亡更佳。」
像我這樣享受愛的人，終歸徒勞一場。

然後他對奴隸說：「薩德，揍她！」

薩德彎下腰來對我說：「夫人，做討白表明你的信仰，並告訴我們你還有什麼遺願要完成，因為你的時間已經不多了。」

「好奴隸，」我說：「給我一點時間，讓我說完我最後的囑咐。」

然後我抬起頭來，想了一遍我遭遇的事，自己如何從尊貴落至卑賤；同時，眼淚不停往下流，哭得十分傷心。我丈夫滿眼憤怒看著我，又說：

那對我們不義之人，告訴她，我們厭倦她的親吻，
她已經選擇了另一個人，做她渴望的愛人，
看啊，在你拋棄我們之前，我們會把你一腳踢開！
我們之間發生的事，已經足以使我們惱怒。

聽見這話，我流著淚看著他說：

你判定了我從愛中遭到放逐，一切只留下冷漠；

在我訴苦時，你剝奪了我的安眠，使我目不交睫。
我的心不能忘記你，我的眼也抑制不住淚水。
你對我發過誓，你會永遠守住你的忠誠；
但是當我把心給了你，你打破了你發下的誓言。
你有把握抵擋時間的改變和厄運嗎？
你對我的愛沒有憐憫，也不俯就同情。
若我必須死，我乞求你，看在真主的面上，在我墓碑上寫下
「在此躺臥的是激情的奴隸，因徒勞無益的愛而死。」
也許有人會經過，一個知道愛的痛苦的人，
看著一位愛人的墳墓，憐憫她所受的痛苦。

我不停哭泣。他聽完我的話，看見我的淚，憤怒益發高漲，滔滔說道：

我離開我心所親愛的，不是因為厭倦；
而是她犯了該受懲罰的大罪。
她接受另一個人來跟我一起分享她的愛，
我內心的信仰不容許這樣的分享。

我又哭著懇求他，心裡想：「我要用話說服他，就算他拿走我一切所有，說不定他會饒我一死。」

因此我向他傾訴我的苦處，說道：

如果你真的只是要糾正我，請不要奪走我的性命。
哀哉！此處沒有仲裁者能夠反對死的判決！
你將熱情和慾望的重擔加在我背上，
我因為軟弱，幾乎無法撐起所穿的長袍！
我的靈魂將虛拋，我毫不驚奇；
但是，我驚奇自己的血肉之軀要如何承受疏遠你。

說完又哭，他看著我，怒罵我，朝我走過來說：
你忘了我的愛，去到另一個人的懷抱裡；
儘管我從未對你不忠，你卻與我失和。
因此，我會拋棄你，因為是你先拋棄我，
我會按你的方式，在沒有你的情況下滿足過活。
正如你在另一個人的懷抱裡，我會忘記你的魅力；
是你隔斷了我們的愛，你不能因此責怪我。

他對那個拿劍的奴隸說：「把她劈成兩半，讓我們早點擺脫她，她對我們沒有用了。」那個奴隸走上前來，我絕望放棄了，將自己的事交給至高的真主。

就在這時，那老婦人衝進門來，在我丈夫面前跪下，親吻他的腳說：「我兒，看在我養育你、服侍你多年的分上，饒了這個姑娘吧，因為她確實沒有犯什麼該死的罪。你還很年輕，我擔心她的死最終會算到你頭上，因為有俗話說：『殺人者償命。』至於這個惡劣的女人，拋棄她吧，將她從你的腦海裡和心裡扔出去。」』

她不停哭泣和懇求，直到他緩和下來，說：「我饒她一命，但我要在她身上加上她一輩子都擺脫不了的印記。」

接著，他命奴隸扒下我的衣裳，把我按在地上，又拿來一根榲桲木棍，在我背上狠狠抽打，把我打得幾度昏死過去，以為自己非喪命棍棒之下不可。等天一黑，他命令老太婆帶路，讓奴隸把我丟回與他結婚之前所住的家。他們聽從他的吩咐，把我留在原來的家，然後離去。我到第二天早晨才從昏迷中醒來，為自己抹藥療傷，吃藥調理，整整臥床四個月才把傷養好，人才恢復了健康，但是如你所見，我身上挨打的傷痕從此除不掉了。當我能下床行走，我立刻返回那間發生這一切的房子，卻發現那整條街都拆了，那棟房子所在的位置只剩下一堆瓦礫，我打聽不到這變化的任何消息。於是，我去找這位異母姊姊，才知道她和兩隻黑狗住在一起。我問候她，告訴她發生在自己身上的事。她說：「妹妹啊，誰能夠逃離命運的捉弄呢？讚美真主，他保全了你的性命，使你全身而退！」然後她唸道：

命運委實如此，耐心容忍它吧，
無論你是為失去財富受苦，還是為朋友遠離受苦。

然後她告訴我她自己的故事，從此我們住在一起，絕口不提婚姻的事。一段時日之後，我們另一個妹妹，這位採買的姑娘，也搬來和我們同住，她每天出門為我們買來日常所需的用品。我們就這麼一起生活，直到昨天，我們的妹妹照例出門採買，卻碰上了那個腳夫。不久之後，又來了這三個托鉢僧，最後又來了三位從提比里亞來的受人敬重的商人，所有的人我們都接待了，他們也都同意進屋的條件，不打探我們的隱私。不料他們出爾反爾，但是我們在要求他們說了自己的故事之後原諒了他們，讓他們自行離去。如此平靜過了一夜，直到今天早晨，我們被召喚前來見您。這就是我們的故事。

哈里發聽了她的故事，驚奇不已，吩咐把她們姊妹及托鉢僧的故事都記下來，作為統治時期的史料，收藏在國庫。然後他對屋主姑娘說：「你知道到哪裡去找給你兩個姊姊下了咒語的善魔嗎？」

「值得信賴的領袖啊，」她回答：「她給了我一束頭髮，說：『當你想見我，燒一兩根頭髮，即使我遠在千里之外，也會及時出現在你面前。』」

哈里發說：「把頭髮拿來。」她取來頭髮，將整束都拋進火裡。宮殿立時震動起來，只聽到一陣滾滾如雷的響聲，接著那善魔出現，向哈里發問安，說：「真主的代理人，願你平安！」

「也願你平安。」他回答：「願真主的憐憫和祝福不斷！」

她說：「這位姑娘救了我的命，殺了我的敵人，對我有大恩，我怎麼回報都不為過。我見過她兩個姊姊怎麼對待她，覺得有必要替她討回公道。起初，我打算殺了她們，但擔心這對她打擊太大，因此只把她們變成狗。現在，值得信賴的領袖，您若要我釋放她們，我會照做，這是看在您和那位姑娘的面子上，因為我是虔誠的信徒。」

「放了她們吧。」哈里發說：「然後我們再來審視挨打的姑娘的事件。如果她說的事都屬實，那麼你可以報復那個錯待她的人。」

「值得信賴的領袖啊，」她回答：「我會放了這兩個女人，並且讓你知道，那個虐待這位姑娘、奪走她財產的，是天底下跟你最親的人。」

說罷，她拿來一杯水，對著水喃喃唸了無人能懂的咒語。接著，她把一些水灑在那兩條狗的臉上，說：「變回你們原來人類的模樣。」她們立刻就變回之前原來的樣子。

善魔對哈里發說：「值得信賴的領袖，那個痛打這位姑娘的是您兒子阿民，您兒子馬俄門的兄弟。他聽聞這位姑娘的美貌和優雅，便設計了她，和她結婚。不過他打她這件事，確實不能怪他，因為他給她立過條件，要她鄭重發誓絕不可做某件事，而她沒有忠於自己的誓言。正如您所看見的，他本來的意思是要殺她，卻因為懼怕至高的真主而改為痛打她，然後把她送回原來的住處。」

哈里發聽見這話，大吃一驚說：「榮耀歸於至高無上的真主，是他賜我機會釋放這兩個中了魔法、飽受責打的女人，又讓我知道這位姑娘過往生活的祕密！安拉在上，我要把這事載入史冊，流傳後世！」

接著他把兒子阿民叫來，詢問他那位看門姑娘所說的事，阿民據實以告，並未隱瞞。於是哈里發召來法官和證人，把屋主姑娘和她兩個姊姊嫁給三個托鉢僧，又賜三個托鉢僧擔任自己的侍從，指定他們的薪俸，供給他們一切所需，在巴格達自己的王宮中騰出地方讓他們居住。此外，他把那受挨打的姑娘交還給她丈夫，也就是他兒子阿民，讓他們重新寫下婚書，又賜給她極多的財富，在拆毀房屋的原址再造一棟比先前更加富麗堂皇的屋子。他自己則娶了採買姑娘為妻，與她共度新婚之夜，第二天早晨在他的王宮中指定單獨一處殿堂給她居住，又給她月俸，並派數個婢女專門伺候她。眾人都對他的公平、慷慨和華麗驚歎無比。

當夏合剌撒德說完故事，杜雅薩德對她說：「安拉在上，這故事真是太精彩、太好聽了，我從來沒聽過這樣的故事！不過，親愛的姊姊，現在請你再講個故事給我們聽，讓我們可以消磨這漫漫長夜。」

「如果國王允許的話，」夏合剌撒德回答：「我很樂意。」

國王說：「快告訴我們下一個故事吧。」

於是她說：「時代之王，光陰之主啊，據說……」

05

水手辛巴達和腳夫辛巴達

在哈里發赫崙．剌序德統治時期，巴格達城裡有個窮人名叫辛巴達，是個靠出賣腳力幫人運貨（把貨頂在頭上）的腳夫。有一天，天氣十分炎熱，他頂著十分沉重的貨物，在高溫豔陽下汗流浹背，疲憊不堪。不久，他經過一個富商家的門口，看見門前打掃得十分乾淨，還灑過水，讓那裡的空氣涼爽不少，門邊又有寬大的長凳，於是他放下重擔，坐下來喘口氣，休息片刻。

他剛坐下，就嗅到門廊裡散發出一股令人身心舒暢的芬芳氣息。他坐在長凳邊緣，深深呼吸享受著，又聽見屋裡傳來魯特琴和其他弦樂器彈奏的樂曲，還有美妙的聲音唱著歌，又聽見有人唸誦詩詞，一句句咬字清晰，充滿吸引力。此外還有斑鳩、嘲鶇、烏鶇、夜鶯、杓鷸等各種婉轉鳥啼，他聽得驚奇連連，開心得不住讚美至高的真主。

他走到門前往內窺探，見裡面是個大庭園，僕婢成群，個個訓練有素，只有帝王公侯家才能看見如此的氣派，空氣中還有一陣陣各種佳餚美食和美酒的香氣撲鼻而來。他忍不住抬起眼來對上蒼說：「榮耀歸於您，真主啊，您是創造者與供應者，您所供應的人一無所缺！我的真主，我呼求您饒恕我所有的罪過，我向您懺悔所有的罪行！真主啊，您的法令和統治無人可以否定，您的作為也無人可以質疑，因為您是全能的真主，讚美您的完美和完善！您要誰富貴，誰就富貴；您要誰貧窮，誰就貧窮！您要誰高升，誰就高升；您要誰貶低，誰就貶低！除了您，沒有神！您何等偉大莊嚴，您的疆土何等遼闊，您的統治何等英明！說真的，您的僕人中您要偏愛誰就偏愛誰，因此這棟房子的主人享有這等愉快的人生，呼吸著各種香氣，品嚐各種美食，暢飲各類美酒。您按您的旨意任命您的僕人，您預先決定他們的命運，因此有的人疲累，有的人安逸，有的人幸運享樂，有的人遭受極大的痛苦和艱難，正如我一樣。」然後他唸道：

當我勞苦奔波，不得安息，有多少人

在令人愉快的他人檐下，
正享受美味食物，清涼舒適的樹蔭！
事實上，我在無數的疲憊中度日，
我的情況罕見，痛苦的重擔有增無減。
而其他人，從來不曾過過我勞苦的日子，
在幸運中歡樂，既不愁煩，也不焦慮。
他們享受安逸的生活，隨心所欲地吃喝，
命運的恩寵供給他們富裕和權力。
我和他們一樣，他們也和我一樣，
每個活生生的靈魂都是父精母血所生。
雖然如此，他們和我之間有個差異，
終究有如醋和酒的差別。
然而，我的真主啊，我絕不向您抱怨；
您智慧而公正，您支配萬物，願無人受您譴責。

他唸完這些詩句，再次頂起自己的重擔，正準備離開時，大門打開，一個面貌清秀、身形俊美、衣著華麗的童僕走出來一把拉住他的手說：「請進來，我家主人有話對你說。」

腳夫想推辭，但童僕不讓他拒絕。於是他把重擔交給門廊前看門的人，跟著男孩進了屋子。他發現這屋子井然有序，富麗堂皇，令人喜悅，一直走到一間廣闊又輝煌的大廳，看見裡面按著身分坐滿達官顯貴，每張桌子上都擺著各色鮮花和芬芳的香草，還有大量豐富美味的食物、水果、糕點和精選的葡萄美酒。廳裡還有一些美女在彈奏樂器和唱歌，首席正位上坐著一個相貌威嚴、氣度非凡的老人，他有一張飽經風霜清癯的臉，看起來很健康，深受老天眷顧，相貌堂堂，養尊處優，嚴肅而高貴。

腳夫見到這情景，不免目瞪口呆，心裡想：「安拉在上，這如果不是天堂樂園，就是哪個君王的王宮！」他恭恭敬敬地向眾人問安，願他們大富大貴，並在他們面前伏身吻地，然後垂頭恭敬站著。屋子的主人吩咐他上前來，賜他座位，又親切地和他交談，表示歡迎。

接著主人在他面前擺下許多豐富又美味的食物，腳夫向真主祈禱之後，盡情飽餐一頓。飯後他大聲說：「無論發生何事，讚美真主！」然後洗了手，向主人道了謝。

主人說：「我們歡迎你，願你蒙受祝福。你叫什麼名字，是做什麼的？」

「大人，」他回答：「我名叫辛巴達，是個腳夫，用頭幫人頂運貨物為生。」

主人微笑著回答：「原來如此。腳夫啊，我與你同名，我是水手辛巴達。現在，我要請你把剛才在門口唸的那首詩再唸一遍。」

腳夫覺得非常羞愧，回答說：「真主眷顧你！請原諒我，我因為辛苦勞動而發牢騷，又缺乏好的教育，是個沒有禮貌又胡言亂語的人。」

「不要羞愧，」主人說：「你已經成為我的兄弟，把那首詩唸給我聽吧。我聽見你在門口唸那首詩，非常喜歡。」

於是腳夫唸了那首詩，主人聽了很高興，對他說：「腳夫啊，我的故事非常精彩，你該聽聽我所有的遭遇，以及我獲得這種幸福生活且變成你所見的家大業大之前，在我身上發生的一切。我經歷了艱苦，承受無數的危險和極大的疲憊，然後才有這麼高的地位。我從前吃的苦、遭受的困難，實在太多了！事實上，我曾經航海七次，每一次都有驚心動魄、不可思議的故事，我經歷的一切全憑運氣，全是命中注定。那已經被寫下的命運是逃不掉的。」他轉向他的客人繼續說：「各位大人，我的故事是這樣的……」

水手辛巴達的第一次航海

我父親是我們當地數一數二富有、顯赫的商賈，但在我年幼時就去世了，留給我大筆的錢財、土地和房產。當我長大成人，著手管理所有的產業，飲食隨心所欲，穿著奢華，跟自己同齡的朋友過著揮金如土、浪費無度的日子，並以為這樣的生活能永遠持續下去。我就這麼過了很長一段年日，最後突然從自己的漫不經心當中清醒過來，才發現因為揮霍無度，我的情況已經不同了，家產已經敗光了。我驚愕徬徨，深受打擊，想起父親曾經告訴過我，我們的先知大衛（願他平安）的兒子所羅門說過的話：「有三件事比另外三件事強；死亡之日比出生之日強，活狗比死獅強，墳墓比貧窮強。」於是我變賣了自己最後的一點家產，籌得了三千金幣，決定拿著這些錢到外國去闖一闖，正如詩人所言：

一個竭盡全力的人，會贏得命運的青睞，

一個渴望晉陞的人，在夜晚也必須守望。

珍珠的搜尋者必須潛入大海，
要獲得財富、權力、尊貴地位者也一樣。
想要功成名就者若不吃苦，
他的人生將浪費在虛榮的探索中。

我為自己買了貨物和航海需用的物品，然後和一群商人登上前往巴索拉的船。在巴索拉，我們又搭上另一條船，出海航行了幾天幾夜，從一個島到另一個島，從一片海洋到另一片海洋，從一個地方到另一個地方，在各處做買賣，或以物易物。最後我們來到一座海島，它看起來像樂園般令人愉悅。船長在此下錨，迅速靠岸，放下登岸踏板。船上所有的人都上了岸，並且搭灶生火，各自分工忙碌，有的做飯，有的洗滌，有的繞著島散步看風景，其餘的人坐下又吃又喝，盡情娛樂。

我也是參與探索島嶼的人，但是就在我們各自忙碌的時候，突然聽見船長在甲板上拚命大喊：「唉呀，各位乘客，快拋下你們的東西逃命，快回到船上來，以免你們遭到大難，真主保佑你們！因為這不是什麼島嶼，這是一條在海中靜止不動的大魚，泥沙在牠身上堆積，連草木都長了出來，所以牠看起來像島，但是當我們在牠身上點火，牠感覺到燙，開始動起來了。牠馬上要帶著你們一起沉下海裡了，到時你們全都會淹死的。所以快拋下你們的東西救自己一命，以免喪命！」

我們一聽見船長的警告，立刻拋下一切拚命往船跑去，想保住性命。有些人逃上了船，但包括我在內的其他人還沒來得及奔上船，島嶼就開始搖晃，接著帶著身上的一切沉下萬丈深淵，海面在大魚掀起的滔天巨浪中逐漸合攏。我和其他的人都淹沒在海裡，不過，至高的真主保護我沒溺斃，半途為我送來一個大木盆，那是船上的人用來洗浴的。我緊抓住木盆跨坐上去，保住性命，又用兩隻腳划水，和身旁起伏的大浪搏鬥。這時，船長已經不顧落海的人，載著上船的人啟航離開。我兩眼望著船愈走愈遠，直到整艘船消失在視線裡，感覺自己毫無指望，只餘一死。

就在這樣的困境裡，夜暮逐漸籠罩下來，風浪載著我漂流了一整夜。到了第二天，就在我幾乎踏進鬼門關之際，木盆載著我漂流到一座高聳島嶼的背風面，島上樹木的樹枝有不少懸垂在水上。我抓住一根樹枝，費盡力氣攀爬，終於爬上陸地。上岸後，我才發現自己的雙腳不但麻木了，而且被魚咬得傷痕累累，但我因為極度的疲憊和悲慘的遭遇竟然毫無所覺。我整個人癱倒在地，像死人般昏睡過去，直到第二天早晨升起的太陽把我喚醒。我試著起身走路，但兩隻腳腫痛難行，只好用雙手和膝蓋往島嶼的內陸爬行，因為我發現那裡有大量的水果，還有甜美的泉水。我吃這些野果和喝泉水充飢，就這麼過了幾天幾夜，直到體力和精神逐漸恢復過來，能夠起身行動。我考慮自己的情況，為自己折了一根樹枝當拐杖，開始探索這座海島，用欣賞至高真主在此地所創造的事物來轉移自己的注意力。

有一天，我沿著海岸走，突然看見遠處有個東西在動，以為那是一隻野獸或某種海裡的生物。不過，我走近後看清那是一匹高貴美麗的雌馬，就拴在海邊。我走上前，牠聲音宏亮的長嘶一聲，我嚇了一大跳，轉身就走，未料有個人從地底下走出來，跟上我，並大聲喊著說：「你是誰？從哪裡來的？怎麼會來到這個地方？」

「大人，」我回答：「我是個外鄉人，遇見了船難，但是真主賜給我一個木盆，我爬上木盆救了自己一命，又隨著風浪漂流，直到海浪把我推送到這座海島上。」

他聽了這話，說：「跟我來。」說完拉起我的手，帶我走下地下一間廣闊的廳堂，並讓我坐上主位，接著為我端來飲食。我飢餓已久，立刻大吃起來，直到神情振作、心滿意足為止。之後，他詢問我的身世，我告訴他自己的經歷，並說：「大人，看在真主的分上，請別見怪。我已告訴你我的真實情況，現在，我想請你告訴我你是誰？為什麼住在地底下？又為什麼把雌馬拴在海邊？」

「你要知道，」他回答：「有一群馬夫分散在本島各個角落，為麥赫爾姜國王照料馬匹，我是其中之一，他所有的馬都交由我們管理。每個月新月上升之時，我們將國王最好的雌馬帶到這裡來，因為此地空曠。我們把馬拴在海濱，自己再躲到這個地下廳堂，讓誰都看不見我們。不久，海中的雄馬嗅到雌馬的氣味，會從海中上來，當牠看不見人影，便會躍起和雌馬交配。當牠們交配完，雄馬想把雌馬帶走，卻因為雌馬被拴著無法離開，於是雄馬會大聲嘶鳴，用馬蹄刨地、用牙齒撕咬，我們聽見這些聲音，知道雄馬已經和雌馬交配完畢，便立刻跑出地下大廳，斥喝那些雄馬，把牠們驅趕回海裡。這時雌馬都已受孕，懷了小馬，這些小馬生下來後，因為舉世無雙，能值一座寶庫的金銀。現在就是那些海中的馬出現的時間，如果至高的真主喜悅，我會帶你去見麥赫爾姜國王，帶你參觀我們的國家。你運氣好，遇見了我們，否則你在此悲慘身亡也沒有人知道，因為除了我們，沒有其他人會來這裡。我命定來此救你一命，讓你能夠返回自己的家鄉。」

對於他的仁慈有禮，我開口連連祝福並感謝他。就在我們交談時，聽見雄馬從海中上來，聲音響亮地長嘶一聲，接著躍上雌馬與牠交配。交配完畢後，牠想帶雌馬一同離去，但是雌馬被拴著帶不走。雌馬朝雄馬嘶鳴踢跳，想要掙脫，這時馬夫抓起長劍和盾牌衝出去，一邊用劍擊打盾牌發出巨響，一邊高呼他的同伴。眾人聞聲都趕過來，大聲呼喝並揮舞長矛。雄馬懼怕他們，迅速躍入海裡，像水牛般消失在波濤之中。之後，我們坐下休息，直到其他馬夫一一牽著他們的雌馬前來。當他們看見我與他們的同伴在一起，不免問我問題，我再次向他們述說了我的經歷。他們圍攏過來，鋪開一張桌布，拿出食物邀請我一起用餐。我跟著他們一起吃喝，隨後所有人上馬，也讓我騎上一匹他們的雌馬，帶著我一起往前騎，一路不停，一直騎到了麥赫爾姜國王的都城。他們去見國王，稟明我的情況，國王派人召我進宮，熱情歡迎我，吩咐我為他再說一遍我的故事。

於是我將自己的經歷從頭至尾說了一遍，國王感到無比驚奇，說：「安拉在上，我兒，你能活下來真是奇蹟！如果不是你命大，萬不能從這樣的困境裡逃脫，讚美真主保佑你平安無事！」然後他安慰我，待我非常仁慈和體貼。此外，他讓我管理他的海港，登記所有入港的船隻，又賜我華貴體面的衣服。我以才能侍奉他，經常謁見他，接受他的命令，而他關照我，以各式仁慈待我。事實上，他十分認可我的能力，當人民有事要稟明國王，我總是最能在他們之間調解說情、把事辦成的人。

就這樣，我在那裡住了很長一段時間。我經常到港口詢問有沒有來自巴格達城的商人、旅人和水手，或許能聽到一點消息，有機會返回自己的家鄉。然而，沒有人知道巴格達，也沒有人能讓我求助返鄉。對此我很苦惱，因為我厭倦了長期做個異鄉人。

有一天，當我前去晉見麥赫爾姜國王時，發現他身邊有一群印度人。我上前問候他們，他們熱切回禮，並詢問我的故鄉，我也詢問他們來自何處。他們告訴我，他們來自各個階層，有些人是所謂的剎帝利[1]，那是他們種姓制度裡最高貴的，既不壓迫人，也不以暴力對待任何人，另外幾位則是婆羅門[2]，禁戒喝酒，但是生活中充滿歡喜、安慰和愉快，並且擁有駱駝和牛馬。此外，他們告訴我印度人分成七十二種階層[3]，對此我感到驚奇無比。

1 種姓制度在印度的歷史久遠，大致分為「婆羅門」（brāhmaṇa）、「剎帝利」（kṣatriya）、「吠舍」（Vaiwya）、「首陀羅」（Wudra）等四大階級，以及沒有種姓的「賤民」。剎帝利是第二種姓，原以武士或貴族為主。（編注）

2 婆羅門：種姓制度中的第一種姓，原指祭司或修行者，後來也逐漸涵蓋各種文職、科學家、教師等職業。（編注）

3 印度雖已立法規定廢除種姓制度多年，但種姓制度在印度社會文化中的影響仍難以動搖，並且隨著歷史發展而日漸複雜，甚至有人認為，在四大種姓之下還可細分出成千上萬種的種姓階層。（編注）

我在麥赫爾姜國王統治的版圖中見過各式各樣的事，其中有個名叫卡西爾的島嶼，島上整夜傳出擊鼓和手鼓的聲音，但鄰島的住民和往來的旅人告訴我們，居住在卡西爾島上的人既勤奮又公正。在這海上我還見過兩百肘長的大魚，也有很多一百肘長的，魚頭長得像貓頭鷹。此外還有許多神奇和稀奇的事物，真要一一道來可就煩死你們了。我就這樣忙於探索各個海島，直到有一天，我按著習慣倚著拐杖站在港口時，看見一條大船朝港口駛來，船上有許多商人。當船入港下錨，船長收起船帆，迅速靠岸，放下踏板，船員開始忙碌卸貨，我站在旁邊一一登記下來。

他們很想趕緊把貨物送進城去，我問船長說：「船上還有其他貨物嗎？」

「有的，大人。」他回答：「船上還有好幾包貨物，在我們來的路上，那些貨物的主人在一座海島上淹死了，所以他的東西暫時由我們保管。我們打算把那些貨物賣了，把價錢記下來，把錢帶回和平之城巴格達，交給他的家人。」

「那位商人叫什麼名字？」我問。

他回答：「辛巴達。」

我一聽這話，立刻仔細打量他，並且認出他來，忍不住失聲大喊：「船長啊，我就是你說的辛巴達，那些就是我的貨物！當那條大魚在我們腳下沉入大海時，我們全都跌進海裡，真主在半途為我送來一個大木盆，就是水手平日用來洗浴的大盆子。風浪把我吹送到一座島上，靠著真主的恩典，我在那裡遇見麥赫爾姜國王的馬夫，他們把我帶到這裡來晉見他們的國王。國王聽了我的經歷，很賞識我，讓我做他的港口總管，我在他手下發達致富，他也非常認可我辦事用心。」

船長聽了我的話，驚聲說：「唯獨真主至高無上，主宰萬物！這世間真是連一個有良心、有信心的人都沒有！」

「船長，」我說：「我跟你說了我的經歷之後，你說這話是什麼意思？」

他回答說：「因為你聽見我說，那些貨物的主人已經淹死了，你就認為自己可以白白拿走那些貨物，但這是不公義的。我們親眼看見他淹死了，除了他，還有許多人全都淹死了，沒有一個獲救的。所以你怎麼可以假冒說自己是那些貨物的擁有者？」

「船長，」我說：「你先聽我的經歷，注意我說的話，我一定能向你證明我的可靠，因為偽善者才會造假。」

接著我從自己跟他一起離開巴格達說起，一直到我們遇上大魚，將大魚當作小島，還有我們兩人之間一些特定的事全都說給他聽；他和那些商人都證明我說的確有其事，也認出了我，對我的獲救都很歡喜，說：「安拉在上，我們沒想到你逃得一死！總之真主賜給了你新的生命。」接著他們把我的貨物都搬下來給我，我看見自己的名字還寫在上面，東西也全未短少。我打開它們，從中挑選了最貴重和最值錢的東西，讓水手挑著送到王宮，呈給麥赫爾姜國王，作為送給他的禮物，並告訴他所發生的事。國王聽得驚奇萬分，所有我告訴他的事現在都證明是真實的。他對我的喜愛加倍，也更加尊重我，送了我極多禮物作為回禮。

我賣了我所有的貨物，賺了一大筆錢，又採購了這個島上的許多特產和物品。當船準備啟航返鄉時，我把自己所有的東西都裝上船，再去向國王辭行，感謝他善待我的恩情，盼望他能准我離開，返鄉和親友團聚。國王准我離去，同時又贈我大量的本國特產和物品；我向他告別，然後登船。

我們晝夜不停航行，在至高真主的允許下，有運氣相助，命運也偏愛我們，因此我們平安抵達了巴索拉。我在那裡上岸，非常高興自己平安返回了家鄉。

短暫停留了幾天之後，我再次出發，帶著大量的貨物和極有價值的商品，在預定的時間抵達了巴格達。我直接回家，所有親朋好友都來問候我。我買了男、女、黑、白各種奴隸和僕人，讓家中人手充裕，又買房子、土地、花園、果園，直到比先前更富有。我還大擺宴席，和朋友同伴聚在一起吃喝歡樂，比以前玩得更厲害，忘了自己遭受的疲憊、經歷的艱苦、在外鄉討生活及所有旅途中遭遇的危險。這就是我第一次航海的經歷，如果真主允許，明天我會告訴大家我七次航海中的第二次冒險。

水手辛巴達要腳夫和他一同吃喝，又給了他一百個金幣，說：「今天你的陪伴讓我們很開心。」腳夫向他道謝後離開，心裡思索著自己聽到的各種人類身上的事。他回自己家過了一夜，第二天又來到水手辛巴達的家。主人很敬重地歡迎他，並讓他坐在自己身旁。等到其他陪伴者到齊坐下，主人為大家擺上佳餚美酒，一同吃喝歡樂。之後，他繼續昨天中斷的敘述，對眾人說：「我的兄弟們，請聽我說……」

水手辛巴達的第二次航海

正如我昨天所說，我安定了一段時間，享受所有舒適愉快的生活，直到有一天，出門旅行、飽覽異國風光、四處做貿易賺大錢的渴望又攫住了我。於是我拿出很大一筆錢，買了貨物和旅行用品，把它們全都打包好。我來到河邊，找到一艘即將啟航、嶄新漂亮的商船。這船狀態良好，裝備齊全，船帆精良，我決定搭乘這艘船，加入船上為數眾多的商人，當天就拔錨出航。

晴朗的天氣讓我們航行順利。我們從一地航向另一地，又買又賣，也以物易物，直到機遇把我帶到一個漂亮的島嶼，島上林木茂密，樹上結實纍纍，香花遍地，溪流蜿蜒，還有群鳥婉轉歌唱。不過島上沒有居民，不見一絲炊煙。船長把船停在島旁，商人和水手都登上岸四處走動，享受樹下的蔭涼和鳥兒的歌唱。牠們都在讚美那獨一、勝利的真主，對這位全能君王的作品驚歎不已。

我隨著眾人一同下船，在樹林間一泓湧流的甜美泉水旁坐下，拿出隨身攜帶的、至高真主分派給我的口糧，細細品嚐。我就這麼坐著，享受和風吹拂，鳥語花香。這舒暢的環境讓我漸漸打起瞌睡，於是我躺了下來，很快就睡著了。當我醒來，發現只剩自己一個人，那艘船已經拋下我，載著所有的人離開了，無論商人或水手都沒有人想到我。我把島嶼左右都搜查了一遍，但是沒看到任何人或惡魔。我煩惱至極，懊悔、痛苦、憂愁到了極點，幾乎心驚膽裂，因為我被獨自拋棄在此，沒有吃的喝的，沒有工具，既疲憊又傷心。

我萬念俱灰，說：「瓦罐不離井邊破，要冒險就有風險。我第一次航海能夠逃得一死，是碰巧有人把我帶到有人煙的地方，但這次不能指望還有人來救我了。」我落入絕望當中，開始嚎啕大哭，責怪自己再次出來冒險，經歷旅行的危險和艱難，明明在自家城裡有舒服的日子，吃得好穿得好，既不缺錢也不缺貨，在經歷過第一次航海的折磨並在千鈞一髮逃出死亡之後，那樣的日子更加寶貴。

我懺悔自己離開巴格達，大聲呼喊：「我們誠然屬乎真主，也歸回真主！」我像個瘋子一樣，起身在島上胡亂走，無法忍受只待在一個地方。接著我又爬上一棵很高的樹，向四面八方眺望，但是除了天空、大海、樹木、鳥兒、島嶼和沙灘之外，什麼也沒看見。

不過，一會兒之後，我看見遠處在島的內陸有個巨大的白色物體。我從樹上爬下來，朝我看見的東西走去，發現那是個高聳圓整、巨大雪白的圓頂建築。我繞著它走了一圈，沒找到門在哪裡。

它的表面極為光滑，絲毫沒有落腳之處，以至於我無法敏捷地攀爬上去。我在站著的地方做個記號，然後繞著這圓頂建築走了一圈，丈量它的圓周，發現有五十大步。

正當我站在那裡思索著到底怎樣才能進入建築物時，太陽突然被遮住了，天空變得一片黑暗。我以為是雲遮住了太陽，但這是夏天，白晝才剛接近黃昏而已。我內心驚疑，同時抬起頭來堅定地望向太陽，這才發現我把一隻巨大無比的飛鳥當成了雲。那隻飛鳥張開雙翅在空中翱翔，遮蔽了太陽，讓島嶼顯得一片昏暗。

見此情景，我驚奇更甚。這時，我突然想起從前一些旅行者和朝聖者曾說過一個故事。在某些島嶼上住著一隻巨大的鳥，叫做大鵬，會抓大象來餵牠的雛鳥，於是我確定眼前這個巨大的白色圓頂建築正是牠的蛋。當我驚奇無比地看著至高真主神奇的創造物時，那隻鳥停在那顆蛋上，用翅膀包裹抱住它，兩隻腳張開落在地上，就這麼孵著蛋入睡。讚美不打盹的真主讓我看見這情景，我起身解下纏在頭上的頭巾，擰成繩索，拴住我的腰，再把自己緊緊綁在大鵬的腳上，心想：「說不定這鳥能把我帶到有城市有居民的地方，那會比待在這荒島上好。」

我整夜沒闔眼，生怕自己睡著後，大鳥在我不知情時帶著我飛走。等到破曉，天色一亮，大鵬大叫一聲，張開翅膀帶著我飛上天空。牠往上愈飛愈高，直到我以為我們來到天空的邊界，才慢慢一點一點下降，最後停在一座高山頂上。我一發現自己著陸，立刻解開身上的綁縛，將長頭巾從牠腳上解下來。我因為懼怕大鳥而不停顫抖，不過牠根本不理我也沒注意到我，隨即起身飛走了。

不一會兒，我看見牠從地上抓起某個東西飛到空中，仔細一看，那細長的東西是一條大蛇。牠抓著蛇飛出我的視線。我大為驚歎，之後繼續前行，發現自己所在的山頂俯瞰著一個巨大的山谷，這谷又寬又深，周圍環繞著直拔天際的高山，每座山的峰頂都高聳入雲，沒有人能看見，也沒有人能攀爬上去。

我看見這情景，又開始埋怨自己所做的一切：「但願真主使我還留在那個海島上！那裡比這荒山野地強。我在那裡起碼有野果可吃，有溪水可喝，這裡既沒樹，也沒野果和溪流。唯獨真主至高無上，主宰萬物！我真是剛脫離鳥口，又落入更加危險的蛇窩。」無論如何，我鼓起勇氣走下山谷，發現谷裡遍布鑽石，這些高硬度鑽石能夠切割珠玉、寶石、瓷器、瑪瑙，但連鋼鐵利器都切割不了這些鑽石，除了鉛石，沒有其他東西可以切割它。

此外，山谷裡還聚集了無數大蛇，粗壯如棕櫚樹，一口就能把大象吞下。牠們白天隱藏，夜晚出沒，以免大鵬和大鷹撲下來捕捉牠們，將牠們撕碎，至於牠們的習性，我不清楚。我對自己的行動十分懊悔，說：「安拉在上，我這真是急於找死啊。」

我繼續往前走，天漸漸黑了，因為懼怕那些蛇，我急著找一個可以過夜的地方，由於一心顧著性命安危，連飢渴都忘了。不久，我看見附近有個山洞，入口很窄，我鑽進去，見洞口旁有大石頭，就滾了一塊過去把洞口堵上，心裡想：「我今晚待在這裡總算安全了，等天一亮，我就出去，看命運對我有何安排。」

我又朝洞裡看，竟看見一條巨蛇在孵蛋，我嚇得全身汗毛直豎，只得抬眼望天，把自己交在命運手中。我整夜不敢睡，等到天一亮就推開石頭逃出山洞，因為飢餓、恐懼和警戒的壓力，整個人搖搖晃晃，腳步蹣跚如醉漢。

正當我沿著山谷往前走，突然有一大塊肉從天而降掉在我面前，但是沒看見半個人影。我吃驚萬分，接著想到以前從商人、旅行者和朝聖者聽來的一個故事：有個群山環繞、生產鑽石的山谷，非常危險可怕，沒有人能到那裡，但是買賣鑽石的人發明了一種取得鑽石的方法。據說他們把羊宰殺剝皮後切成四大塊，從山頂上拋到山谷，新鮮帶血的羊肉有黏性，會黏住一些鑽石。等到中午，老鷹和禿鷲俯衝到山谷裡獵食時，就會抓著羊肉帶著飛回到山頂，這時那些商人就會出現，對著鷹鷲大喊大叫，嚇得牠們拋下肉飛走。然後他們各自上前揀拾自己的鑽石，把肉留給山裡的鳥獸。除了這種聰明的辦法，沒有人能獲得鑽石。

因此，當我看見這麼大一塊肉從天上掉下來，再想到從前聽過的故事，立刻開始撿鑽石，挑最大最好的塞滿自己所有口袋，還有些纏在腰上或裹在頭巾裡，又用衣服包了不少。當我正忙得不可開交，又有另一大塊肉掉在我面前。我趕緊解開頭巾，把肉綁在自己胸口，再躺在地上，讓肉突出在地面，遮擋在下方的我。我才剛躺好，就有一隻大鷹俯衝下來，兩爪扎入肉塊裡，抓住肉塊飛起。我緊緊抓著那塊肉，直到大鷹在一座山頂降落，打算吃肉。這時忽然傳來一陣響亮的呼喝鼓譟聲，夾雜著木棍敲打聲，大鷹受到驚嚇，立刻振翅飛走。

我連忙解開身上綁著的肉塊爬起來，看見衣服上血跡斑斑。那個嚇跑大鷹的商人走過來，看見我站在肉塊旁，不但沒跟我說話，還嚇得發抖。不過，他還是走上前翻看肉塊，發現上面沒黏住任何鑽石。對此他大喊一聲說：「唉！真叫人失望啊！除了真主別無依靠！我們尋求真主護佑，免受撒旦所害！」

他連連擊掌悲歎，說：「哀哉，真倒楣！事情怎麼會這樣？」

我朝他走過去，他對我說：「你是誰？為什麼會來到這裡？」

「別怕。」我回答：「我是人，而且是個好人，是個商人。我的遭遇非常離奇，我來到這裡的經過也很離奇。來，高興一點，你既然遇到我，我會讓你開開心心的，因為我身上帶了許多鑽石，每一顆都比你用這種方式去揀來得好。我會給你足夠的鑽石，保證讓你心滿意足。所以，別害怕。」

說罷，我給了他許多鑽石，他高興萬分，不斷感謝我和祝福我。

我們兩人聊起來，其他朝山谷裡拋肉的商人聽見我和他們的同伴聊開了，也上前問候我。我告訴他們我的經歷，以及自己怎麼會來到這裡，他們都對我獲得平安非常欣喜，說：「安拉在上，你獲得了一條新生命。從來沒有人去過那個山谷後還能像你一樣活著回來。讚美真主保佑你平安！」

當天晚上，我跟他們在一個安全又舒適的地方過了一夜。能夠脫離蛇谷獲救，來到有人煙的地方，我的快樂筆墨難以形容。隔天我們出發，沿著山頂一路往前走，不斷看見山谷中有許多的蛇。最後我們來到一個美麗的大島，島上有巨大的樟樹林，每棵樟樹可容納百人在樹下乘涼。

若有人想要獲得樟腦，他們會用一根長長的鑽子鑽透上端的樹幹，樟腦的汁液（也是樹的精華）會像牛奶一樣流出來，他們用器皿接取，那些汁液會變得像膠一樣硬。鑽樹取汁之後，那棵樹就枯萎了，只能拿來當柴燒。

另外，這島上還有一種野獸叫做犀牛，像我們所知的牛或水牛一樣，吃樹葉和青草為生。牠們是身材龐大的野獸，體型比駱駝還巨大，腦袋中央還長了一根又大又粗的角，有十肘那麼長，如果把它剖成兩半，形狀像個人呢。旅行者說，這種野獸能用角戳死一隻大象，頂著到處跑，在島上四處吃草，在海邊晃蕩，完全不把大象當回事，直到大象死了，屍體的脂肪在太陽下融化，流進犀牛的眼睛裡，讓牠瞎了，以至於牠躺在海邊無法行動。這時大鵬鳥來把大象和犀牛同時抓走，回去餵牠的雛鳥。此外，我還在島上看見各種牛和水牛，都是我們家鄉沒有的。

我在島上賣了一些鑽石，換得黃金白銀和許多錢，又以物易物換了不少當地的東西，把貨物都放上載重的牲口，跟著一群商人從一個村莊走過一個村莊，一個市鎮走過一個市鎮，不停做買賣，又飽覽真主神奇的創造物和異國風光，直到我們抵達巴索拉，在那裡停留了好幾天。之後我繼續我的旅程，回到巴格達，回到自己的家，帶回許多鑽石、金錢和貨物。我和親朋好友重聚一堂，慷慨解囊救濟有需要的人，又贈送禮物給我所有的朋友和同伴。

我和朋友吃喝歡樂，享受生活，忘記了我所受的一切的苦。所有聽見我歸來的人，都前來詢問我的冒險經歷和異國見聞，我告訴他們所有自己身上發生的事，他們無不驚歎萬分，同時對我的平安歸來十分歡喜。我的第二趟冒險故事到此結束；明天，若真主許可，我會告訴你們我的第三次航海的故事。

廳上眾人對他的故事紛紛讚歎，同時和他共進晚餐。之後，他下令賞給腳夫一百個金幣，腳夫感謝並祝福他後離開返回自己家，內心對聽見的故事驚奇不已。第二天早晨，天一亮他就起床做了晨禱，然後依著水手辛巴達的吩咐去到他家，問候他早上好。主人歡迎腳夫，讓他和自己同坐，又等其他朋友都到了，眾人一起吃喝歡樂。等到個個吃飽喝足之後，主人便開口說：「我的兄弟們，請聽我第三次航海的故事，這趟比你們聽過的前兩趟還要精彩。話說……」

水手辛巴達的第三次航海

正如昨天告訴大家的，我帶著大筆新增的財富從第二趟航行裡歸來，真主回報了我所有的損失。我在巴格達住了一段時間，享受無比的舒適和興旺的家業，直到冒險旅行的渴望又攫住我，我再次嚮往出門做買賣、賺大錢，因為人心本是貪得無饜的。

於是，我置辦了大量合適的貨物，出發前往巴索拉，找到一艘準備出航的大船，船上載著眾多商人和水手，都是虔誠又有身分地位的人。我登船加入他們，一同出航，將自己交給至高真主的恩典，相信祂會帶領我們這趟航行一路平安，並讓我們滿載而歸。

我們從一個海域航行到另一個海域，從一座島嶼航行到另一座島嶼，從一個城市航行到另一個城市，又買又賣，尋歡作樂，既快樂又滿足。有一天我們航行時，大海突然波濤洶湧，捲起滔天巨浪，站在船邊的船長朝四面八方眺望，突然發出驚天動地的喊叫聲，接著拉起船帆並定錨停船。隨後他伸手打自己的臉，拔自己的鬍鬚，又撕扯身上的衣服，說：「哀哉！」又說：「今天真是倒楣！各位商人啊，我們全都完蛋了！」

我們對他說：「船長，這是怎麼回事？」

他回答：「兄弟們，聽著，願真主保佑你們。風浪控制了船，把我們吹離了我們的航道，來到中央大洋，很不幸的，命運把我們帶到了猿人島。這個島上的居民渾身長毛，就像猿猴一樣，任何人落到他們手裡，都不能倖免。我覺得我們全都死定了。」

他的話才說完，漫山遍野蜂擁而來的島民包圍了船。他們就像野生的猿猴，長相凶惡，個頭矮小，僅有四個張開的手掌高，黑臉黃眼，全身長滿黑色毛髮，令人望之生畏。沒有人懂得他們的語言，也沒人知道他們的身分，他們向來不和人類往來。此時他們像蝗蟲一樣湧向海灘，包圍了船，因為數量太多，我們不敢驅趕或攻擊他們，以免失手殺了其中一個，其他人會一股腦兒湧上來把我們全都宰了，畢竟我們寡不敵眾。因此，雖然我們怕他們搶劫貨物和用品，也只能放任他們為所欲為。他們成群爬上纜繩，將纜繩咬斷，也把船上所有繩索都咬斷，讓船被風吹到岸邊擱淺。然後他們抓住所有商人和船員，把我們全丟在島上，接著帶走船和整船的貨物，我們再也不知那船的下落。

我們流落島上，吃島上的蔬果，喝溪裡的水。有一天，我們看見島中央似乎有一棟房子，於是一行人朝它走去，發現那是一座堅固的城堡，四周圍繞著高牆，但兩扇黑檀木大門卻敞開著。我們走進去，發現裡面的院子很開闊，有很多很高的門，另一頭有一張巨大的石板凳，還有幾個火盆，牆上掛著炊具，周圍堆著大量骨頭。不過我們沒看見半個人影，所有人內心都驚疑不定。

我們在庭院裡坐下，不久全都睡著了，從中午一直睡到黃昏，直到震動的空氣驚醒了我們，接著便是一陣地動山搖。看啊，從城堡頂端下來一個巨怪，模樣像人，膚色漆黑，身材魁偉，像一棵巨大的棕櫚樹，兩眼像燃燒的煤球，獠牙如野豬，巨大的嘴像一口井。此外，他的嘴唇像駱駝一樣垂到胸口，兩隻耳朵猶如平底船垂落在肩上，雙手的指甲又尖又利，如同獅爪。

我們看見這可怕的怪物，人人嚇得魂不附體，全都跌在地上。他在長凳上坐了一會兒，隨後走到我們當中，伸手抓起我，把我翻來覆去端詳了一陣子，就像屠夫在掂牛羊的斤兩，但我在他手裡就像片碎渣。他發現我太乾瘦（因為旅途的折磨和疲憊所致），便拋下我去抓另一個人，同樣翻看一陣子，掂掂斤兩，又放開手。他就這麼一個接一個察看我們所有的人，最後輪到了船長。

船長生得膀大腰圓，膘肥體壯，那怪物看得歡喜，一把攫住他，就像屠夫攫住牲口，將他摔在地上，接著一伸腳踏住他脖子，踩斷，然後拿過一根長叉子，從他屁股插進去，由他頭頂穿出來。接著升起一個大火堆，把那屍體架在火上翻轉著烤，直到肉都烤熟，然後從火上取下長叉子，一把插在面前的地上，再像我們吃雞鴨一樣，先扯下胳膊和腿來吃，然後用指甲把肉撕下來吃，最後啃骨頭，直到吃得一乾二淨，只剩幾根大骨，隨手扔到一旁。進食完畢，他在長凳上躺下，伸了個懶腰，隨即入睡，鼾聲大作，就像被切開喉嚨的牛羊那樣呼嚕作響。他一直睡到第二天早晨才醒，起來後就出去了。

我們一確定他走了，立刻聚集起來商量，哀歎埋怨說：「但願真主讓我們淹死，或被那些猿猴吃掉！那總比被放在炭火上燒烤強。安拉在上，這種死法太慘了！但無論真主的旨意如何，都會成就，因為祂是至高無上、全能高尚的真主！我們肯定都會死得淒慘無比，沒有人知道我們的情況，因為我們逃不出這個島嶼。」說罷，我們起身，在這個島上亂逛，希望能找到逃脫的辦法，或找到一個躲藏的地方。事實上，死對我們來說已經不算什麼，只要不被烤來吃掉就好。可是，我們找不到躲藏的地方，而且天又漸漸黑了。我們在極度恐懼的情況下返回城堡，挨個兒坐下。

不一會兒，腳下的大地晃動，那個黑色巨怪又來到我們當中，把我們一個個翻來看去，挑挑揀揀，最後選上一個他喜歡的，照著前一晚對待船長的方式，先殺了之後再烤，然後吃掉。吃飽後他在長凳上躺下睡覺，整夜不停打鼾，聲音像被割開喉嚨的牲畜。第二天天亮，他和之前一樣起身離開。我們聚在一起彼此說：「安拉在上，我們最好投奔大海，寧可淹死也比被燒烤吃掉來得強，那種死法太慘了！」

「我們不如設法殺了他，」我們當中有一個人說：「從此能夠一勞永逸，為穆斯林除掉一個如此殘暴的大害。」

於是我說：「兄弟們，如果除了殺他再無其他辦法，我們先搬些木頭和木板到海邊，造一條小船，這樣如果成功殺了他，就可以選擇乘船漂流，看真主的旨意如何，或者繼續居住在這島上，等候船隻經過，那時我們就可搭船離開。萬一我們殺不了他，大家就趕緊逃上船出海。就算淹死，至少逃過被宰殺和燒烤的命運。萬一能逃脫，那就逃脫；萬一淹死，我們也死得如同烈士。」

「安拉在上，」他們說：「這是個好建議。」所有人都同意這麼做，立刻動手。我們把四周的木頭木板拖到海灘，造了一條小船，先繫在沙灘上，又在船裡堆放一些食物，然後才返回城堡。

天剛擦黑，我們腳下的大地就開始震動。那個黑色巨怪像一條憤怒的狗闖入我們當中，一個接一個挑揀，選了其中一個殺了，然後烤熟來吃，吃飽後躺在長凳上睡覺，鼾聲如雷。我們一確定他睡著了，立刻動手，取了兩根掛在那裡的鐵叉，先放在熊熊的大火上燒得通紅，然後握住叉柄，走到躺在長凳上打鼾的巨人面前，所有人使盡全力，將叉子插入他的眼睛，就此把他戳瞎了。巨人發出驚人的慘叫，我們嚇得膽戰心驚。他從長凳上一躍而起，摸索著亂抓我們。我們四散奔逃，他看不見，已經徹底瞎了，但我們同樣驚慌失措，抓瞎亂闖，覺得自己逃不掉了。這時他朝門走，摸索著走出大門，並發出驚人怒吼，使大地為之震動，我們無不恐懼顫抖。

我們跟著他離開城堡，來到泊船的地方，對彼此說：「如果這該死的怪物到天黑都沒出現，沒回到城堡，我們就知道他已經死了。如果他回來，我們就趕緊上船，划船，直到逃離此地，將自己的命運交給真主。」但是就在我們說話時，那黑色巨怪回來了，還帶著兩個比他更凶惡更可怕的巨怪，他們的眼睛像燒紅的煤炭。所有人一看見他們，立刻朝船奔去，解開繩索，把船推入海中。

那些巨怪看見我們，一邊對我們大吼大叫，一邊朝海邊跑來，同時抓石頭丟了過來，有些擊中我們，有些落入海中。我們使盡全力划船，直到脫離他們威脅的範圍，但大部分人都被石頭砸死了。風浪載著我們漂到洶湧的海中，我們只能任由大浪拍打，不知自己會漂向何處。我的同伴一個接一個死去，我們把死去的人拋下海，最後船上只剩我和另外兩個人。我們全都因為飢餓而筋疲力竭，但互相鼓勵，仍然盡力划船，直到風把我們颳到一座島上。那時我們因為恐懼、飢餓和疲憊，已經和死人差不多了。

我們登陸，走到島上。這島有許多樹木、溪流和鳥，我們吃了一些野果，很高興自己逃出黑色巨怪手中，又脫離了凶險的大海。我們就這樣吃著走著，直到天黑，因為極度疲倦，直接躺下睡覺。

不知睡了多久，我們被一陣像風一樣的嘶嘶聲吵醒，只見一條巨蛇盤繞在我們周圍。那條蛇張口咬住我一個同伴，一口吞沒他的肩膀，再一口就把他整個人都吞了下去，我們都聽見他在蛇腹中被擠斷骨頭的聲音。隨後蛇就離開了，但我們卻仍為了同伴之死而震驚悲痛，魂飛魄散地說：「安拉在上，這實在太叫人震驚了！每次我們碰到的新的死法都比前一種更可怕。我們才歡喜慶幸自己逃離了黑色巨怪，脫離了凶險的大海，現在卻落入了更糟的情況。唯獨真主全能高尚！安拉在上，我們逃離了巨怪，沒淹死在大海，可是現在我們怎麼逃得過這不祥的大蛇？」

我們繞著島走，吃島上的野果，喝溪裡的水，如此直到黃昏，然後爬上一棵很高的樹準備睡覺，我爬到最高的樹枝。天一黑，那條蛇又來了，牠左右張望，然後朝我們棲身的樹靠近，爬上樹，一張口吞沒了我的同伴的肩膀。牠把身子在樹幹上盤穩，再繼續吞嚥，我聽見同伴在蛇腹中骨頭碎裂的聲音。蛇把他整個人都吞下後才慢慢溜下樹。天亮之後，我從樹上下來，因為恐懼和悲傷而嚇得半死，心想乾脆投海，一了百了算了，但是又做不到，因為生命很寶貴啊。於是，我找了五片又寬又長的木條，又用島上的草搓成繩索，把木條一根橫綁在腳下，一根橫綁在頭頂，其他的綁在身體兩側還有胸前，全都用繩索綁得牢牢的，然後躺在地上。這樣一來，我身體就完全包圍著木頭，就像躺在一具棺材裡。

如同前夜，天一黑蛇又出現，朝我爬來，但是牠咬不到我也吞不了我，因為木條團團圍著我。牠繞著我爬了幾圈，上上下下地瞧，我看著牠，嚇得不能動彈，猶如死人一般。牠幾次走開，又不死心回過頭來，但每次張口想吃我，都被我周身緊緊綁著的木條擋住。牠就這麼來來去去繞著我轉，從天黑一直轉到天亮。最後因為極度的憤怒和失望而放棄，決定離開。我解開身上的綁縛，因為恐懼和一夜無眠，整個人已經半死不活。我走到海邊，居然看見遠處大海中有一條船正隨浪前進。我連忙去扯了一根大樹枝，朝它揮舞，同時大聲呼喊。

那條船上的人看見我，彼此說：「我們必須靠過去看看，那好像是個人。」於是他們朝島嶼駛來，不久便聽見我的呼喊。他們放下一條小船來把我接上船去，詢問我發生了什麼事。我告訴他們所有我冒險的經歷，他們聽得驚奇萬分，同時又拿衣服給我穿，使我免於赤身裸體。此外，他們為我端來食物和清涼的飲水，我吃飽喝足，感覺精神大為好轉。真主使我絕處逢生，又得活命，因此我讚美至高的真主，感謝祂無上的慈悲。我的心又振奮起來，感覺自己遭受的所有苦難都像一場夢。

我們繼續航行，一路順風順水，來到一個名叫薩拉希塔的島嶼。船長下了錨，又要商人和水手卸貨上岸，做些買賣。然後船長轉向我說：「喂，你過來，你是個窮苦的外鄉人，告訴我們你經歷了極大的危難，現在我想幫你，讓你可以藉此返回你的家鄉，同時可以繼續為我禱告祈福。」

「好的，」我回答：「我一定為你禱告祈福。」

他說：「你聽著，先前有個跟我們一同旅行的人在半途上失蹤了，我們不知道他是死是活，因為沒有他的消息。現在我打算把他的貨物交由你管理，你可以在這座島上把東西賣了。我們會把賣東西的錢分一部分給你，其餘的我們會保管，直到返回巴格達找到他的家人，把錢交給他們。這麼做你同意嗎？」

我感謝他的好意，滿心感恩接受了他的條件。於是他吩咐水手和腳夫把指定的東西搬到岸上，交給我處置。船上的書記員對他說：「船長，這些是什麼貨物？我該寫在哪個商人的名下？」

「這些貨物要寫在辛巴達的名下。」船長回答：「他跟我們一起搭了這艘船，我們在某個島上把他弄丟了。現在我讓這個外鄉人去把東西賣了，我們會把所得的錢分給他一部分當作酬勞，其餘的由我們保管，直到我們返回巴格達。如果我們找到他，就把錢付給他，要是找不到，就把錢交給他的家人。」

書記員說：「很好，這麼籌算很公正。」

當我聽見自己的名字，心想，這一定是我的貨物啊。於是，等到所有商人都上了岸，聚在一起交談喊價時，我鼓起勇氣走到船長面前，對他說：「大人，這個名叫辛巴達的人，就是你把他的貨物交給我去賣的，是個什麼樣子的人？」

「我對他一無所知。」船長回答：「我只知道他來自巴格達城，名叫辛巴達，我們在登上一座島嶼之後他就不見了，從此再也沒有他的消息。」

聽見這話，我大喊一聲說：「船長啊，真主保佑了他。我就是辛巴達，我沒淹死，我跟其他的商人登上那座海島，獨自在一個舒服的地方坐下來，吃了隨身攜帶的食物，享受著清爽的和風，後來我打瞌睡並且睡著了。等我醒來，發現船已經開走，留下我一個人。所以，這些是我的貨物，所有那些從鑽石谷撿鑽石的商人都認識我，能為我作證，我說的都是真的。因為我告訴過他們，你忘了我，把我留在島上，以及隨後我經歷了些什麼事。」

船上的船員和商人聽見我的話，全都圍攏過來，他們有些人相信我，有些人懷疑我。不過，眾人聽見我提到鑽石谷，有個商人上前一步，對眾人說：「各位好人，請聽我說！我先前跟你們提到我在旅途中最奇妙的見聞時，曾經告訴過你們，我和其他商人曾經在蛇谷如何努力取得鑽石，還有那天我們和往常一樣，把自己的四分之一隻羊拋下去，沒想到我丟的羊肉竟黏著一個人上來。那時你們聽了都不信，還說我謊騙你們。現在，這就是那個被黏上來的人，他給了我許多貴重的鑽石酬謝我，那些鑽石都是獨一無二的，比我用四分之一的羊肉能夠黏上來的更多、更貴重。我帶著他去巴索拉，他在那裡離開我們返回自己的城市，我們也返回自己的家鄉。這就是他，真主派他來到這裡，是要證明我說的故事都是真的。此外，這些是他的貨物，他第一次碰到我們的時候，就告訴我們他名叫辛巴達，是怎麼流落在荒島上的。現在，他說過的話都證明是真的了。」

聽罷，船長走到我面前來，仔細打量了我一陣子，然後他對我說：「你的貨物有什麼記號？」

「有這種和那種。」我回答，同時提醒他一些只有我們兩人之間知道的事，都是我在巴索拉把貨物裝船時跟他說過的。

如此一來，他終於相信我是辛巴達。他擁抱我，對我的平安歸來非常歡喜，說：「安拉在上，大人，你的經歷確實奇妙，你的故事奇特無比，但是讚美真主讓你我重新相聚，重新得回你的貨物和衣物用品！」

我發揮最大的本事賣掉了那些貨物，賺了很大一筆錢。我高興極了，慶幸自己重獲平安，又得回了自己的貨財。

在這之後，我們繼續從一個海島航行到另一個海島，四處做買賣，最後來到了南印度。眾人在那裡買了丁香、薑，以及各種不同的香料，然後又去了信德省[4]，在那裡做了不少買賣。在印度海的這趟航行中，我見識了無數奇事，例如曾經看見像牛一樣的魚、像驢的海中生物，還看見一種鳥從海貝裡出來，把蛋生在水面上，又在水面上孵蛋，一生都不曾離開大海前往陸地。

我們一路順風繼續航行，運氣始終很好，在至高真主的保佑下，平安抵達了巴索拉。我在巴索拉住了幾天，隨後返回巴格達。這趟旅行的收穫豐富，無法估算。我廣濟窮苦，救助鰥寡孤雛及沒有依靠的人，用這種方式感恩自己的平安歸來，同時大擺宴席，和自己的親朋好友吃喝歡樂，忘了自己遭遇的慘事，以及所有在危險困難中所受的苦。這就是我第三次航海的經歷，如果真主允許，明天我會告訴你們我的第四次航海，這次比你們已經聽過的都更精彩。

然後他照例吩咐人給腳夫一百個金幣，又叫人送上飯菜。僕人擺好桌子，眾人都吃了喝了，再各歸各家，心裡都因為自己聽見的故事而稱奇。腳夫回到自己家睡了一夜，第二天天一亮，晨光剛剛照亮大地，他就起床做了晨禱，再前往水手辛巴達的家。主人非常高興地歡迎他，讓他坐在自己身邊，等到所有的朋友都到了，主人吩咐擺上飲食，大家一起吃喝歡樂。隨後，水手辛巴達對眾人說起他第四次航海的故事：「我的兄弟們，請聽我說……」

水手辛巴達的第四次航海

我從第三次航行回來後，享受舒適安寧的日子沒多久，就有一群商人來到巴格達找我，和我談起到外國旅行和做買賣的事，最後我被他們說得心動，想跟他們去見識異國風光。我本來就渴望見識各族人類的社會生活，也喜歡做買賣賺錢，所以決定跟他們同行。我為自己添購了大量值錢的貨物，比前幾次還多，把東西都運到巴索拉，在那裡和當地的富商巨賈——也就是那些來找我的商人——一同登船。

我們依靠至高真主的祝福，啟航出發，從一個海島到另一個海島，從一片海域到另一片海域，一路順風而行。直到有一天，海上颳起狂風，船長擔心船在海中翻覆，連忙下錨，讓船停在海上。我們全都趴下來祈禱，在至高的真主面前謙卑匍匐。正當我們祈禱時，一陣猛烈的暴風扯破了船帆，

4 信德省（Sind）：原是英屬印度的一部分，現為巴基斯坦南部的一省。（編注）

船纜斷裂，船也跟著翻覆，我們全被拋進海裡。

我在水面上漂流了大半天，正當放棄希望時，真主為我送來一塊木板。我和幾個商人爬上木板，用腳划水，在海上漂流了一天一夜。風浪吹送著我們前進，到了第二天上午，緩和的風使我們精神一振，起伏的浪則把我們拋到一座海島上。我們因為寒冷、疲憊、恐懼、飢餓、口渴和缺乏睡眠，個個半死不活，沿著海邊走了一陣子，發現有豐富的野菜和薯根，大吃一頓後精神好了一些，就躺下來睡到隔天早上。

天一亮，我們就起身朝島內前進，走了好一陣子，看見遠處似乎有個像人住的房子，於是朝那房子走去，很快就來到房子門口。接著，屋裡出來一群赤身裸體的人，一句話也沒說，就把我們全抓了起來，帶進屋子裡去見他們的大王。那大王示意我們坐下。等我們坐好，他們為我們擺上食物，都是一些我們這輩子從沒見過的東西。我的同伴因為太飢餓，紛紛吃了起來，但那些東西讓我反胃，所以我沒吃。靠著真主的眷顧，我因為沒吃才能活到現在。我那些同伴吃完後沒多久，一個個開始失去神智，一反常態，像瘋子一樣狂吃起來。

那些野蠻人接著拿椰子油讓他們喝下，又把油抹在他們身上。不一會兒，他們就像喝醉酒一樣，兩眼翻白，不顧一切狼吞虎嚥拚命的吃。我看見這情形，既驚惶又為他們悲傷，也擔心自己的遭遇，更懼怕那些野蠻人。我緊緊盯著那些人，不久便發現他們是食人族。所有他們碰上的人都會被抓到他們的大王面前，先餵食，再抹上椰子油，讓他們把腸胃撐大，讓他們吃得更凶，同時也讓他們喪失神智，再也無法思考，變得像白痴一樣。然後，野蠻人會繼續灌他們椰子油和上述食物，讓他們長得膘肥體壯，然後宰殺烤熟，獻給大王吃，至於那些野蠻人自己倒是生吃人肉。

當我明白了這情況，對自己和同伴的前景憂心如焚。此時同伴都喪失了人的反應，不知道自己遭遇了什麼事，也不知道這些野蠻人把他們交給一個人，這個人每天帶他們出去，把他們當牲口一樣在島上放牧。至於我，因為恐懼和飢餓，變得病弱不堪，瘦得只剩皮包骨。野蠻人看見我瘦成那樣，丟下我不再理會，把我給忘了。於是，有一天我悄悄溜出來，朝海邊跑去。半路上我看見有個人坐在高坡上，仔細一看，原來是管理我那群同伴的放牧人，他的周圍有一大群像我同伴那樣的俘虜。

他一看見我就知道我並未喪失神智，遠遠向我示意，彷彿在說：「回頭走右邊那條路，那會領你走上康莊大道。」

於是我按照他的指示回頭走上右邊的路，有時因恐懼而快跑，有時放慢腳步讓自己喘口氣，直到脫離他的視線為止。這時太陽已經下山，天色暗了下來，我坐下來休息，想睡一覺，卻因為恐懼、飢餓和疲憊，整晚怎麼也睡不著。過了大半夜後，我爬起來繼續走，一直走到第二天天亮，太陽爬上山頭照亮了大地。我又累又餓又渴，於是挖島上的野菜和薯根來填飽肚子，之後又繼續往前走。

我就這麼日夜不停往前走了七天七夜，肚子餓了就挖野菜吃。到了第八天早上，我看見遠處有什麼東西在動，儘管對自己所受的苦心有餘悸，但還是朝那東西走去。等我走近，發現那是一群採集胡椒的人。他們一看見我，立刻奔過來將我團團圍住，詢問我是誰，從哪裡來。我把自己的遭遇，所有的艱難、危險、所受的苦，以及如何從野蠻人手中逃脫，全都告訴他們。他們聽得驚詫不已，都為我的平安感到歡喜，說：「安拉在上，你能從那些野蠻人手裡逃脫，真是太好了。他們遍布島上各處，吞吃所有他們碰上的人，落在他們手裡的，從來沒有人能逃出來。」

他們讓我在一旁坐下，又給我可口的食物，我因為很餓就吃了，接著休息了一陣子，一直等到他們忙完採集的事。他們帶我搭上他們的船，返回他們居住的島嶼，帶我去見他們的國王。國王很仁慈地接待我，詢問我的經歷。我把自從離開巴格達之後發生在自己身上的一切詳細說給他聽。他和在座的臣民都對我的冒險驚奇萬分，他賜我坐在他身旁，又吩咐送上飲食，讓我和他一同進餐。我洗了手，感謝至高的真主以慈悲待我。

隨後我向國王告退，到城裡走動，發現這城十分富裕，人口稠密，有許多市集，販賣著各式各樣的食物和商品，到處都有人做買賣。我很高興自己來到一個如此令人愉快的地方。有了那些疲憊經歷之後，我放鬆過了一段日子，在城裡到處交朋友。沒多久，我就成為人們和國王最喜歡往來的人，國王對我的器重，超過其他首長。

我見這城裡無論高官厚爵還是平民都騎著培育出來的駿馬，但是沒有馬鞍。我覺得奇怪，便問國王：「陛下，您為什麼不用馬鞍騎馬呢？加上馬鞍會更好騎，也更能發揮力量。」

「馬鞍是什麼？」他問：「我這輩子從未見過，也沒用過。」

「您若同意，」我回答：「我就為您打造一具馬鞍，讓您騎馬時試試使用馬鞍是否舒服。」

他說：「做吧。」

於是我要了木料，馬上有人送來。我又找了技術熟練的木匠，用墨水在木料上畫出鞍架的模樣，告訴他如何製作鞍架。我又取了羊毛做成羊毛氈，填成鞍褥，再取了皮革繃在鞍架上，打磨光亮，鋪好鞍褥，又加上皮製的絆胸、肚帶。我又找來鐵匠，向他描述馬蹬和馬嚼子。鐵匠精工打造了一副馬蹬和馬嚼子，我把它們打磨光滑，包上馬口鐵。此外，我又為它們加上絲穗，為馬嚼子配上皮韁繩。然後我牽來皇家最好的一匹駿馬，裝上這套鞍具和韁繩，又在鞍上繫好馬蹬，然後將馬牽到國王面前。

這套鞍具令他著迷，他非常感謝我。他騎上馬，很是高興，覺得這馬鞍好極了，接著賞我一大筆錢。國王的宰相看見馬鞍，找我替他做一副，我為他做了。隨後，這國的貴族和大小官員都找我訂做馬鞍，所以我在木匠和鐵匠的幫助下（我已教會他們），拚命做馬鞍，把馬鞍賣給所有想要的人，因此發了大財，成了國王、王室及大小官員最尊重也最喜歡的人。

我就這樣住在這城。有一天，我很榮幸又很滿足地與國王同席，他對我說：「聽我說，兄弟，你已經成為我們當中的一分子，我們非常敬重你喜愛你，我們離不開你，也捨不得你離開這座城。我有件事情要求你，希望你不要反對。」

「陛下，」我回答：「您希望我做什麼呢？無論何事我都不會反對您的，您始終善待我，我欠您許多恩情，讚美真主讓我做了您的僕人。」

他說：「我想把一個富有、美麗又賢慧的姑娘嫁給你為妻，這樣你就能定居在我們當中，我會在王宮中分配地方給你住。這件事你就別反對我吧。」我聽見這話，十分窘迫，沒有作聲，也沒有回答他的話。他說：「我兒，你為什麼不回答我？」

我於是回答說：「陛下，一切都聽您的安排。」

國王隨即招來法官和證人，直接讓我和一位美麗無雙、高貴又富甲一方的貴族姑娘結了婚。他又賜我一棟豪華宅邸及奴隸、僕從，又為我制定了月俸和各種津貼。我快樂無比，過得舒服又滿足，忘了所有經歷過的辛勞、折磨和艱難。我非常愛我的妻子，她也同樣愛我，我們夫妻同心，生活幸福至極。我對自己說：「當我返回家鄉時，我要帶著她一起走。」

然而，人的命運該來的就是會來，沒有人知道自己會遭遇什麼事。

我們就這麼過了很長一段日子，直到至高的真主使我的鄰居失去了妻子。他是我的朋友，所以我前去弔唁他的喪妻之痛，卻發現他的狀態很差，滿面愁容，身心疲憊。我表示同情，安慰他說：「不要為你妻子太過悲傷，真主肯定會賜給你更好的人來取代她，讓你長命百歲，這是真主樂見的。」

可是他痛哭回答：「我的朋友啊，我只剩下一天能活命了，真主如何能讓我再娶妻？真主如何能用更好的人取代她？」

「我的兄弟，」我說：「醒醒吧，你的身體這麼健康，不要說自己將死這種話。」

「我指著你的生命發誓，我的朋友，」他回答：「明天你就失去我了，你要再見我，只有等到復活的那一日了。」

「此話怎講？」我問。

他說：「他們埋葬我妻子的那一天，我也會陪著她被埋入墳中。這是我們的風俗，如果妻子先死，做丈夫的必須活活陪葬，反過來也是，丈夫先死的話，妻子必須陪葬。無論誰死，另一個都不得享受餘生。」

「安拉在上，」我大喊：「這真是個惡風俗，任何人都不該忍受它。」

與此同時，城裡大部分的人都來弔唁我的朋友和他妻子。隨後，他們將死亡的妻子抬出去放在棺材裡，將她和她丈夫帶到城外，來到一處背山面海之地。他們掀開一塊大岩石，露出一個石坑的坑口（也可能是石井口），那坑通往一個隱藏在這座山底下的巨大洞穴。他們把棺材拋下坑去，然後用棕櫚繩繞過那丈夫的腋窩綁好，將他垂進洞裡，同時垂下去的還有一大罐清水和七張大餅。當他垂到洞底，他解開所有繩索，他們拉回繩子，用石頭把坑口堵住，然後返回城裡，把我朋友和他死掉的妻子留在洞裡。

看見這情景，我心裡想：「安拉在上，這種死法比第一種還可怕[5]。」

我去見國王，對他說：「陛下，為什麼你們將活人與死人同葬？」

他說：「這是我們自古流傳下來的風俗，如果丈夫先死，妻子要陪葬，反過來若妻子先死，丈夫要陪葬，這樣，無論死活，他們都永不分離。」
「陛下萬歲，」我問：「像我這樣住在你們當中的外鄉人，如果妻子死了，你們也會把他送去陪葬嗎？」
「當然。」他回答：「我們照樣要他陪葬，就像你看見的那樣。」
聽見這話，我差點嚇破了膽，我想到自己會面對這樣的暴力就很焦慮；我的神智混沌起來，開始害怕妻子會先我而死，他們會把我跟她一起活埋了。不過，過了一陣子之後，我又安慰自己，說：「說不定我會比她先死，因為沒有人知道誰會先死，誰會陪葬。」
於是我轉移自己的注意力，忙於各樣的事物，不再想這事。不過，沒多久我的妻子就病了，數日之後就死了。國王與所有人都來弔唁，安慰我和她的家人。隨後他們為她沐浴淨身，又給她穿戴上最華貴的衣服和飾品，將她裝進棺材，將她抬到先前那處埋葬人的山腳下，掀開岩石將她拋下去。然後，所有我的朋友和妻子的親人都上前來圍住我，一一向我道別致哀，我忍不住大喊道：「我是外鄉人，我不服從你們的風俗習慣！」
他們根本不理會我的話，動手抓住我，強行縛綁然後垂下坑洞，同時垂下一罐清水和七張大餅，就像之前一樣。當我垂落到地底，他們要我解開繩子，但是我拒絕，於是他們乾脆把繩子扔下來，接著同樣用岩石封上洞口，然後離開。
我發現自己置身在大山之下的山洞裡，洞中全是死屍，臭氣沖天，令人窒息。我開始埋怨自己所做的事[6]，說：「安拉在上，發生這些事我真是活該！我中了什麼邪要在這城娶妻？唯獨真主至

5 指他之前逃脫的遭食人族吃掉的死法。（培恩注）
6 再次出門冒險。（培恩注）

高無上，主宰萬物！正如我常說的：『我才逃離虎口，又落入狼窩。』安拉在上，這種死法委實太可怕了！我寧可淹死在海裡或在山裡被吃掉，都好過這麼悲慘的死法！」

隨後我倒在死人骨頭堆上，躺在那裡乞求真主幫助，讓我能夠在暴烈的絕望中快快死去，但我沒死，反而是飢餓吞噬我，口渴消耗我。我不得不坐起來，摸索到那些餅，吃了幾小口，又喝了一口水。之後，我起身探索這個山洞，發現它朝左右延伸，整個洞非常寬敞空曠，地面布滿死屍枯骨——我先前在上面躺了很久。於是，我在距離新葬的屍體最遠的山洞邊緣為自己清理了一個地方，躺下來睡覺。

我就這麼不知晝夜地住了很長一段時間，生怕還沒死食物就沒了，因此只有餓到極點才進食，同樣的，渴到極點才喝水。儘管如此，我的餅和水還是逐漸減少，即使我每天只吃一、兩口餅，只喝一口水，最後還是只剩下一點點。有一天，正當我坐著思索食物耗盡時該怎麼辦的時候，坑頂的岩石突然掀開來了，光線一下照在我身上。

我說：「我正在想我該怎麼辦呢！」我瞥見人們站立在坑口，不久便有一個男人屍體和一個活著的女人被垂了下來，那女人正為自己哀哭不停；和她一起垂下來的一樣有餅有水。我看著她，但是她沒看見我。上面的人把坑口蓋上後就走了。我撿起一根死人的大腿骨，朝那女人走去，一棍猛打在她後腦上，她昏倒在地，我繼續用力擊打她，第二棍、第三棍，直到把她打死，然後拿了她的餅和水。同時，我發現她衣著華麗，身上穿戴著大量的珠寶首飾。我把食物和水搬到我在山洞角落棲息之處，節制吃喝，只保持能夠活命的程度，以免食物消耗太快，讓自己飢渴而死。

我就這麼在山洞裡住了很久，每當有活人被垂下來，我就殺了他們，奪取他們的食物和飲水維生。有一天睡覺時，我因為山洞某個角落裡的屍骨之間發出窸窣聲而驚醒，心想：「這是什麼聲音？」我跳起來，抓起那根大腿骨，朝那聲音走去。那東西一察覺到我，立刻一溜煙朝山洞深處跑了，我這才看出那是一隻野獸。我追上去，跟著牠深入山洞，後來看見遠處有一丁點光亮，像星光一樣，忽隱忽現。我朝那光走去，隨著愈走愈近，那光也愈來愈大、愈來愈亮，我終於確定那是岩石間的一道裂口，可以通往一片開闊的鄉野。

我自言自語說：「這個開口一定沒那麼簡單，它若不是第二個坑口，就像我被他們垂下來的坑一樣，就是岩石上的一個天然裂縫。」我左思右想了一會兒才靠近那個明亮的開口，發現它是面海的山壁上的一個裂口，是那些進入山洞裡吃屍體的野獸挖開的。見此情景，我的精神振奮起來，內心又升起了希望。等待死亡這麼久之後，終於感覺自己能活下去了。我像作夢一樣走上前，費力拚命擠出洞口，發現自己來到一座高山的山坡上，並且眺望著大海。這山阻斷了島嶼上的所有通道，所以那座城市的人不可能來到這處海邊。

我讚美真主，連連感謝他，對自己有望脫險歡喜不已。隨後我回到山洞，把所有我省下的清水和食物帶出來，又找了一些死人的衣服穿上，最後把我在屍體上找到的所有金銀、珍珠、寶石、項鍊、手鐲，還有華貴的衣服等貴重之物，全部搜刮在一起，用裹屍布和壽衣打包起來，運到海邊。我在海邊駐紮，打算等到至高真主高興時派船經過此地，將我救出去。我每天都回山洞一趟，經常發現有新的陪葬者被送下來。我殺了他們，奪取他們的食物、飲水和貴重物品。

我就這麼過了一段日子。有一天，我坐在海邊思索著自己的情況，突然看見一艘船出現在波濤洶湧的海上，隨著巨浪起伏。我連忙取過身邊一件壽衣綁在竿子上，沿著海邊奔跑揮舞，朝船上的人打信號。最後他們終於看見了我，聽見我的吼叫，派了一隻小船來接我。當他們靠近時，船上的人對我喊道：「你是誰？怎麼會在這種地方？我們從來沒在這裡見到人跡。」

我回答我是個商人，遭遇海難，全靠真主的賜福和自己的努力與技術，藉由一片船上的木板，在克服嚴峻的辛勞之後，讓自己和貨物漂到了這座島上，從此等在這裡，希望有人經過時能把我帶走。於是他們接我和我那幾包用壽衣打包的貴重貨物上了小船，再划回大船去。一上船，船長就問我：「你是怎麼到那裡去的？我這輩子在這片海域航行了無數次，來來去去經過那些山，連一隻活的鳥獸都不曾見過。」我把告訴水手的話又跟他說了一遍，但沒告訴他自己在那個城市和山洞裡的經歷，以免這船上有人來自那座海島，知道我的事。

然後我拿出幾件最貴重的珠寶和衣服送給船長，說：「大人，你是我的救命恩人，請收下這些東西，作為我對你的酬謝。」

他不肯接受，說：「當我們救了遭遇海難流落海灘或海島上的人，我們給他們吃喝，如果他們赤身裸體，我們給他們衣服穿。我們不收他們任何報酬，甚至當我們平安抵達某個港口，我們會送他上岸，還給他一些錢當生活費。我們慷慨善待他們，是因為至高真主的愛。」於是，我祈禱他長命百歲，慶幸自己逃出生天，相信自己能安全脫險。

接下來我們繼續航行，從這島到那島，從這海到那海，最後靠著真主的恩典，平安抵達了巴索拉。我在那裡住了幾天，然後返回巴格達，和親友重聚。他們見我快樂返鄉都很高興，紛紛慶祝我平安歸來。我把帶回的物品全部放進寶庫，開始施捨救濟鰥寡孤獨者。然後我重回自己原有的日子，每天吃喝歡樂。每當想起自己在山洞裡和死人相伴的日子，就覺得自己猶如失心瘋。這就是我第四次航海的故事，明天我會告訴大家我的第五次航海，那比前面這四次更不尋常、更刺激精彩。

當水手辛巴達說完他的故事，他吩咐擺上晚餐，於是僕人擺好桌子，客人一同吃了晚飯。飯後，他照常給腳夫一百個金幣，接著眾人散去，心裡都很高興自己聽到這麼令人驚奇的故事，每個故事都比前一個更精彩。腳夫回到自己家過夜，又開心又驚歎連連。第二天早晨，天一亮他就起來做了晨禱，然後前往水手辛巴達的家。主人誠摯歡迎他，讓他與自己同席，等到其他客人都到了後，他們吃喝歡樂，彼此交談。過了一會兒，主人開始向他們說起第五次航海的經歷。他說：「我的兄弟們，請聽我說……」

水手辛巴達的第五次航海

當我在陸地上待了一段日子，忘記了所有經歷過的危險和磨難後，想要旅行和見識異國風光的渴望又攫住了我。於是我購買了大量商品，全部打包好，出發前往巴索拉。我在那裡看見一艘剛造好的高大船隻正準備出海，我看了很喜歡，便花錢買下來，再把自己的貨物都裝上船，雇用了船長和水手，又安排一些奴隸和僕人在船上供我使喚。

有些商人付我運費，登船和我同行。我們滿心歡喜地快樂出航，相信自己一定能走好運，大賺一筆，滿載而歸。我們從一地航向另一地，在經過的地方做買賣，同時飽覽異國風光，直到有一天，我們來到一個荒無人煙的大島，島上有個巨大的白色圓頂建築。商人全都登陸去看那個圓頂建築，只留下我在船上。他們走近之後，一看，原來那是個大鵬鳥的蛋。他們拿起石頭來用力敲打，擊破蛋殼，露出裡面的雛鳥。他們從蛋殼裡拖出雛鳥，把牠打死，瓜分了許多鳥肉。

我在船上並不知道外面發生的事，直到有人跑來對我說：「大人，快來看，我們以為是個圓頂建築的東西，原來是個蛋。」我走出去一看，正好看見商人拿石頭猛敲，我大喊要他們住手，因為大鵬鳥回來後肯定會毀壞我們的船，消滅我們。可是他們根本不理我，繼續砸那個蛋。不久，天色暗下來，太陽被遮住了，就像有一大片烏雲擋在我們和太陽之間似的。

我們全都抬起頭來，看見我們以為是雲的東西，原來是一隻展翅飛翔的大鵬，牠張開的翅膀遮天蔽日。大鵬看見自己的蛋被砸破，發出一聲淒厲長叫，雌鳥聞聲飛來，兩隻鳥開始在船的上空盤旋，對我們發出如雷震耳的大叫。我召喚船長和水手，要求在我們大難臨頭之前趕緊出海，設法安全逃命。那些商人急忙登船，我們倉皇拔錨啟航，朝大海駛去。大鵬見這情形便飛走了，我們加速航行，希望能夠擺脫牠們，不被追上。不料，牠們不久之後又出現了，緊跟在我們後面疾飛而來，腳爪上各抓了一塊從山裡帶來的巨石。雄鳥飛到我們上空時，鬆開爪子，讓巨石朝我們落下。船長迅速轉向，巨石從船側落入海中，只差一點就擊中了船，但是巨石激起的滔天巨浪把船拋起，隨後船身又直落而下，墜入海漕，連海底都出現在我們眼前。這時雌鳥也扔下牠抓著的巨石，這石比雄鳥那塊要小，但猶如命中注定似的，砸中了船尾，整艘船因而翻覆，船舵碎成二十幾片，船上的一切全部落入海中。

我拚命掙扎求生，幸好真主為我送來一塊船板，我緊抓住它，趴上去手腳並用划水前進。船是在一座島嶼附近沉沒的，風浪載著我，在至高真主的允許下把我拋在海島的沙灘上。我經過這番折騰，疲憊至極，加上飢餓口渴，等到登陸時已經奄奄一息。我倒在沙灘上躺了好一陣子，等到恢復過來後，開始探索這個島嶼，發現它有茂密的樹林，果樹結實纍纍，有各種花卉和溪流，百鳥爭鳴，讚美著永恆全能的真主。我採摘野果吃了個飽，又喝足溪水解渴，再把感謝和榮耀歸給至高的真主。隨後我坐下來休息，直到天黑，沒聽見半點人聲，也沒見到一個人影。

折騰和驚嚇讓我只剩半條命，我躺下來一覺睡到了天亮。醒來之後，我起身在樹林中行走，一直走到一處奔流的泉水旁，看見有個相貌莊嚴的老人坐在水邊，腰上圍著樹葉串成的短裙。我心想：「這老人大概也是遭遇了船難，幾經波折來到這座島上。」於是我走上前問候他，但他只用手勢回應我，沒開口說話。我對他說：「老人家，您遭遇了什麼事，讓您坐在這裡？」

他搖搖頭，一邊對我打手勢，一邊咕噥了幾聲，好像是在說：「背我起來，帶我到溪流的對岸。」我心想：「我就對他行行好，滿足他吧，說不定真主會回報我。」於是我拉起他，將他背到他指的地方，說：「您可以下來了，慢慢來。」

沒想到他不但不從我背上下來，反而用雙腿纏住我的脖子。我一看那兩條腿就像水牛皮一樣又黑又粗，非常嚇人，立刻想把他拉下來，但是他緊抓著我，兩條腿纏住我的脖子，愈夾愈緊，我幾乎窒息；最後我兩眼一黑，昏倒在地。他仍舊騎在我身上，開始用腳狠踢我的背和肩膀。我因為痛而醒來，不得不起身。他用頭示意我帶著他在林子裡走的方向，還要摘最好的野果給他。如果我拒絕，不聽他的命令，不照他的意思走，他便更凶狠地對我拳打腳踢，我簡直像遭鞭子痛打一樣。

於是，我就像個被俘虜的奴隸，帶著他在島上四處走。他騎在我身上拉屎拉尿，無論晝夜都不下來。當他想睡覺時，他會用雙腿纏住我脖子，然後躺下來睡一陣子，醒來之後又暴打我，我只能趕緊跳起身來。我無法反抗，因為他打人太痛了。事實上，我很後悔自己同情他，心裡想：「我對他行善，他卻恩將仇報；安拉在上，只要活著一天，我不再幫助任何人了！」

我就這麼悲慘地過了好長一段日子，無時無刻不懇求至高的真主賜我一死，讓我不必再受這種罪，不再時刻遭受悲慘折磨。有一天，我來到一個長了很多葫蘆瓜的地方，很多葫蘆都乾了。我摘了一個很大的乾葫蘆，把頸部切開，將裡面的瓜瓤掏乾淨後再清洗過，接著採了大把大把的葡萄，全塞進葫蘆裡，當裡面盛滿葡萄汁，我封上開口，把它擺在陽光下曬了好幾天，最後就變成了葡萄酒。我每天都喝幾口，讓自己舒舒心，解解那個老鬼加在我身上的疲乏。每當我喝醉了，就能忘掉煩惱，重新振作起來。

有一天，見我喝酒，他朝我打手勢，像在問我：「那是什麼？」

我說：「這是絕佳的興奮劑，能讓人開心、重新振作精神。」接著，在酒精刺激下，我在林子裡又跑又跳，手舞足蹈，拍手高歌，十分暢快。他見我這副模樣，示意我把葫蘆給他，他也想喝。我因為怕他，就把葫蘆給了他。

他拿過葫蘆，一口接一口把酒喝光了，接著把葫蘆扔在地上，興奮起來，騎在我肩上開始搖頭晃腦，不久之後，酒精使他酩酊大醉，他的四肢鬆軟下來，整個人掛在我背上晃來晃去。我見他喝醉失去意識，立刻伸手抓住他的腿，將它們從我脖子上拉開，一彎腰，把他整個人甩在地上。我簡直不敢相信自己擺脫了他，自由了！我怕他酒醒之後會想出新的花樣害我，於是從林間搬來一塊大石頭，使盡吃奶之力砸在他頭上，砸爛他的腦袋，殺了他。願真主不要憐憫他！

我心裡放鬆下來，慢慢走回之前上岸的海邊。我在島上住了許多日子，吃野果喝溪水，每天盼望有船隻經過。有一天，我坐在沙灘上，回想發生在自己身上所有的事，說：「我懷疑真主會救我一命，讓我平安返回家鄉，跟親友團聚！」

這時，我突然看見有一艘船朝海島駛來。不久，它下了錨，乘客都下船登陸島上。我朝他們走過去，他們一看見我，立刻快步上前來，問我發生何事，怎麼會在這裡。我告訴他們自己所有的經歷，他們驚奇萬分地說：「那個騎在你肩膀上的老人叫做海翁，除了你，所有被他逮住的人沒有一個活下來的。真是讚美真主保佑你平安啊！」

然後他們為我擺上食物，我吃了個飽，他們又給我衣服穿，讓我不再赤身裸體。隨後他們帶我一同登船，我們晝夜航行，命運帶我們來到一個名叫猴城的地方，那裡的樓房都很高，並且全部臨海。每天一到傍晚，城裡所有居民都會離開自己的家來到海邊，登上大大小小的船，駛到海上，在海上過夜，因為害怕山裡下來的猴子傷害他們。

我下了船到城裡去逛，不料那船沒等我就開走了。我很後悔自己上了岸，想起同伴，又想到上一回遇到猴子的事，總之，我在海邊坐下，忍不住哭泣悲歎。不久，這城的一個居民過來跟我搭訕，說：「大人，我看你是外地來的外鄉人吧？」

「是的，」我回答：「我是個不幸的外鄉人，我搭了一艘船到這裡來，船在此地下了錨，我上岸進城去逛了逛，等我回來想登船時，卻發現他們沒等我，已經把船開走了。」

「來吧，」他說：「跟我們一起走吧，要是你待在這城裡過夜，那些猴子會把你撕碎的。」

「遵命。」我回答，直接跟他走，上了一條小船。他們划出一海里，定錨停在海上過夜。天一亮，他們划回城去，上岸各忙各的。他們每天晚上都這麼做，因為如果有人逗留在城裡過夜，猴子會下來抓住他，要了他的命。可是只要天一亮，猴子就離開城鎮，到果園裡吃果子，然後返回山上睡覺，直到天黑，再次下山進城。

此處是黑人國當中最偏遠的一個地方，我逗留在這個國家時，最奇特的遭遇就是這件事。那位邀我一起上船過夜的同伴對我說：「大人，你在此地是異鄉人，不知有什麼謀生的手藝？」

「安拉在上，我的兄弟啊，」我回答：「我沒有東西可做買賣，也不會任何手藝。我本是個商人，是個家道豐厚的人，有一艘自己的大船，船上裝滿各樣的貨物和商品。不過船在大海上翻覆了，一切都沉沒了，只剩下我，靠著真主對我的眷顧，抓住一塊木板救了自己一命。」

聽了這話，他為我找來一個棉布袋，說：「拿著這個袋子，到海灘上去撿些鵝卵石裝在袋子裡，然後跟著城裡的人一起走，我會把你託付給他們。你看他們做什麼就跟著做，以此謀生，也許還能賺得你將來返回家鄉的費用。」然後他帶我到海灘上，我在棉布袋裡裝滿小鵝卵石。不久，我們看見有一隊人走出城，每個人都背著一個和我一樣裝滿鵝卵石的布袋。

他把我託給這群人，要他們關照我，說：「帶著這個人跟你們一起去，他是個外鄉人，請你們教他如何採集，讓他能混一口飯吃，真主會報答你們的。」

「遵命。」他們回答，又紛紛對我表示歡迎，帶我一起走。我們來到一個廣闊山谷，谷裡長滿高聳的樹木，沒有人能爬得上去。

這個山谷裡有許多猴子，牠們一看見我們，紛紛逃跑，爬到樹上。我的同伴開始從布袋裡掏出石頭去扔猴子，那些猴子也伸手拔下樹上的果實來扔那些丟石頭的人。我察看牠們丟下來的果實，發現是椰子，於是選了一棵最大、爬滿猴子的椰子樹，走上前去，開始朝牠們扔石頭，那些猴子也紛紛拔下椰子回報我。我學其他人那樣把椰子收集起來，等扔完一袋鵝卵石，已經獲得許多椰子。等我的同伴也收集了他們能搬得動的椰子後，我們返回城裡，並且趕在天黑之前抵達。

我來到那位把我託付給椰子收集隊的人那裡，把收集來的椰子交給他，感謝他以仁慈待我。不過他不肯收，又給我他家中一個小房間的鑰匙，說：「你挑出比較差的，把它們賣了，用那些錢來養活自己，其餘的就放在房間裡吧。你要每天出去收集椰子，就像今天這樣，然後把一部分儲藏在這裡，總有一天就會收集到足夠的量，讓你能夠返回家鄉。」

「真主會報答你的！」我回答。我依照他的建議，每天跟著收集椰子的隊伍出門，他們都很照顧我，幫我找椰子最多的樹讓我收集。

我就這麼忙了一段日子，存下大量的椰子，同時還從賣椰子的所得裡存下一大筆錢。我的生活漸漸變得舒適了，買了許多我認為能讓自己過得更舒適愉快的物品存放著。有一天，我站在海邊，一艘大船在這城的港口下了錨，一群商人上岸來打算做些買賣，同時要購買椰子和其他日用商品。於是我去見我那朋友，告訴他有大船來了，我想返回自己家鄉了。

他說：「這事由你自己決定。」

我感謝他對我的慷慨，並向他辭行，然後去找那艘船的船長，跟他談好我的旅費，隨後把所有的椰子和貨物全部裝上了船。我們在當天拔錨啟航，從一地航向另一地。我們無論在何處停船，我都做椰子買賣，真主回報給我的比我失去的更多。我們去了許多地方，其中有一個盛產丁香、肉桂和胡椒的島嶼，當地人告訴我，每一串胡椒莢上都會長一片大葉子，在晴天時幫胡椒莢遮蔭，雨天時為它擋雨，雨停之後，葉子會翻過去垂在胡椒莢旁邊。

我在那島上用椰子交換了大量的胡椒、丁香和肉桂，然後我們來到烏斯拉特島。那島盛產科摩羅沉香。之後我們航行了五天，去了另一個盛產中國沉香的島嶼，那比科摩羅的更好。不過，科摩羅的島民壞多了，他們沒有宗教，喜歡淫蕩醉酒，既不懂祈禱，也不喚拜。

隨後我們來到一個採珍珠的島嶼，我給潛水員一些椰子，請他們為我潛一次水，看看我的運氣如何。他們潛下水去，撈上來許多又大又好的珍珠。他們對我說：「安拉在上，大人，你的運氣實在太好了！」

接著我們繼續航行，在至高真主的祝福下，平安抵達了巴索拉。我在城裡短暫住了幾日，然後返回巴格達，和親朋好友重聚。他們對我的平安歸來十分高興，我把所有貨物都放進庫房裡，接著我周濟貧窮困苦的人，又為鰥寡孤獨者提供衣物，送親朋好友禮物。

之後，我回到往日吃喝歡樂的生活，忘記了自己在豐厚獲利和賺得鉅資的過程中所受的苦，因為真主以四倍的獲利報答了我的損失。這就是我第五次航海的故事，現在，吃晚飯吧。明天，請各位再來，我會告訴你們我第六次航海的經歷，它比這前五次更精彩。

接著他吩咐擺上晚餐。僕人鋪好桌子，眾人一同吃了晚飯。隨後他給腳夫一百個金幣，腳夫回家去，對自己今天聽到的故事驚奇不已。第二天早晨天一亮他就起來做了晨禱，然後前往水手辛巴達的家，向他道早安。主人請他落座，與他閒聊，等候其他客人來到。接著僕人鋪好桌子擺上早餐，眾人一起吃喝歡樂。然後，水手辛巴達開始講述他的第六次航海經歷，說：「我的兄弟們，請聽我說……」

水手辛巴達的第六次航海

我第五次航海回來之後，在家舒服又快樂的住了一段時間，忘記了過去所受的一切痛苦。有一天，正當我和朋友談天說笑時，來了一群風塵僕僕的商人跟我談論旅行和冒險，以及豐厚巨大的獲利。他們談到的景象讓我想起自己從長期旅行中返家的日子，以及再次看見家鄉並與親友重聚時的快樂。我內心嚮往旅行和貿易。於是，我決定再次出航。我買了大量的商品，打包後帶著它們從巴格達去到巴索拉。我在巴索拉找到一艘準備出海的大船，船上有許多商人和顯要人物，他們都帶著貴重的貨物。我加入他們，帶著貨物搭上了那艘船。

我們在順風的情況下離開巴索拉，從一地航向另一地，又買又賣，既賺錢又娛樂，讓自己飽覽異國風光，生活中充滿愉快。有一天，正當我們破浪前進，突然聽見船長大喊一聲，接著扯下頭巾扔在甲板上。他先打自己的臉，又扯自己的鬍鬚，然後一屁股坐在船腰上，一臉懊喪和悲傷。所有商人和水手都上前圍著他，問他怎麼回事，他回答說：「各位，我們偏離了航道，來到了一個我不認識的海域。那邊有一座大山，我們正朝它漂流過去，除非真主賜我們一條生路，否則我們全都得喪命了。因此你們趕緊向至高者祈禱吧，求他救我們脫離這場危難。」

接著他爬上桅桿想放下船帆。未料狂風驟起，把船颳得倒退，同時損壞了船舵。船被颳得連轉三圈，直接朝大山漂去。見此情景，船長爬下桅桿，說：「唯獨真主至高無上，主宰萬物！我們無法轉離那已定的旨意！安拉在上，我們落入船毀人亡的定局，沒有逃脫的辦法！」

我們放棄了指望，都為自己痛哭，彼此話別。不久，船撞上了大山，船體頓時碎裂，船上所有人都跌落海中，有的人淹死，有的人奮力泅水爬上了那座山，我也是其中之一。我們爬上岸後，發現那是個很大的島嶼，四面全是高山環繞，山腳散布著海水打上岸的大量船隻殘骸、貨物、財寶，堆積如山。我們爬過峭壁，進入島嶼內陸，我的同伴分散島上，當他們看見岸上散布著數不清的財寶時，全都喪失了神智，變得像瘋子一般。

我朝內陸走去，直到碰上一條清甜的溪流才停下來。溪水從山腳湧現，流到對面一排山丘下消失。我凝視河床，看見溪底有大量的紅寶石、貴重的珍珠，以及各種寶石和珠寶，難怪每一條穿過平原的小溪都閃閃發光，因為河床上都布滿了寶石。

此外，我們還發現島上盛產最好的沉香木，中國沉香木和科摩羅沉香木都有。此外還有一道天然的龍涎香泉，因為日照高溫，龍涎香如同樹膠般從溪旁緩緩流出，流到海邊，有深海的海怪上來吞食龍涎香，再返回海底。可是龍涎香在牠們腹中產生高熱，於是牠們又噴吐出來，龍涎香浮在水面上，凝結成塊，顏色和質量都改變了。隨著時間過去，海浪將它們打上岸，採集者收集這些龍涎香，拿去販賣。其餘的龍涎香凝結在溪流兩岸，當陽光照在上面，它們融化，整座山谷充滿濃郁的香氣。等到太陽下山，它們再度凝結。然而，因為整座島嶼環繞著大山，所有靠近的船隻都撞得粉碎了，沒有人能來到這天然龍涎香的產地。

我們就這樣繼續探索這座島嶼，對自己所發現的真主美妙創造驚歎不已，同時也對自己的悲慘遭遇焦慮萬分。我們從海邊的殘骸中翻撿出為數不多的糧食，節省著吃，每天只吃一餐或兩餐，害怕東西吃完後，全會悲慘地餓死。

此外，我們因為船難導致身體病弱，我的同伴一個接一個死去，最後只剩下幾個人。每當有人死亡，我們洗滌他的屍身，再用一些海浪打上岸的衣物和布料裹屍入殮。不久之後，我僅剩的同伴也一個接一個死了。我埋葬了最後一個同伴後，島上只剩我孤身一人，餘下的食物也只剩一點點了。

我為自己落淚，說：「但願真主讓我比同伴先死，這樣還有人為我洗滌淨身，把我埋葬！那可比我死了沒人洗沒人埋要好得多。不過，唯獨真主至高無上，主宰萬物！」一會兒之後，我起身在海邊挖了一個墳坑，自言自語說：「等我體力衰竭，知道自己不久人世時，我就自己躺進坑裡，死在坑裡，讓風把沙吹過來覆蓋我，把我掩埋。」接著，我又開始埋怨自己不長腦子，偏要離開家鄉，再次到異國旅行，畢竟我已經在前五次的航海中受了那麼多的苦，每一次都遭遇到比前一次更大的危險、更可怕的艱難。尤其我又不缺錢，我擁有的財富不僅足夠，根本綽綽有餘，別說半輩子，就算一輩子也花不完。我後悔自己的愚行，又毫無逃脫眼前困境的指望，只能悲歎埋怨自己。

不過，過了一陣子之後，我思考自己所處的環境，說：「安拉在上，這條溪流一定通往某處，有可能通向有人居住的地方。我想我最好造一條小船，夠我一個人坐就行，然後把船放入河中，坐著它順流而下。蒙真主恩准，我若能逃得一命就逃得一命，要是難逃一死，那麼死在河裡總比死在這裡好。」

於是我收集了一些沉香木，用船難殘骸中找來的繩索把木頭紮成木排，又在殘骸中找來大小相當的木板，鋪放在沉香木上，牢牢地紮緊。就這樣，我為自己做了一條比河道稍窄的小船（或說木筏），又在小船兩側綁上兩塊木頭當作槳，然後把小船推上河面。我又把最好的龍涎香、珍珠、珠寶、船難遺下的貨物、剩餘的食物，全部放上小船，就像詩人說的：

離開一地，若該處使人煩惱消沉，
離開那棟述說著建築者命運的房子，
一國又一國你發現，若你尋找，
或遲或早，生命終歸消逝。
你的靈魂不要為命運的擊打焦慮。
每個壓力都有期限，它的日期早已定下。
該命喪此地之人，他的性命不會
結束在命定之外的他時他鄉。

我順水漂流，想著自己的遭遇，直到來到流水消失入山的地方，水流載著木筏進入地底河道。我置身一片漆黑，水流載著我穿過狹窄的隧道，這隧道愈來愈窄，最後木筏的兩側都貼著山壁，我的頭也擦到壁頂。我忍不住埋怨自己做了這趟冒險，說：「如果這隧道再窄一分，木筏就會卡住，我也無法回頭，最後我必然慘死在這個地方。」

後來，因為隧道太窄，我趴下來把臉貼在木筏上。水流繼續載著我在忽寬忽窄的隧道中漂流，我就這麼一直往前進，全然不知晝夜。黑暗徹底包圍了我，我擔心又恐懼，害怕自己就這麼死在隧道裡。

最後，因為極度黑暗造成的疲憊，以及飢餓和警戒導致的筋疲力竭，我趴在木筏上睡著了。我不知道自己睡了多久，當我醒來時，發現自己置身在明亮空曠的地方，木筏泊在水邊，四周圍著好些印度人和黑人。

那些人一看我醒了，全都圍上來用他們的語言對我說話，但我一句也聽不懂，以為自己因為疲憊和煩惱的壓力，整個人還在作夢。他們見我聽不懂，無法回答，其中一人上前用阿拉伯語對我說：「兄弟，願你平安！你是誰？怎麼會到這裡來？怎麼會在這條河上？山的那一邊是什麼樣子？那邊從來沒有人到我們這裡來過。」

我說：「你們是誰？這是哪裡？」

「我的兄弟，」他回答：「我們是種地和栽植果園的農人，來這裡為我們的田地和果園澆水，發現你睡在這個木筏上，於是把木筏拉到河邊繫在岸上，等你慢慢醒來。現在，告訴我們，你是怎麼來到這裡的？」

「大人，看在真主的分上，」我回答：「請給我一些吃的，我快餓死了，等我吃完了再問吧。」他連忙找來食物，我吃飽後才覺得自己精神一振，又活了過來。我感謝至高的真主，在經過磨難之後還能享有快樂，接著把我的冒險從頭到尾對他們說了一遍。

當我說完自己的經歷，他們彼此商量說：「我們必須帶他一起回去，帶他去見國王，讓國王知道這個人的冒險事蹟。」於是，他們把我、木筏及上面的東西都帶著一起走，帶我去見國王，告訴國王整件事情的經過。

國王問候我，對我表示歡迎，接著又問了我的狀況和冒險，我把我的經歷重述一遍，他聽得驚歎連連，對我的脫險十分高興。之後，我從木筏所載的大量珠寶、寶石、龍涎香和沉香木中選了一些獻給國王，他收下禮物，對我加倍敬重，讓我住在他的王宮中。

我與島上的達官貴人交往，他們對我都很敬重。此外，所有來到此地的旅行者和商人都詢問我家鄉的事，以及我家鄉的哈里發赫崙．剌序德的統治。我告訴他們哈里發的德政，他的英明舉世皆知，眾人紛紛稱讚他。我也詢問那些旅人和商人各自家鄉的各種風俗。

有一天，國王問我家鄉的政府如何治理百姓，我把我所知的巴格達城哈里發的統治方式，以及他的公正治理全都稟告國王。國王對我所說的種種法令十分驚奇，說：「安拉在上，哈里發的法令確實充滿智慧，他的治理方式值得稱讚，你所說關於他的一切，讓我非常喜愛他，我想送他一些禮物，請你幫我帶去。」

「遵命，陛下。」我回答：「我會將您的禮物帶去送給他，並告訴他您真誠喜愛他。」

於是，我住在國王的王宮中，過著備受禮遇又舒適愉快的生活。有一天，我坐在王宮中，聽說有一群商人準備好一艘船要去巴索拉，心想：「這真是太好了，我就跟他們一起航行吧。」我立刻去見國王，親吻他的手，告訴他，我希望能和那些商人同行，因為我很想念我的親友和家鄉。

國王說：「你可以自己作主；不過，如果你願意留下跟我們同住，我們非常樂意，因為我們有你作伴非常快樂。」

「陛下，」我回答：「您確實對我恩寵有加，情義深重，我沒齒難忘。只是我思鄉心切，十分掛記家中的親友。」他聽完這話，派人去把那群商人召來，細細詢問，之後將我託付給他們照顧，又支付了我的船費和貨運費。此外，他從寶庫中拿出大量的財寶贈送給我，又託我送給哈里發赫崙．剌序德一份厚禮。

我向國王及這島上往來密切的朋友們告別，然後隨著那些商人登船。我們在順風中啟航，將自己交在真主手中。（願他得榮耀和讚揚！）在真主的允許之下，我們在預定的時間抵達。在這趟收穫豐富的航海後，我在巴索拉待了幾天，為自己添了裝備，打包好貨物，然後返回巴格達。

我晉見了哈里發，將國王託付的禮物送給他。哈里發問我這些禮物來自何處？我對他說：「安拉在上，信仰的領袖啊，我既不知道那城的名字，也不知道前往那裡的路！」接著我將自己這趟航行所經歷的，全都告訴了他。他聽了十分驚奇，吩咐書記官把我說的故事全部記下來，收藏在皇家書庫，讓所有閱讀的人都能受到啟發。隨後他以極大的熱情招待我。然後我回家，把所有的貨物財寶儲藏起來。

不久，我的朋友都來看我，我為所有的家人分送了禮物，又救濟鰥寡孤獨者，然後開始吃喝玩樂，做各種快活的事，忘了所有曾經受過的苦。我的兄弟們，這就是我第六次航海的經歷。明天，如果至高的真主樂意的話，我會告訴你們我第七次，也就是最後一次航海的故事，那比前面這六次都更精彩、更奇特。

接著他吩咐僕人擺上晚餐，眾人一起跟他吃了晚飯。之後他給了腳夫一百個金幣。一如既往，大家各自散去，都對自己所聽的故事驚歎不已。第二天早晨，腳夫一做完晨禱，就前往水手辛巴達的家，其餘的人也紛紛來到。等眾人都到齊後，主人開始敘述自己的第七次航海，說：「兄弟們，請聽我說……」

水手辛巴達的第七次航海

我從第六次航海賺得極大一筆財富，回來之後，過了一段無比舒適又快樂的日子，日日夜夜笙歌不斷，宴客歡樂不止。後來我再次嚮往航海，想見識異國風光，想與商人同行，聆聽各種新奇的事。於是我打包一些貴重物品，帶著前往巴索拉。我在那裡找了一艘即將出海、有相當多商人搭乘的船，把貨物裝船後，便與他們一同啟航，人人健康平安，一路順風，來到一個城，名叫米迪涅特辛。

不過，我們離開此地一陣子後，正當高興又自信地策劃著旅程和生意時，海上突然狂風大作，接著暴雨傾盆，澆在我們和我們的貨物上。我們連忙拉起帆布遮蓋貨物，免得被雨淋壞，同時向至高的真主祈禱，哀求他救我們脫離眼前的危險。這時，船長起身束上腰，紮起衣襬，爬上桅桿頭，向左右張望了一番，接著連連打自己的臉，拔自己的鬍鬚。

我們問他出了什麼事，他回答：「你們趕緊祈求至高的真主解救我們脫離這場危難，同時哀悼我們要跟彼此告別了。告訴你們，狂風把我們的船吹到了海角天邊了。」

他從桅桿頂下來，打開自己的箱子，拿出一個棉布袋，從裡面取出一些灰燼似的粉末，用水調和，等了一會兒後嗅了嗅，接著再從箱子裡拿出一本小書，翻開讀了一會兒後對我們說：「這本書上有個驚奇的記載，表示來到這片海域的人，都必死無疑，沒有逃脫的希望。因為這片地區叫做『帝王域』，是大衛之子所羅門的墳墓所在地（願他安息！），同時還有形狀可怕又巨大的海蛇。來到這個地方的所有船隻都會驚擾到一條大魚，這個龐然大物會一口吞下船及船上所有的一切。」

船長的話聽得我們驚奇萬分，但是他話才說完，整艘船突然一下騰上了空中，接著又落回水面，同時眾人聽見一聲可怕的霹靂大吼，嚇得魂飛魄散，個個如同死人一樣，放棄了活命的希望。

接著，那條巨大如山的魚出現在我們面前。看見那魚龐大的身軀和毛骨悚然的長相，我們全嚇瘋了，都覺得自己必死無疑。這時，第二條魚出現，而且比第一條更巨大。我們哀哭悲歎，向彼此道別。就在此時，比這兩條更巨大的第三條魚冒出水面，我們全嚇得失去理智，無法思考。極度的恐懼使我們個個呆若木雞。接著，這三條魚開始繞著船打轉，最巨大的那一條張開大嘴打算一口吞了船。我們望進牠的嘴裡，看哪，它比一座城的城門還要大。我們哀求至高的真主，向他的使徒（平安和祝福從他而來！）求救。突然間，一陣狂風襲來，打在船上，把船颳離水面，猛撞上一塊大礁石，整艘船頓時四分五裂，所有的人和貨物全落進海裡。

我掙扎著甩掉身上的長袍，只剩一件單衣，拚命地游，直到抓住一塊船板，橫跨在船板上，陷入恐懼和飢渴交迫的慘況，被狂風大浪戲耍著，隨波載浮載沉。

我開始埋怨自己愚蠢，放棄了千辛萬苦得來的家業，偏要出來參加新的冒險。我對自己說：「辛巴達啊，每次你出門航海都要吃盡苦頭、歷盡磨難，但是你卻不願放棄航海；就算你說：『我放棄！』你也不是真心誠意地放棄。活該你得忍受這樣的苦難，因為你確實是自作自受。老實說，這全是至高真主的旨意，要我從貪婪中回頭，這些全是貪婪帶來的磨難，而我早已富甲一方了。」接著，我恢復了理智，說：「真的，這次我是誠心誠意為自己的貪婪和冒險向至高的真主懺悔，從此我對旅行絕口不提，也不再想。」我不停向至高的真主祈禱，痛哭流涕，懺悔認錯，又追憶自己原本幸福又快樂的生活。我就這麼漂流了兩天，終於來到一個大島[7]，島上有繁茂的樹木和許多溪流。

我上岸後吃了島上的野果，喝了溪水，直到自己的精神振作起來，體力恢復。然後我在島上四處走，來到一條水流湍急的大河邊，憶起自己在前一次冒險中為自己紮過木筏，心想：「我可以再紮一隻木筏，順著這條河走，也許能因此脫離這個困境。如果得以如願逃脫，我向至高的真主發誓，我再也不旅行了。如果不幸喪命，那正好脫離折磨和痛苦，得到永遠的安息。」

於是我在樹林間收集了許多木頭（當時我不知道，它們全是最好的檀香木），又拔了許多草和攀藤擰成繩子，用這些繩子把木頭牢牢綁在一起，勉強做成一隻木筏。我將木筏推到河裡，上了木筏，說：「如果我能獲救，全是真主的恩典。」我隨水漂流了三天，躺在木筏上，沒有吃任何東西，渴了就喝河水。因為恐懼、飢餓和疲勞，我頭暈眼花，衰弱得像一隻雛鳥。

最後，河流帶著我來到一座高山下，河道進入了山洞。我一看到山洞就害怕，生怕河道像上次旅途所遇的那麼狹窄。我控制木筏，想讓它停在原處，但水流太強勁，我力不能勝，木筏被拉進地下河道中。我放棄掙扎，說：「唯獨真主至高無上，主宰萬物！」

不過，過了一會兒，木筏就衝出隧道，進入開闊的空間。我看見下方是個廣闊山谷，河流以雷霆奔馬之勢迅疾往下衝。湍急的河水載著我沿山谷前進，我緊抓著木筏，生怕跌進水裡。急流把木筏左右抛來抛去，我既無法停下木筏，也無法控制它的方向讓它靠岸，最後來到一個又大又漂亮、人口眾多的城市。

城裡人見我在木筏上隨著急流往下衝，連忙抛出繩索和網子拉住木筏，拖到岸邊，我因為恐懼、飢餓和缺乏睡眠，一上岸就倒下了，像死人般倒在他們之間。過了一會兒，有個年紀老邁、相貌令人尊敬的老人上前來迎接我，給我一些質料做工很好的衣服穿，讓我不再赤身裸體。他帶我去了澡

7　或半島。（培恩注）

堂，又為我拿來甘露酒和芬芳的香水。

我從澡堂出來後，他帶我回他家。他的家人都很看重我，領我到一個舒服又愉快的地方坐下，為我擺上豐盛的食物，我吃得很飽，同時感謝至高的真主救了我一命。老人的家僕為我端來熱水，我洗了手；他的婢女為我送來絲帕，我接過擦了雙手和嘴。此外，他在家中為我安排了房間，又指派僕人和婢女伺候我，他們殷勤地服侍我。我在他家客房住了三天，輕鬆愉快，隨意吃喝，享受各種芬芳的氣息，直到從疲勞中恢復，整個人又充滿生命力和體力。

第四天，主人來看我，說：「我兒，你的陪伴讓我們很開心，讚美真主使你得了平安！你現在要不要和我一起去市場，把你的貨物賣了？或許你能用賣了的錢再買些東西，做些生意。」

聽到這話，我沉默了一會兒，心裡吃驚地想：「這話是什麼意思？我哪有什麼貨物？」

老人說：「我兒，別擔心也別謹慎過度，跟我來就是，如果有人對貨物出的價錢你覺得滿意，你就賣了；如果沒有合意的價錢，你就把東西先放在我的倉庫裡，等有合適的行情再賣。」

我考慮了一下，心想：「先聽他的吧，看看他說的究竟是什麼貨物。」於是我對他說：「老伯，我都聽您的，您認為怎麼做就怎麼做，真主祝福您所做的事。」

於是他帶我去了市場，我這才發現，他把那艘木筏拆了，把檀香木交給仲介人，正在叫賣。一群商人競相出價，直到價格上漲到一千個金幣，才沒有人再往上喊價。我的主人對我說：「我兒，這是你的貨物目前在市場上的價格，你願意賣了它們，還是要我放回倉庫裡，等到價格上漲再賣？」

「大人，」我回答：「我交給您來決定，您要怎麼做就怎麼做。」

老人說：「我比那些商人的競價再多出一百個金幣，你願意把這些木材賣給我嗎？」

我回答：「我願意。」

於是，他吩咐僕人把這些木材搬回他的倉庫，並帶我回家，把錢按約定的價格數給我，又拿一個袋子把錢裝了，放在櫃子裡，把櫃子鎖上，把鑰匙交給我。

幾天之後，主人又對我說：「我兒，我想跟你提一件事，希望你能順從我的意思。」

我說：「什麼事？」

他說：「我年紀很大了，沒有兒子，只有一個女兒，年輕端莊，家財萬貫又長得漂亮。我打算把女兒嫁給你，你可以跟她一起住在我們的國家，我會讓你管理我所有的產業。我年紀大了，你會繼承我的地位。」

我聽完一語不發，沒有回答，他又繼續說：「我兒，你就順從我的心願吧，我完全是為了你好。你若聽從我，我會把你視如己出，我手裡所有的一切都會交給你。如果哪天你想返回自己的家鄉，也不會有人攔阻你。所以，你做決定吧。」

「安拉在上，」我回答：「老伯，您已經待我如同父親一般。我是個外鄉人，經歷過許多艱難，吃了許多苦，現在什麼判斷力和見識都沒有了。因此，一切就由您決定吧。」

聽見這話，他立刻派人找來了法官和證人，讓我和他女兒辦了盛大的婚禮。當我進房見到她，發現她果然美麗無比，身材窈窕又優雅，身穿華貴的衣袍，配戴著許多價值連城的金銀寶石等首飾。她令我非常快樂，我們彼此相愛；我跟她在一起過著快樂又安慰的生活，直到至高的真主接走她的父親。我們為他洗滌入殮，埋葬了他，然後接管他所有的產業。此外，本地的商人也任命我接續他的職位。他本是眾人的領導，任何人做買賣都要聽取他的意見，獲得他的許可。

當我和城裡的人熟識之後，發現每個月的月初他們都會變身，他們的臉會變得像鳥，同時長出翅膀，飛出城去不見蹤影，城中只留下婦孺。我心想：「下個月的第一天，我一定要拜託其中一個人帶我一起飛，看看他們去了哪裡。」

於是，當月初來臨，我找了城中某個人，求他帶著我飛，讓我見識見識，然後再和他們一起回來。

「不可能。」他回答。

我一直糾纏他，直到他答應為止。我跟他一同離開，沒有告訴我的家人、朋友和僕人。他讓我騎在他背上，載著我飛入高空中，我聽見天使在穹蒼中讚美真主，驚奇萬分，忍不住喊道：「讚美真主！頌讚真主的完美！」

我話才說完，天上劈下一道火焰，幾乎毀滅所有的人。他們登時四散飛逃，遠離烈火，同時對我非常生氣，向下飛把我扔在一座高山上，並且立刻飛走，剩下我獨自一人。我見自己落在這種困境裡，很後悔自己的所作所為，埋怨自己為什麼要自不量力，說：「唯獨真主至高無上，主宰萬物！我每次出了虎口，就落入狼窩。」

我坐下來，不知道自己該往哪裡去。不久，迎面來了兩個像是出來閒逛的少年，手裡各自拄著一根金杖。我上前向他們問安，他們也回禮，我指著真主祈求他們告訴我，他們是誰？是做什麼的？

他們說：「我們是至高真主的虔誠僕人，住在這座山上。」然後他們給了我一根和他們一樣的金杖，接著轉身離去。

我拄著杖沿著山頂走，思索著兩個少年的行徑。突然，山裡鑽出一條大蛇，口裡銜著一個只露出肚臍以下的人，那人大喊著說：「誰救我脫離這蛇的口，真主會救他脫離一切的危難。」

於是我走上前，用杖擊打蛇頭，牠立刻把那個人吐了出來。我又打了那蛇一杖，牠立刻轉身逃跑了。那人起身上前來說：「既然是你把我從蛇的口裡救出來，我再也不會離開你。在這座山上，你是我的戰友。」

「我很樂意。」我回答，然後我們繼續往前走，遇見一群人，我在他們當中看見那個背著我飛又把我拋下的人。我走過去問候他，向他道歉，說：「吾友，兄弟豈能這樣對待兄弟。」

他說：「你在我背上大聲讚美真主，差點毀滅我們所有的人。」

「真是抱歉，」我回答：「對此我一無所知。如果你願意載我一起走，我發誓一句話都不說。」他可憐我，同意載我一起飛，但是有條件，只要我還在他背上，就不得開口呼喊或讚美真主。於是我將金杖給了那個我從蛇口中救下的人，向他告別，然後跨上朋友的背。他像之前一樣載著我飛翔，一直飛回到城裡，在我家把我放下來。

我妻子很高興我安全歸來，出來迎接我，說：「注意，從今以後別再跟那些人出去，也不要跟他們往來，因為他們是魔鬼的兄弟，不知道至高真主的名，也不敬拜他。」

我問：「那麼父親是怎麼跟他們往來的？」

「我父親跟他們不同類，」她回答：「也不做他們做的事。如今父親已經過世，我想你最好把我們所有的產業都賣了，拿錢買些商品，然後返回你的家鄉，我也與你一起回去。既然我父母都過世了，我對這裡沒有任何留戀。」

於是我一件一件賣了岳父所有的產業，再留意是否有人要前往巴索拉，打算與他同行。

不久，我聽說城中有一群商人有意出海，但是找不到船，於是他們自己買了木料造了一艘大船。我付了旅費，跟他們一起走。我和妻子留下房子和土地，帶著所有家當全部登船，在風和日麗下啟航，前往巴索拉。我們一路順利，在預定的時間裡抵達。我沒有在巴索拉停留，而是立刻找了另一條船前往巴格達。我們安抵家門，與家中的親人重聚，又把所有貨物放入倉庫。當我的親朋好友聽見我歸來，紛紛前來歡迎我，非常高興我平安歸來。我告訴他們這趟航行所有的經歷，他們驚奇萬分，因為我第七次航海，從離家到歸來已經過了二十七年，他們已經完全放棄了希望。

我向至高的真主發誓，無論陸地還是海洋，我從此放棄旅行，因為最後這趟航海冒險令我斷了念頭。我感謝讚美真主，將榮耀歸給祂，因為祂保護我回到家鄉，返回自己的家，回到親友身邊。

就這樣，主人對腳夫說：「陸地上的辛巴達啊，你想想，在我獲得眼前這些榮華富貴之前，我吃過多少苦頭，忍受過多少的艱險和磨難。」

「大人，看在真主的分上，」腳夫回答：「您就原諒我對您的誤解吧。」

此後，他們的友誼一直持續，相處和睦，生活非常快樂又舒適，直到享盡天年，死亡使彼此分離，宮殿淪為廢墟，荒草掩蓋墳冢，榮耀歸給那永生不死的獨一真主！

06 駝背人的故事

從前，巴索拉城裡住著一個裁縫，為人豪爽大方，喜愛有趣的事，又好遊玩和娛樂。他習慣經常帶著妻子外出，去一些消遣遊樂的場所遊玩。

有一天，夫妻二人照常出門，傍晚回家時，在路上遇見一個駝背人，那人的模樣十分滑稽，能讓沮喪者哈哈大笑，悲傷者憂愁消散。夫妻二人上前觀看，接著邀駝背人跟他們一起回家，晚上為他們表演取樂。駝背人同意了，隨他們一起回家。那時天已經黑了，裁縫出門到市場上買了炸魚、烤餅、檸檬和當作甜點的糖漬玫瑰，將食物擺在桌上，請駝背人坐下，三人一起吃飯。

不一會兒，裁縫的妻子拿起一大塊炸魚塞進駝背人的嘴裡，並用手捂住他的嘴說：「安拉在上，你必須一口吞下去，不可以嚼。」於是駝背人使勁吞下，不料，那塊魚裡有一根大魚刺，這一吞，整塊魚卡在駝背人的喉嚨裡，他不但噎住了，並且噎死了。

裁縫看見這情況，大驚失色喊道：「唯獨真主至高無上，主宰萬物！唉，可憐的傢伙，竟然噎死了，而且是死在我們手上。」

「你怎麼還浪費時間做這無用的悲歎？」他妻子說：「難道你沒聽詩人吟過這樣的詩句？」

我何以將時間浪費在無用的悲痛上，

直到發現無朋友幫我承擔？

除了愚人誰會坐在未熄的炭火上，

像個大笨蛋一樣等候不幸？

「那現在該怎麼辦？」他問。

她回答：「快起來，把這駝背人抱在懷裡，我為他蓋上絲巾。然後我們帶著他出門，我會走在你前面。要是路上遇見人，就說：『這是我兒子，我跟他媽媽送他去看醫生，讓醫生為他治病。』」

裁縫起身抱起駝背人出門，夫妻二人走在大街上，他的妻子走在前面不停地說：「兒啊，真主保佑你！你是怎麼染上天花的啊？你身上哪裡覺得痛啊？」

於是，所有看見他們的人都說：「那是個染了天花的孩子啊。」

他們邊走邊打聽哪裡有醫生，直到有人指點他們去一個猶太醫生的家。他們敲了門，有個黑人女僕來開門，看見是一個男人抱著孩子，旁邊跟一個女人，便問：「你們有什麼事嗎？」

「我們有個孩子生了病，」裁縫的妻子說：「我們想請醫生給孩子看看病。這是四分之一個金幣，請你交給你家主人，請他下樓來為我兒子看病。」

女僕將裁縫和他妻子留在前庭，自己上樓去告訴主人。裁縫的妻子對丈夫說：「我們把駝背人留在這裡，趕緊走吧。」

於是裁縫走進屋裡，把死人放在樓梯最上面的那一階，扶他靠牆坐穩，然後跟妻子趕緊離開。

這時，女僕見了主人，對他說：「門口來了一男一女，帶著一個生病的孩子。他們給了我四分之一個金幣，讓我交給您，請您下樓去為那孩子看病。」

那猶太醫生看見四分之一個金幣，非常高興，立刻起身，在黑暗中匆匆下樓。不料他才跨出一步，就讓駝背人絆了一下，把駝背人撞得滾下樓梯，直跌到底。

他大聲喊叫，要女僕快拿燈來。女僕拿來了燈，他舉著燈走下樓梯察看，發現那個駝背人竟然死了。

「唉呀！以斯拉、摩西和十誡啊！」他驚叫道：「亞倫和嫩的兒子約書亞啊[1]！我絆到那個病

1　以斯拉、摩西、亞倫、約書亞都是《聖經》舊約中的人物。遇到禍事呼喊這些人名，類似我們呼喊老天爺。（譯注）

人，害他摔下了樓，沒想到他竟然摔死了！我要怎麼把他的屍體弄出我的家啊？」

猶太醫生想了想，把屍體抱進屋子裡，並把發生的事都告訴妻子。她說：「你還坐在這裡做什麼？等天亮了要是讓人發現屍體還在家裡，我們兩人都會沒命的。我們把屍體搬到屋頂，扔到我們的穆斯林鄰居家去。如果他在那邊待一晚，那些狗會從天台跳下去把他吃了。」

他們所說的鄰居是蘇丹的御膳房總管，他經常帶著大量肥油和碎肉回家，許多貓和老鼠常到他家飽餐一頓，如果狗嗅到肥羊尾的味道，也會紛紛從天台跳下來搶食，因此御膳房總管失去不少他帶回家的油水。

於是，猶太醫生和妻子把駝背人抬到屋頂，從通風井滑進御膳房總管的家，讓屍體正好靠著牆站著，然後夫妻二人就走了。

他們才剛完成，御膳房總管就回來了。

這天晚上，御膳房總管跟一群朋友在一起聽人誦讀《古蘭經》，他回到家，拿著一根小蠟燭走進門，發現牆角的通風設備底下站著一個人。他一見有人，便說：「安拉在上，這次被我逮個正著！原來偷我東西的不是貓狗，是人。」接著他朝那駝背人說：「原來偷我的肥油和碎肉的是你。我一直以為是貓和狗，把附近街坊的貓狗都殺了，犯下不少罪，沒想到是你從通風井下來偷的！我一定要親手報仇。」

說著他抄起一根大木棍，一棍猛打在駝背人胸口，駝背人應聲倒地。他上前察看，發現對方已經死了。他嚇得大聲驚叫，認為是自己把他打死了，喊道：「唯獨真主至高無上，主宰萬物！」接著，他開始擔憂害怕，說：「願真主詛咒那些肥油和羊尾，是那些東西導致這個人死在我手裡！」

他又細看那死人，發現是個駝背，便說：「你當個駝背還不夠嗎？為什麼要來當小偷，偷碎肉和肥油?保護萬物的真主啊，求你施展你的恩典保護我吧！」

接著，他把死人扛在肩上出了門，趁著黑夜來到市場，找了一家位在暗巷轉角的店鋪，把屍體靠著店鋪的牆放下，趕緊轉身就走。

過了一陣子，來了個基督徒，他是蘇丹的代理商，這天晚上喝得酩酊大醉，突然想去澡堂洗澡，而且以為澡堂就在附近。他一路搖搖晃晃，來到駝背人附近，背對著駝背人蹲下來撒尿，左右張望時，正好看見角落裡有個人靠牆站著。

話說，今晚稍早有人搶奪這基督徒的纏頭巾，這時他看見駝背人站在角落裡，以為駝背人躲在那裡也想搶他的纏頭巾。於是他捏緊拳頭，撲過去朝駝背人脖子猛揮一拳。駝背人應聲倒地，他又撲上去掐住駝背人的脖子，在醉酒的憤怒中揮拳痛打對方，同時大聲呼叫市場的守衛。

不一會兒守衛來了，看見有個基督徒騎在一個穆斯林身上，揮拳痛打對方，於是對那基督徒說：「怎麼回事？」

「這傢伙企圖搶走我的纏頭巾。」基督徒代理商說。

守衛說：「快放開他。」

基督徒代理商起身，守衛過去察看駝背人，發現他已經死了，立刻大喊道：「安拉在上，出大事了，一個基督徒殺了一個穆斯林！」守衛立刻抓住那代理商，把他雙手反綁在背後，將他拉到衙門交給督察長，在衙門裡過了一夜。

那個基督徒代理商整夜不停地說：「彌賽亞啊！聖母馬利亞啊！我怎麼會殺了他呢?他一定是急著去見真主，否則怎麼才挨了一拳就沒命了！」隨後，他漸漸酒醒了，恢復了神智。

天一亮，督察長出現，下令把謀殺犯絞死，並吩咐劊子手準備行刑，同時宣布判決。於是，他們豎起絞刑架，把那基督徒代理商帶來站在絞刑架下，劊子手把繩索套在他脖子上，等待一聲令下就要拉緊絞繩，把他絞死。這時，蘇丹御膳房的總管正好經過，得知事情，看見那基督徒代理商即將被絞死，立刻擠過人群對著劊子手說：「住手！住手！那個駝背人是我打死的。」

督察長說：「你為什麼打死他？」

御膳房總管說：「昨晚我回到家，發現這個駝背人從通風井下來偷我的東西，抄起一根木棍打在他胸口，他就死了。於是我把他背到市場，將他放在一個轉角的店鋪，靠牆擺著。我打死一個穆斯林已經夠糟了，絕不能讓自己的良心再背負一個基督徒的死。所以你絞死我吧。」

督察長聽見這話，立刻放了那個基督徒代理商，對劊子手說：「把那個自首的人絞死吧。」

劊子手鬆開套在基督徒代理商脖子上的繩索，套到御膳房總管的脖子上，讓他站在絞刑架下，準備拉緊繩索絞死他。這時，那個猶太醫生推開人群走上前，大聲說：「住手！殺害駝背人的是我，不是其他的人！昨天晚上，我坐在家裡，有一男一女帶著這個駝背人來敲我的門，說他病了，並且給我的女僕四分之一個金幣，吩咐她交給我，請我下樓去為駝背人看病。女僕來稟報我時，那二人進了屋子，把駝背人放在樓梯上就走了。我聽了女僕的通報，準備下樓去看病人，在黑暗中絆到樓梯上的人，他跌下樓梯，當場摔死了。於是我和我太太把他抬到屋頂，從通風井扔到鄰居御膳房總管的家。御膳房總管回到家，以為駝背人是個盜賊，於是把他打倒在地，隨後認為是自己殺了他。我知道自己殺了一個穆斯林已經夠糟了，難道還要存心害死另一個，讓自己的良心不安嗎？」

督察長聽了猶太醫生的陳述，對劊子手說：「放了御膳房總管，絞死猶太醫生吧。」

於是劊子手抓住猶太醫生，將繩索套在他脖子上。不料，那個裁縫擠過人群，走上前來，大喊：「住手！人是我殺的，跟其他人都沒有關係。事情的經過是這樣的：昨天我出門遊玩了一天，傍晚回家路上遇見了這個駝背人，他喝醉了酒，正對著一個小鼓手歡快地唱著歌。於是我把他帶回家，又買了炸魚烤餅，一起坐下來吃晚餐。我太太把一大塊炸魚塞進駝背人的嘴裡，沒想到炸魚堵住了他的喉嚨，把他噎死了。於是，我抱著駝背人和我太太一起去猶太醫生的家，有個女僕下樓來幫我們開門，我對她說：『請把這四分之一個金幣交給你家主人，告訴他門口來了一男一女，帶了一個病人來請他診治。』於是她上樓去告訴主人。她一走，我就把駝背人抱到樓梯最上面那一階，靠牆放好，然後跟我太太趕緊離開。當猶太醫生出來時，絆到了駝背人，使他跌下樓梯，於是猶太醫生以為自己害死了他。」然後他對猶太醫生說：「我說的是實情嗎？」

猶太醫生回答：「是實情。」

裁縫轉過去對督察長說：「放了這個猶太醫生，絞死我吧。」

督察長聽了裁縫的陳述，不禁對駝背人的遭遇大感驚奇。於是他大聲說：「這真是一個應當記錄在史冊裡的故事！」然後他對劊子手說：「放了那個猶太醫生，把這個自首的裁縫絞死吧。」

劊子手抓了裁縫，把繩索套在他脖子上，說：「我一直不停抓這個放那個，真是煩死了，我看到頭來一個也不會絞死。」

話說，那個駝背人原來是蘇丹最喜歡的小丑，蘇丹不能一刻沒有他。所以，當他喝醉了，當天晚上和第二天都沒出現，蘇丹便問朝中大臣，駝背人哪裡去了？

他們回答說：「陛下，督察長發現駝背人已經死了，並下令要絞死謀殺他的人。不過，就在劊子手要絞死謀殺犯時，竟然來了第二個，接著來了第三個和第四個，每個人都說駝背人是他殺的，與別人無關，同時把自己犯罪的經過都報告給督察長知悉。」

國王聽見這話，立刻大聲對一個侍從說：「快去督察長那裡把那四個人都給我帶來。」

於是那侍從趕緊前往行刑的地方，到達時正好看見劊子手要把裁縫絞死，他立刻大聲喊叫，阻止了劊子手，接著宣布國王對督察長的命令。於是督察長帶著裁縫、猶太醫生、御膳房總管和基督徒代理商，以及那個死了的駝背人，一起去面見國王。

督察長走到國王面前，伏身吻地，然後把事情的經過一一詳細稟報。國王聽罷，感到驚奇又有趣，立刻吩咐錄事官用金墨水將故事完整記錄下來。

07

阿里・沙爾和茱穆綠蒂的故事

很久很久以前，在霍拉珊這個地方，有個家財萬貫、黑白奴僕成群的富商，名叫麥吉德丁。他一直以來膝下無子，直到六十歲那年，至高的真主賜給他一個兒子，他為兒子取名阿里・沙爾。男孩逐漸長大，俊美如黑夜中的一輪滿月，成年後，無論從哪一方面來看，他都十分完美。

一日，麥吉德丁得了藥石罔效的重病，他把兒子叫到面前來，說：「我兒，我快死了，我最後的遺願，你一定要遵守。」

「父親，您有什麼遺願？」阿里・沙爾問。

「我兒，」麥吉德丁回答：「我要求你不要與人深交，要避開帶你作惡又危害他人的人。要小心，勿與惡人為伍。惡人就如鐵匠，如果沒被他的火灼傷，也會被他的煙薰壞。你看詩人說得多好：

莫渴望這世間任何一人的愛，
若命運捉弄你，沒有朋友是真誠無偽並可持續一生，
因此我願你獨立生活，不靠任何人幫助。
我給你這樣的忠告，使你得以獲益。

「另一位說：

人是一種潛藏的弊害；
我勸你，不要仰仗他們。
若細看他們的情況，
他們充滿狡詐和背叛。

「第三位說：
人的陪伴對你全然無益，
只會浪費時間在無意義的嘮叨；
因此，饒了你自己，別與他們閒聊，
除非是學習知識、智慧或增補產業。

「第四位說：
若機智者已經證明人類的本性，
我也親自體會過、品嘗過
見過他們的熱情，無非現實
他們的宗教，盡是虛偽。」

阿里．沙爾說：「遵命，父親。還有什麼是我該做的？」

「力所能及，就當行善。」麥吉德丁說：「永遠保持禮貌，伸出援手幫助他人，在任何情況下都要有仁慈的心，因為計畫的事不是永遠都能達成的。詩人說得好：

行善的時機不是時刻都有
行善於你確實容易；
當時機允許時，要趕緊行善，
以免時機錯過，追悔莫及。」

「遵命，父親。」阿里．沙爾回答：「還有呢？」

「要時時敬畏真主，」麥吉德丁繼續說：「他就必會時時看顧你。要懂得節儉，切莫浪費你的錢財；如果辦得到，你就不致匱乏，無須仰人鼻息。須知，人的價值是按他手中擁有的財富而定的。詩人說得好：

如果身無分文，沒有朋友會與我結交，
當我身家富裕，人人都會是我的朋友。
多少仇敵因為錢的緣故做我朋友！
多少朋友因為我無錢而變成對頭！」

「還有呢？」阿里．沙爾問。

「我兒，」麥吉德丁說：「要聽從比你年長者的勸誡，不要急於滿足內心的願望。對比你差的人要懷有惻隱之心，好讓那些比你強的人對你也抱以同情。不要壓迫他人，以免真主讓比你強的人壓迫你。詩人說得好：

善聽他人的意見，勸告會不絕而來；
正確的途徑來自多一個人商量。
一面鏡子只照見人的臉，但是
要照見後腦，他必得再加一面。

「另一位說：
行事當三思，不要急於滿足你的心願。
待人要仁慈，你將被仁慈相待；
你看不見掌控的手，但真主的手高於一切。
壓迫者必然遭到更壞的壓迫。

「還有一位說：
當你握有權力，切莫仗勢欺人；
可悲的壓迫者總有遭到報仇的危險。
你會閉眼安睡，受壓迫者卻輾轉難眠，連連詛咒你，
真主的眼目從不打盹，看清萬事。

「當心飲酒，酒是萬惡之根。酒使人失去理智，使人落入藐視一切的地步。詩人說得好：
安拉在上，我滴酒不沾，故我靈魂
安居我身，我的思想言語受我控制！
我保持清醒，從不讓自己泡在酒缸裡。
我交朋友，只選不醉酒糊塗之人。」

「這就是我對你的要求。」麥吉德丁說：「你要將我的話擺在你面前，願真主代替我看顧你。」

接著他昏了過去，好一會兒無聲無息。當他醒來，他乞求真主饒恕，又做了信仰的宣告，承認至高者的憐憫，隨後壽終正寢。

阿里．沙爾為他哭泣哀悼，開始籌辦他的葬禮。無論老幼尊卑都來打理麥吉德丁，為他淨身裝殮，圍在他的棺架旁唸誦《古蘭經》；阿里．沙爾沒有省錢，喪禮辦得十分隆重。他們為麥吉德丁祈禱之後，將他安葬入土，在墓碑上刻下這些字句：

你是塵土所造，有了生命
學會辯才無礙，說話言詞流利；
之後死亡來臨，歸回塵土，
出自塵土者歸回，確實，你從未變動。

阿里．沙爾按照習俗要求，為父親守喪哀悼；未料，父喪未滿，他母親也在不久之後過世了，他照例如辦父喪一樣，隆重辦了母親的喪禮。之後，阿里．沙爾在父親的店裡繼續做買賣，遵照父親臨終前的囑咐，不與人交往。

阿里．沙爾就這麼獨自過了一年，之後，漸漸有無賴和惡棍來與他結交，他終究步入歧途，成天飲酒作樂，不分晝夜，和他們一起胡作非為。他對自己說：「父親留給我這麼多財產，我不花用，要留給誰？安拉在上，我可不要存著，要像詩人所說的：

如果你用一生的年日
積攢財寶，愈積愈多，
你要何時把聚集儲藏的

用來享樂？」

阿里．沙爾日夜不停地揮霍，直到花光所有的家產，落入淒慘的情況，心裡很煩惱。接著，他賣掉了店鋪、莊園、土地等家產，之後又典當衣物，最後只剩身上穿的一套衣服。終於，他不再醉酒，恢復了理智，落入淒涼的愁思中。

一見鍾情

有一天，阿里．沙爾從清早坐到中午，連一口飯都沒得吃，心想：「我要去找那些我把錢花在他們身上的朋友，說不定他們當中會有人給我今天的飯吃。」於是，他一個又一個把他們找了一遍。不料，每當他敲一個朋友的家門，對方不是閉門不理，就是躲著不肯見他。最後，他餓得頭昏眼花，一路蹣跚來到市場，看見有一大群人聚在一起，圍成一圈在看著什麼。他心想：「這麼一大群人聚在一起在做什麼？安拉在上，我先不走，也過去看看那圈人到底怎麼回事！」

阿里．沙爾擠進人群裡，發現大家在看一個遭販賣的少女。她身高五英尺，身材苗條，面頰紅潤如玫瑰，胸部豐滿，比同齡少女更美麗、優雅、精緻和完美。有詩人如此描述她：

她是按照智者的願望所創造的！
她是按美的標準塑造，不可增減的完美。
她可愛的面貌亦是美好的化身；

害羞裝飾她，驕傲亦甜美地顯現。
她面如晶瑩的滿月，身如窈窕細枝；
她吐氣如蘭，腰身端正，恰如其分。
她彷彿按著模型所造，猶如出水珍珠；
我相信，她的每一分美麗都如明月。

她名叫茱穆綠蒂。

阿里．沙爾看見她，對她的美貌和優雅驚為天人，說：「安拉在上，我不走了，我要看看這姑娘賣多少價錢，知道是誰買了她！」於是他站在其他商人之間，他們知道他繼承了父母龐大的家產，都以為他也有意買她。

不一會兒，販奴掮客站在少女身旁，開始說：「各位富商巨賈，誰要給這位美麗如滿月、燦爛如珍珠的姑娘開個價？姑娘名叫茱穆綠蒂，擅織帷幕，渴望一親芳澤的追求者不計其數。開價吧，首先開價者既不遭罵，也不受責備。」

有位商賈說：「我為她出五百金幣。」

「五百一十。」另一人說。

「六百。」一個藍眼睛、容貌很醜、名叫拉希德丁的老人喊。

「六百一十。」另一個人說。

「我出一千。」拉希德丁又喊。其他商人頓時不再出聲。掮客和姑娘的主人商量了一陣，主人說：「我發過誓，只把她賣給她選上的人。你問她吧。」

掮客走到茱穆綠蒂身邊，問她說：「美如滿月的姑娘，那位商人有意買下你。」

茱穆綠蒂抬眼望了望拉希德丁，見他又老又醜，於是回答：「我不願賣給鬍鬚斑白的人，衰老帶來不吉的困境。我得說，詩人說得好：

一日，我求她一吻，但她嫌我髮白
瞧，我雖有萬貫家財、世間美物；
她以驕傲蔑視的姿態，轉身背對著我說：
『指著那從空無中創造人類的真主，我不願意！』又說：
『現在，按著真主的真理發誓，我無意賣給白髮老者，
難道直到我死，口裡要被塞滿棉絮噤聲？』」

「安拉在上，」掮客說：「你言之有理，你的身價是一萬金幣！」於是他告訴她的主人，她不接受拉希德丁。

主人說：「讓她另外選一個吧。」

另外一個人走上前說：「我願意出同樣的價錢買她。」

茱穆綠蒂看看他，發現他的鬍子是染的，便說：「這個下流無恥之徒，竟將白鬍子染黑？」她故做吃驚狀，唸了以下的詩句：

這是何等場面，在我面前，出現這麼一個人！
安拉在上，這意味著，拿鞋子痛打頸項！
一道差強人意的鬍子，只是讓謊言亂竄

眉毛只是為了綁上扭曲變形的頭巾繩。
你為我的面貌和身段著迷，你以欺騙
偽裝自己，別擔心，無恥之徒；
你將白髮染黑[1]，真是丟臉；
以欺詐的意圖，隱藏顯現之事；
你像個玩木偶的人，白鬍子進門，
黑鬍子出門，全然不自制。

另一個詩人說得多麼好：
她對我說：『我見你染了你的白髮。』
我說：『我只為避過你的視線，
噢你是我的耳朵和眼睛！』[2]
她嘲弄地大笑說：
『這真是可笑啊！
你這麼會欺騙人，連你的頭髮都是個謊言。』」

「安拉在上，」掮客說：「你說得太對了！」
那商人問茱穆綠蒂說了什麼。掮客把詩句唸給他聽，他知道茱穆綠蒂說的沒錯，只得打消買她的念頭。

接著另一個人上前，打算以同樣的價錢買她。茱穆綠蒂看看他，見他只有一隻眼睛，便說：「這人是個獨眼龍，他這樣的人，詩人有話說：

> 莫與獨眼龍為伴，即使只有一日，
> 當心他危害作惡又說謊；
> 如果他有一點良善可取，
> 真主豈會咒他瞎了一隻眼睛。」

於是掮客又帶來另一個出價者，對她說：「你願意賣給這個人嗎？」

茱穆綠蒂看看那人，見他五短身材，鬍子都垂到肚臍了，便說：「他就像詩人所說的：

> 我有個滿臉鬍子的朋友，真主
> 讓他鬍鬚繁茂卻無益，直至——看哪——
> 這鬍子看起來就像隆冬深夜，
> 又長、又冷、又黑。」

「姑娘啊，」掮客說：「你直接看在場的有誰討你喜歡吧，把他指出來，我就把你賣給他。」

於是，茱穆綠蒂朝那一圈商人望去，一個一個仔細打量，最後雙眼落在阿里·沙爾身上。他的目光令她歎息不已，使她對他一見鍾情。因為他容貌俊美，比北方吹來的微風更令人舒服。

---

1 穆罕默德說：「可以改變白髮，但不可染黑。」真信徒接受用指甲花染髮，指甲花會把頭髮染成棕紅色。（培恩注）

2 意思就像：你非常寶貝，如同我的視力和聽力。（培恩注）

茱穆綠蒂說：「掮客，我只肯賣給站在那裡的那個年輕人，他容貌英俊，身材頎長，就像詩人所描述的：

他們向你展示可愛的容顏，
卻斥責神魂顛倒的她。
如果他們想保持我的純真，
就當把俊美的臉遮上。

「只有他能擁有我。」她說：「他的臉頰光潤，他口中的津液甜如樂園中的甘泉；他的目光可醫治疾病，他的魅力使詩人和文學家自歎詞窮，正如有位詩人說：

他口中的津液如酒，他的呼吸
芬芳如麝香；他的牙齒雪白如樟腦。
天使將他從我們的樂園中逐出，害怕
天堂中那墨黑眼睛的少女遭人類誘惑。
眾人為他的驕傲責備他：但是滿月即使託詞不現蹤影，
仍是多麼驕傲，仍在我們眼中獲得垂青。

「他有鬈髮，玫瑰紅的雙頰和充滿魅力的目光，詩人如此描述：

苗條的愛人承諾我擁有他美麗和自由的喜愛；
因此我的心焦躁不安，我仍盼望見到他所見的。

他的眼皮向我保證他的誓言；

但是飽受折磨者如何履行他們的保證？

「另一位說：

他們說：『他臉頰上鬍鬚的手跡，清楚可見。

你怎能傾心於他，滿臉鬍子的他？』

我說：『我請各位，責備完畢，勿再怪罪。

彷彿那是真跡，其實是偽作。

瞧，他雙頰的豐滿處如伊甸園的草地，

有憑記可證，他的雙唇是樂園中的溪流，真實無欺。』」

掮客聽見茱穆綠蒂對阿里．沙爾的魅力所引述的這些稱讚詩句，對她的口才大為驚歎，不亞於驚歎她的美貌和聰慧。

然而茱穆綠蒂的主人對掮客說：「不用驚歎她閉月羞花的美，也不用驚歎她選擇背誦的那許多詩歌。因為，除此之外，她還能背誦榮耀的《古蘭經》的七種讀法，以及真正可靠、令人敬畏的《聖訓》的內容。她能寫七種書體，比大部分飽學之士懂得更多不同的知識。此外，她的雙手勝過金銀，能繡絲綢的帷幔，每一條能賣五十金幣，而且八天就能繡出一條。」

「誰要是能買下她，放在家中做自己的私人財寶，」掮客大聲說：「那人真是太幸福了。」

她主人說：「把她賣給她願意的人吧。」

於是，掮客走到阿里．沙爾面前，親吻他的手，說：「大人，請買下這位姑娘吧，因為她選擇了你。」接著他將她的魅力和造詣都告訴了阿里，又說：「我真為你高興，買下她吧，因為她是真主賞賜給你的厚禮。」

阿里．沙爾低下頭好一會兒，內心嘲笑自己說：「我到現在連早飯都沒著落，還餓著肚子呢，但是在這些商人面前，我又羞於啟齒，說不出自己沒錢買這個姑娘。」

茱穆綠蒂見他低著頭，便對掮客說：「你牽我到他面前去，我好自薦一下，誘他把我買下；因為除了他，我不願意賣給別人。」

於是，掮客牽起她的手，領她來到阿里．沙爾面前，說：「大人，什麼能使你高興？」

阿里．沙爾沒回答他。於是茱穆綠蒂對阿里．沙爾說：「大人，我心所親愛的，你有什麼難處，為什麼不買下我呢？你願意出多少價錢都行，我會給你帶來好運的。」

阿里．沙爾抬起頭來看著她說：「你非要逼我買嗎？你身價高達一千金幣啊。」

「那你出九百金幣就行。」茱穆綠蒂回答。

「不買。」阿里．沙爾回答。

她說：「那八百吧。」接著價錢就這麼一路往下降，一直降到她說一百金幣。

他說：「我連一百金幣也沒有。」

「那離一百金幣你還差多少呢？」她問，忍不住笑起來。

「安拉在上，」阿里．沙爾回答：「我不但沒有一百金幣，我連一個金幣都沒有；而且我也沒有銀幣或銅錢，總之身無分文。所以，你還是去找別的買主吧。」

當茱穆綠蒂知道他身無分文，便對他說：「你牽著我的手，帶我到旁邊無人的小巷子裡，假裝是你想私下察看我一下。」

阿里．沙爾照著做了，兩人來到一條僻靜的巷子，茱穆綠蒂從衣襟裡掏出一個錢囊，裡面有一千金幣，她把錢囊塞給阿里．沙爾，說：「去付給那個掮客九百金幣，把我買下，留著一百金幣供我們日後使用。」

阿里．沙爾按照她吩咐，從錢囊中拿出九百金幣買下了她，然後帶她回自己的家。

我感覺離別在即

當茱穆綠蒂踏進阿里．沙爾家的門，只見屋中空空蕩蕩，不但沒有地毯，連杯盤碗盞都沒有。於是她又給了他一千金幣，說：「現在去市場，用三百金幣購買家具和鍋碗瓢盆，再用三百金幣購買吃的喝的以及一塊絲綢，要帷幔的大小，還有金線、銀線和七種顏色的絲線。」

阿里．沙爾按照吩咐一一辦妥，茱穆綠蒂把家布置起來，接著二人坐下吃飯。隨後，他們一同上床就寢。一整夜，二人擁抱合歡，無盡快樂。正如詩人所說：

與你所愛緊緊相貼，讓嫉妒者全力發洩；
嫉妒者的誣蔑永遠得不到關顧。
看啊，我在睡夢中看見你躺在我身旁
從你鬆弛的雙唇間，甜蜜的泉源流淌。
是的，我承認我所見真實可靠，

我確實能感覺到嫉妒者的惡意。
一張睡床擁抱著一對相擁的愛侶，
沒有比這更優美的景象，能讓雙眼觀看，
彼此被緊擁在對方懷中，籠罩在成雙的快樂中，
手握著手，臂纏著臂，交頸歡暢。
看啊，當兩顆心直接緊密交織在熱情愛欲中，
眾口的斥罵如同捶打冷鐵，必然落空。
你，喜愛保證的愛情的信徒，
你能斬除心臟的疾病，或醫治大腦的潰瘍？
你在大好年華時若發現有一人真心愛你，
我想你會為了留住那人而拋棄世間一切。

他們共枕安睡到天亮，彼此對對方的愛已在內心生根。

這天早晨，茱穆綠蒂取出帷幔，開始用金銀及彩色絲線在上面繡花，她將世間所見的飛禽走獸都繡上去，形態各異，栩栩如生。此外，她又為帷幔繡了邊，上面是各種形狀的鳥兒。她繡了八天，整幅帷幔才完工。她將帷幔燙平、捲收整齊，交給阿里．沙爾說：「將它拿到市集上去賣給商人，要賣五十個金幣。不過要當心，別把它賣給過路人，否則它將導致我們分離，因為我們有敵人，他們不會忽略我們的。」

「遵命。」阿里．沙爾回答，接著便前往市場，如同茱穆綠蒂所吩咐的，將帷幔賣給一位商人。

錢帶回去給她。

然後他像前一次一樣，又買了另一幅帷幔和金銀絲線，以及他們所需的食物，將這些東西及剩餘的

他們就這麼過了一年，茱穆綠蒂每八天繡出一幅帷幔，阿里．沙爾拿出去賣五十個金幣。一年過後的某一天，阿里．沙爾帶著一幅帷幔來到市場，將它交給一個掮客。這時，來了一個基督徒，要用六十金幣買那幅帷幔，但阿里．沙爾拒絕了，那個基督徒於是把價錢愈加愈高，最後加到了一百金幣，並且賄賂那個掮客十金幣，讓掮客說服阿里．沙爾賣給他。

掮客回來找阿里．沙爾，告知價格，並極力慫恿他接受，說：「大人，別怕這個基督徒，他不會對你造成危害的。」旁邊看熱鬧的商人也都叫他接受這個價錢。於是，阿里．沙爾雖然心裡擔憂，卻還是把帷幔賣給那個基督徒，拿了錢，返回家去。

不久，阿里．沙爾發現那基督徒跟在身後，對那人說：「喂，你這個基督徒，為什麼緊跟著我？」

「大人，」對方回答：「我要到這條街那頭去辦點事，願真神使你永遠沒有缺乏！」

阿里．沙爾往前走，但是當他走到家門口，那個基督徒趕上他，來到他面前。於是他說：「你這討厭的人，為什麼我走到哪裡你就跟到哪裡？」

「大人，」對方說：「請給我一杯水吧，因為我很渴；至高的真神會回報你的！」

阿里．沙爾心裡想：「老實說，這是個外地人，他只是跟我要一杯水。安拉在上，我不會叫他失望的！」於是，他走進家門，拿杯子裝了一杯水。

但是茱穆綠蒂看見他，對他說：「親愛的，你把帷幔賣掉了嗎？」

「賣掉了。」阿里．沙爾回答。

「賣給商人，還是賣給過路人？」她問：「因為我心裡感到離別在即。」

「當然是賣給商人。」他回答。

可是她說：「告訴我真相，我也好預先做個準備。你為什麼拿著一杯水？」

「拿水給捐客喝。」他回答。

然而她大聲宣告說：「唯獨真主至高無上，主宰萬物！」接著唸了以下這首詩：

你這尋求離散的人啊，站住你的腳步。
讓擁抱和親吻不欺騙你的心靈。
溫和一點，因命運的本質是欺騙
離別是歡愛的終點。」

阿里．沙爾拿著杯子出去了，發現那個基督徒已經進門站在門廊裡，便說：「你這狗崽子，好大膽子，竟然沒有經過我同意就進到我門裡來？」

「大人，」他回答：「站在門口和站在門廊這裡並沒有差別，除了出門，我不會再跨一步。我有義務感謝你的仁慈。」他接過杯子一口喝完，然後還給阿里．沙爾。

阿里．沙爾接過杯子，等他走，但是他一動也不動。於是阿里．沙爾說：「你為什麼還不走？」

「大人，」那個基督徒回答：「你不要做了好事之後，又斥責人，不要做詩人所說的這種人：

你若尋找那些仗義疏財者，站在他們的大宅前，
他們早已消逝，消逝了！
你若站在那些後來之人的門前，
他們只會吝嗇地給你一杯冷水。」

「大人，」他繼續說：「我喝過水了，現在，請給我一點你家裡有的吃的東西，就算是一個麵餅、餅乾或洋蔥都行。」

「出去，別再說了。」阿里・沙爾回答：「屋裡什麼吃的也沒有。」

「大人，」那基督徒堅持不走，說：「如果家裡什麼也沒有，你拿這一百金幣到市場上去給我們買點吃的吧，隨便什麼糕餅都行，這也算你我之間有鹽和餅的交情了。」

阿里・沙爾聽見這話，心裡想：「這基督徒肯定是個瘋子。我就拿這一百金幣去買個幾毛錢的東西回來，嘲笑他一番。」

「大人，」那基督徒又說：「我只要能填飽飢餓的肚子就行，一塊乾麵餅或一個洋蔥都行。能夠充飢的食物就是好食物，不一定要山珍海味。詩人說得好：

一塊走味的乾麵餅足以驅逐餓火。

為何讓擔憂與悲傷占據我的心靈？

帝王和可憐的乞丐，機會均等，

死神確實公正無私，一視同仁。」

於是阿里・沙爾說：「你在這裡等著，我把客廳門鎖上，然後去市場買些東西回來。」

「遵命。」那基督徒說。於是阿里・沙爾關上客廳的門，用掛鎖鎖上，把鑰匙放進口袋裡。然後前往市場，買了油炸奶酪、新鮮蜂蜜、香蕉和餅，帶回來給基督徒。

對方看見這些東西，說：「大人，你買太多了，這些東西足夠十個人吃，我只有一個人。要不然，你和我一起吃吧。」

「你自己吃吧，」阿里．沙爾回答：「我吃飽了。」

「大人，」那基督徒說：「智者說：『不陪客人吃飯的，是出身低賤的吝嗇鬼。』」

阿里．沙爾聽到這話，只得坐下來陪他吃了一點，心想我只吃兩口就停手。不過，就在他沒注意的時候，那基督徒拿了一根香蕉，剝了皮，掰成兩截，在其中一半裡面塞進天仙子和鴉片混合而成的強烈麻醉劑，那劑量足以麻醉一頭大象。他把那半根香蕉沾了蜂蜜，遞給阿里．沙爾，說：「大人，我指著你的宗教發誓，請嚐嚐這個吃法。」

阿里．沙爾不好意思讓對方不守誓言，於是接過那半截香蕉，隨便一嚼囫圇吞下。香蕉還沒落到肚子裡，他就倒在地上不省人事，彷彿酣睡了一年。那基督徒見此情景，立刻起身，像一隻脫去偽裝的狼，從阿里．沙爾的口袋裡掏出客廳的鑰匙，出門就跑，留下倒在地上人事不知的阿里．沙爾。

原來，這基督徒是當初想用一千金幣買下茱穆綠蒂的糟老頭的弟弟，當時茱穆綠蒂不願賣給他，在言語上奚落了他。他外表雖是穆斯林，但內心其實是個異教徒，自稱拉希德丁。茱穆綠蒂嘲弄他，不接受他做主人，他回去向弟弟抱怨，他弟弟就是這個基督徒，名叫貝爾蘇姆。

貝爾蘇姆說：「你別為這件事煩心。我會想辦法把她弄來給你，不花你一毛錢。」

這貝爾蘇姆是個詭計多端的妖術師，他等候時機到來，對阿里．沙爾玩了把戲，然後取了鑰匙，去拉希德丁家把事情經過告訴哥哥。拉希德丁聽了，立刻跨上騾子，帶著家中奴僕直奔阿里．沙爾的家。拉希德丁還在懷中揣上一千金幣，萬一碰上督察長時可用來賄賂。拉希德丁拿鑰匙打開客廳的門，隨行的奴僕立刻衝進去抓住茱穆綠蒂，威脅她若叫喊就殺了她。不過，他們沒有拿走屋中其他東西，走的時候還把鑰匙丟在阿里．沙爾身旁，讓他繼續躺在門廊，然後關上門離開。

拉希德丁把茱穆綠蒂帶回家，丟進他的妻妾婢女當中，說：「小婊子，我就是那個你奚落和拒絕的老人，但是我今天不花一分錢就把你弄到手了。」

「邪惡的老傢伙，你拆散我和我丈夫，」茱穆綠蒂淚眼汪汪地說：「真主會讓你得到報應的。」

「你這肆無忌憚的小娼婦，」拉希德丁說：「讓你看看我會怎麼懲罰你！我指著彌賽亞和童貞聖母發誓，除非你服從我並改信我的信仰，否則我會使盡一切手段折磨你！」

「安拉在上，」茱穆綠蒂回答：「就算你把我砍成十七、八塊，我也不會背棄我的伊斯蘭信仰！但願至高全能的真主讓我速死，如同智者所言：『寧可身體受傷，不使宗教受創。』」

於是老人喊來家中男僕婢女，說：「把她給我推倒在地！」他們把她推倒在地，老人狠狠地抽打她，她不斷哀嚎求救，但是沒有人救她，於是她默唸說：「我有真主就足夠了，真主就是一切！」最後支撐不住，昏死過去。

當老人終於打夠了，對奴僕說：「抓住她的腳把她拖到廚房去，不准給她東西吃。」他們遵從他的吩咐。到了第二天早晨，那可惡的老人又來把她痛打一頓，吩咐奴僕把她扔在原地。

茱穆綠蒂等到身上的疼痛消退一些之後，說：「唯獨真主是神，穆罕默德是祂的使徒！真主是我的一切，無人可與祂相比，我唯獨信靠祂！」然後她呼喊真主的使者穆罕穆德，向他求救。

老大娘伸出援手

阿里．沙爾昏睡到第二天，麻醉劑從體內和腦中消退之後，終於醒了過來。他大聲喊：「茱穆綠蒂！」但是沒有人回答他。他進到屋裡，發現「整個地方空空蕩蕩，毫無人跡」。於是他明白過來，是那個基督徒對他使了詐。他悲哀痛哭，流淚唸道：

啊，命運，你沒饒過我，也未將我逼死。
看啊，我的靈魂遭悲傷和怨恨折磨！
噢我的主人啊，可憐一個卑微的奴隸吧，
愛情與它的不公使得富人也貧困。
是什麼出賣了弓箭手的本事？當敵人逼近，
他的弓弦斷裂，拋下他在戰鬥中全然無助。
當人苦惱壓身並加劇，
啊，他該逃離命運嗎？
我多麼小心翼翼提防著別離阻絕我們！
然而，當命運降臨，它使最銳利的眼睛失明。

接著又啜泣著唸道：

她的蹤跡如優雅的長袍落在營地的沙上，
悲傷者渴望前往她曾經居住的地方。
她轉向出生之地；她內心的帳棚升起
渴望，如今它的殘骸散落四處。
她停下腳步並詢問那地；但事實的舌頭

回答她：「我相信，團圓無望。
這如同帳棚上方一道閃電照亮、消逝，
隨後無影無蹤，就如你驟然出現，不復再見。」

阿里．沙爾哭著撕裂自己的衣服，懺悔自己不聽茱穆綠蒂的吩咐，導致這樣的結果，但是懺悔也沒有用。隨後，他一手握一塊石頭，在城裡四處走，邊走邊用石頭捶打胸口，喊道：「茱穆綠蒂啊！」很快就有一群小孩圍過來跟著他，喊著：「瘋子！瘋子！」

所有認識他的人都流下同情的眼淚，說：「這不是阿里．沙爾嗎？他出了什麼事？」

阿里．沙爾就這麼哭嚎遊走了一整天，當黑夜來臨，他在街角隨便躺下，睡到第二天早晨。第二天，阿里．沙爾依舊握著石頭在城中遊走，直到日暮黃昏才回自己家裡過夜。他的鄰居當中有個善良的老大娘見到他的情況，對他說：「我兒，真主保護你！你什麼時候開始發了瘋？」

阿里．沙爾唸了以下這首詩回答她：

他們說：「你一定是為了你所愛的她發了瘋。」
我回答：「的確，生活的甜美屬於瘋狂一族。
把我為之發瘋的她找回來，我的瘋狂便離我而去；
若她能治好我的瘋病，就別為我的情況責怪我。」

老大娘知道阿里．沙爾是因為失去了愛妻才變成這副模樣，便說：「唯獨真主至高無上，主宰萬物！我兒，我要你把你痛苦憂傷的這件事全說給我聽。如果真主喜悅，或許祂會讓我幫助你對抗它。」於是阿里·沙爾把發生的事都告訴她。

老大娘聽了之後說：「我兒，你確實有理由發瘋。」她雙眼中充滿同情的淚水，唸了以下的詩句：

我們的世界裡確實充滿折磨，真心相愛者為此受苦；
靠著真主，地獄不該折磨他們，以免他們死亡！
他們寧為愛而死，以隱藏他們貞潔的愛；
他們就像傳統的所見證的殉道者。

她說：「我兒，你現在去幫我買個裝珠寶首飾的籃子，再買些戒指、手鐲、項鍊、耳環及其他女人的首飾，別捨不得花錢。把這些東西拿來給我，我會頂著這一籃首飾，挨家挨戶去兜售，趁此機會尋找你的妻子，直到我獲得她的消息。願至高的真主成全這事。」

阿里·沙爾聽了她的話很高興，親吻她的手，接著立刻出門，迅速買回所有她要求的東西。老大娘起身換了一件有補丁的衣服，又蒙上一條黃面紗，取過枴杖，將籃子頂在頭上，出門去了。

老大娘一個區接一個區、一條街接一條街，挨家挨戶不停兜售，直到真主領她來到那可憎的基督徒拉希德丁的家。她聽見屋裡有呻吟的聲音，於是敲敲門。有個女奴前來開門，向她問安。老大娘說：「我有些好東西要賣，你家裡的姑娘有人願意買嗎？」

「有。」女奴回答，然後領老大娘進屋，請她坐下。家中所有的婦女都出來圍著她，每個人都買了點首飾。老大娘對她們說話很和氣，又讓她們討價還價，賣得便宜，因此她們都很喜歡她，因為她嘴甜又好說話。過了一會兒，她四處張望想看看是誰在呻吟，隨後就看見了茱穆綠蒂，她認得她，見她趴在地上十分淒慘。老大娘忍不住落淚，問那些姑娘說：「姑娘們，趴在那裡的那個姑娘，為什麼那麼慘？」

她們告訴老大娘發生的事，說：「這真不是我們的意思；是我們的主人命令我們打她。現在他出門旅行去了。」

「姑娘們，」老大娘說：「我對你們有個請求，請你們給那可憐的姑娘鬆綁，等你們知道主人快回來了，再照樣把她綁上吧。你們這麼做，真主會報答你們的。」

「好吧，我們聽你的。」她們說。隨即過去給茱穆綠蒂鬆綁，還給她東西吃，又給她水喝。

老大娘說：「要不是我來你們這裡之前摔了一跤，還不會到你們家來呢！」然後她走到茱穆綠蒂跟前，說：「女兒啊，振作起來。真主一定會拯救你的。」接著她壓低聲音，悄悄告訴茱穆綠蒂，她是阿里．沙爾派來的，並要她晚上留意動靜，說：「你主人會在門廊下的長凳上等你，對你吹口哨。你要是聽見了，就以口哨回應他，然後從窗戶垂下一條繩子，攀著繩子下去，他會帶你離開。」

茱穆綠蒂謝過老大娘。老人告辭離開，回去見阿里．沙爾，將自己做的事告訴他，說：「今晚半夜時分，你到那可憎的人家去，吹個口哨，她就知道你來了，她會回應你。你要站在二樓的窗戶底下，她會把自己垂下來，你就趕緊帶著她遠走高飛吧。」

阿里．沙爾感謝老大娘盡心盡力的幫忙，邊流著淚邊唸了以下的詩：

讓審查者停止責備，放下他們的碎嘴吧。
我的身體憔悴，我的心疲憊又淒涼；
拋棄與悲傷的眼淚，謹守著
從古傳下的教誨，不曾偏離。
你的心完整，不曾遭遇我所忍受的

悲傷和憂愁，少爭論也別質問我的狀況。
一個嘴唇甜美的姑娘，腰肢柔軟，身材豐滿，
她的溫言軟語馴服我心，啊，她優雅的步態。
從你走後，我心不知何為安歇，我眼不知何為安睡，
我所抱持的希望不得滿足，也毫無耐心。
是的，你留給我無盡悲傷，使我成為渴望的俘虜，
在嫉妒者和憎恨者之間惶惑，全然孤獨惆悵。
至於遺忘，我不認識它，也不想認識；
或遲或早，唯獨你進入我的心思。

接著他長歎一口氣，又流著淚唸：
願真主善待那給我帶來消息的人，你來了！
自我出生以來，從未聽過比這更令人高興的消息。
若他願意接受這舊衣作為酬謝，我願意提供給他
一顆在離別時毀成碎片的心。

阿里．沙爾等到半夜，出門去到那個基督徒的家，看見一切正如老大娘所描述的，於是在牆下的長凳坐下。由於出事後他情緒起伏激烈，日夜不得安睡，這時瞌睡來襲，他抵抗不住，像醉漢一樣昏睡過去。但榮耀的真主是不打盹的！

意外的轉折

碰巧這天城裡來了一個盜賊，晚上在城中四處潛行，要找地方下手，正好看上了拉希德丁的家。他繞著房子走了一圈，找不到可以攀爬進屋的地方。這時，他來到那張長凳前，發現睡在凳子上的阿里．沙爾，於是拿了阿里．沙爾的纏頭巾，纏在自己頭上。

就在這時候，茱穆綠蒂開窗往下望，正好看見站在黑暗中的盜賊，誤認盜賊是自己的丈夫，便對他吹了聲口哨，盜賊也回她一聲口哨。於是她拋下繩子把自己垂下來，還順便帶上滿滿一馬鞍袋的金子。

底下的盜賊看見這情形，心想：「這真是怪事，這裡頭一定有什麼奇特的原因。」不過他二話不說，一把攫過那袋錢，再把茱穆綠蒂往肩上一扛，閃電似地奔離現場。

茱穆綠蒂說：「那位老大娘說，你因為我被搶走而傷心體弱，可是，現在你簡直比馬還強壯啊。」

盜賊沒回答她。於是她伸手摸他的臉，卻摸到一臉粗如澡堂掃帚的鬍子，簡直像一頭吞了羽毛又把羽毛從喉嚨裡吐出來的豬。她嚇一大跳，問他：「你是什麼人？」

「小婊子，」盜賊回答：「老子叫做基旺．庫爾德，是阿哈米德．戴尼夫一黨的。我們一共有四十個兄弟，專靠偷竊為生，今晚要輪流和你共度良宵，直到天亮。」

茱穆綠蒂一聽這話，立刻掩面哭起來，知道命運又玩弄了她一次，她無計可施，只有將自己交在至高真主的手中。因此，她耐下心來，將自己交給真主來決定，說：「世間無神，唯獨真主！我們常常逃出虎口，又入狼窩。」

話說，這個基旺怎麼會出現在那裡呢？原來，他告訴阿哈米德．戴尼夫說：「老大，我去過那個地方，知道城外有個能夠容納四十人的山洞。所以，我先去把我媽媽安置在那山洞裡，然後進城去弄點東西出來，等你們到達時，正好用來孝敬你們。」

「就照你的意思去辦吧。」阿哈米德說。

於是基旺比他們先一步前往山洞，將母親安置好。不過，他出山洞後，發現有個士兵在洞外不遠處睡覺，馬就繫在一旁。他過去殺了士兵，拿了他的衣服和武器，放在安置他母親的山洞裡，又把馬也牽進山洞中繫好。然後他下山進城，尋找下手的機會。夜半時分，他晃到那個基督徒的家，就是我們先前所說阿里．沙爾和茱穆綠蒂約定見面的地方。

這時他扛著茱穆綠蒂，片刻不停，一路直奔回到山洞，然後將她交給母親，說：「好好看著她，我明天就回來。」說完揚長而去。

盜賊走後，茱穆綠蒂心想：「現在是想辦法逃走的時候了。如果等那四十個人都到了，他們一定會輪流折磨我，把我蹂躪成一艘灌滿水的破船。」

於是，她轉向那老太太，說：「大娘，您要不要到洞外透透氣？我可以在陽光下幫您梳梳頭，捉捉蝨子。」

「安拉在上，姑娘啊，」老太太回答：「我已經好久沒去過澡堂了；那群混蛋總是拉著我從一個地方換到另一個地方。」

於是她們出了山洞，茱穆綠蒂幫老太太梳頭和捉蝨子，把她頭上的蝨子一一掐死。老太太覺得非常舒服，不一會兒就睡著了。茱穆綠蒂隨即起身，進入山洞換上被殺士兵的衣服，又把劍繫在腰上，用他的纏頭巾把頭包上，打扮成男人。然後她拿了那一馬鞍袋的金子，翻身上馬，心裡默唸：「仁慈的保護者啊，我靠著榮耀的穆罕默德乞求祢，保護我吧！我若進城，這士兵的同伴一定會看見我，屆時只怕我會凶多吉少。」於是她調轉馬頭，背對城市，騎著馬奔進了曠野。

茱穆綠蒂就這麼奔馳了十天，一路上人和馬都以野地裡生長的野果和溪水充飢。到了第十一天，她來到一座彷若世外桃源、既美麗又安全的城市。此時冬天已帶著寒冷離去，春天降臨這城，玫瑰和橙花盛放，鳥語花香，溪泉湧流。

隨著騎馬接近，茱穆綠蒂看見城門前羅列著軍隊和王公貴族，她十分驚訝，心想：「這城裡的人都聚集在城門前，一定有什麼特別的理由。」她朝他們騎過去。不過，隨著她騎近，士兵們打馬迎上前來，接著在她面前下馬，伏身吻地，說：「願真主匡助你，我們的蘇丹大王！」

接著，王公貴族按著地位排在她面前，士兵也讓百姓列隊歡迎她，說：「真主幫助您，使您前來成為穆斯林的祝福，我們的蘇丹大王！真主選擇您來登基，大王萬歲，您是這個時代的珍珠！」

「城中的百姓，你們是怎麼啦？」茱穆綠蒂問。

王的侍從回答：「安拉對慷慨之人從不吝嗇。祂使您成為這座城的蘇丹，統治這城所有的居民。須知，這城的習慣是，當國王駕崩，沒有留下子嗣，那麼軍隊就到城外安營駐守三日，無論什麼人，從您來的那條路前來本城，我們就擁戴他做本城的蘇丹大王。因此，讚美真主，給我們派來一位俊美的突厥之子當我們的國王。不過，就算來的人不如您，我們也會擁護他做蘇丹。」

茱穆綠蒂是個聰明有見識的女子，聽見這話，她說：「你們別以為我是突厥的平民百姓。不，我乃是名門貴冑，因為不滿我的家人，這才離開他們。你們看，我帶來的這個馬鞍袋裡都是金子，讓我可以在這一路上幫助窮苦的人。」

眾人聽了，連連大聲祝福她，對她的到來都非常歡喜。茱穆綠蒂也喜歡他們，心想：「既然我一下子得到了這樣的地位，也許真主要讓我在這裡和我丈夫重逢。願真主的旨意成就。」

士兵簇擁著茱穆綠蒂進城、下馬，領她前往王宮。文武百官這時圍上前托住她腋下和臂彎將她抬起來，眾人簇擁著將她抬入王宮，把她放在王座上。隨後，群臣和人民在她面前伏身吻地，行禮如儀。接著，茱穆綠蒂吩咐打開國庫，犒賞軍隊，士兵高呼萬歲，祝她的王朝永續不絕，城中的人民和舉國上下都接受她的統治。

茱穆綠蒂就這麼治理了一段時間，發號施令，免除賦稅，釋放囚犯，為百姓伸冤。於是，因為她的慷慨和節制，全國人民都擁護她，對她極其尊敬，並且愛戴她。然而，每當她想起自己的丈夫就忍不住落淚，祈求真主使他們團聚。一天晚上，她又想起他來，想起自己和他共度的美好時光，忍不住流淚唸道：

縱然時光流逝，我對你的思念常新；
我的眼淚接連不斷，灼傷我的眼瞼。
當我哭泣，我為渴望的痛苦而哭；
對一顆情人的心，離散最是痛苦。

她抹去眼淚起身，返回後宮。

茱穆綠蒂給宮女和嬪妃分別規定了住處，配定了她們的生活津貼和養老金，又表明她自己要單獨住在一處，專心於虔誠的信仰。她經常禁食和祈禱，直到王公貴族都說：「這個蘇丹真是太虔誠了。」她也不要人伺候，只留下兩個小太監供她使喚。

茱穆綠蒂就這麼在王座上治理了一年，在這期間沒有聽到任何阿里·沙爾的消息，令她非常悲傷。當她的沮喪日益加深，實在無法忍受，她召來宰相和大臣，吩咐他們找來建築師和工程師，在王宮前方開闢一個廣場，長寬各一帕拉薩格[3]。他們迅速按照她的吩咐去辦。當廣場如她所願建成，她前往察看，他們又為她搭建了一個大帳棚，帳下依序擺放著國王和大臣的座椅。隨後，她吩咐在廣場上擺開桌子，辦起盛大的宴席，邀請文武百官前來赴宴。

等所有人吃喝完畢，茱穆綠蒂對眾人說：「從今天開始，我希望每個月的第一天，你們都在此設宴，然後在城中宣布，所有百姓都要停工歇業，來吃國王的宴席，違反這命令的人，將被吊死在自己的家門上。」

第一次報仇

他們都遵從她的命令。到了下個月初，茱穆綠蒂前往廣場，傳令官也到城中各處大聲宣告，說：「全城百姓，無論大小都要停工歇業，關上你們的店鋪和家門，前往廣場去吃國王的宴席，違反命令的人將被吊死在自己的家門上。」

他們擺桌設宴，人們一群群來到廣場。茱穆綠蒂吩咐他們自己找桌子坐下，他們可以品嚐所有的菜餚，吃到心滿意足為止。百姓紛紛落座，她坐在自己的王座上觀看他們，百姓都覺得她是在看自己而不是別人。群眾開始吃飯，王公大臣對他們說：「盡量吃，不要害羞，你們吃飽國王才高興。」

於是，他們吃到心滿意足才離席，人人祝福國王，又對彼此說：「從來沒見過有一位蘇丹像現

3 parasang，古代波斯的距離單位。（譯注）

在這個如此愛護和照顧窮人。」他們衷心祝福她長命百歲。

茱穆綠蒂返回王宮，對自己的計策生效十分高興，她想：「至高的真主若是滿意，我一定能靠這個方法獲得我丈夫阿里．沙爾的消息。」

第二個月的第一天，茱穆綠蒂照例擺開宴席，人們紛紛結伴前來，在桌前坐下吃飯。她坐在首席的王座上，目光掃視著正在吃飯的百姓，看見了那個向阿里．沙爾購買帷幔的基督徒——貝爾蘇姆。她認出了他，心想：「這是我獲得的第一個安慰，是我將達成的第一個願望。」

貝爾蘇姆走到一張桌子前坐下，和其他人一起吃喝。他看上一盤撒了晶瑩白糖的甜米飯，但那盤甜米飯離他有點遠。於是他強行擠過去，探手把整盤甜米飯拿過來放在自己面前。

旁邊的人對貝爾蘇姆說：「你為什麼不吃你面前的東西？你這樣探身去把那邊的東西拿過來吃，不覺得丟臉嗎？」

貝爾蘇姆說：「我不吃別的，只吃這盤。」

「那就吃吧。」另一個人說：「吃了對你不會有好處的！」

另一個愛抽大麻的食客說：「讓他吃吧，我也分一點來吃。」

「你這抽大煙的倒楣鬼，」剛才第一個說話的人說：「這是給王公大臣吃的東西，不是給你吃的。你別碰，這盤甜米飯該給誰吃的，最好還是就給誰吃。」

可是貝爾蘇姆不理會他說的，直接把手伸進飯裡，抓了一口塞進嘴裡。他正想去抓第二口，一直盯著他的茱穆綠蒂這時開口大聲喊來衛兵，說：「把那個面前擺著一盤甜米飯的男人給我帶過來，讓他不得吃第二口，把他手裡的飯打下來。」

四名衛兵立刻過去打掉貝爾蘇姆手中的第二口飯，把他抓到茱穆綠蒂面前。這時，所有的人都停止吃喝，彼此交頭接耳說：「安拉在上，是他的錯，他不該吃不是給他吃的東西。」

「我啊，」有一個人說：「能吃到面前這碗牛奶麥片粥就很滿足了。」

那個愛抽大麻的食客說：「讚美真主阻止了我去吃那盤甜米飯，我本來打算等那個人吃夠了，我也拿一些來吃，現在我們看看他會有什麼下場。」

他們彼此交頭接耳說：「讓我們看看他會有什麼下場。」

這一邊，茱穆綠蒂對貝爾蘇姆說：「你，藍眼人！叫什麼名字？為什麼到這裡來？」

那纏著白頭巾[4]的可憎的傢伙卻報上假名，說：「陛下，我名叫阿里，是個紡織工人，來這裡做生意。」

「給我拿沙盤和銅筆來。」茱穆綠蒂說。他們給她拿來了東西，她鋪平沙子，拿筆在上面畫了個類似猴子的圖。然後，她抬起頭來，直視著貝爾蘇姆說：「狗東西，好大的膽子，竟敢欺騙本王？你難道不是基督徒，名叫貝爾蘇姆，來到這裡是想幹什麼壞事？快從實招來，否則，我指著榮耀的真主發誓，我會砍了你的頭。」

聽見這話，貝爾蘇姆驚得目瞪口呆，王公大臣和看熱鬧的人都說：「國王竟然懂占卜。讚美賜給他這項才能的真主！」

茱穆綠蒂厲聲對貝爾蘇姆說：「告訴我真話，否則我就要了你的命！」

「陛下萬歲，陛下饒命。」貝爾蘇姆說：「您占卜的結果很正確，僕人我確實是個基督徒。」

在場所有的人都對國王的占卜技能驚歎不已，說：「國王真是個舉世無雙的占卜大師。」

茱穆綠蒂下令剝了那個基督徒的皮，在他的皮囊裡塞進禾草，懸掛在廣場的大門上。此外，她

4 穆斯林才會纏頭巾，在此他假扮成穆斯林。（培恩注）

還下令在城外挖個坑，把他的屍體骨頭扔在坑裡燒了，然後把垃圾倒在他的骨灰上。

「遵命。」他們回答，隨即按她的話把貝爾蘇姆處死了。當群眾看見那個基督徒的下場，都說：「他罪有應得。不過，對他來說，這是多麼倒楣的一口飯啊！」

另一個人說：「我這輩子要是再吃一口甜米飯，就讓我太太跟我離婚。」

「讚美真主！」那個愛抽大麻的人說：「真主藉由阻止我吃那盤飯，拯救我沒步上那個傢伙的後塵！」

隨後他們陸續離開廣場，同時注意自己不要靠近那個基督徒坐過的位子，遠離那盤甜米飯。

第二次報仇

第三個月的第一天，他們照例擺開桌子，茱穆綠蒂國王前來坐在王座上，衛兵羅列在她兩旁，敬畏她、守護她的安全。如同以往，城中百姓紛紛前來，圍著桌子吃飯，他們看著擺著甜米飯的位置，有一人對另一人說：「聽著，哈吉[5]．黑立夫！」

「我洗耳恭聽，哈吉．哈立德。」另一個人說。

「離那盤甜米飯遠一點，」哈立德說：「你可別吃它。你要是吃了，會被吊死的。」

然後他們坐下吃飯。眾人正吃的時候，茱穆綠蒂正巧望向廣場的大門，看見有一個人跑進來。她仔細觀看，認出那人竟是盜賊基旺．庫爾德。

這傢伙會來到這裡，原因是基旺離開母親去和兄弟們會合後，對他們說：「我昨天收穫可大了。

我殺了一個士兵，得到他的馬；昨天晚上進城撈到滿滿一馬鞍袋的金子，外加一個比金子更值錢的姑娘。我把這一切全留在山洞裡，跟我老娘在一起。」

一幫匪徒聽了大為高興，在傍晚時分來到了山洞。基旺先眾人一步進入洞中，打算給大家分配戰利品，但是發現山洞中空空如也，於是趕緊問他母親，老太太把事情的經過告訴他。他聽完猛咬自己的手，後悔地喊道：「安拉在上，我一定要大肆搜索，把那個小娼婦給抓回來，就算她躲在開心果的果殼裡，我也要把她弄到手，一解心頭之恨！」

於是，基旺．庫爾德開始四處尋找茱穆綠蒂，從一個地方走到另一個地方，直到他來到茱穆綠蒂當國王的那座城。進城之後，他發現街上空無一人，於是問了一個正朝窗外探頭察看的婦女，這才知道本城蘇丹立的規矩，每個月的第一天，所有百姓都要到廣場去參加國王的宴席。

基旺．庫爾德直奔廣場，發現所有位子都坐滿了，只剩下那盤甜米飯前有空位。於是他走過去坐下，伸手抓飯。旁邊的人立刻大聲阻止他，說：「兄弟，你這是幹什麼？」

基旺說：「我打算吃這盤甜米飯，吃到飽。」

「如果你吃了它，」另一個人說：「你一定會被吊死的。」

但是基旺說：「你閉嘴，別再說這種話。」接著他伸出手，把盤子拉到自己面前。

坐在基旺旁邊的，是之前提到過的那個愛抽大麻的傢伙，這時他見基旺把甜米飯拉到自己面前，原本因為大麻而暈陶陶的頭腦一下清醒過來，立刻起身逃開，坐到遠處的位子去，說：「我跟那盤甜米飯可沒任何關係。」

---

5 哈吉（Hajji），阿拉伯語，是伊斯蘭教的稱謂，意思是「朝覲者」。凡到麥加朝覲過，又按教法規定完成朝覲功課的男女穆斯林，將被視為信仰虔誠、受人尊敬，因此在名字前冠以「哈吉」的尊稱。（譯注）

基旺把他那烏鴉爪子般的手伸進盤裡，接著像駱駝蹄子一刨，刨起將近半盤的米飯，連盤底都露出來了。他在手中把米飯捏成一顆橘子大小，一把塞進口裡大嚼，狼吞虎嚥地吞下，發出雷鳴似的聲響。

「讚美真主，」他隔壁的人說：「沒把我變成你面前盤子裡的食物，因為你一口就吃掉了半盤。」

「讓他吃吧，」那個抽大麻的人說：「我看他長了一張令人害怕的臉。」接著，轉向基旺說：「吃吧，它對你不會有好處的！」

基旺伸手又抓了一把，先在手中捏成團，這時茱穆綠蒂已經大聲對衛兵下令：「立刻把那邊那個人帶過來，不准他吃手上的飯。」

他們奔過去，一把抓住正朝盤子傾身的基旺，把他帶到國王面前。群眾見這情景都很興奮，彼此互相說道：「他罪有應得，我們警告過他，但是他不聽勸。這位子真是誰坐誰死啊，那盤米飯更是誰吃就要誰的命。」

茱穆綠蒂對基旺說：「你叫什麼名字？是幹什麼的？來這裡有什麼目的？」

「蘇丹陛下，」他回答：「我名叫歐斯曼，是個園丁，來這裡找我遺失的東西。」

「給我拿沙盤和筆來。」他們拿來了，茱穆綠蒂取過筆在沙盤上畫了一會兒，看著圖案好一陣子，然後抬起頭來大聲說：「你這該死的惡棍！竟敢欺騙本王？這沙盤告訴我，你名叫基旺．庫爾德，是個盜賊，專門從事真主禁止的謀財害命、濫殺無辜的勾當。」她大聲對基旺說：「狗東西，快點從實招來，否則我就砍了你的頭！」

基旺聽到這話，嚇得臉色慘白，牙齒打顫，心想說實話也許能保住自己一命，於是回答國王說：「陛下，您說的都對，但我現在在您面前懺悔，願意回歸至高真主的正道！」

茱穆綠蒂說：「我不能在信徒的道路上留下一隻害蟲。」然後對衛兵說：「把他拉下去痛打一頓，然後按照上個月處理那人方式把他處理了。」

他們遵命行事。那個抽大麻的看見這情形，轉身背對那盤米飯，說：「面對著你可是違法的。」

隨後，眾人吃完，各自散去，茱穆綠蒂返回王宮，遣退所有的侍從。

第三次報仇

到了第四個月，他們照例擺設宴席，百姓坐在餐桌前，就等下令開飯。不一會兒，茱穆綠蒂進入廣場，到她的王座上坐下。她望向人群，只見那個擺著甜米飯的桌子還有可以容納四個人的座位，她感到非常奇怪。

就在她環顧全場時，看見有個人從大門跑進來，一路左顧右盼，見每張桌子都坐滿了人，只有那張擺著甜米飯的桌子有空位，於是走過去坐下。茱穆綠蒂看著他，認出他就是那個可憎的、自稱拉希德丁的基督徒。她心想：「設宴請吃飯的計策真是受祝福啊，今天這個異教徒可落網了！」

拉希德丁之所以會來到這裡，過程是有點奇特的。當他旅行結束回到家，家裡的人告訴他，茱穆綠蒂不見了，同時家裡還丟了一馬鞍袋的金子。拉希德丁一聽這話，氣得撕了衣服，又打自己的臉，拔自己的鬍鬚。然後他送信給弟弟貝爾蘇姆，讓他去找茱穆綠蒂。

拉希德丁等了許久都沒有弟弟的消息，厭倦了等待，親自出發去打探弟弟和茱穆綠蒂的消息。命運領他來到了茱穆綠蒂的城市，正好在這個月的第一天進城。他發現街上空無一人，商店都關閉了，問了一個在窗戶邊探頭的婦女，對方告訴他，國王在每個月的第一天設宴招待全城百姓，所有的人都要參加，任何人都不可以待在家中或店鋪裡。人們為他指明到廣場的路。

於是，拉希德丁來到廣場，在那盤米飯前坐下，伸手去拿米飯吃。茱穆綠蒂立刻喊來衛兵，說：「把那個坐在甜米飯前的人給我帶過來。」

他們過去抓住拉希德丁，將他帶到國王茱穆綠蒂面前。茱穆綠蒂對他說：「你這該死的傢伙！叫什麼名字？是幹什麼的？為什麼到這裡來？」

「陛下萬歲，」拉希德丁回答：「我名叫魯斯特穆，我沒有工作，是個窮苦的托鉢僧。」

茱穆綠蒂對侍從說：「給我拿沙盤和銅筆來。」

他們把她要的東西拿來，她拿起筆在沙盤上畫了一幅圖，細看了一陣子，接著抬起頭來對拉希德丁說：「你這個狗東西，竟敢欺騙本王？你名叫拉希德丁，是個基督徒，你表面上是個穆斯林，但內心是個基督徒，你的職業是拐賣坑害穆斯林婦女。快點從實招來，否則我就砍了你的頭。」

拉希德丁吞吞吐吐了半天，才回答：「陛下萬歲，您說得對。」

茱穆綠蒂立刻下令把他推倒在地，每條腿抽一百鞭，身體抽一千鞭。接著她又吩咐剝了他的皮，在皮囊裡塞入禾草，掛在廣場大門上，同時在城外挖個坑，把他的屍體燒了，把垃圾扔在他的骨灰上。衛兵都按照她的吩咐一一辦妥。

茱穆綠蒂讓百姓繼續用餐。他們吃飽了飯，各歸各家，她也返回王宮，感謝真主安慰了她的心，讓那些害她的人都受到了懲罰。她讚美天地的創造者，並唸了以下的詩句：

看啊，那些擁有權力卻用它來壓迫和行惡的！

只一會兒，他們的統治像是從來不曾存在過。

如果他們把權力用於秉公行義，
他們將獲得同樣的回報；
但是他們用來行惡
而命運用天命和傷害獎賞他們。
於是他們灰飛煙滅，這件事給了他們教訓：
「這就是你的罪惡所贏得的。
我相信，命運不當受責備。」

隨後，茱穆綠蒂又想起了丈夫阿里・沙爾，忍不住落淚哭泣。過了一會兒，她振作起來，說：「真主既然把我的仇敵交在我手裡，肯定也會使我很快就和我所愛的人團圓。真主能按自己的意願行事，祂對祂的僕人非常慷慨，總是關心他們的憂慮！」接著，她讚美偉大、握有主權的真主，祈求祂的原諒，將自己交在命運的手中，相信每個啟始都有一個終局，然後唸誦了詩人的詩句：

你當放心，萬事交予命運
大地和海洋，是他雙手所造。
他所禁止的事，都不會發生
他所命定的，無論如何都不失敗。

另一位說：
讓光陰流逝，如它們所列、所展示，

你莫進入絕望之屋。
當這事的探索艱困，常懷信心，
下個時刻給我們帶來關心之事的結果。

第三位說：
在你憤怒和怨恨的時刻你當留心
當厄運臨頭，當有耐心。
時間授胎給黑夜，迅速又優秀，
所有奇妙的事，都將在床上誕生。

第四位說：
抱持耐心，忍耐之中有善；你可從中學習，
你的靈魂應當鎮定，並且莫飲絲毫的痛苦。
須知，若你處之泰然，不屈服，
儘管你必受苦，願或不願，命運之筆都已寫下。

時光匆匆，又過了一個月，茱穆綠蒂白天處理朝政，發號施令，為百姓斷定是非，夜裡暗自哭泣，為自己和丈夫阿里·沙爾分離悲愁不已。

第五個月的第一天，茱穆綠蒂照例吩咐擺開宴席，她坐在首席的王座上，百姓各自落座，等候她下令開飯，大家都避開那個擺著甜米飯的位子。

茱穆綠蒂坐在那裡，兩眼盯著廣場的大門，注意進來的人，同時心裡說：「噢，保護約瑟和雅各、除去約伯的痛苦的真主啊，求祢賜下祢偉大的力量，保護我主阿里．沙爾；因為祢能做萬事！萬物的主宰，指引正途的導師，聆聽所有呼求的真主，回應所有祈禱的真主，噢，萬物的主宰，求祢回應我的祈禱！」

她的禱告還沒說完，就見有個年輕人走進大門。他身形如細嫩的楊柳，是年輕人當中最俊美可愛的，但是神情憔悴，形體消瘦。他走到廣場中，見所有位子都滿了，只剩那盤甜米飯前還有空位，於是走過去坐下。

茱穆綠蒂兩眼緊盯著他，內心怦怦直跳，她認出那人就是她丈夫阿里．沙爾，歡喜得差點大叫出聲。不過，她怕在大庭廣眾下失態，因此竭力控制著自己。儘管如此，她的五臟六腑還是緊緊絞著，心痛萬分，只是她不動聲色，絲毫不流露出自己所受的痛苦。

千里尋妻

阿里．沙爾會來到這裡，經過是這樣的。當他醒來，發現自己躺在那個基督徒家門外的長凳上，頭頂空空的，他知道有人趁他睡著時，搶走了他的纏頭巾。於是，他說了句人們在遭遇無奈時常說的話：「我們屬於真主，也歸回真主！」然後起身回去找鄰居老大娘，敲她的門。

老大娘出來開門，阿里．沙爾哭著告訴她，自己在等人時睡著了。等他醒過來，只得回來把事情的經過告訴她。

老大娘責備阿里．沙爾，斥罵他的不留心，說：「你遭遇這些痛苦和禍事，全都是你自找的。」老大娘不停責備他，罵到他流鼻血，又暈倒在地。當他醒來，睜眼看見老大娘對著他一把鼻涕一把眼淚地哭，他對自己深感悲哀，忍不住唸了以下的詩句：

朋友的分離多麼痛苦，而愛侶的
團圓多麼甜蜜，因離別而悲歎！
願真主看顧他們，使他們都團圓，
我已受夠別離之苦，甚至要死。

老大娘為阿里．沙爾難過，說：「你在這裡好好坐著，我出去打聽消息，盡快回來告訴你。」

「遵命。」阿里．沙爾回答。

老大娘出門離開，直到中午才回來，對阿里．沙爾說：「阿里啊，我恐怕你要傷心到死了；除了隨拉特橋[6]上，你只怕再也見不到你心愛的人了。那個基督徒家裡的人，早上起床後，發現面臨花園的窗戶大開，茱穆綠蒂不見了，跟她一同不見的還有一個馬鞍袋，裡面滿滿裝著基督徒家裡的錢。我過去的時候，見督察長正帶著人守仕門戶，進行調查。唉，唯獨真主至高無上，主宰萬物！」

阿里．沙爾聽完這話，頓時兩眼一黑，活命的指望都絕了，人生唯存一死。他不停地哭，一直哭到又昏了過去。當他醒來，愛和渴望在他裡面痛苦翻攪，終於使他生了一場大病。他在家臥病一年，期間老大娘不斷請醫生來看他，為他熬藥燉湯，直到他逐漸好轉，活了過來。當他回憶往事，不由得唸出以下的詩句：

婚姻離散；取代的，是悲哀將我填滿。
我淚流不止，我心渴望之火燃燒，焦躁不安。
渴望的重量加倍，沒有平安，
愛和失眠的劇痛，他遭受憔悴和壓迫。
真主啊，我懇求祢，難道我再也不得安寧，
請將它賜給我，讓一星生命之火，持續駐留我胸。

第二年轉眼來到，老大娘對阿里．沙爾說：「我兒，你所有的悲傷和痛苦，都不能把妻子帶回身邊。因此，起來吧，振作起精神，走遍各地去找她，也許你能打聽到她的消息。」她不停勸說和鼓勵阿里．沙爾，直到他振作起精神，又帶他去澡堂沐浴，準備酒給他喝，燉雞給他吃，就這麼忙了一個月，直到阿里．沙爾健康強壯起來，整裝出發。

阿里．沙爾走遍各地，不停地四處打聽，直到來到茱穆綠蒂的城市。他來到廣場上，在那盤甜米飯前坐下，伸手就要拿飯來吃。

旁邊的人見此情形，紛紛阻止他，說：「年輕人，這盤飯吃不得，之前吃過的人都沒有好下場。」

「讓我吃點吧，」阿里．沙爾回答：「他們要怎麼對付我隨他們去，或許我可以就此安息，不再過這疲憊的人生。」

6 Es Sirat，真主把隨拉特橋造在火獄的上面，所有人都必須經過此橋才能達到天堂。橋細如毛髮，利如寶刀。若想順利通過隨拉特橋，必須有七種功修，缺一不可。在橋上有七道關口，每道關口都有天使看管，每一關要考問一件功修，清算人們在今世的所作所為。如果能做到七種功修的要求，真主就會幫助順利通過隨拉特橋，進入永久的天堂。（譯注）

然後他吃了第一口飯。茱穆綠蒂想要馬上叫人把他帶過來，但她又想到他可能餓了，便在心裡對自己說：「還是讓他先吃飽吧。」

阿里．沙爾繼續吃，其他的人看了都大驚失色，等著要看他會有什麼下場。

等他吃完，茱穆綠蒂對幾個太監說：「過去那個吃甜米飯的年輕人那裡，帶他過來見我，你們要和顏悅色地對他說：『國王請你過去，有話對你說。』」

「遵命。」他們回答，然後走到阿里．沙爾面前，說：「大人，國王有話對你說，請你放心跟我們來吧。」

「遵命。」阿里．沙爾回答，起身跟著太監。他們領他到茱穆綠蒂面前，眾人紛紛交頭接耳說：「唯獨真主至高無上，主宰萬物！我真好奇國王會怎麼對付他！」

另一個人說：「國王肯定會善待他；因為，國王若要殺他，絕不會等他吃飽了才把他叫過去。」

阿里．沙爾來到茱穆綠蒂面前，向她問安，並在她面前伏身吻地。她也以問候回禮，恭敬客氣地接待他，說：「你叫什麼名字？是做什麼的？為什麼會來到這裡？」

「陛下，」阿里．沙爾回答：「我名叫阿里．沙爾，是霍拉珊的商人之子，我來這裡的目的，是要找一個走失的女奴，對我來說，她比我的視力和聽力都更寶貴，自從失去她之後，我心裡日夜惦念著她。」語畢，他哭起來，直哭到暈了過去。

茱穆綠蒂取來玫瑰水灑在阿里．沙爾臉上，直到他蘇醒過來。

她說：「給我拿沙盤和銅筆來。」他們把東西拿來，她取過筆在沙盤上畫了一陣子，又仔細觀看了一會兒，然後開口說：「你說的是真話。真主會迅速賜你與她團圓，不要再難過了。」

接著，茱穆綠蒂吩咐侍從送阿里．沙爾去澡堂沐浴，之後為他穿上精美的皇家錦袍，讓他騎上國王馬廄中最好的一匹馬，在傍晚時帶他到王宮來。侍從領著阿里．沙爾走了，廣場中的百姓彼此交頭接耳說：「國王對那個年輕人如此客氣，是怎麼回事？」

有個人說：「我不是告訴你們了嗎？國王不會傷害他的，因為他長得英俊。我是從國王讓他吃飽飯這點看出來的。」眾人各抒己見，隨後，他們吃飽散去，各回各家。

至於茱穆綠蒂，她等啊等，覺得夜晚似乎永遠不會來到。當黑夜來臨，她就能和她心愛的人見面了。天一擦黑，她就返回自己的寢宮，讓人以為她即將就寢，其實她是不願意有人在晚上來打擾她。她只讓兩個小太監在外聽候她的差遣。一會兒之後，她派人召阿里．沙爾來，她坐在床上等候。寢宮內，無論她頭上和腳下都點著蠟燭，懸掛著如太陽般明亮的金燈。

當眾人聽到國王傳喚阿里．沙爾入宮，都很驚奇，說：「國王真是迷戀這小伙子，他明天就會任命他做大將軍吧。」大家紛紛猜測，各有各的說法。當他們把阿里．沙爾帶到國王面前，他伏身吻地，開口祝福她。茱穆綠蒂在心裡對自己說：「在我向他表明身分之前，一定要先開開他玩笑。」

於是她說：「阿里．沙爾，你去澡堂沐浴了嗎？」

「是的，陛下。」阿里．沙爾回答。

「那麼過來吧，這兒有雞有肉，有酒還有加了糖的冰凍果子露，先吃喝一頓吧，因為你累了。」茱穆綠蒂說：「吃完了就過來。」

「遵命。」阿里．沙爾回答，然後按照她吩咐的吃了喝了。

等阿里．沙爾吃飽喝足，茱穆綠蒂對他說：「你上床來為我按摩按摩我的腳。」於是他過去按摩她的腳和腿，發現它們比絲綢還要柔軟光滑。

茱穆綠蒂說：「再按高一點。」

阿里・沙爾說：「陛下見諒，我不能按摩到膝蓋以上的部位。」

「你竟敢違抗我的命令？」茱穆綠蒂說：「今晚你要倒大楣了！不，你要是乖乖照我的吩咐去做，我會使你做我的寵臣，任命你做大將軍。」

「陛下萬歲，我必須聽您什麼吩咐？」阿里・沙爾問。

「脫了你的衣服，」茱穆綠蒂回答：「面朝上躺下。」

阿里・沙爾說：「我這輩子從未做過這樣的事。如果你強迫我這麼做，我將在復活的日子在真主面前指控你。請你把賜給我的東西都收回去，讓我返回我自己的家鄉吧。」他哭了起來，十分悲傷。

但是茱穆綠蒂說：「脫了你的褲子，面朝下趴著，否則我就砍了你的頭。」

於是阿里・沙爾照她的吩咐做了。

茱穆綠蒂跨坐到阿里・沙爾背上，他感覺貼上來的身軀比絲綢還滑嫩，比奶油更清新，心裡不禁暗暗地想：「老實說，這個國王勝過天下所有的女子！」

茱穆綠蒂跨騎在他背上一會兒，便翻身躺在床上。阿里・沙爾忍不住自言自語說：「讚美真主！看來他的陽物不舉啊。」

茱穆綠蒂說：「阿里・沙爾，照例，我的陽物得有人用手揉一揉才會挺起，所以用你的手為我揉揉，讓它舉起來，否則我就宰了你。」一邊說著，她一邊拉過他的手，放在自己的陰戶上。

阿里・沙爾發現自己摸到的是個陰戶，並且柔軟如絲綢，雪白、飽滿、滾燙似澡堂，或似慾火不曾滿足的愛人的心臟。

阿里・沙爾心想：「這個國王竟然有陰戶。這真是奇中之奇啊！」這時他的慾望高漲，陽物猛然舉起，又硬又挺。

茱穆綠蒂見了，忍不住大笑，對他說：「大人，都到這個地步了，你竟然還沒認出我來嗎？」

「陛下，您到底是誰啊？」阿里．沙爾問。

她說：「我是你的女奴茱穆綠蒂啊。」

阿里．沙爾聽見這話，確認她的確是他的女奴茱穆綠蒂，他如同猛獅撲羊立刻朝她撲上去，熱烈吻她，擁緊她，接著陽物長驅直入她的聖祠。她與他時跪時叩，時起時坐[7]。她在他懷中不住搖晃顫動，頌讚真主，二人用盡各種姿勢，直到門外的兩個小太監因為聽見聲音，過來窺探。

他們走上前，從帷幔後偷窺，只見國王仰躺在床上，阿里．沙爾騎在他身上，猛烈衝刺，國王嬌喘連連，不住呻吟扭動。他們說：「國王這模樣不像男人啊，看來這國王是個女人。」但是他們守口如瓶，沒有把這件事告訴任何人。

第二天早晨，茱穆綠蒂召聚文武百官與國中顯貴上朝，對他們說：「我打算去這年輕人的家鄉一趟，所以，請你們選出一人來代理朝政，直到我回來為止。」

他們異口同聲回答：「遵命。」

於是茱穆綠蒂收拾行裝，備好旅途所需的乾糧、珍寶、駱駝、驢子等等。然後她和阿里．沙爾一同出發，一路順利回到阿里．沙爾的家鄉。

阿里．沙爾進了家門，施捨周濟，廣行善事。真主賜給他們兒女，二人過著幸福快樂的日子，直到安享天年。願榮耀歸給永恆的真主，讚美祂直到永遠！

7 作者用的都是禮拜的動作詞彙。（培恩注）

08 阿里巴巴和四十大盜

很久很久以前，古代波斯王國的一座小城裡住著兄弟二人，哥哥名叫卡西姆，弟弟叫阿里巴巴。他們父親去世的時候只留下微薄的財產，兄弟二人均分，但是這點錢很快就花完了。

不久之後，哥哥卡西姆娶了一個富商的女兒，當他岳父蒙了全能安拉的召喚，歸返天堂，卡西姆繼承了一家大商店，店內有許多希罕又貴重的商品，倉庫裡也堆滿奇珍異寶，土地裡還埋了許多黃金。就這樣，卡西姆成了全城知名的富商和要人。然而阿里巴巴娶的姑娘十分窮苦，他們住在一個小屋裡，阿里巴巴每天帶著三匹毛驢到森林裡去砍柴，將砍來的柴馱到鎮上去賣，以此為生。

有一天，阿里巴巴在山上砍伐枯枝，收集他需要的乾柴。正當他把柴捆好一一堆在驢背上時，突然看見右前方遠遠有股煙塵滾滾騰空，漸漸朝他而來。當他凝神細看，發現那是一隊行進速度很快的人馬，不久就會來到他跟前。

阿里巴巴內心大驚，害怕那是一幫盜匪，他們要是看見他，肯定會殺了他並奪走他的驢子。阿里巴巴在恐懼中馬上想逃，但眼看那幫人愈來愈近，他不可能來得及逃出森林，於是把馱著木柴的毛驢趕到偏僻小路旁的灌木叢後，自己快手快腳爬上一棵茂密的大樹躲藏。大樹生長在一塊巨大高聳的岩石旁，他坐在樹上能看清下方一切，但底下的人看不見他。

那幫騎馬的人個個年輕、強悍、充滿活力，他們來到岩石前，一起下馬。阿里巴巴定睛細看，很快就從他們的舉止神態確定，這是一群攔路搶劫的強盜，顯然剛剛搶了一個商隊，然後把搶來的戰利品帶到這裡來，打算分贓後妥善收藏。阿里巴巴還留意到，他們一共有四十個人。

那群強盜來到樹下，阿里巴巴見他們下馬把馬拴好，接著全都取下自己的鞍袋，看起來裡面應該裝滿了金銀。當中有個看似頭目的人，這時扛著沉重的鞍袋往前走，穿過灌木和荊棘，一直走到大岩石的某一處，停下來喊了句很奇怪的話：「芝麻，開門！」岩石表面登時開了一個寬闊的門洞。

強盜們魚貫而入，最後進去的是首領，接著門就關上了。

那幫強盜在洞裡待了很長一段時間，阿里巴巴不得不耐著性子躲在樹上，他擔心自己萬一爬下去時正好碰到那夥人出來，他們會抓住他，要了他的命。最後，就在他決定要下去偷一匹馬，騎馬趕著毛驢回去時，山洞的門突然打開，強盜頭目第一個走出來，然後站在門口盯著自己的手下，清點一個接一個走出來的人數。最後，他又說出那句神奇的暗語：「芝麻，關門！」那道門隨即關上。他們集合，經過頭目檢查之後，各自將鞍袋甩上馬鞍，然後翻身上馬，全員準備妥當，在頭目的率領下朝著來時的方向揚長而去。阿里巴巴留在樹上看著他們離開，直到他們全數看不見蹤影才下來，以免他們有人半路回頭發現了他。

他走到岩石前，心想：「我也要來試試這神奇的暗語，看看在我的命令下，門會不會打開又關上。」於是他大聲喊：「芝麻，開門！」大門應聲而開，他走了進去。

眼前是個極大的穹頂山洞，洞頂比一個成人還高，整個山洞是鑿出來的，光線和空氣穿過洞頂岩石上的通氣孔和圓孔透進來。阿里巴巴本來以為這個強盜窩會一片昏暗，未料光線不差。他驚奇地發現，整個山洞裡，從地面堆到洞頂堆滿了一捆捆的絲綢、織錦、繡花衣裳，以及一堆又一堆五顏六色的地毯。他還看見數不清的金幣和銀幣，有些直接堆在地上，有些裝在皮袋或麻袋裡。看見這麼多的物品和錢財，阿里巴巴內心斷定，這絕不是三、五年間的積蓄，必是一代又一代的強盜把搶來的財物都堆積在這裡，才有這等規模。

當阿里巴巴進到洞裡，門就自動關上了，但他不著急，因為他已經記住那句暗語。阿里巴巴沒去留意自己周圍那些珍貴的物品，而是全神貫注在那一袋袋的金幣上。他估算毛驢所能載負的最大的量，接著搬運足量的金幣放進毛驢背上的籮筐，上面再覆蓋木柴和枯枝，這樣就不會有人看見那些錢袋，以為他像平常一樣運著木柴回家。隨後他喊：「芝麻，關門！」門應聲關閉。這門是只要有人唸出暗語就會開啟，人進入山洞後，它就會自動關上。當人要從裡面出來時，得先唸開門的暗語，等出來後必須喊：「芝麻，關門！」門才會關上。

當阿里巴巴把毛驢裝載好，立刻趕著牠們全速進城返家。他把毛驢趕進院子裡，關上外面的大門，才把籮筐上的木柴拿下來，然後把一袋袋金幣拿進屋裡去給太太。

她先摸摸袋子，接著打開，發現裡面全是金幣，不禁懷疑阿里巴巴是不是去搶劫，開始痛斥他怎麼可以去做壞事。

阿里巴巴說：「我可沒去當強盜。難道你沒和我一樣，為我們的好運高興嗎？」接著，他就把今天的冒險都告訴她，同時把一袋袋金幣倒在她面前，堆成一座小山。那些金子讓她閃花了眼，他講的冒險故事也令她高興無比。

接著，她開始數那些金幣，但阿里巴巴說：「傻女人，這麼多金幣怎麼數得完？我這就去挖個坑，把這些財寶藏起來，免得有人知道這個祕密。」

她說：「你說得對！不過我還是要把這些錢秤一秤，知道大概有多少才好。」

阿里巴巴回答：「隨便你，不過要注意，別告訴任何人。」

於是，她匆忙趕到卡西姆家去借秤和秤鉈，用來秤金幣，以便估算它們的價值。可是她沒找到卡西姆，於是對他太太說：「請把你家的秤和秤鉈借我用用吧。」

她嫂嫂回答：「你需要大的還是小的秤鉈？」

她回答：「我不需要大的，小的就行。」

她嫂嫂說：「你在這裡等一會兒，我去找你要的大小。」

卡西姆的太太用這個藉口進到裡面的房間，偷偷在秤盤和秤鉈上抹上蠟油，這樣一來，她說不定能知道阿里巴巴的太太要秤什麼東西。她相信無論用這秤量什麼，總會有一點黏在蠟油上，這樣她就可以滿足自己的好奇心。

阿里巴巴的太太不疑有他，帶著秤和秤鉈回家，開始秤那些金幣，阿里巴巴則開始挖坑。等到金幣全都秤完，他們把錢搬到挖好的坑裡，再小心地填土掩蓋。隨後阿里巴巴的太太把秤和秤鉈拿回去還給嫂嫂，完全不知道秤鉈底部黏住了一枚金幣。

當卡西姆的太太看到金幣，又嫉妒又憤怒，自言自語說：「什麼！他們竟然借我的秤去秤金幣？」同時非常驚訝，阿里巴巴那麼窮，怎麼會有那麼多金幣，多到竟然要用秤來量？她思前想後，花了很長時間的細細琢磨這件事，等先生卡西姆傍晚回到家，她立刻說：「當家的，你一直以為自己富甲一方，錢財多得不得了，我告訴你，並沒有！你弟弟阿里巴巴富如王侯，遠遠比你更有錢。他堆積的金幣多到要用秤去秤，而你的錢只要用手數就夠了。」

「你怎麼知道？」卡西姆問。於是他太太把借秤和秤鉈，又發現秤鉈黏著金幣的事全都說了一遍，又把金幣拿出來給他看，金幣上鑄有某個古代君王的名號。

卡西姆禁不住滿腔的嫉妒羨慕和貪念，整夜都睡不著，第二天一早就起床到阿里巴巴家去，說：「弟弟，你表面上看起來一窮二白，實際上卻富可敵國，金幣多到要用秤來秤。」

阿里巴巴說：「你在說什麼？我聽不懂。你把話說明白吧。」

卡西姆大發雷霆說：「別佯裝聽不懂我在說什麼，以為可以騙過我。」說著掏出那枚金幣，吼道：「你有成千上萬這樣的金幣，碰巧有一枚黏在秤鉈底下被我老婆發現了。」

阿里巴巴這才明白卡西姆和他太太為何知道他藏有金幣，同時心裡想，如今要守住不說是不可能了，那樣一定會招來惡意和不幸，因此把有關那夥強盜和山洞裡藏著財寶的事全部告訴哥哥。

卡西姆聽了之後大聲說：「我要知道你講的那個藏寶山洞的確切地點，還有那句開門和關門的暗語。我先警告你，你要是有半句假話，我就去官府告你私藏金幣，屆時你的錢財會被沒收一空，人還要被抓去坐牢。」

阿里巴巴當下就把山洞的地點，包括暗語，全告訴了他。卡西姆聚精會神聽了所有這些細節，第二天就帶著他雇用的十匹騾子出發，按著阿里巴巴所說的找到那個地方。當他來到那塊大岩石前，看到旁邊那棵阿里巴巴藏身的大樹，確定了門的位置，歡喜地大喊：「芝麻，開門！」

大門立刻打開，卡西姆大步邁入，看見裡面堆滿金銀珠寶，到處都是。不過，當他一進入山洞，門就像之前一樣立刻關上了。他在財寶堆中走來走去，內心狂喜，目眩神迷，等他看夠了以後，開始把一袋袋的金幣搬到門邊，足足搬了能裝滿十匹騾子的量，打算搬出洞後讓騾子馱回家。

大麥，開門！

然而，因為全能安拉的旨意，卡西姆忘記了那句奇妙的暗語。他站在門前大喊：「大麥，開門！」門動也不動。他大吃一驚，慌張糊塗起來，接著開始把所有他能想到的各類穀物的名稱全都喊了一遍，就是沒喊芝麻，這名稱從他記憶裡被抹掉了，就像從來沒聽過似的。他焦急地在洞裡不停來來回回踱步，既惱火又糊塗，全然顧不得那些堆在門口的金幣了。不久之前還充滿他雙眼、令他滿心雀躍的財寶，此時已變成他苦不堪言的根源了。

未料，正午時分，那群強盜循上次那條路回來了，他們遠遠看見山洞入口旁散著一群騾子，紛紛覺得奇怪，心想怎麼會有騾子在這裡？由於卡西姆疏忽，沒把騾子的腿綁住，牠們全散了開來，在林子裡四處吃草。不過，那些強盜沒看那麼仔細，也沒去把牠們牽來綁好，只狐疑牠們怎麼會從鎮上跑到這麼遠的地方來。這一夥人很快來到山洞前，頭目和眾強盜紛紛下馬，走到門前，唸了暗語，大門豁然開啟。

另一邊，卡西姆在洞中聽見有馬蹄聲傳來，愈來愈近，不禁嚇得跌坐在地上，內心知道來的是那些強盜，他們一定會殺了他。不過，想明白後他倒是振作起來，鼓足勇氣，打算門一開就往外衝，希望運氣好，能夠死裡逃生。只是他運氣不好，往外一衝，正好跟站在眾人之前的強盜頭目撞個正著，整個人仰天跌在地上；站在頭目身邊的強盜立刻抽刀，一刀把卡西姆砍成了兩半。

強盜紛紛奔進洞裡，把卡西姆搬到門口準備帶走的一袋袋金幣搬回洞內放好，也發現洞裡少了阿里巴巴搬走的錢，但是他們沒在意，而是非常困惑和驚訝，怎麼會有陌生人發現這個地方，還進了山洞。他們都知道，進來的人不可能是從天窗掉下來的，岩石表面高聳陡峭，十分光滑，不可能有人攀得上去，但是來人除非知道暗語能夠開門，否則進不來。他們想不明白，一氣之下把卡西姆的屍體砍成四塊，兩塊掛在門內右側，兩塊掛在左側，以此警告膽敢進到山洞裡來的人。隨後，他們全出了山洞，關上門，騎馬揚長而去，繼續攔路搶劫的營生。

天黑了，卡西姆沒有回家，他太太心裡非常不安，匆匆趕到阿里巴巴家，說：「弟弟，卡西姆還沒回來。你知道他去了哪裡？我害怕他出了什麼不幸的事。」

阿里巴巴也猜到哥哥恐怕遭遇了不幸，讓他回不了家。無論如何，他還是用寬心的話安慰嫂嫂，說：「嫂嫂，卡西姆或許考慮周詳，要避免直接進城，所以繞了遠路，以至於到現在還不見人影。

我相信這是他到現在還沒回來的原因。」

卡西姆的太太得到安慰，心裡比較定了，於是回家去等丈夫歸來，但是左等右等，到了半夜都不見人影。她心急如焚，又害怕放聲哭泣會引起鄰居注意，過來關心她並發現祕密，因此只能悄悄啜泣，責怪自己，自言自語說：「我為什麼要嫉妒阿里巴巴，又告訴他這個祕密？結果發生這樣的後果，給我自己招來這樣的不幸。」

她就這麼哭了一夜，第二天一早又匆匆忙忙跑到阿里巴巴家，求他趕緊去找他哥哥。阿里巴巴安慰她一番，立刻帶著毛驢出發到森林裡，不久就來到岩石前，看見新近灑落的斑斑血跡，但不見哥哥和十匹騾子的蹤影，種種跡象讓都他感覺凶多吉少。他走到門前，說：「芝麻，開門！」隨即走進去，接著便看見卡西姆的屍體，兩塊掛在門右側，兩塊掛在左側。

這景象把阿里巴巴嚇得魂飛魄散，但他依舊硬著頭皮取下屍塊，拿兩塊布包裹起來，放進驢背上的籮筐裡，又蓋上木柴枯枝，掩藏妥當。接著他又取了好幾袋金幣放在另外兩匹毛驢的籮筐裡，同樣小心掩蓋妥當。等一切都處理妥當，他唸出暗語關上門，再小心謹慎地趕毛驢下山，繞了點路，全程警戒地回了家。

阿里巴巴將載著金幣的毛驢帶回家交給太太，吩咐她趕緊把這幾袋錢埋藏起來，但是沒告訴太太發生在哥哥卡西姆身上的事。接著他把載著屍體的毛驢趕到嫂嫂家，輕聲敲了門。

卡西姆家裡有個非常聰明伶俐的女奴，名叫莫爾吉娜。她輕輕開門，讓阿里巴巴和毛驢進了前院，阿里巴巴將屍體從毛驢背上卸下來，說：「莫爾吉娜，趕緊準備好舉行儀式，埋葬你家主人。我現在進去把消息告訴你的女主人，說完馬上就回來幫你處理這件事。」

這時候，卡西姆的寡婦看見了小叔，連忙叫道：「阿里巴巴，我丈夫的情況怎麼樣了？唉！我看你的模樣，肯定是凶多吉少了。快說，發生了什麼事。」

於是，阿里巴巴將她丈夫的遭遇、如何被強盜殺害，以及他如何把屍體運回來，一五一十說給她聽。阿里巴巴緊接著說：「嫂嫂，會發生的已經發生了，現在我們一定要緊緊守住祕密，才能保住我們的生命和財產。」

她痛哭著回答：「生死有命，我丈夫命該如此。現在，為了你的安全，我答應你保密，不會把事情洩漏出去的。」

阿里巴巴說：「安拉的判決沒有人能改變。現在你耐心守喪，等喪期守滿，我會娶你為妻[1]，你會過著舒服和幸福的日子。我的第一個妻子心地善良，為人厚道，你不用害怕，她不會嫉妒你或對你生氣的。」

卡西姆的寡婦不住痛哭，嚎啕著說：「你認為怎麼辦就怎麼辦吧。」

阿里巴巴和哭哭啼啼的嫂子告別，回到莫爾吉娜那裡，跟她討論如何辦理哥哥的喪事。他們詳細討論了進行的方式，他又再三警告，之後才告別女奴，趕著毛驢返回自己的家。

阿里巴巴一走，莫爾吉娜立刻前往藥店，盡可能裝作不知情，向藥店老闆打聽，重病垂危的病人吃這種藥有沒有效。

藥店老闆說：「你家裡什麼人生了重病，需要吃這種藥？」

莫爾吉娜說：「我家主人卡西姆病得快要死了。他已經好幾天不吃不喝，也不說話，我們對他的性命已經絕望了。」

第二天，莫爾吉娜又到藥店去問老闆，要買更多更強效的藥，治療性命垂危的人，這人已經奄

1 這故事發生的地區實行一夫多妻制。（譯注）

奄一息，只剩最後一口氣了。老闆給了她藥。她拿了藥，大聲歎氣，垂淚說道：「恐怕他連喝這個藥的力氣都沒有了。我想，說不定我還沒到家，他就已經嚥氣了。」

與此同時，阿里巴巴焦急地等候卡西姆家傳來哀哭弔喪的聲音，好讓他趕緊前往哥哥家，幫忙辦理喪事的儀式。

第三天一大早，莫爾吉娜蒙上面紗，前往製作壽衣手藝精湛的老裁縫巴巴穆斯塔法的店鋪。老裁縫一開店門，她立刻上前塞給他一枚金幣說：「你願不願意蒙上眼睛，跟著我走。」

穆斯塔法表示不願意，於是莫爾吉娜又放了一個金幣在他手裡，求他跟她一起走。裁縫貪心，屈服了，於是拿手帕蒙上自己雙眼綁緊，讓她牽著他來到擺放主人屍體的屋子裡。

在昏暗的房間裡，莫爾吉娜解下老裁縫蒙眼的手帕，吩咐他將四塊屍體按原樣拼好，縫合起來，然後又丟了一匹布在屍體身上，對裁縫說：「按照死人的身材趕緊做一套壽衣，做好了我會再給你一個金幣。」

巴巴穆斯塔法動作迅速，做好了合身的壽衣，莫爾吉娜按照先前所言，又付給他一個金幣。然後，她再次蒙上裁縫的眼睛，領他回到起初去找他的店鋪。忙完這些事，她匆匆趕回家，幫忙阿里巴巴用熱水洗淨屍體，穿好壽衣，將屍體擺放在一個乾淨的地方，準備下葬。

做完這些準備，莫爾吉娜去清真寺告知教長，某某喪家正在等候他去舉行葬禮，請他去為死者祈禱，教長遂與她一同前往。四名鄰居抬起棺材，用肩扛著，跟隨教長，其餘參加葬禮的人跟隨在後。葬禮祈禱完畢後，另外四人抬起棺材前往墓地，莫爾吉娜走在隊伍前方，披頭散髮，捶胸痛哭，大聲嚎啕哀悼，阿里巴巴和其他鄰居跟隨在後。一行人如此走到墓地，埋葬了卡西姆，將他留給拷問死者信心的天使，眾人便各歸各家去了。

根據本城的規矩，城中的婦女陸續聚集來到喪家，陪同卡西姆的寡婦哀悼一小時，安慰她，請她節哀順變，切莫悲傷過度。阿里巴巴在家中為哥哥舉行哀悼禮四十天。就這樣，整座城裡除了阿里巴巴、卡西姆的寡婦和莫爾吉娜，沒有人知道這件事的祕密。

待四十天的喪期結束，阿里巴巴將死者的物品搬到自己家中，公開娶了寡嫂為妻。他又指定侄兒——也就是哥哥的長子——繼承父親的家業，把店鋪重新開張經營。這個侄子長期跟著城中一位富商學做生意，懂得所有做買賣和貿易的學問，必能振興家業。

有一天，那群強盜照例返回藏寶的山洞，一進門就非常驚訝地發現，不但卡西姆的屍體無影無蹤，而且山洞裡又少了許多袋金幣。強盜頭目說：「現在我們必須好好追查這件事，否則這些財寶會繼續減少。這可是我們和我們的祖先歷經多年累積下來的，不能就這麼一點一點地被偷光。」

所有人一致同意，被殺的那個人知道開門的暗語，另外，那個把屍體帶走的人也知道暗語，而且還帶走了金幣。現在他們必須仔細查找，把那個人找出來。他們一同商量，最後決定先由他們當中一個精明機警的人喬裝成外地商人，進城沿著大街小巷一家一家打聽，看最近有哪戶人家有人死了，他們又住在哪裡，然後憑這線索或許可以找到他們要找的人。

有個強盜說：「請讓我去吧，我會在城裡找到這個消息，給你們帶話回來，要是我失敗了，就拿我的命來抵。」

於是，那個強盜更換衣服，打扮成商人，連夜進城去了。第二天一大早，他來到市集廣場，發現所有商店都還關著，只有裁縫巴巴穆斯塔法已經開了店門，手裡拿著針線，坐在高腳凳上工作。

強盜上前問候他，說：「天還不夠亮呢，你怎麼看得見針線啊？」

裁縫說：「看得出來你是個外地人。我雖然年紀大了，但眼力可好了，昨天我還坐在一間黑漆漆的屋子裡，把一具屍體縫起來呢。」

強盜聽見這話，心想：「看來我可以從這老頭嘴裡套出一點消息來。」為了得到更進一步的線索，他問：「我看你是跟我開玩笑吧。你的意思是你幫屍體縫製了壽衣吧，因為你是做壽衣生意的。」

裁縫回答：「我做什麼生意跟你沒關係。別再問我問題了。」

強盜掏出一個金幣放進裁縫手裡，繼續說：「我不想知道你的祕密，雖然我像所有的誠實人一樣，聽見祕密只會讓它爛在心裡。我只想知道，你是去誰家幹的活兒？能給我指個方向嗎？或帶我去一趟？」

裁縫貪圖那枚金幣，收下後說：「我沒看見去那戶人家的路。有個女僕來找我，她用手帕蒙上了我的眼睛，領我去到那戶人家，進了一個黑漆漆的房間，裡面有一具被分屍的屍體。她解開手帕，吩咐我先把屍體縫起來，接著再縫製壽衣，等到這一切都做好了，她又蒙上我的眼睛，把我帶回這鋪子，然後就走了。所以我沒辦法告訴你到哪裡去找那戶人家。」

強盜說：「雖然你不知道你說的那戶人家在哪裡，但是蒙上眼睛後還是能帶我到那裡去吧？我現在就用手帕蒙住你的眼睛，然後照樣領著你走，說不定能碰巧走到那戶人家。你幫我這個忙，我就再給你一枚金幣。」強盜說著又把一枚金幣塞進裁縫手裡，巴巴穆斯塔法把兩枚金幣一起塞進口袋，接著走出店鋪，走到莫爾吉娜蒙上他眼睛的地方，讓強盜蒙住眼睛，然後拉著他的手領他走。

聰明機智的巴巴穆斯塔法開始一步一步計算著，循著那天女僕領他走的路往前走，然後突然停下來，說：「我跟著她走了這麼遠。」兩人就停在卡西姆家門口，如今是他的弟弟阿里巴巴住在裡面。

強盜拿白粉筆在門上做了個記號，這樣下次來的時候就能找到。他拿掉裁縫的蒙眼手帕，說：「巴巴穆斯塔法，謝謝你幫我的忙，全能的安拉必為你的善良報答你。現在請告訴我，這屋子裡住的是誰？」

裁縫說：「城裡這個地區我完全不熟，不知道是誰住在這裡。」強盜知道自己無法再從裁縫口中獲得更多的消息，於是連連感謝他，讓他回自己店裡去了。然後他匆忙趕回森林裡約定的地方，其他強盜都在等著他回來。

神祕的記號

沒多久，莫爾吉娜準備出門辦事，一出門碰巧就看見門上粉筆畫的記號。莫爾吉娜吃了一驚，站在門前沉思了一會兒，猜測那是敵人做的記號，想認出這房子，做出對主人不利的事。於是，她拿粉筆把附近所有鄰居家的門都畫上同樣的記號，並且守住這個祕密，沒告訴主人和女主人。

與此同時，那名強盜正向同伴報告他冒險的經過和發現的線索。於是強盜頭目和他及所有的人分成幾路各自溜進城裡，而在阿里巴巴家門上做記號的強盜則陪同頭目前往目的地。他領著頭目直接來到屋子前，指著記號說：「這屋子裡住的就是我們要找的那個人！」

可是當頭目環顧四周，看見所有住家門上都用白粉筆畫著同樣的記號，覺得很奇怪，說：「為什麼這裡所有人家的門上都畫著同樣的記號？」

領路的強盜一下子糊塗了，完全答不出來。接著，他大聲發誓說：「我確實只在一扇門上做了記號，不知道為什麼其他的門上也全都有記號，而且我也不敢說哪個才是我畫的。」

於是頭目回到市集廣場，對下屬說：「我們忙了半天全白忙了。我們沒找到要找的房子。現在大家回森林裡的集合地點去吧。我也會回去。」

一行人返回森林，在寶藏洞裡集合。等眾人都回來後，強盜頭子認為那個人辦事不牢，害他們穿過整個城市白跑一趟，應該重罰，因此當著眾人的面把他關起來，說：「你們當中有誰像他一樣，到城裡去把搶劫我們財物者的消息帶回來，我就特別重賞他。」

其中有另一人上前說：「我準備好了，我去打聽，我會按你的願望把消息帶回來。」

強盜頭目給了他一些賞賜和承諾之後，派他去執行任務。

所謂命中注定，無人可違。第二個強盜也像第一個一樣，首先來到裁縫巴巴穆斯塔法的家，同樣給他金幣說服他，然後蒙上他的眼睛，領強盜到阿里巴巴的家門口。第二個強盜知道前任的做法失敗，這回用紅色粉筆在門柱上做了記號，這樣就跟那些門上有白色記號的有所區別。然後他悄悄返回了強盜窩。

可是，莫爾吉娜同樣發現了門柱上的這個記號，也同樣不動聲色在所有門柱上都做了相同的記號，而且沒有告訴任何人。

與此同時，第二個強盜回到強盜窩，對眾人吹噓：「報告頭目，我找到了那戶人家，並且做了一個可以清楚將它與所有鄰居加以區隔的記號。」

不過，就跟前一次一樣，當他們來到這裡，發現每家的門柱上都有紅色粉筆做的記號，只好垂頭喪氣地返回森林。強盜頭目非常憤怒，大發雷霆之餘，把第二個探路的傢伙也關了起來。他自言自語嘀咕著：「這兩個傢伙都失敗了，我也適時地懲罰了他們。我想這些下屬不會有人再自告奮勇去打聽了，所以我得自己去找，看看這戶人家在哪裡。」

於是，他獨自進城，在裁縫巴巴穆斯塔法的幫助下找到了阿里巴巴的家，當然，裁縫又得到了好幾個金幣。頭目沒在屋外做任何記號，而是把屋子和周圍的景象全部牢牢記在腦海裡。

隨後，他返回森林裡，對下屬說：「我已經完全確定地點，在腦海裡記清楚了，這次我們可以毫無困難地找到它。現在你們去買十九匹騾子，同時買一大缸芥菜籽油，以及三十七個用皮革封口的缸，全部都要空的。除了我和兩個被關起來的，你們總共有三十七個人，我要你們全副武裝，每個人躲進一個缸裡，再讓每匹騾子馱上兩個缸，十九匹騾子當中，會有一匹只有一個缸裡躲人，另一個缸裡裝滿油。我呢，就扮做賣油商人，趕著騾子進城，晚上到達那戶人家，請求主人讓我暫住一晚。等到夜深之後，我們找機會全部出來，一起動手殺了他。」頭目頓了頓，又說：「等我們殺了他之後，要把他從我們這兒搶走的金幣找出來，用騾子馱回來。」

強盜們十分高興，覺得此計甚妙，於是按著頭目的吩咐，分頭去購買騾子和皮革封口的缸。忙了三天之後，天黑之前，他們把每個缸的表面塗上一層芥菜油，放上騾子的背，接著分別躲進空缸裡，其中三十七個缸內是全副武裝的強盜，只有一個裡面裝滿了油。

一切準備妥當，強盜頭目喬裝成商人的模樣，趕著這十九匹騾子進城，天黑不久，來到阿里巴巴家。碰巧，屋子的主人剛吃過晚飯，在屋前來回散步。

強盜頭目向他問安，上前行了額手禮，說：「我穿鄉越鎮，四處販油，曾經多次來到這裡賣油，不過今天很遺憾，到得太晚，一時之間找不到合適的地方過夜。請你可憐我，容我在你院子裡過一夜，把油缸卸下來讓騾子歇歇腿，同時餵牠們吃些草料。」

當初阿里巴巴躲在樹上時，曾聽過強盜頭目的聲音，也見過他進出山洞，但這時因為他喬裝過了，天色又暗，阿里巴巴沒認出這人就是強盜頭目，於是滿心歡迎他，讓他進院子裡過夜。他指了一間空著的棚屋讓騾子進去休息，又吩咐一個童僕去為騾子準備草料和飲水。他也對女奴莫爾吉娜說：「今晚有個客人要在這裡過夜，趕緊為他準備晚飯，然後把他的床鋪好。」

不久，頭目安頓好騾子，讓牠們吃過草料飲過水後，阿里巴巴接待他進屋，十分殷勤有禮，並當著客人的面喊來莫爾吉娜，說：「你要好好接待我們的客人，讓他什麼都不缺。明天一早，我要去澡堂沐浴，你要準備好一套乾淨的白袍，交給童僕阿布杜拉，我沐浴後要穿。另外，今晚煮好一鍋肉湯，明天我回來後要喝。」

莫爾吉娜回答：「我會按照您的吩咐都準備好的。」

於是，阿里巴巴回房歇息。

黑夜中的油缸

強盜頭目吃過晚飯，回到棚屋去探視那些騾子，見牠們都已吃飽喝足，準備過夜。等他確定四下再也無人，便壓低聲音對躲在缸中的手下說：「今晚半夜，當你們聽見我的聲音，就立刻拿刀割開缸口的皮革衝出來，不得延誤。」

隨後，強盜頭目穿過廚房來到為他準備好的房間，莫爾吉娜拿著油燈為他領路，說：「您若需要什麼，只管吩咐，我會立刻遵命去辦！」

強盜頭目回答：「我沒有需要了。」莫爾吉娜走後，他立刻吹滅了燈，準備先睡一覺，等半夜再起來喊他的人採取行動。

另一邊，莫爾吉娜按照主人的吩咐，先取了一套乾淨雪白的衣袍交給還沒休息的阿布杜拉，然後再把肉放上爐灶，把火吹旺，燉煮肉湯。過了一會兒，她必須察看肉湯燉得如何，只是這時廚房裡的燈全都油盡燈滅，一時之間無燈可用。

童僕阿布杜拉見她十分苦惱，不知如何是好，便說：「何必那麼費事，那邊棚屋裡有那麼多缸的油，你現在過去，要拿多少有多少。」

阿布杜拉本來躺在廳上休息，這時正起身準備去睡覺，以便明天清晨準時起床，伺候阿里巴巴去沐浴。莫爾吉娜感謝他的建議，拿著油罐走到棚屋，只見屋裡擺著一排排皮革封口的缸子。當她走近一個缸，裡面的強盜聽見有腳步聲靠近，以為是叫他們安靜等候的強盜頭目來了，就壓低聲音說：「我們該出來了嗎？」

這突如其來的聲音把莫爾吉娜嚇得倒退兩步，但由於機靈和勇敢，她回答：「還沒有。」同時心裡想：「這些缸裡裝的不是油啊，我看這其中一定有詐，那個賣油商人想對我主人圖謀不軌。真是安拉保佑啊，讓我們不受他所害！」於是她模仿強盜頭子的聲音回答：「時間還沒到。」

接著，莫爾吉娜一個缸接一個缸，從頭到尾回答了一遍。然後在自己心裡說：「讚美真主！我的主人接待那個傢伙，相信他是賣油商人，沒想到主人竟接待了一夥強盜，個個等著頭子的號令，就要衝出來搶劫這地方，並且要主人的命。」

莫爾吉娜就這麼走到最後一個缸旁，發現缸緣有油溢出來，於是用缸裡的油裝滿她的油罐，返回廚房，修剪燈芯，然後添油點亮了燈。接著，她拿了一口大鍋，把鍋架上爐灶，再從油缸裡打來滿滿一鍋油，接著添加柴火，把火燒得極旺，將一鍋油煮到滾沸。

等油燒好，莫爾吉娜把沸油裝滿一個個罐子，然後一罐接一罐，把沸油一一倒進每個缸裡，躲在缸裡的強盜猝不及防，全部被燙死，沒一個逃脫的。

就這樣，這個女奴憑著自己的機智，悄無聲息地把一群強盜全都消滅了，沒有驚動屋中任何人。當她察看所有的缸，見裡面的男人都死了，只剩一具具屍體，十分滿意，於是返回廚房，關上門，坐下繼續燉煮阿里巴巴的肉湯。

過了差不多一小時，強盜頭目從睡夢中醒來，推開窗戶，見四下一片漆黑，悄無聲息，於是拍拍手，示意他的人可以出來了，可是黑暗中什麼回應也沒有。過了一會兒，他又拍手，而且出聲喊他們，但是依舊沒有回應。他第三次出聲喊人，還是沒有回答。他大惑不解，只得離開房間，前往放著缸的棚屋，同時心裡想：「難道他們全都睡著了？現在正是採取行動的好時機，我得把他們叫起來，以免延誤。」

當強盜頭目走到最靠近門口的缸，一股熱油和燒焦皮肉的味道令他十分震驚，他伸手摸缸，竟然觸手滾燙。他一個接一個摸過去，每個缸都一樣。他確定自己這幫手下已經全完了，對自身的安危也害怕起來，於是翻牆跳進花園，帶著滿心的憤怒和失望，落荒而逃。

莫爾吉娜等了一會兒，想等強盜頭目從棚屋中返回，但他沒回來。她知道他一定翻牆逃走了，因為沿街的大門上了兩把鎖。如此一來，所有強盜都解決了，她放下了心，滿懷安慰去睡覺了。

天亮前兩小時，阿里巴巴起床前往澡堂沐浴，對昨晚的驚險一無所知，因為勇敢的女奴沒叫醒他。確實，莫爾吉娜是權宜行事，因為她認為，若找機會去向主人報告和商量，有可能錯失良機，破壞整個計畫。

等阿里巴巴從澡堂回來，太陽已經升到半天高，他很驚訝那些油缸還擺在棚屋裡，便問女奴說：「我的客人，那個賣油商人，怎麼還沒把油馱到市集上去賣？」

莫爾吉娜回答：「萬能的安拉要賜您一百三十歲的壽命呢！讓我私下告訴您這個賣油商人的事

吧。」於是阿里巴巴跟著女奴走出屋子，她先鎖上院門，然後領他到油缸旁，說：「請您看看缸裡裝的是油，還是其他東西。」

阿里巴巴往缸裡仔細一看，見裡面是個男人，嚇得大叫一聲，轉身就要跑。莫爾吉娜說：「別怕，這人已經不能害你了，他已經死了，確實死了。」

聽見她的保證和安慰的話，阿里巴巴問：「莫爾吉娜，我們逃過了什麼樣的大禍？這邪惡的傢伙為什麼要來害我們？」

莫爾吉娜回答：「讚美全能的安拉！我會向您報告整件事情的經過。不過，您要小聲一點，免得鄰居聽見這祕密，給我們帶來麻煩。現在，您先從頭到尾把這些缸一一看過。」

於是，阿里巴巴將那些缸全都察看一遍，發現每個缸裡都有一個全副武裝的男人，也都已經被燙死了。他瞪著那些缸，因為眼前的情況而震驚得說不出話。好一會兒，他才回過神來，問：「那個賣油商人哪裡去了？」

莫爾吉娜回答：「我也把他的情況告訴您。那個壞蛋根本不是什麼商人，而是背信棄義的刺客，他滿口甜言蜜語，要誘您落入陷阱，害您性命。現在，我告訴您他是誰，還有發生了什麼事。不過，您才剛從澡堂沐浴回來，應該先進屋喝點肉湯暖暖胃，這樣才健康。」

於是兩人進屋，莫爾吉娜端來飲食，阿里巴巴吃喝完後，對莫爾吉娜說：「現在我想聽聽這奇妙的故事。你快告訴我，讓我安心吧。」女奴於是從頭到尾把事情詳細說了一遍：

「主人，昨晚您吩咐我煮肉湯後，就回房歇息去了。您的奴僕按照您的吩咐，拿了一套雪白乾淨的衣袍交給童僕阿布杜拉，然後將爐灶升了火，把肉湯燉上。當這一切都辦妥了，我需要一盞燈來照明，讓我可以撈除肉湯上的浮沫，但我發現廚房裡所有的燈都沒油了。我告訴阿布杜拉，他建議我去那些擺在院子棚屋裡的油缸取油。於是我拿了一個罐子去到第一個油缸前，沒想到，缸裡突然傳出人聲，壓低著嗓門問：『我們該出來了嗎？』我當場嚇一大跳，接著判斷那個商人是假扮的，要來謀害您的性命，於是回答：『還沒有，時間還沒到。』接著我走到第二個油缸前，聽見另一個聲音，我就回答同樣的話；就這樣，我回答了所有的油缸，同時確定了這些人是在等候他們的頭目發出暗號，而頭目就是那個您接待進門的客人。您以為他是賣油的商人，親切周到地款待他，但那惡棍卻帶了一夥人要來謀害您的性命，搶劫您的家產。

「可是我沒給他機會讓他如願。我發現最後一個油缸裡裝滿了油，於是拿了一些去把燈點上，然後在灶上架起一口大鍋，又從那油缸裡打來滿滿一鍋油，把火燒旺，等鍋裡的油沸滾之後，找出各式各樣的罐子，把罐子裝滿沸油，打算去把他們全都燙死。我去到棚屋，按著順序，一缸接一缸，把一罐罐沸滾的油倒進缸裡。就這樣，我把他們全都消滅了。我回到廚房，把油燈吹熄，站在窗邊看接下來會發生什麼事，看那個冒牌商人會採取什麼行動。我在窗邊站沒多久，那個強盜頭子就醒了，他朝那些強盜發出暗號，可是沒有得到任何回應。於是他下了樓，去到油缸旁邊，發現他帶來的人全都死了，因此在黑夜中落荒而逃，不知逃去了哪裡。我確定他是逃跑的，因為大門上了兩道鎖，他必定是翻牆跳到花園裡然後逃跑的。於是，我放下心來，回去睡覺。」

莫爾吉娜向主人報告完畢，又說：「這是昨晚發生的事的全部經過。另外，前幾天就有件事情讓我覺得怪，不過我沒對您說，我不想冒險傳到鄰居耳裡，那樣不妥。現在，我可以報告給您聽了。有一天，我回家進門時，瞥見門上有個白粉筆做的記號，隔天，白色記號旁邊又出現了一個紅色的記號。我不知道那個記號是做什麼用的，但我把附近鄰居家的門上也做了同樣的記號。因為想到老主人遭遇的橫禍，我判斷那記號是仇家做的，所以我在鄰居家的門上也畫了一模一樣的記號，我斷定仇家來了也分辨不出來。現在來看，這些記號和昨晚那幫森林來的強盜肯定有關係，他們在我們家做記號，為的是要再來找我們。這四十個強盜還有兩個我不知道下落，必須提防他們。不過，最主要的是跑掉的第三個，也就是他們的頭子，他還活著。您一定要加倍提防，萬一您落進他手裡，他絕不會饒了您，肯定要除之而後快。我會盡全力保護您的生命和財產不受侵害，和您所有的奴隸和婢女好好服侍您。」

聽完這些話，阿里巴巴極其高興，說：「你對這件事情的處理，我非常滿意，我這輩子都不會忘記你勇敢的作為。你說吧，你要我怎麼賞賜你。」

莫爾吉娜說：「進行其他事情前，最重要的是把這些屍體埋起來，以免走漏祕密，被別人知道。」

阿里巴巴帶著童僕阿布杜拉，在後院一棵大樹下挖了一個能容下所有強盜屍體的大深坑，接著卸下屍體上的武器，再將屍體拉到坑裡埋了。等三十七具屍體都埋好後，他們把地面整平，恢復原來的模樣。他們也把油缸、武器等東西藏起來，阿里巴巴吩咐阿布杜拉，每次牽一、兩匹騾子到市集去，分批賣了。就這樣，事情平息了，沒有傳到任何人耳中。然而，阿里巴巴還是不安，他不知道強盜頭子和剩下的兩個強盜什麼時候會來報仇，取他的項上人頭。他盡量小心，保護自己的隱私，注意不讓任何人知道發生的事，以及自己從強盜的山洞裡獲得的財富。

匕首之舞

至於強盜頭目，他僥倖逃脫，保住一命，氣急敗壞地奔回森林中，不但憤怒苦惱，心神狂亂，並且臉色蒼白如煙。他把事情從頭到尾想了一遍又一遍，最後決心非殺了阿里巴巴不可，否則他一定會失去所有的財寶。他的敵人已經熟知暗語，一定會來把財寶全部搬走，占為己用。

此外，他決心自己一個人做這件事，等除掉阿里巴巴後，他會重新招兵買馬，東山再起，將自己的強盜事業發揚光大，正如他之前的祖先一樣。想完之後，他躺下睡覺，第二天一早起來，將自己打扮妥當，進城在一家大客棧住下，心想：「有那麼多人遭到謀害，這事無疑一定已經傳到城中長官的耳裡，阿里巴巴一定被抓起來問罪了，他的家該被鏟平，財產被沒收充公。城裡的百姓一定都聽說了這些事。」

於是，強盜頭目直接問客棧的老闆，說：「過去幾天，城裡有沒有發生什麼奇怪的事？」客棧老闆便把自己聽說的事全都告訴了他，強盜頭目聽了半天，卻沒一件跟他想知道的有關。因此，他知道阿里巴巴機警又聰明，不但搬走了洞中儲藏的財寶，消滅了那麼多人的性命，本人還毫髮無傷。不但如此，阿里巴巴想必知道自己必須十二萬分小心，免得落入敵人手裡，屍骨無存。

強盜頭目做了決定，在市集上租了一間店鋪，打包了好幾大包林中山洞裡所藏最好的物品，運來擺在店裡，然後坐下來做起商人的買賣。碰巧，他的店鋪對面就是已故卡西姆的鋪子，現在由卡西姆的兒子也就是阿里巴巴的侄子在經營。強盜頭目為自己取名為科哈瓦吉·哈山，他很快就結識了周圍店鋪的老闆，跟他們攀好了交情，做生意也非常慷慨有禮。不過，他對卡西姆的兒子特別親切熱忱，經常坐下來和這個衣飾昂貴得體的帥小伙子聊天，一聊就是好幾個小時。幾天之後，阿里巴巴正巧依平常習慣來店鋪裡探望侄子，看見小伙子正坐在店裡。

強盜頭目一看見阿里巴巴，馬上認出他來。一天早上，他問小伙子說：「請告訴我，那個不時到你店裡來探望你的人是誰？」

小伙子說：「那是我叔叔，我父親的弟弟。」此後強盜頭目對他更加友好熱情，送他各種禮物，請他吃飯也是最精緻的菜餚，以此來掩飾自己的計謀。

不久，阿里巴巴的侄子認為自己應該禮尚往來，也請對門商鋪的老闆吃飯。不過，他自己的住處很小，實在沒有空間可以像科哈瓦吉．哈山那樣風光體面地招待客人。他去找叔叔商量這件事，打算聽取叔叔的建議。

阿里巴巴對侄子說：「你說的對。你該像朋友招待你那樣，以最好的方式款待他。明天是星期五，你像所有的商人一樣關上店鋪休息一天。吃過早飯後，邀請科哈瓦吉．哈山到花園裡走走，呼吸新鮮空氣，隨後你出其不意地把他帶到這兒來。我會吩咐莫爾吉娜準備一頓最豐盛的餐點和一切宴席所需來招待他。你什麼也不用煩惱，把這事交給我來辦吧。」

於是，第二天星期五，阿里巴巴的侄子帶科哈瓦吉．哈山到花園裡去逛逛，回程時領著對方來到叔叔家。當他們來到阿里巴巴家門口，小伙子停下腳步敲敲門，對科哈瓦吉．哈山說：「大人，這是我第二個家。我叔叔聽說了許多你的事，還有你對我的親切友好，非常想見見你，所以我們這就進去拜訪他。我真的非常感謝你的厚愛。」

科哈瓦吉．哈山心裡很高興，他終於找到方法可以進入敵人的家，接近這家的主人了。雖然他希望盡快藉由詭計接近阿里巴巴，但是卻遲遲不肯進門，一直找藉口推辭，想要離開。

不過，門房這時打開門，阿里巴巴的侄子拉住科哈瓦吉．哈山的手，說了一大串話說服他一起進去。他進門後顯得非常開心，好像十分歡喜和榮幸。屋子的主人以無比的熱忱和尊敬來接待客人，問候他福祉安康，說：「大人，我很感謝你如此照顧我哥哥的兒子，我看得出來，你對他的關心和愛護，遠超過了我。」

科哈瓦吉・哈山用很漂亮的話回答，說：「你侄子非常懂事，我很喜愛他，雖然他很年輕，但是安拉已經賜給他許多的智慧。」

就這樣，他們彼此說著友善客套的話。一會兒之後，客人起身告辭說：「大人，你的僕人這就告辭了，過兩天真主允許的話，我再來拜訪你。」

阿里巴巴不讓他走，問說：「我的朋友，你要上哪兒去？我邀請你一起用飯，請你和我們一同吃過飯後，再平平安安回家吧。也許我家的飯菜沒有你平常吃的那麼精緻，但還是請你接受我的邀請，飽餐一頓有了精神再走。」

科哈瓦吉・哈山說：「大人，蒙你盛情招待，十分感激，也樂意與你同席用餐，只是我有個特別的原因，使我不能在外久留，也不能接受你的款待，必須告辭。」

主人聽見這話，說：「大人，請告訴我，是什麼原因這麼著急又重要。」

科哈瓦吉・哈山回答：「是這樣的，我最近身體不適，醫生吩咐我，絕不能吃有鹽的食物。」

阿里巴巴說：「如果是這個問題，那好解決，請你別拒絕我的邀請，和我們一起吃飯。現在廚房正要做菜，我去吩咐廚娘不要放鹽就是。請稍待，我馬上回來。」

阿里巴巴說完，去廚房找莫爾吉娜，吩咐她不要在任何菜裡加鹽。

莫爾吉娜正忙著做菜，聽見這吩咐十分驚訝，問道：「這吃菜不要放鹽的人是誰？」

阿里巴巴回答：「他是誰不關你的事，你只要照我吩咐去做就好。」

莫爾吉娜說：「好的。一切都照您的吩咐。」但她心裡還是好奇那個人是誰，為什麼做這麼奇怪的要求，很想看看他。

當菜都做好，莫爾吉娜幫忙童僕阿布杜拉擺桌子，然後上菜。當她看見科哈瓦吉・哈山，雖然對方喬裝打扮成了商人，她還是馬上認出他來。此外，當她細細打量對方，看出科哈瓦吉．哈山的長袍底下藏著一把匕首。

「原來如此！」莫爾吉娜心裡想：「這就是為什麼那壞蛋吃菜不要放鹽，他要找機會殺害他的死對頭，我的主人。不過，我會先下手為強，在他找到機會對主人下手之前除掉他。」

阿里巴巴和科哈瓦吉．哈山一起吃過飯，童僕阿布杜拉按著莫爾吉娜的吩咐端上甜點，她很快收拾了桌子，端上盛在盤中的水果和乾果，又在阿里巴巴身旁放一個小三腳桌，擺上美酒和三個酒杯。隨後她和童僕阿布杜拉進入另一個房間，像是退下吃飯去了。

科哈瓦吉．哈山（也就是強盜頭子）眼看這事毫不費力就能完成，內心不禁狂喜，暗道：「我徹底報仇的時間終於到了。我只要一把匕首就能解決這個傢伙的性命，接著逃出這裡，穿過花園，走我自己的路。他侄子不會冒險攔我，如果他敢動一根手指或腳趾，我照樣一匕首把他解決了。現在我得再等等，等那個童僕和廚娘在廚房吃過飯，躺下睡覺後再動手。」

不過，莫爾吉娜在暗中監視他，察覺了他的企圖。她心裡想：「我一定不能讓這壞蛋有機會對主人行凶，得想個辦法讓他的計畫落空，同時一舉結束他的性命。」

於是，莫爾吉娜匆忙更換衣服，打扮成舞孃，用一塊昂貴的帕子蒙上臉，又包上精美的頭巾，並在腰間繫了一條金銀刺繡的腰帶，插上一把精工打造、握柄鑲嵌著寶石的匕首。

如此打扮妥當，她對童僕阿布杜拉說：「帶上你的手鼓，我們去給主人的客人表演一段歌舞助興吧。」他照著她的話做，兩人一起進了廳堂，開始載歌載舞。

跳完一段，他們鞠躬致意，接著請求繼續表演。阿里巴巴允許他們，說：「跳吧，給我們的客人獻上最好的歌舞，讓他高興和快樂。」

科哈瓦吉．哈山說：「大人，蒙你如此盛情接待，我真是非常愉快。」

於是童僕阿布杜拉立在一旁，開始打起手鼓，莫爾吉娜使出渾身解數，用優雅的步伐和靈活曼妙的身姿，跳出她最完美的舞蹈，大大取悅了觀眾。接著，她突然抽出腰間的匕首，連連左右揮舞，十分炫目，讓他們看得大樂。她舞蹈到他們面前，一會兒將銳利的匕首藏到腋下，一會兒置於胸前。接著伸手拿過童僕阿布杜拉的手鼓，右手仍握著匕首，像表演者討賞一樣繞了一個大圈，首先來到阿里巴巴面前，阿里巴巴朝手鼓丟了一枚金幣，接著他外甥也照樣丟了一枚金幣。輪到科哈瓦吉．哈山，他見她朝自己走過來，於是伸手去掏錢包，莫爾吉娜咬牙鼓起勇氣，一眨眼間將匕首刺進他的胸膛，那惡棍頓時倒地，一命嗚呼。

阿里巴巴大吃一驚，怒吼道：「該死的丫頭，你這是幹什麼！你要毀了我嗎？」

莫爾吉娜說：「不，主人，我殺這人是為了救你一命。你解開他的長袍，就會在底下發現謀害你的東西。」

阿里巴巴聞言，動手在死人身上搜索，發現了藏在長袍下的匕首。

於是莫爾吉娜說：「這壞蛋就是你的死對頭。你仔細看看他。他就是那個賣油商人，那幫強盜的頭目。他到這裡來，目的是要取你的性命，他不吃你的鹽，意思是他不是來做客的。當你告訴我不要在菜裡放鹽，我就懷疑他了。當我看見他的第一眼，我就確定他是要來害你的。讚美全能的安拉，事情正如我所猜想的。」

阿里巴巴大大感謝莫爾吉娜，決定重賞她，說：「你已經兩次從他手裡救了我的命。」接著，他把手按在她頸項上，大聲說：「看啊，現在你是自由之身了。為了答謝你的忠誠，現在我把你嫁給我的侄子。」然後，他轉過身對小伙子說：「照我的話做，你必繁榮昌盛。我要你娶莫爾吉娜為妻，她是負責又忠誠的典範。現在你知道了，科哈瓦吉．哈山跟你交朋友，是要找機會謀害我的性命，但這位姑娘以她的敏銳和智慧殺了他，救了我們的命。」

阿里巴巴的侄子立刻同意娶莫爾吉娜為妻。接著他們三人抬走屍體，小心謹慎地將屍體埋在後院，從此沒有他人知道這件事。

隨後，阿里巴巴為侄子和莫爾吉娜舉行了隆重的婚禮，大擺宴席，所有親朋好友和鄰居都應邀前來做客，婚禮中有各式的歌舞娛樂，歡樂無比。阿里巴巴從此家業興旺，得天獨厚，事事亨通，新的財源滾滾而來。

自從他在藏寶洞裡帶回哥哥卡西姆的屍體後，因為害怕那夥強盜，他再沒去過那個山洞，但此時大患已除，於是有一天早晨，他坐上馬車，小心謹慎地重回舊地，確定周圍沒有任何人和馬的跡象後，他下了決心，冒險來到山洞門前。

阿里巴巴下了馬，將馬拴在樹上，走到入口處，唸出他始終牢記的暗語：「芝麻，開門！」洞門依舊應聲而開，他進入山洞，看見各種物品和成堆的金銀全都原封不動，像他當初離開時一樣。

因此，阿里巴巴確信所有的強盜都死了，除了他，這世界上再也沒有人知道這個地方的祕密。他按著馬匹能夠承載的重量，搬運了許多金幣回家。日後，他將這個寶藏告訴他的兒子和孫子，讓他們知道如何開啟和關閉山洞的門。

就這樣，阿里巴巴和他的子孫一生都很富裕快活。當初他只是城中一個窮漢，卻因命運眷顧，發現了這個祕密寶藏，從而得以步步高升，享盡尊榮。

09

繩匠哈桑的發達史

陛下，為了使您理解我得以享有如今這麼大的幸福，我必須從兩個好朋友說起，他們是生活在巴格達這座城裡的公民，可以為我即將要說的事情的真實性作證。我受惠於他們二人，僅次於受惠於真主，真主是所有良善和幸福的第一創造者。這兩位朋友，一個名叫薩迪，一個名叫薩德。薩迪極其富有，他向來認為，人生在世，要是沒有擁有巨大的財富，過獨立的生活，就不可能快樂。不過薩德有不同的想法，他認為生活要獲得舒適，財富是必需的，但是道德高尚才能構成一個人的幸福；人在適切的真實需要之外，不應當再多占這個世界的好處，並且有能力就該多多行善。薩德就是這樣的人，他對自己的人生境遇十分滿足，生活也很快樂。因此，雖然薩迪是巨富，他們之間的友誼卻很真誠，雖然薩迪比較有錢，卻從來不覺得自己高朋友一等。在財富這件事情上，二人從未起過爭執；在其他所有事情，他們的看法也很一致。

有一天，在有關財富的話題上，正如他們親口告訴我的，薩迪堅持認為，窮人之所以窮，是因為他們生來就窮，或生來富裕但把錢財用在縱情酒色，或遭遇常見的意外災禍，最終導致貧窮。「我的看法是，」薩迪說：「窮人之所以窮，只因為他們無法獲得一筆足夠的錢，讓他們能夠脫離貧困，並建立事業來賺取更多財富。我的想法是如果他們能獲得這樣一筆大錢，又能好好運用，不但能致富，長久下來還可能變得富甲一方。」

薩德不同意薩迪的看法。薩德說：「我認為你提的這個讓窮人致富的方法，不如你想像的那麼可靠。你對這件事情的想法很不明確，我可以用很好的論據駁倒你，不過那樣就扯太遠了。我認為還有很多其他方式能使窮人致富，至少這些方式的可能性跟你說的擁有一大筆錢一樣大。人經由意外獲得大筆財富而發達的情況，比你所說靠一筆錢發達的情況更常見，無論他們多麼善於管理和運用這筆錢來做生意發財。」

「薩德啊，」薩迪回答：「我看，在這件事情上，我是不可能靠堅持己見來說服你，我希望做個實驗來讓你信服。比如，有些人家父子相傳窮了好幾代，他們必須每天勞動才能養活一家人，而且死的時候跟出生時一樣窮。我會找出這樣的人家，給他一筆我認為能使他們致富的錢，然後看看有什麼結果。如果我沒成功，我們再試試你的計畫。」

這次爭論之後，過了幾天，這兩個朋友一起散步時，碰巧經過城裡我工作的地方。我是個繩匠，搓麻繩的手藝是父親傳給我的，我父親的手藝是我祖父傳給他的，我祖父又是他父親所傳授的。我的情況與身上的穿著足以說明我的貧窮。

薩德記得薩迪的計畫，於是對薩迪說：「如果你還沒忘記與我辯論的事，那裡有個人，」他指指我：「我見他已經搓了一輩子的麻繩，卻始終都是一樣窮。他是值得你慷慨施予的對象，你可以用他來進行我們那天說的實驗。」

「我清楚記得我們的爭論，」薩迪回答：「現在我就來做你說的實驗。我只是在等一個我們兩人都在場的機會，好讓你能當親眼目睹的證人。現在我們過去跟他聊聊，看他是不是像他外表所呈現的那麼窮。」

第一筆贈禮

這兩個朋友朝我走來，我看出他們想跟我說話，於是放下手上的工作。他們比照尋常人問安，先說：「願你平安。」接著薩迪問我叫什麼名字。

我也同樣回禮，再回答薩迪的問題：「先生，我名叫哈桑，由於我的工作，通常大家叫我哈桑．阿勒哈巴勒。」

「哈桑，」薩迪回答：「這世界上，每樣手藝都能養活手藝人，我相信你的手藝能維持你過得還不錯。不過，我很驚訝你搓麻繩這麼多年，卻沒存下太多錢，沒多購買一些大麻纖維來擴張你的生意，讓自己和雇工都多賺一點，然後一步步做起更大的生意。」

「先生，」我回答：「等我說完，您就不會驚訝我沒有積蓄，沒有如您所說的想辦法致富。請容我說明，雖然我從早到晚整天操勞，要維持我和一家人的溫飽卻很吃力。我有老婆和五個孩子，老大也還沒來到能夠當我幫手的年紀。我得供應他們吃穿，而一個家庭再小，永遠都有成百上千種必要的需求。雖然大麻纖維不貴，但是總得用錢去買，而錢是賣掉麻繩以後我首先要存下來的，否則我就無法養活家人。」

我說：「先生，因此無論我存不存得到錢，我都得先餵飽自己和家人。幸好，我們都很滿足於真主賞賜給我們的這一點收入，他所給我們的知識和欲望，都是我們能夠擁有的；我們沒有感到缺乏，在我們習慣的生活方式裡，我們擁有足夠的生活用品，沒有落到需要向人乞討的地步。」

薩迪聽了之後，對我說：「哈桑啊，這樣我就明白所有迫使你滿足於現狀的原因，也不覺得奇怪了。不過，如果我送你一個錢包當作禮物，錢包裡有兩百個金幣，你會好好運用這筆錢嗎？有了這筆錢之後，你想，你會不會迅速成為你這個行業裡的首要人物呢？」

「先生，」我回答：「我看您是個尊貴的人，我相信您給我這筆錢的態度是很嚴肅的，並不是花錢尋開心。因此，我要冒昧說一句，您提的這個數目，只需要其中的一部分，就足以幫助我變得富有，成為這行業的要人，而且假以時日，我還能在人口稠密的巴格達大城中變得比所有製繩匠加在一起還更富有。」

慷慨的薩迪立刻要我相信他句句誠心。他從懷裡掏出一個錢包放在我手上說：「拿著，這錢包裡有我說的兩百個金幣，一個不少。我祈禱真主用它祝福你，如我所願賜你慈悲來運用它；還有，你可以確定一點，我的朋友薩德和我在日後聽見這筆錢使你過得比現在更幸福時，我們會感到無比的滿足。」

我握著錢包將它塞進懷裡的那一刻，歡喜得幾乎要飛起來，洶湧的感激之情將我淹沒，讓我一句話也說不出來。我不知道該如何感謝這位恩人，只有伸手去拉他長袍來親吻，但是薩迪當下後退避開，隨即與薩德繼續散步去了。

他們走了以後，我回去繼續工作，但我首先想的是該把這包錢放在哪裡才安全。我居住的簡陋小屋裡沒有附鎖的箱子或匣子可放錢，也沒有任何隱蔽的地方能確保藏了錢之後不會被發現。我左思右想了好一陣子，決定按照以往的習慣，也是我這輩子見過的其他窮人的習慣，把錢包縫進我的纏頭巾的摺層裡。我離開搓麻繩的作坊回家，假裝要縫補我的纏頭巾。我非常小心，沒讓太太和孩子看見，先從錢包裡取了十個金幣出來，放在一旁作為眼前急用，再把錢包和其餘的錢縫進纏頭巾的一圈亞麻鑲邊裡。今天最重要的事是去買一大捆上好的大麻纖維，此外，我到市場買了些肉做晚餐，家裡已經好一陣子沒吃肉了。

我把肉拿在手裡，不料，回家途上有一隻餓得半死的大鳶從半空中俯衝下來，趁我不備，抓住我手上的肉，我死命握緊了肉不鬆手。但是，唉！千金難買早知道，我當時應該放手的，這樣我就不會失去其他的錢了。那隻大鳶察覺自己遭到強烈抵抗，益發不肯放棄已經到手的肉。牠扯得我左搖右晃，在半空中不停猛搧翅膀，怎樣也不鬆開爪子。在這場極力拉扯抗拒中，不幸我纏頭巾落到了地上。那隻大鳶立刻鬆開緊抓的肉，猛地攫走了我的纏頭巾，我根本來不及伸手去搶。我大聲慘叫，附近的人，無論男女老少都奔過來幫著我大聲吼叫，試圖讓飛走的大鳶鬆開爪子。有時這方法對這些如狼似虎的大鳶有效，牠們會因為驚嚇而鬆開爪子，放掉攫取的東西。可是這次我們的喊叫沒嚇著那隻大鳶，牠抓著我的纏頭巾愈飛愈高，不一會兒就消失在眾人的視線裡。就這樣，我也沒拚命去追，因為不可能把纏頭巾撿回來。

我喪氣無比地回家，因為不但失去了用了很久的纏頭巾，連錢也丟了。我不得不買一條新的纏頭巾，這讓我從錢包裡拿出來的十個金幣又少了一些。我已經用這些錢買了大麻纖維和肉，餘下的錢已經不足以讓我實現我構思好的美好夢想了。

最令我不安的是，想到我的恩人在得知這樁慘事及他的慷慨全白費時，他將有多麼失望，說不定他不會相信，並把這件事看成我隨意推託的藉口。

剩下的金幣雖然還是讓我們過了幾天比較好的生活，但是我很快又回到從前的處境，完全無法脫離一直以來的貧困。不過我沒有抱怨。我說：「真主認為測試我是恰當的，祂先在我毫無預期的情況下給我一筆錢，緊接著又把這筆錢拿走，祂這麼做是因為祂高興，也因為錢是祂的。真主應當受到讚美。我讚美真主，因為祂將祝福賜給祂認為合適的人，無論祂現在高興做什麼，我都服從祂的旨意。」

我籠罩在傷感的情緒中好一段日子，我太太毫不知情。我無法把自己的遭遇告訴她，尤其是丟錢的經過，畢竟太叫人難受了。處在這樣的困境中，有一次，我在無意間向幾個鄰居提到我丟了纏頭巾，同時也丟了一百九十個金幣，他們都知道我窮，所以不相信我能靠搓麻繩賺到那麼大一筆錢，旁邊的小孩聽了，笑得比大人還大聲。

在大禍給我帶來不幸之後，大約過了半年，那兩個朋友從我住處不遠經過，這讓薩德很自然想到了我。他對薩迪說：「我們離哈桑．阿勒哈巴勒住的那條街不遠，過去看看他吧，看你給他的那兩百個金幣，有沒有讓他過得比我們上次碰到他時好一些。」

「我希望有。」薩迪回答：「前幾天我才想到他呢，我還跟自己說，讓你親眼見證我的方法成功，我得到的滿足感會為我帶來極大的快樂。你將看到他發生了極大的改變，說不定，他會變得讓我們都認不出來了。」

第二筆贈禮

薩迪話都還沒說完，他們兩人已經拐過街角走進這條街。薩德遠遠看見我，開口對他朋友說：「我覺得你保證自己成功有點太早了。我看見哈桑．阿勒哈巴勒了，我不覺得他有任何改變，他還是跟我們第一次和他攀談時穿的一樣差。我看唯一的差別是他的纏頭巾沒上次那麼髒。我們過去看看我有沒有弄錯。」

等兩人再走近些，薩迪也看到我了，並且發現薩德說的沒錯。他不知到底什麼原因讓我的外表幾乎沒變。他太過吃驚，以至於兩人走上前來時，不是他先開口。

薩德照常向我問安，說：「好久不見，哈桑，自從我們上次會面之後，你過得怎麼樣？那兩百金幣一定大有貢獻，又賺進更多的錢了吧？」

「兩位先生，」我回答他們：「這件事到底要怎麼讓兩位知道，我一直非常苦惱。你們的願望、期待和希望，還有我的，都沒有成功。你們的期待很合理，我本來也對自己保證要成功的，但是，在我身上發生了極不尋常的情況，你們恐怕很難相信。我拿一個男人的榮譽對你們保證，請你們一定要相信我說的句句實言，我要告訴你們的事絕對是真實的。」接著，我就把那天經歷的一切，原原本本告訴了他們。

薩迪完全不相信我說的。「哈桑，」他說：「你是在跟我們開玩笑吧，你就想騙我們。你告訴我們的這些事根本不可信。飢餓的大鳶只會抓那些能填飽牠們肚子的東西，不會抓纏頭巾。我看你就是做了你們這樣的人通常會做的事。他們一旦得到一大筆好處，或意外走了狗屎運，就立刻拋開工作，吃喝玩樂去了。至於能快活多久，端看他們的錢能用多久，等錢花完了，就又落回原來的悲慘景況，跟過去一樣貧困。你還這麼窮，是因為你只配這麼窮，你讓自己不配得到別人給你的幫助和好處。」

「先生，」我回答：「我耐心忍受所有的責備和羞辱，如果你心裡還有話想說，你就繼續說，我已經準備聽見比這些更難聽的。我會耐心聽，是因為我很清楚自己不當受到這樣的責備。大鳶抓走纏頭巾的情況雖然奇怪，但在這地方時有所聞，人人都可以證明我說的話不假。如果你調查一下，就會發現我並沒有騙你。我承認我從來沒聽說大鳶會把人的纏頭巾抓走，但我確實碰到了這樣的事，就像有很多事天天都在發生，我們卻從來沒聽過。」

薩德站在我這邊，對薩迪說了許多大鳶攫取各種東西的故事，有些比我說的更驚人，甚至他自己也曾親眼所見。於是，薩迪又從懷裡掏出錢包，數了兩百個金幣放進我手裡。我立刻把錢塞進懷裡，儘管沒有錢包。

薩迪用這段話做結：「哈桑，我再送你兩百個金幣，不過，這次你要把錢收在安全的地方，別像上次那樣倒楣弄丟了。希望這筆錢能幫你賺到上一筆錢該幫你賺來的財富。」

我意識到自己欠他的這第二筆人情，比第一筆要大得多，因為之前發生的事使我不配獲得這筆錢，我也不會忘記他的忠告，一定要善用這筆錢。我想繼續說點什麼，但薩迪沒給我時間，他向我道別，然後繼續跟薩德去散步。

他們走了之後，我回頭繼續工作，然後回家，我太太和孩子正好都不在。我掏出懷中的兩百個金幣，取了十個，把其餘一百九十個金幣包在一塊麻布裡，緊緊綁起來。我必須找個安全的地方藏這筆錢。

仔細想過一遍之後，我決定將它藏在屋角存糠的大土缸裡，我想不管是我太太還是孩子，都不會發現它的。不一會兒我太太回來了，由於我只剩下一點大麻纖維，我跟她說我要出去買些搓麻繩的原料，沒告訴她遇見那兩個朋友的事。

我出門去了。沒想到，就在我去買東西的時候，有個賣皂土（女人洗澡時用的東西）的人從大街上經過，喊著賣皂土。

我太太因為皂土用完了，出門喊住那個賣皂土的，然而她身上沒錢，於是問那人能不能用一缸的糠來換皂土。他說他想看看東西，我太太給他看了那個缸和糠。一番討價還價，買賣成交。我太太得到了皂土，那人把糠連缸一起帶走。

我買了極多的大麻纖維回來，除了自己扛，還雇了五個腳夫幫忙扛，把家裡專門用來堆放物料的小房間都塞滿了。我給了腳夫足夠的賞錢，等他們走了以後，我坐下來喘口氣，恢復體力。我的眼睛自然而然望向角落那個裝糠的土缸，卻赫然發現它不見了。

陛下，我無法向您表達在那一刻我有多麼震驚，簡直是五雷轟頂。我急忙問我太太，那個裝糠的土缸哪裡去了？她告訴我她做的交易，還覺得自己占了大便宜。

「啊！你這該死的女人，」我吼道：「你完全不知道你對我、對自己、對孩子做了多麼要命的事，這筆交易無緣無故毀了我們一家子啊。你以為你賣掉的是一些糠，但這些糠以及裡面的一百九十個金幣，讓那個賣皂土的發了大財。那些錢是薩迪在朋友的陪伴下，剛才第二次送給我的。」

當我太太知道自己在無意中造成這麼大的錯誤，她很絕望，但是一點用也沒有。她放聲痛哭，捶胸頓足，撕扯自己的頭髮和衣服。「我真命苦！」她哭喊說：「我犯了這麼嚴重的錯誤，實在不配活著。我要去哪裡找這個賣皂土的人？我不認識他啊，他以前從來沒經過這條街，這是第一次，我很可能再也見不到他了。老公啊，」她說：「這事你做得大錯特錯，這麼重要的事，你為什麼瞞著我？你要是對我有一丁點的信任，這件事就不至於發生。」

陛下，若不是我要對您據實以告，一定不會把她在悲痛中所說的話轉述給您聽。因為您也知道，女人在痛苦中特別會強詞奪理。

「老婆，」我說：「鎮定一點。你再這麼大叫大嚷，會把鄰居都引來的。人家會想知道你為什麼又哭又叫，但他們不需要知道我們碰上的倒楣事。他們不會同情我們的不幸，也不會安慰我們，相反的，他們會大笑你我的無知，並對我們的遭遇樂不可支。對這件事，我們最好的解決辦法是隱瞞自己的損失，同時順服真主的旨意，持續耐心地裝作若無其事，以免引起他人的懷疑。別再抱怨了，讓我們來感謝真主賞賜給我們兩百個金幣後，只收回了一百九十個，他還仁慈地留了十個給我們，我剛才已經用這些錢買了物料，能給我們帶來一些好日子的。」

不管我的話說得多麼正確，我太太一開始都聽不進去。不過時間能緩和最糟糕的事，她終於接受了事實。

「我們生活窮困，是事實，」我對她說：「但是，富人有的，我們也都有不是嗎？我們難道不是跟他們呼吸一樣的空氣？跟他們享受一樣的陽光和溫暖？如果他們不像我們一樣也會死，那麼他們的安逸無憂和幸福，或許會讓我們嫉妒。看事情要往最好的一面看，富人比我們占優勢的都是一些微不足道的地方，我們不該去想那些微不足道的事。」

陛下，我不會再說一堆大道理來惹你厭煩。我太太和我終於平靜下來，我繼續做繩匠搓麻繩，心裡盡可能平靜，就像沒在那麼短的時間裡接連遭到失去大筆財富的痛苦。

我唯一感到苦惱和為難的是（我經常不由自主地想到），薩迪前來問我怎麼使用他那兩百個金幣，問我他的慷慨贈與使我貧窮的情況改善到什麼地步時，要怎麼告訴他發生的事，儘管這次的不幸不是我自己招來的，而且無論第一次還是第二次，我都沒有做錯任何事。處在這樣的情況裡，我當然感到混亂，但除了屈從於這個感覺，我實在想不出其他補救辦法。

第三筆贈禮

經過比上次更長的時間，那兩位朋友才回來詢問我的狀況。薩德常對薩迪提起，但薩迪總是拖延。「我們等久一點再去拜訪哈桑。」他說：「我們等愈久，哈桑就會愈富有，我看見他時的滿足感就會愈大。」

薩德對薩迪的慷慨贈與會獲得什麼結果，持有不同看法。「你認為你的禮物這次會給哈桑帶來比上次更好的結果？」薩德說：「我建議你別太樂觀，以免結果和你預期的相反，那時的感覺可不好受。」

薩迪說：「大鳶抓走纏頭巾這種事可不會每天都會發生啊。哈桑的纏頭巾被抓走一次，他一定會小心，不會讓這種事發生第二次。」

「我毫不懷疑你的判斷，」薩德回答：「但是還會有你我無法想像的其他意外會發生啊。我再說一次，節制你的喜悅之情，先別預設他的幸福大過不幸福。就算你聽了我的意見後會生氣，我還是把現在的想法和一直以來的看法告訴你。我認為你的方式不會成功，而我的方式會比你的成功；也就是說，讓一個窮人迅速致富，有比給他錢更好的其他辦法。」

在他們兩人對這件事辯論了很久之後，有一天薩德和薩迪終於又碰面了，薩迪說：「夠了，我今天一定要讓自己知道事情怎麼樣了。我們現在就去看看我們倆到底誰成功了。」

兩個朋友立刻動身來找我，他們還在遠處我就看見了。我手足無措，完全不知該怎麼辦才好，差點扔下工作跑去躲起來，讓自己別在他們面前露面。我假裝沒看見他們，連眼也不抬，全神貫注地工作，直到他們來到跟前，問候我說：「願你平安。」出於禮貌，我不能再逃避。我兩眼盯著地面，立刻把自己第二次遭遇到的情況和不幸告訴他們，讓他們明白為什麼我還是跟他們第一次見到我時一樣窮。

「您大概會說，」我做結論：「我應該把那一百九十個金幣藏在別處，而不是藏在那天被搬走的一整缸的糠裡。可是許多年以來，那個土缸一直擺在角落裡裝糠，每次糠裝滿了，我太太把糠賣掉時，從來不會連缸都賣掉。怎麼知道我那天出門後會有個賣皂土的人經過，而我太太正好沒錢，所以把糠和土缸拿去和那人做了這樣一筆交易。您大概會告訴我，我應該把獲贈金幣的事知會太太，可是我不相信像您這麼審慎精明的人會給我這樣的忠告。我要是把錢藏在其他地方，隨便哪裡，我要怎麼樣才能確信它比原來的地方更安全?」我特別對薩迪說:「真主的旨意有許多無法測透的奧祕,我們無法徹底理解,其中之一是真主不樂意我藉由你的慷慨贈禮來發財。祂要我貧窮,不要我富裕。我會永遠覺得虧欠你,如同你的慷慨已經如你所願完全實現了一樣。」

我說完了,薩迪便對我說:「雖然我很想說服自己,你告訴我們並要我們相信的事都是真的,但它卻掩蓋不了你可能把錢拿去縱情酒色,以及糟糕的經濟狀況的事實。無論如何,我都得小心,以免固執地繼續實驗下去,結果卻毀了自己。我並不後悔自己在試圖把你拉出貧窮時所損失的四百個金幣。我是為了熱愛真主而這麼做的,除了為你服務所帶來的快樂,我並未期待別的報酬。如果有什麼能讓我對自己所做的感到後悔,那應該是我選擇了你,而不是另外找一個人;說不定,另外一個人會用那筆錢賺得更大的財富。」

接著,他轉向薩德繼續說:「薩德,你大概注意到我剛才說的,我並未完全放棄你的看法。不過,你有自由進行你一直以來所說的和我相反的實驗,以此說服我有不給錢就能讓窮人發大財的其他方法。我希望你拿哈桑來試驗你的方法。無論你給他什麼,我都說服不了自己,他能靠那東西比靠這四百個金幣發更大的財。」

薩德手裡拿著一截棉繩,他舉起手來在薩迪面前晃了晃,說:「剛才你看見我從腳邊撿起這截棉繩,我現在要把它送給哈桑,你會看見它為哈桑帶來多大的用處。」

薩迪爆出大笑,然後嘲弄薩德說:「一截棉繩!」他大喊:「這一毛不值的東西能對哈桑有什麼用?他能拿一截棉繩幹什麼?」

薩德把那截棉繩遞給我,說:「讓薩迪笑吧,別拒絕接受它。有一天,你會告訴我們這截棉繩給你帶來的好運。」

我認為薩德就是給自己找個樂子，並不當真。不過，我還是收下了那截棉繩，而且為了使他滿意，順手把棉繩塞進懷裡。他們倆於是繼續去散步，我也回到自己的工作。

當天晚上，當我解開腰帶脫衣上床睡覺時，薩德給我的那截棉繩掉到地上。我早就把它忘了。我把棉繩撿起來，隨手放在一旁。

我的鄰居裡有個漁夫，那天晚上，他在修補漁網時發現自己需要一截棉繩，可是家裡卻沒有半點棉繩。時間那麼晚，所有的商店都關了，沒有地方可以去買。然而他急需一截棉繩把網補起來，這樣隔天才能捕到魚來養家活口，而且他在天亮前兩小時就得出海捕魚。他把這緊急情況告訴太太，要她到周圍鄰居家去要點棉繩來。

漁夫太太聽從丈夫的要求，出門一家一家去問，把街道兩邊的人家都問遍了，但沒有人家有棉繩。她回去把消息告訴丈夫，他一一說出鄰居的名字，問她某某人家去敲門問了沒有。她說她都問過了。「哈桑．阿勒哈巴勒家呢？」他說：「我敢打賭，你沒去問他們家。」

「沒錯，」他太太說：「我沒去他家，因為他家最遠；就算我不嫌麻煩走到他家，你覺得我能要到東西嗎？從過去的經驗，我知道當你什麼都不需要的時候，去他家最適合。」

「這不是藉口，」漁夫說：「你這個懶女人，我希望你再跑一趟哈桑家，就算你以前去過一百次都沒討到你要的東西，這次你說不定會發現他們有我要的棉繩。因此，我希望你再跑一趟。」

漁夫太太怨聲載道地出了門，來到我家。那時候我已經睡了，但是被敲門聲吵醒，我開口問她什麼事。「哈桑．阿勒哈巴勒，」漁夫太太提高聲音說：「我先生需要一截棉繩來補他的漁網，如果你家裡恰巧有棉繩，他求你給他一截用用。」

薩德給我一截棉繩的事我記憶猶新，畢竟我睡前脫衣時棉繩掉在地上這事我還沒忘呢。我回答這位鄰居太太說我有棉繩，請她在門外稍候，我太太會把棉繩拿給她。我太太當然也早就被吵醒了，這時起床，按照我告訴她的摸索著找到了那截棉繩。她出去開門，把棉繩遞給漁夫太太。

漁夫太太很高興，走了大老遠總算沒白費力氣。「好鄰居啊，」她對我太太說：「你幫了我先生大忙，我保證，明天我先生第一網所打到的魚，無論有多少，全部送給你，我保證他會同意我說的話。」

漁夫沒想到竟能獲得自己急需的繩子，喜出望外之餘，同意了他太太對我們的承諾。

「我非常感謝你的仁慈，」他對太太說：「你做了我該做的事。」

他補好漁網，第二天早晨天亮前兩小時照例出海捕魚。第一網撒出去，他只捕到一條魚，不過那條魚很大，有一尺多長。之後他又撒了許多次網，每一網都成功捕到魚，只是那些魚都比第一網捕到的小，只有其中一條魚接近第一網那條的大小。

當漁夫捕完魚回到家，他第一個想到的就是我。我正在工作，看見他朝我走來，手裡拎著一條大魚，我十分吃驚。「好鄰居，」他說：「我太太昨天晚上答應你，我今天捕魚撒的第一網，無論捕到多少都送給你，感謝你對我們的幫助。我同意她的承諾。真主只讓我捕到這條魚給你，請你收下。如果真主樂意讓我捕上一滿網的魚，那一網也會是你的。我懇求你收下這條魚，雖然只是一條魚，但是蘊含的祝福並不遜於一大筆贈禮。」

「好鄰居，」我回答：「我給你的那截棉繩太微不足道了，不值得你送我這麼大一條魚。鄰居應該互相幫助。我幫你的這點小事，我相信在相同的情況下你也會這麼幫我。因此，若不是我相信你非常樂意送我這條魚，我肯定不能收你這個禮物。我甚至想，如果我也這樣待你，你會覺得被冒犯了。現在，因為你希望我收下這條魚，我就收下了，並且非常感謝你的贈與。」

一顆奇特的鑽石

我們禮貌的對話到此為止，隨後我把魚拿回去給太太。「拿去吧，」我說：「我們那捕魚的鄰居剛才送來給我的，作為我們昨天晚上送他那截棉繩的回禮。昨天薩德給我那截棉繩當作禮物，並保證它能給我帶來好運，我相信這是我們所能期待的一切了。」

我太太看見那麼大一條魚，顯得有些為難。她說：「你要我拿這麼大條魚怎麼辦？我們家裡的烤架只放得下小魚，也沒有夠大的鍋能拿來煮這麼大的魚。」

我太太在殺魚的時候，從魚內臟裡掏出一顆鑽石，她以為那是一塊玻璃。她聽過鑽石這名稱，但就算她見過或拿過鑽石，她也沒有足夠的知識來區別鑽石和玻璃的差異。她把它拿給我們最小的孩子當玩具，他的哥哥姊姊們也都想玩，於是大家輪流拿在手裡，觀看它美麗和璀璨的光芒。

天黑點上燈以後，孩子們還在繼續輪流把玩那顆鑽石，發現光源遮住之後（因為我太太把燈拿去準備晚餐），那顆鑽石顯得更晶瑩璀璨，這使得孩子們開始你爭我奪，每個人都想測試一下。當大的孩子沒有按照自己答應的把鑽石讓給小的做測試時，小的哭叫起來，於是大孩子被迫交出鑽石來安撫弟弟妹妹。

小玩意通常能使孩子們開心，也會造成他們彼此爭鬧不休，這種情況很常見，因此我和我太太都沒去留意他們吵鬧爭奪的是什麼，最後他們幾乎把我們吵昏頭了。等到幾個大孩子坐下來跟我們一起吃飯，我太太去餵小的，這場吵鬧才終於停下來。

晚飯後，孩子們和之前一樣又聚在一起吵鬧不休。我不得不問他們究竟在吵什麼。我把老大喊過來，問他到底和弟弟妹妹在吵什麼。「爸爸，」他說：「是為了一塊玻璃，當我們背過身子遮住光源時，它會變得更明亮。」

什麼玻璃。

我叫他把東西拿過來給我，然後我自己試了一下。結果令我大感意外，我於是去問太太，這是

「我不知道，」她說：「是我殺魚的時候從魚肚子裡掏出來的。」

我想的跟她一樣，以為這就是一塊玻璃而已。我始終沒再多想。我讓太太拿燈罩把燈罩住。她照我的話做，我看見那塊我以為是玻璃的東西發出了明亮的光，我們上床睡覺完全不需要燈就能看清楚。我要太太把燈熄了，然後把那塊玻璃放在燈罩邊上，靠它來照明。「你看，」我說：「這是我朋友薩德贈送的那截棉繩給我們帶來的另一個好處，讓我們省下了燈油的開銷。」

當孩子們看見我熄了燈，用一塊玻璃取代了燈，他們的驚奇、興奮和羨慕達到了頂點。他們發出了震耳欲聾的叫喊，四周的鄰居肯定都聽到了。我和太太為了讓他們閉嘴安靜，只有更大聲斥喝他們，如此一直吵到他們全都上床睡覺為止。那時他們已經花了許多時間，用自己的方法玩夠那塊會發出奇妙光芒的玻璃了。

孩子睡著以後，我和太太也很快上床就寢。第二天我如同往常一樣，一大早出門工作，再也沒去想那塊玻璃的事。對我這樣的人來講，一塊玻璃沒什麼好奇怪的。我常看到玻璃，但我從未見過鑽石，就算我見過鑽石，我也懂得不多，不足以瞭解它們的價值。

陛下，現在我得向您說明一下，我家和隔壁鄰居之間只隔著一層抹了石膏灰泥的木板牆。隔壁住的是一個非常富有的猶太珠寶商人，他和他太太的臥室跟我家就隔著那層木板牆。當我家小孩興奮得大喊大叫的時候，隔壁早就休息的那兩口子被我家小孩吵醒，這一醒讓他們很久都無法入睡。

第二天，那個猶太女人以她丈夫的名義（其實也包括她自己）來向我太太抱怨，他們第一次睡

著以後受到多大的干擾。

「親愛的瑞秋啊，」我太太說：「我真抱歉孩子吵醒你們，讓你們沒睡好，請你們原諒他們吧。你也曉得小孩是怎麼回事，一點小事就能讓他們大哭或大笑。請進來吧，我讓你看看引發你抱怨的東西。」

猶太女人進了門，我太太走到燈罩前，從底下取出鑽石，就那麼一顆。她遞給猶太女人說：「你瞧，昨天晚上讓孩子們大呼小叫、吵得你們不能睡覺的，就是這塊玻璃。」猶太女人見識過各式各樣的寶石，立刻以一種讚賞的目光察看那顆鑽石。我太太告訴她，這東西是在魚肚子裡找到的，然後把怎麼會有這條魚的前因後果都說給她聽。

我太太一說完，那猶太女人一邊喊著我太太的名字，一邊把鑽石還給她說：「阿伊絲哈克，我和你想的一樣，這就是塊玻璃，不過這是一塊不錯的玻璃，我家裡也有一塊跟這個差不多，有時候我也拿出來戴著玩。這樣吧，要是你願意賣的話，我想跟你買這塊玻璃，好跟我那塊湊成一對。」我家小孩聽見他們的玩具有可能被賣掉，立刻大呼小叫起來，都求媽媽別賣掉它，為了安撫孩子讓他們安靜下來，我太太不得不保證不會賣掉那塊玻璃。

那猶太女人見這情況，只得往外走。我太太送她到門口，她離開時壓低聲音拜託我太太，如果她想賣掉那塊玻璃，在拿去給別人看之前，一定要先通知她。

我的猶太鄰居一早就去自己的店鋪開店，那鋪子位在城中珠寶商店聚集的區域。他太太離開我家後立刻去找他，告訴他她剛才的發現。她把那顆鑽石的大小、大概的重量、漂亮程度、色澤的細膩度、鑽石的璀璨光彩，以及按照我太太所言它能在夜晚發光這個最重要的特性，全都告訴了她丈夫。那顆鑽石的獨特性，讓人更相信它顯然未經人工琢磨。猶太人立刻要他太太回家，囑咐她來找我交易，先用她認為合適的低價來跟我談，可以一路加價到她認為難以接受為止。總之，無論花多少錢，都要把那顆鑽石買下來。

那個猶太女人按照丈夫的指示，沒等我太太決定是否要賣那塊鑽石就來找她，私下問她願不願意用二十個金幣賣掉它。我太太心裡想，一塊玻璃能賣二十個金幣，確實是一筆不小的數目。不過，我太太沒有馬上回答，只對那猶太女人說，她必須先跟我商量之後才能決定。

就在她們談論交易時，我放下工作回家吃飯，看見她們站在門口交談。我太太攔住我，問我願不願意把她在魚肚子裡發現的那塊玻璃以二十個金幣出售，這是我們鄰居猶太女人開的價錢。我沒有馬上回答。我回想薩德在給我那截棉繩時對我做的保證，說它會為我帶來好運。我的沉默讓那猶太女人以為我嫌她開的價錢太少，於是她說：「好鄰居，我把價錢增加到五十個金幣，這樣你滿意了嗎？」

我見那猶太女人這麼快就把價錢從二十個金幣提高到五十個金幣，便堅定地告訴她，這價錢比我打算要賣的相差太遠。「好鄰居，」她回答：「好吧，乾脆一點，一百個金幣吧，這可是筆大數目啊。我甚至不曉得我先生會不會同意我的出價。」

面對新開的價，我告訴她，我打算賣十萬金幣，雖然我知道這塊鑽石的價格不止十萬金幣，但是因為她和她先生是我們的好鄰居，所以我只賣十萬就好。我確定這價錢不貴，如果他們不願意出這個價，我相信其他珠寶商人會給我更高的價格。

那猶太女人急於談成交易，叨叨唸唸一路往上把價錢加到了五萬金幣。她的這種急切更確定了我的決心，拒絕了她開的價。她說：「沒有我丈夫的同意，我無法把價錢再往上加了。如果你願意耐心等候，等他晚上回來，過來看看那塊鑽石並跟你談，我會很感激你的。」於是我向她保證，我會等她先生回來。

到了晚上，猶太人回到家，得知他太太跟我太太和我都沒談成交易，甚至她把價錢加到五萬金幣都無法誘惑成功，最後她只好請我幫忙，等她先生回來再談。於是猶太人等我工作結束後回到家便來找我。

「好鄰居哈桑，」他說著，朝我走過來：「你太太拿給我太太看的那塊鑽石，你能讓我見識見識嗎？」我很樂意請他進門，把東西拿給他看。

當時天色已暗，不過燈還沒點上，他馬上就注意到那塊鑽石在我手中散發出的燦亮光芒（連我的手都被照亮），他確定他太太所說的一點也不假。他接過鑽石，仔細察看了半天，不斷發出各種讚賞的聲音。

「好鄰居，」他說：「我太太告訴我，她開價五萬金幣，但為了讓你滿意，我再加兩萬。」

「好鄰居，」我回答：「你太太可能也對你說了，我開的價錢是十萬金幣。你若無法付我這個價錢，那麼我就會留下鑽石。就是這樣，沒有其他選擇。」

他跟我討價還價許久，一直希望我能再降價，但無法讓我降低任何一毛錢。由於害怕我會把鑽石拿給其他珠寶商看（沒錯，我早該這麼做的），他始終不肯離開，直到最後依我的價錢談定了交易才走。他告訴我，他家裡沒有十萬金幣，但是明天這個時候他會把說定的數目全數交給我，接著他就回家拿了兩袋各一千的金幣來給我，當作這筆交易的訂金。

第二天，我不知道那猶太人是去跟朋友借錢，或他是珠寶商會的一分子，總之，他付給我說定的十萬金幣，並且在他答應我的時間送到，我也把鑽石交給他。

那顆鑽石就這樣賣掉了，我也發了大財，並且遠遠超過了自己的期望。我感謝真主仁慈又慷慨的賞賜。如果我知道薩德住在哪裡，我會去找他，匍匐在他腳下，以此證明我對他的感激。我也會同樣對薩迪表示我的敬意，獲得幸福之後，我的第一個反應是我欠了他，雖然他對我的善意沒有成功，我還是欠了他。隨後我想，這麼大一筆錢，我一定要好好使用，不可亂花。我太太的腦子裡已經充滿了女人常有的各種虛榮，希望我馬上為她和孩子買漂亮的衣服，買大房子，把房子裝潢得優雅闊氣。

「老婆，」我說：「我們一開始不應該把錢花在這些事情上面。相信我，你要的東西，以後我都會買給你。雖然金錢的使用方式是把它花掉，但是我們必須用這種方式來花：我們要設定一筆存款或基金，這樣在花錢的時候才不怕把它花完。我要全心全意好好想這件事，明天我就會設立好這個基金。」

隔天我花了一整天時間，雇用一群我這個行業的優秀繩匠。他們的生活向來過得比我好，現在我用預先付款的方式拉攏他們以新方式為我工作，成為另一種繩匠。我要他們每個人按自己的能力和力量來工作，然後按照他們工作的成果發放工資，保證準時，絕不拖欠。之後的日子，我繼續按這方式到處雇用繩匠為我工作。從那時起，我雇用了巴格達所有的繩匠，我也保持承諾，確實支付工資，讓他們都很滿意。

有了這麼多工人，自然能生產出大量的產品。我在各地租下倉庫，每個倉庫都請一個辦事員負責收貨清點以及批發零售的出貨。靠著這種方式，我的收入和獲益迅速倍增。之後，為了要讓分散在各地的倉庫能夠集中，我在一個破落的區域買了一棟占地廣闊的大房子。我把那房子拆了，然後重新蓋了陛下您昨天看見的那間大宅。不管它外觀看起來有多漂亮，對我而言，它就是一棟符合我需要的倉庫，以及我和我家人的住處。

老友重逢

我從過去狹小的住家搬到新家一段時間後，原本已經忘了我的薩迪和薩德突然想起我來，兩人同意再來探望我。有一天，他們散步經過從前我在繩鋪裡工作的那條街，大為吃驚，因為事情不像他們當初遇見我時所見的那樣，我已經不在那個小鋪子裡搓麻繩了。他們打聽我的下落，想知道我是生是死。當他們得知自己所打聽的人已成為大富翁，別人早已不再喊我哈桑，而是科吉亞．哈桑．阿勒哈巴勒（意思是：那個製繩的大商人哈桑）時，更是驚奇不已。大家告訴薩迪和薩德，大商人哈桑在某條街上蓋了一棟如宮殿般富麗堂皇的大宅。

這兩位朋友依照描述來到這條街找我，一路上，薩迪怎麼也想像不出我這龐大財富的基礎是來自薩德給我的那一截棉繩。他對薩德說：「能給哈桑．阿勒哈巴勒帶來這樣的財富，我真是太高興了。不過我實在不贊成他對我說了兩次謊，從我這裡拿走了四百個金幣，而不是兩百。你給他的那截棉繩是不可能讓他致富的，除了我也沒有人能給他那麼多的錢。」

「這是你的想法，」薩德說：「但是我有不同的看法。我也不明白你為什麼對科吉亞．哈桑做出不公平的假設，指他說謊騙了你的錢。先容我假定他告訴你的是真話，而我給他的那截棉繩，是他財富的唯一來源。關於這一點，科吉亞．哈桑很快就會為我們說明的。」

這兩位朋友就這麼一邊說著話，一邊踏進我家所在的那條街。他們問人哪一戶是哈桑家，旁人為他們指示了方向。他們看著房子的正面，幾乎不敢相信自己找的就是這個地方。他們敲敲門，我的門房開了門。薩迪很怕自己在找我的過程中失禮誤闖了某個高官宅邸，因此他對門房說：「他們為我指引，說這是科吉亞．哈桑．阿勒哈巴勒的家，請告訴我們，我們是不是找錯人家了。」

「先生，您們沒找錯。」門房回答，把門拉得更開一些：「這就是科吉亞．哈桑．阿勒哈巴勒的家。請進，他在房間裡，您們進去後可以找僕人通報您們的來訪。」

僕人來向我通報他們二人的到來，當然我一見面就認出他們來了。我從椅子上跳起來，朝他們奔去，直接伸手要拉他們的衣角來親吻。他們不顧我的意願阻止了我，甚至委屈自己擁抱我，使我感激不已。我請求他們坐在靠近花園的大沙發，同時自己去坐可坐四人的小沙發。我請求他們坐上座，但是他們要我坐上座。

「兩位先生，」我對他們說：「我沒有忘記自己是那個貧窮的哈桑．阿勒哈巴勒，就算我有改變，就算我沒欠你們的恩情，我也知道該怎麼報答你們，何況我欠兩位的可大了。因此，我請求兩位不要使我不知如何是好。」

他們坐了該坐的位子，我在他們對面坐下。薩迪開始了我們的談話。他對我說：「科吉亞．哈桑，看到你幾乎達成我送你禮物時盼望你會達到的光景，我真說不出我有多麼高興。說到我兩次分別給你的兩百金幣，我不是故意責備你，我確信那四百金幣給你帶來了奇妙的改變，使你發達致富，這情況令我太滿足了。只有一件事令我不安，就是我不明白你為什麼兩次對我隱瞞真相，宣稱你因為意外把錢搞丟了。我當時覺得難以相信，現在依舊難以相信。難道你是因為上次我們見到你時，那四百金幣對你生活的改善成效還不明顯，以至於你羞於承認？我只能相信是這個原因，我想你會證實我說的沒錯吧。」

薩德對薩迪這一番話顯得難以忍受，忿忿不平，兩眼盯著地面，一直搖頭。

不過，薩德忍著讓薩迪把話說完，沒有插嘴。等薩迪說完，薩德便開口說：「薩迪，抱歉，在科吉亞．哈桑回答你之前，我要搶先開口告訴你，你固執不相信他上次對你所做的保證，先入為主認為他不誠實，讓我非常驚訝。我已經告訴過你，現在再說一次，我從一開始就相信哈桑，認為發生在他身上的那兩次意外十分簡單明瞭，無論你怎麼說，我都認為那是真的。不過，現在讓哈桑說吧，我們會從他口裡得知，我們誰對他的判斷是公正的。」

等他們兩人都說完了，我才開口，對他二人說：「兩位先生，要不是我確定兩位不會因為我的事而導致你們內心堅固的友誼破裂，對你們要求我做的解釋，我該怪自己老是悶不吭聲。現在，因為兩位想知道，我就為兩位解釋。不過，我首先要向薩迪先生聲明，我上次是誠實告訴您發生在我身上的事，這次也一樣。」接著，我就把整件事情從頭到尾告訴他們，就如同我對陛下您報告的一樣，連最小的細節都沒有漏掉。

薩迪完全沒聽進我的說明，一點也沒有，同樣的，這些事也沒改變他的任何偏見。當我說明完畢，薩迪說：「科吉亞．哈桑，在魚肚子裡找到鑽石的奇遇，顯然就跟大鳶抓走你的纏頭巾，還有拿一缸的糠去換皂土一樣令人難以置信。不過既然你這麼說，那就算真有這麼一回事吧，我確信你已經不再窮苦，成為富翁。我唯一的目的是你能靠我的辦法致富，我由衷地為你成為富翁而感到高興。」

天色漸晚，他們起身打算告辭。我連忙站起身來挽留，說：「兩位先生，請容我對兩位提個要求，請求你們別拒絕。我請兩位留下來在我家吃頓便飯，然後住上一晚。明天早晨，我請兩位搭船到我在鄉間買的一棟小別墅享受清新的空氣，等午後我再從馬廄裡挑選駿馬，提供二位騎馬裝備，我們由陸路返回。」

「如果薩德沒有別的事要忙，」薩迪說：「我已經準備好接受啦。」

「我沒其他的事要忙，」薩德說：「沒有什麼能妨礙我享受你的陪伴。不過，我們得給兩家人送個口信回去，免得家裡的人等我們。」我喊來一個奴隸，讓他們倆交代要奴隸去通報的事，我則吩咐僕人準備晚飯。

預備晚飯的過程中，我帶兩位恩人參觀整棟房子，他們發現這房子非常大，並且建造得完全符合我的需求。我稱他們兩位是恩人，兩人毫無差別，因為若沒有薩迪，薩德永遠不會給我那截棉繩；若不是薩德，薩迪不會來跟我攀談，給我那四百金幣，我認為那筆錢是我幸福的起源。我領他們回到原來的房間，他們問了我許多問題，特別是我的生意；我一一回答，我的管理方式讓他們顯得十分滿意。

終於，僕人來通報晚餐已經備妥。晚餐設在另一個房間，我帶他們走過去。他們非常喜歡屋中的照明方式，還有房間和食具櫥櫃的整潔，最重要的是，他們發現晚餐每道菜都非常符合他們的口味。用餐時，我還請了演奏樂器和唱歌的人在一旁表演。用完餐後，我又請來一群男女舞者表演舞蹈，此外還有其他娛樂。總之，我盡心盡力向兩位恩人表示，我對他們懷有何等難以描述的感激。

獲得清白

第二天，我已經安排好和薩迪、薩德一大早出發，享受清新涼爽的空氣。我們在日出前抵達河邊，那裡有一艘整潔舒適、鋪著地毯的遊船泊在岸邊等候。我們一同上了船，在六個熟練的槳手划動下，乘風破浪，大約一個半小時後抵達了我在鄉間的別墅。

上岸後，兩個朋友停下腳步，欣賞別墅美麗的外觀，又讚歎它坐落在景色最佳的位置。整棟房子既不顯得局促，也不會大而無當，無論從哪個角度看，都十分賞心悅目。我領他們進屋，讓他們注意到每個房間之間的動線多麼合宜，另外還有我的辦公室及其他各種便利之處。他們覺得整棟別墅充滿活力又討人喜歡。

隨後我們走進花園，他們最喜歡園林中種植的各種橙類和佛手柑。這些開著花、結著果的樹木一排排井然有序，空氣中瀰漫著花香和果香，每棵樹都有各自的灌溉水道，四季不停從河裡引水灌溉。濃密的林蔭、芬芳的空氣，使我們即使置身豔陽下也不燠熱。潺潺的水聲，無數鳥兒終日不停的婉轉啼鳴，以及其他許多令人愉快的事，都讓他們開心不已。他們每走幾步就要停下來，有時是感謝我帶他們來這麼美好的地方，有時是恭喜我買了這麼理想的地方，此外，他們還給我許多各種的稱讚。

這座園林占地十分廣闊，我帶他們走到園林盡頭，讓他們看看幾棵用來當作園林邊界的大樹。隨後，我領他們來到一個四面敞開的小屋，屋旁有簇簇棕櫚樹為它遮蔭，但又不會遮住觀賞風景的視線。我請他們進屋休息，在鋪滿織錦和靠枕的沙發上坐下。

我的兩個兒子也在屋裡，我把他們和家庭教師送到這兒來居住，享受鄉間清新的空氣。兩個孩子向我們問安後離開，進園林去找鳥窩。孩子們看見最大那棵樹的樹枝上有個鳥窩，本來想爬上去，但是力氣不夠，爬樹的技巧也不行，於是他們把鳥窩指給我指派伺候他們的奴隸看，希望他能幫他們把鳥窩取下來。

那奴隸爬上樹，拿到了鳥窩，不過，他很吃驚，因為那個鳥窩是用纏頭巾做的。他原封不動地拿著鳥窩爬下樹，然後把纏頭巾捧給孩子們看。他想到我可能會感興趣，便把纏頭巾連同鳥兒交給我大兒子，要他們拿來給我。我看見兩個孩子遠遠跑過來，一臉興奮；小孩子發現鳥窩都是這樣的。大兒子把鳥窩捧給我，說：「爸爸，你看這個鳥窩是纏頭巾做的，對吧？」

對這新發現，薩迪和薩德跟我一樣吃驚，但是我比他們更驚訝，因為我認出這就是我被大鳶抓走的纏頭巾。我在驚奇中把它上上下下檢查了一遍，並問那兩個朋友，他們還記不記得第一次見到我幫助我時，我用的是什麼樣的纏頭巾。

「我想，」薩德回答：「薩迪應該和我一樣，都沒注意到你的纏頭巾。不過，我跟他都毫不懷疑，那一百九十個金幣在這纏頭巾裡。」

「先生，」我回答：「您不用懷疑，這是同一條纏頭巾。我除了認得它，還從它拿在手裡的重量察覺到錢還在裡面。如果你不嫌麻煩，願意拿在手掂一掂，你也會相信的。」我把纏頭巾交給他（鳥窩中的鳥我已經交給孩子了），薩德拿在手裡掂了掂，又拿給薩迪讓他掂掂纏頭巾的重量。

「我已經準備好相信它是你的纏頭巾了。」薩迪說：「不過，當我親眼看見那一百九十個金幣時，我會更相信。」

「那麼，兩位先生，」我取回纏頭巾說：「在我拆開它之前，請你們仔細檢查。請注意看，它已經在樹上放了很久的時間了，久到有鳥在裡面做了窩，鳥窩妥適地做在纏頭巾裡，這絕不是人工做的，這可證明自從大鳶抓住纏頭巾飛走後，就把它扔在或放在那棵樹上，繁密的樹枝讓它沒有墜落地面。我說這麼仔細，請兩位不要介意，我非常樂意消除自己帶給人的任何懷疑。」

薩德贊成我的說法。「薩迪，」他說：「這話是對你而不是對我說的，因為我百分之百相信科吉亞．哈桑沒有欺騙我們。」

就在薩德說話的時候，我拆開纏頭巾的那圈亞麻鑲邊，拿出放在裡面的錢包，薩迪認出那正是他給我的錢包。我把錢包裡的金幣全部倒在他們面前的地毯上，對他們說：「兩位先生，金幣都在這裡了，請你們數一數，看數目對不對。」

薩德把金幣分成十個一疊，總共算出有一百九十個。事情如此清楚明白，薩迪無法迴避，於是他對我說：「科吉亞．哈桑，我承認這一百九十個金幣沒有幫助你發財。但是，讓我相信你藏在裝糠的缸裡的另外一百九十個金幣在你發財過程中至少幫上了忙。」

「先生，」我回答：「那筆錢和這筆一樣，我對你說的都是實話。你不會要我把話收回，然後捏造一個謊言告訴你吧？」

「科吉亞．哈桑，」薩德對我說：「讓薩迪愛怎麼想就怎麼想吧。我全心全意相信，他認為你今天所擁有的財富，起碼有一半是受惠於他給你的第二筆錢。薩迪並未質疑在魚肚子裡找到的那顆鑽石的價值，因此我假設他願意承認你另一半的財富是我給你的那一截棉線做出的貢獻。」

「薩德，」薩迪回答：「我認為你就愛這麼想，但是也請你讓我擁有自由去信我所信的，就是只有用錢才能賺到錢。」

「哦！」薩德回嘴：「如果我碰巧找到一顆值五萬金幣的鑽石，並用鑽石換得五萬金幣，難道我是用錢賺得這筆數目的嗎？」

爭論到此為止。我們起身回到別墅，止好午飯已經擺好，我們坐下吃飯。飯後，我留下兩位客人自由活動或安靜歇息，度過一天最炎熱的時刻，我自己則為管家和園丁分配工作。一會兒之後，我回來陪客人聊天，我們天南地北無所不談，直到最熱的時辰過去，我們重返花園，待在蔭涼處直到黃昏。

隨後，我和兩位朋友騎上馬，在一個奴隸的隨侍下返回巴格達。我們在月光下騎馬前行，在天黑兩小時後到家。不知為何，由於僕人的疏忽，家中竟然沒有穀物可以餵馬了。賣穀物的店不但遠，而且早已經打烊了，根本不可能買到任何飼料。

僕人到四鄰去搜購，其中一個奴隸在鄰近的店家看見一缸子的糠，立刻全部買下，連缸一起帶回來，答應店家第二天把缸送回去。那奴隸把糠全倒進馬槽裡餵馬，就在他把糠撥勻，好讓每匹馬都能吃到時，他撥到了一包東西，是個綁得緊緊的麻布包，拿在手裡沉甸甸的。他沒敢打開，立刻拿著麻布包來見我，原原本本地呈給我，說，這也許是他常聽見我提及兩個朋友的故事時所講的那包東西。

我欣喜若狂地對兩個恩人說：「兩位先生，真主樂意在我們分手之前，讓你們徹底相信事情的真相，也就是我始終不停向兩位保證的。」我轉向薩迪說：「請看，這是我從你手中獲得的另外一百九十個金幣，我一看見這麻布包就認出來了。」我打開那塊舊麻布，在他們面前把錢數清楚。我同時吩咐奴隸把缸也拿來。我認得就是那個缸，我又讓人把缸送去給我太太，問她認不認得，同時吩咐不可告訴她剛才發生的事。我太太立刻認出那個缸，並讓僕人帶話給我說，這就是那個她拿去換了皂土的裝糠的缸。

薩迪率直地承認了自己的錯誤：他對薩德說：「我放棄我的觀點，同意你說的，金錢不是發達致富的保證。」

當薩迪說完，我對他說：「先生，我不敢要你拿回這三百八十個金幣，如今真主樂於將它攤開在眾人眼前，是為了讓你消除視我為無賴的看法，儘管你那麼想只是好玩。我很肯定，你送這禮物給我時也沒有打算把它拿回去，而我也不想占這份便宜，我很滿足於以其他的方法致富。不過，我希望你能同意，我明天把這筆錢拿去救濟窮人，如此一來，真主也許會用它來獎賞我們雙方。」

兩位朋友在我家過了第二個晚上。隔天，他們高興地擁抱我，然後告辭回家。他們十分滿意我對他們的接待，十分滿意我雖然因為他們而致富，但沒有濫用我的好運，也十分滿意我在感謝真主之後感激他們。

我隨後分別前往他們家向他們致意和致謝。從那時開始，我十分在意他們允許我繼續去拜訪他們，深耕彼此的友誼，將此視為極大的榮幸。

哈里發赫崙．剌序德非常專注地聆聽科吉亞．哈桑的故事，直到哈桑不再說話，哈里發才察覺他已經說完了。

於是他說：「科吉亞．哈桑，我已經很久沒有聽到這麼精彩又讓我很愉快的故事了。你做的事很討真主的喜悅，因此祂賜給你今世的幸福。你可藉由善用真主賜給你的祝福，繼續表明你對祂的感謝。我想告訴你，那顆讓你發達致富的鑽石，如今在我的藏寶庫裡，我很高興得知它在來到我這裡之前原來有這麼個故事。我得說，那顆鑽石是我見過的寶物中最寶貴的，又是我擁有的寶物中最值得讚賞的東西。不過，薩迪心裡可能還對那顆鑽石存有一點疑慮，因此我希望你去把薩德和薩迪帶來，讓管理我寶庫的總管將鑽石拿給薩迪看，讓他知道一個窮人要在短時間內不費力就發大財，不一定非要依靠金錢不可。我還要命令你把你的故事告訴我的藏寶庫總管，讓他找人寫下來，然後把故事和那顆鑽石保存在一起。」

說完之後，哈里發向科吉亞．哈桑、西迪．努曼和巴巴．阿巴達拉點頭示意，表示他很滿意他們的彙報。於是他們在王座前伏身叩拜、告退。

10 阿拉丁和神燈的故事

很久很久以前，中國的都城裡有個窮裁縫，他有個兒子名叫阿拉丁，這孩子從小調皮搗蛋，不肯學好。阿拉丁十歲時，他父親想把手藝傳給他，因為家裡窮，沒錢送他去學習做生意或其他技能。父親把阿拉丁帶到自己店裡，想教他裁縫手藝，但是這孩子性情乖張，老愛和大人作對，成天只想跟街上的野孩子玩耍，沒有一天肯乖乖坐在店裡。阿拉丁每次一見父親忙於接待顧客或其他事，就不由自主逃出去，和一群跟他一樣不學好的孩子四處去玩。

阿拉丁就這麼每天遊蕩，不聽父母的管教，也不肯學任何手藝。對於兒子的乖張不受教，阿拉丁的父親悲憤又懊喪，積鬱成疾，不久便撒手人寰。然而聰明的阿拉丁依然故我，不求長進。他的母親見丈夫去世，兒子淪為不務正業、無可救藥的混混，只好賣了裁縫鋪和鋪中的一切，在家紡織棉花為生，天天操勞，勉強養活自己和不成材的兒子。阿拉丁見自己擺脫了父親的嚴厲管束，益發變本加厲地粗野乖張，除了回家吃飯，成天不見蹤影。他可憐的母親就靠雙手紡織棉線來養活兒子，轉眼阿拉丁來到了十五歲。

北非來的魔法師

有一天，阿拉丁坐在街上，和一群遊手好閒的男孩正在玩，看哪，有個北非來的托鉢僧經過時停下了腳步，觀看那群孩子，並從中挑出了阿拉丁。他凝神打量男孩，審慎思考一番，相中了他。這個托鉢僧來自巴巴利地區[1]，是個魔法師，能用法術把一座山疊到另一座山上，也非常擅長觀看面相。

當他相中阿拉丁，心裡嘀咕著：「這男孩正是我要找的。他正是我離鄉背井四處尋找的對象。」於是他把其中一個孩子叫到一邊，打聽阿拉丁是誰家的孩子，還有一切與阿拉丁有關的事。之後，他上前招呼阿拉丁，把他叫到一旁說：「孩子啊，你是不是某某裁縫的兒子？」

阿拉丁回答：「是的，大人，但我父親已經去世好多年了。」

北非魔法師聽見這話，張開雙臂，上前一把摟住阿拉丁，又是親吻又是流淚，眼淚沿著臉頰滾滾而下。

這北非人的舉止讓阿拉丁目瞪口呆，問他：「大人，你為什麼哭？你什麼時候認識我父親的？」

北非人悲傷啜泣著，一邊回答：「我兒啊，你告訴我你父親的死訊後，怎麼還能問我這個問題？我是你父親的弟弟啊，他是我的親哥哥，我懷著興奮的心情，從自己居住的國家遠道而來，打算在漂泊多年後探望哥哥，跟他好好敘舊，讓我心裡得些安慰，沒想到你竟告訴我他去世了！幸好，血緣的關係讓我一眼看出你是我哥哥的兒子，在這一群孩子裡，我一眼就把你認出來了。我離開你父親時他還沒結婚呢。現在，我兒阿拉丁，」他繼續說：「我失去了你父親，我親愛的哥哥，也失去了安慰和快樂。我一直指望在漂泊多年之後，能在自己死前再見他一面。天人永隔的痛苦狠狠打擊我，使我無處可逃，也完全沒有辦法對抗至高真主命定的法條。」

他又抱住阿拉丁說：「我兒，除了你，我沒有其他安慰了。從今以後，你取代你父親在我心中的位置，因為你是他的繼承人。我兒，你父親留下子嗣，雖死猶生啊。」說完這話，他伸手進口袋裡掏出十個金幣，交給阿拉丁說：「我兒，你家在哪裡？我哥哥的妻子，也就是你母親，在哪裡？」

---

1 巴巴利（Barbary），又譯巴貝里海岸或巴貝里，是十六至十九世紀歐洲人對馬格里布的稱呼，指北非的中部和西部沿海地區，相當於今天的摩洛哥、阿爾及利亞、突尼西亞及利比亞。這個名詞衍生自北非的柏柏爾人。（譯注）

阿拉丁拉著他，告訴他自己家要怎麼走，魔法師對他說：「我兒，拿著這些錢去交給你母親，代我問候她，告訴她，你叔叔從漂泊中歸來了。如果真主許可，我明天會去拜訪你們，親自問候她，並且看看我哥哥生前住的地方，還有他死後埋葬之處。」

阿拉丁親吻他的手，歡天喜地地匆匆跑回家去見母親，一反平日吃飯時才回家的習慣。他進門見到母親，非常高興，對她說：「媽媽，我給你帶來我叔叔的好消息。他流浪多年以後，終於回來了，還要我代他問候你呢。」

「兒啊，」她說：「別跟媽媽開玩笑。你叔叔是誰？你這輩子什麼時候有個叔叔？」

他說：「媽媽，你為什麼說我沒有叔叔，也沒有親戚呢？這個人真的是我叔叔，他抱我、親我，還哭了，又叫我一定要把這件事告訴你。」

她回答說：「兒子啊，沒錯，你是有個叔叔，但他早就去世了。我不曉得你還有另一個叔叔。」

至於那個北非魔法師，他隔天一早起來就出門去尋找阿拉丁，一刻都不想再跟那個孩子分開。他逛過城裡的大街，找到了少年，阿拉丁像往常一樣和一群遊手好閒的人混在一起。魔法師上前拉住阿拉丁的手，擁抱親吻他，然後從錢袋裡拿出兩個金幣，對阿拉丁說：「去找你母親，把這兩個金幣交給她，對她說：『叔叔要來我們家吃飯，你拿這兩個金幣去買菜，做一頓好吃的晚飯。』不過，你走之前，再告訴我一次你家怎麼走。」

「叔叔，我來帶路。」阿拉丁回答，帶頭往前走，把自己家指給他看，然後魔法師離開去忙自己的事。

阿拉丁回家告訴母親剛才發生的事，把兩個金幣拿給她說：「叔叔要來和我們一起吃晚飯。」她連忙起身，出門去菜市場買了所有需要的東西，回家後又去鄰居家借了幾個碗盤，然後開始準備晚飯。

晚飯做好，她對阿拉丁說：「兒啊，晚飯已經做好了，你叔叔說不定找不到路，你出去看看他在哪裡。」

阿拉丁回答：「知道了，這就去。」

不過，就在他們這麼說的時候，門上傳來了敲門聲。阿拉丁趕緊去開門，門外果然是那個北非魔法師，後面還跟著一個拿著酒和水果的奴隸。阿拉丁接過酒和水果，奴隸離開，魔法師跨進門來，向阿拉丁的母親請安，接著哭起來，問她：「從前我哥哥通常坐在哪個位子？」

她指出從前自己丈夫坐的位子，魔法師立刻走過去，伏下身來親吻地面，說：「唉，自從我失去你，我再也難以快樂起來，我的命運令人悲傷，我親愛的哥哥，我眼中寶貴的蘋果啊！」他就這麼沉浸在哭泣和哀悼中，悲傷得幾乎昏厥，直到阿拉丁的母親確定他是真心誠意在哀悼。

她走上前扶他起來，說：「你哭到斷氣也對自己無益啊。」接著好言安慰他，又扶他在椅子上坐下。

當她在桌上準備菜飯時，魔法師開始對她說起自己的經歷。他說：

「嫂子啊，你這輩子從未見過我，當我哥哥在世時你也沒聽說過我，但你別覺得奇怪。我離開自己的家鄉，成了在外四處流浪的人，轉眼已經四十年。我去過印度、信德、阿拉伯所有地方，不久又去了埃及，在宏偉的開羅城居住過一段時間。那真是個奇妙無比的地方。最終我去了巴巴利，在那裡住了三十年。

「有一天，我坐在家中，東想西想，嫂子啊，我一下想到了家鄉，想到了自己出生的地方，想到自己的親哥哥，突然渴望再見到他。這念頭愈來愈強烈，讓我忍不住哭起來，哀傷自己漂流多年，離他這麼遠。總而言之，我的渴望糾纏著我，直到我決心返鄉，回到我心心念念的出生之地，說不定還能見到自己的哥哥。我對自己說：『老兄，你打算離鄉背井，在外漂泊多久呢？你難道不是只有一個哥哥嗎？快起來收拾行裝，在你死前去看看他。要知道世事變化無常，人有旦夕禍福，如果你不幸就這麼死了，那就再也見不到哥哥了。此外，讚美安拉給了你這麼多財富，但你哥哥可能又窮又苦，食不果腹，等你見到他，還可以幫幫他。』

「於是，我立刻起來整理行裝，準備一切旅行用品，接著唸誦〈開端〉[2]，在星期五的祈禱結束後，立即騎馬上路，一路上經過許多艱辛勞頓，又吃了許多苦，多虧真主保佑（唯獨真主尊貴偉大），終於到達了這座城。我進了城，走遍它的大街小巷，直到昨天，靠著偉大的安拉，我終於看見哥哥的兒子阿拉丁，當時他在大街上跟一群男孩玩耍。

「嫂子啊，一看見他，我的心馬上被他吸引，這是天生血緣的渴望啊，我的靈魂告訴我那就是我哥哥的兒子。一看見阿拉丁，我頓時忘了所有跋涉的艱苦和麻煩，高興得快要飛起來。可是，當阿拉丁告訴我，我哥哥已經離世回到至高真主的慈悲中，我悲傷悔恨得幾乎昏厥。他大概已經告訴你我如何悲痛欲絕了。不過，阿拉丁的存在還是給了我一些安慰，他取代了死者還活著，既然有這子嗣，死者也就雖死猶生了。」

魔法師見這番話讓她淚流不止，於是轉向阿拉丁說話，看起來就像希望她原諒自己提起她的丈夫，同時也假裝是在安慰她，以便讓自己的計謀得逞。他說：「我兒阿拉丁啊，你學過些什麼手藝？做些什麼營生？你學了哪種本事來養活自己和你母親？」

聽見這話，阿拉丁既驚惶又羞愧，不禁垂下了頭，低得都快碰到地了。他母親對魔法師說：「安拉在上，阿拉丁什麼也不會！我從沒見過這麼粗野的孩子，成天在外跟一群和他一樣遊手好閒的孩子鬼混。要不是他，他爸爸也不會憂慮悔恨成疾，一病不起。現在，我的情況好淒慘啊。我日日夜夜用棉花紡線，一天賺兩個餅，好讓我們母子勉強餬口。這就是我們過的日子。小叔啊，要不是你，阿拉丁不到吃飯時間是不會回來的。老實說，我正打算從此把門拴上，不讓他進屋，要他自己在外面討生活。我已經愈來愈老，沒有力氣日夜操勞來養這麼一個不成材的兒子了。安拉在上，我雖然自己能夠謀生，也還是需要人照顧啊。」

於是，魔法師轉過來對阿拉丁說：「大侄子，你怎麼會這樣呢？成天遊手好閒跟一幫野孩子鬼混，是很丟臉的事。這不適合你這樣的人。我兒，你天資聰穎，是有好名望人家的孩子，你母親年紀這麼大了，竟然還要每天辛苦操勞來養活你，而你都這麼大了，我真為你感到丟人。我兒，你該規規矩矩給自己找個謀生的方式，養活自己。你瞧，靠著真主的恩典（讚美他），在我們這座城裡有各種手藝師傅，其他地方從來沒有這麼多的大師。你就挑一樣你喜歡的去學吧，我會支持你，這樣一來，我兒，等你長大就有一技之長在身，得以謀生。你顯然對你父親的本事沒興趣，那就選一樣你喜歡的。大侄子，告訴我你對哪種手藝感興趣，我一定盡我一切所能幫助你。」

當他看見阿拉丁沉默不語，不回答他，知道這孩子根本什麼都不想學，心裡還是想要遊蕩鬼混。於是他說：「大侄子，在我面前不要羞愧。你要是對學手藝沒興趣，我可以給你開一家商店，做些貴重物品的買賣，讓你也做個有頭有臉的商人，在本城的生意圈子裡出人頭地，為人所知。」

阿拉丁聽見他叔叔這些話，想到叔叔打算讓他做個商人，他非常高興。眾所周知，商人都是衣著光鮮，舉止優雅。他看著魔法師，滿臉笑容低下了頭，像是說：「我很願意這麼做。」

魔法師見阿拉丁笑了，知道他願意做個商人，便對他說：「既然你接受我幫你從商，為你開個

2 《古蘭經》的第一章，在準備出門旅行或要進行任何計畫之前，一般都會唸誦這一章經文。（培恩注）

商店，做個有頭有臉的男人，那麼，大侄子，願真主允許，明天我就帶你到市場上，先給你做一套體面的衣服，像所有商人穿的那樣，然後我會幫你找一家店，實踐我對你的承諾。」

阿拉丁的母親本來對魔法師還有些懷疑，但是當她聽見他給兒子的承諾，要幫兒子開店，像商人那樣有資本做買賣等等，她疑慮全消，相信這人確實是她的小叔，因為陌生人不會對她兒子做這些事。

接著她又開始叨唸阿拉丁，勸他別再不務正業，老做蠢事，要收心，做個像樣的男人，又叮嚀他要聽叔叔的話，把叔叔視為父親，認真學習，把過去跟豬朋狗友在一起荒廢的歲月彌補回來。

說完之後，她起身擺好桌子，端上飯菜，三人一起坐下吃喝。席間魔法師告訴阿拉丁各種做生意的事，說得趣味橫生。當他看見夜漸漸深了，便起身告辭，返回自己的住處，答應第二天早上來找阿拉丁，帶他去做一套商人的衣服。

那天晚上，阿拉丁高興得整夜睡不著。第二天早晨，看啊，魔法師果然依約前來。阿拉丁的母親起身給他開了門，但是他不肯進屋，只叫阿拉丁出來，準備帶他到市場。阿拉丁出來向他道了早，又親吻他的手，魔法師牽起阿拉丁，帶他一同去了市場，進了賣各種衣服的商店，要求購買一套昂貴的衣服。

店主拿出魔法師要求的衣物，都是做工精細的好衣裳，魔法師對阿拉丁說：「我兒，挑你喜歡的樣式吧。」阿拉丁見叔父讓他自己挑選，他高興萬分，認真選了一套自己最喜歡的，魔法師立刻把錢付給店主。出了店之後，他又帶阿拉丁去澡堂，兩人洗了澡，喝了酒，然後阿拉丁換上新衣服，高興得不得了，上前連連親吻叔父的手，感謝他的慷慨贈禮。

之後，魔法師帶阿拉丁來到商人聚集的市集，指引他看市場上的各種交易，說：「我兒，你要結交這些人，尤其是商人，這樣你才能跟他們學到買賣之道，因為做生意顯然很適合你。」

看完市集，他又帶阿拉丁去逛城中的大清真寺和各個重要的名勝古蹟，又帶他去餐館，端上來的早餐都用銀器盛放。他們吃飽喝足，接著再繼續起身，魔法師不斷為阿拉丁講述那一棟棟富麗堂皇的漂亮建築，又帶他去蘇丹的王宮，讓他見識城中所有美麗的樓宇廳堂。隨後，魔法師帶他到自己落腳的大客棧，裡頭全是外地商人。他邀了客棧中特定的一些商人一起坐下吃飯，向大家介紹，這是他哥哥的兒子，名叫阿拉丁。他們一同吃喝談話，直到夜幕低垂，魔法師起身送阿拉丁回家，將他交給他母親。

當她看見兒子變成商人的模樣，喜出望外之餘，不免熱淚盈眶，對魔法師的慷慨感謝不已，說：「小叔啊，我對你無以為報，你對我兒子做的好事，我終身感激，沒齒難忘。」

「嫂子啊，」他回答：「我只是盡了我的本分，不是什麼大善舉，因為這可說是我自己的兒子啊。我代哥哥撫養孩子是應該的，好讓你減輕一些重擔。」

她說：「小叔，我祈禱真主保佑你，使你長命百歲，如此一來你就可以護佑這孤兒，他會繼續聽你的話，你的命令他也必遵行。」

「嫂子啊，」魔法師說：「阿拉丁是個懂事的大人，而且是正派人家的孩子，我寄望真主保佑他，如同他父親一樣勤奮工作，使你得安慰不再流淚。不過，我很懊惱，明天是星期五，我不能找店鋪幫他開張做生意。明天是禮拜的日子，所有的商人在祈禱完畢後會去一些園林和遊樂園。如果真主允許，星期六我們就可以找店鋪開張了，這也是讓真主喜悅的事。明天我會來找你，帶阿拉丁到城外的園林和遊樂園去逛逛——他應該都還沒看過吧——同時結交在那裡遊玩的各種商人和名流顯貴，讓他們彼此互相認識認識。」魔法師返回自己的客棧住宿，第二天早晨再來敲裁縫家的門。

阿拉丁度過快樂的一天——穿上新衣、去了澡堂、吃了館子、逛了市集和名勝，又見了一些商人，想到叔叔第二天要帶他去逛園林，興奮得整夜沒闔眼，感覺天似乎永遠不會亮似的。因此，當他一聽見敲門聲，立刻像火花似的衝去開門，門外果然是他那個魔法師叔叔。

魔法師擁抱親吻阿拉丁，然後拉起他的手說：「大侄子啊，今天我要讓你大開眼界，見識你一輩子從未見過的事。」

兩人一同出了門，魔法師說了許多有趣又好笑的事，把阿拉丁逗得樂不可支。他們出了城門，魔法師帶阿拉丁去逛了一些園林、最好的遊樂場所，以及令人驚奇的高聳宮殿。無論何時，當他們在觀看花園、宮殿或樓閣時，他都會停下腳步問阿拉丁：「我兒阿拉丁，你喜歡這個嗎？」

阿拉丁快樂得像要飛起來，因為他見識了這輩子從未見過的事物。他們不停地行走觀看，直到疲累為止。那時他們來到一個令人十分賞心悅目的花園，花叢之間有眾多噴湧的泉水，還有許多燦亮如金的黃銅獅子，獅口湧出潺潺的流水，他們在湖邊坐下，休息。

阿拉丁歡喜雀躍，不停跟魔法師開心說笑，講各種逗趣的事，彷彿那真是他的叔叔。魔法師起身鬆開腰帶，解開一個裝滿食物和水果的袋子，對阿拉丁說：「大侄子，你大概餓了吧，來，想吃什麼就盡量吃。」

阿拉丁開懷大吃起來，魔法師也一起吃，兩人吃得滿心暢快，也感到精神大振。隨後，魔法師說：「我兒，來吧，你休息夠了，我們可以再往前走一點。」

阿拉丁起身跟著魔法師繼續一個花園逛過一個花園，直到穿過所有的花園，來到一座高山前。

阿拉丁這輩子不但從來沒出過城門，更從來沒走過這樣一段路程，所以他對魔法師說：「叔叔，我們要去哪裡？現在我們已經把所有的花園都拋在後頭，來到大山腳下。如果前面的路還很遠，我恐怕力氣不夠，走不動了。我已經走累了，前面也沒有花園了，我們回城裡去吧。」

「我兒，」魔法師說：「這是我們要走的路，不是逛完這些花園就結束了，因為我們還要去看一個園子，那裡連國王的花園都比不上，你看過的那些花園跟它比起來簡直不值一提。所以束好腰帶，繼續上路。讚美真主，你可是個男人。」

他開始對阿拉丁說許多好聽的話，講些稀奇的故事，有真有假，直到他們來到一個地方，那是魔法師這趟路的目標，也是他遠從巴巴利來到中國的目的地。到了之後，他對阿拉丁說：「大侄子，坐下來休息一下吧，這裡就是我們的目的地。真主高興的話，我會讓你看看這世界上從來沒人見過、最驚奇的事。不過，你休息好了以後，起來去收集一些樹枝、乾草、蘆葦之類的枯枝，讓我們能生一堆火。然後，大侄子啊，我會讓你看一個遠超過人類理性能明白的東西。」

阿拉丁聽見這話，很渴望見識叔叔要做的事，因此忘了疲累，立刻起身收集枯枝草葉，堆在一起，直到魔法師對他說：「夠啦，大侄子。」然後魔法師從口袋裡掏出一個匣子，從匣裡取出他需要的香料，撒入燃燒的火堆，同時唸了一串無人能懂的咒語。那一刻，天色昏暗，雷聲隆隆，山搖地動，地面裂開了。

阿拉丁看見這情景，嚇得要命，馬上想逃。魔法師一見他要跑，頓時怒不可抑，因為沒有阿拉丁，他的努力就白費了，他要找的寶藏只有這孩子才打得開。因此，一見阿拉丁要跑，他立刻起身，猛搧了阿拉丁一巴掌，差點把那孩子的牙都打掉了。阿拉丁被這一巴掌摑倒在地，昏了過去。一會兒之後，因為魔法師的咒語，阿拉丁醒過來，他開始哭，說：「叔叔，我做錯了什麼，你要這樣打我？」

魔法師擺出安慰他的樣子，說：「我兒，我想讓你做個男人，所以不要反抗我，因為我是你叔叔，等於你父親。你要順從我，聽我告訴你的話，等一下你就會忘記這些痛苦，見識到最神奇的事了。」

這時，在魔法師面前裂開的地表，露出了一塊大理石板，板上有個銅環。他轉過頭對阿拉丁說：「現在你只要照著我的話做，就能變得比全世界的帝王都更富有。我兒，這裡埋著一個寶藏，是用你的名字埋的，而你剛才竟然想要逃走，我打你就是為這緣故。現在，你用點心吧，看看我用咒語把地面都打開了。在那塊嵌著銅環的石板底下就是我告訴你的寶藏。把手放到銅環上，把石板拉起來，這世界上除了你，沒有人能打開它，也沒有人能染指這個寶藏，因為它是為你保存的。不過，你一定要仔細聽我說的話，一句都不可疏忽或弄錯。我兒，這一切都是為了你好，因為這是一個巨大無比的寶藏，天底下任何帝王的財富都比不上它，而它是屬於你和我的。」

魔法師的話讓可憐的阿拉丁驚奇萬分，立刻忘了疲憊、挨打和哭泣。他對自己會變得比天底下的帝王都更富有而歡欣鼓舞，連忙開口對魔法師說：「叔叔，就照你的意思下令吧，我一定會遵守你的命令的。」

魔法師說：「大侄子啊，你真是我兒子，我最親愛的，因為你是我哥哥的兒子。我兒，除了你，我沒有別的親人，你就是我的繼承人了。」

說完他走上前親吻阿拉丁，又說：「我所有這些辛苦，都是為了誰啊？它們全是為了你，我兒，我要讓你成為有史以來最富有和最偉大的人。所以，不管我說什麼都不要反駁我。現在，按照我吩咐的，過去拉著那個銅環，把石板掀起來。」

「叔叔，」阿拉丁說：「那塊石板很重，我自己一個人拉不動，我年紀還小，你能不能幫我一起拉？」

「大侄子，」魔法師回答：「我們沒辦法一起掀開石板，要是我幫你，我們就前功盡棄了。你只要把手放上銅環，往上一拉，它馬上就能為你打開。就像我剛才對你說的，除了你，沒有其他人能打開它。不過，當你拉它的時候，要說你自己的名字和你父母的名字，它會直接為你打開，你不會感覺到它的重量的。」

藏在地底的神燈

於是，阿拉丁鼓起勇氣，下定決心，按照魔法師的吩咐，唸著自己的名字和父母的名字，伸手用力一拉，竟毫不費力就掀開了石板。他把石板扔到一旁，這才看出石板是個門，底下是十幾級階梯，通到一個地下室。

魔法師對他說：「阿拉丁，注意了，你要嚴格遵守我告訴你的話，千萬不可大意。你進去之後，從頭到尾都要小心。你順著樓梯走到底，會看到底下有四個房間，每個房間裡擺著四個裝滿黃金白銀的罈子。千萬注意，不要動罈子，不要拿裡面的東西，直接走到第四個房間，經過那些罈子的時候，連衣襬都不要掃到它們，也別碰觸牆壁，同時不可停下腳步。如果你違反我的這些話，你會立刻變成一塊黑石頭。等你走到第四個房間，你會看見一扇門，開門的時候，要像你拉開石板一樣唸出你和你父母的名字。進門之後，你會來到一個長滿各種奇樹異果的花園。你要一直往前走，然後會看到一個高台，走上去大約有三十個台階。在高台上掛有一盞油燈，你取下油燈，倒掉裡面的油，把油燈塞進你的袖筒裡。你不用擔心弄髒衣服，因為那不是油。拿到油燈之後你就往回走，出來時你可以隨意摘取樹上的果子，因為只要把油燈拿到手，那裡面的一切就都是你的了。」

魔法師說完這些話，從手上拔下一個戒指，戴在阿拉丁的手指上，說：「我兒，這個戒指會保佑你脫離一切可能降臨在你身上的傷害和恐懼，讓你牢牢記住我告訴你的話。現在，束緊你的腰帶，鼓起你的勇氣，不要害怕，起身下去吧，你已經是個男人，不是孩子了。完成這事之後，我兒，不久你將成為天底下最富有的人。」

於是，阿拉丁起身走下地下室，看見底下有四個房間，每個房間裡擺了四個裝滿金銀的罈子。他按照魔法師的吩咐，小心翼翼穿過這四個房間，進入花園裡，一直往前走，走到高台前，爬上台階，在高台上看見了油燈。他把油燈吹熄，倒掉裡面的油，再把油燈塞進袖筒裡。

他下了高台回到花園中，開始觀看那些樹木，聽見有許多鳥兒正頌讚著造物主的完美，他進來時沒發現有那些鳥兒。還有，這些樹上的果子其實都是寶石，每一棵樹長著一種顏色的寶石，有綠的、白的、黃的、紅的，各種顏色都有。它們閃爍的光芒比午前的陽光更燦爛，每顆寶石都大得無法形容，世上帝王所擁有的最大的寶石，還比不上這裡最小顆的一半大。

阿拉丁漫步在樹林中，驚奇地注視著它們，為眼前的一切著迷，仔細觀察後才發現它們原來不是水果，但是他也不知道，這些讓人眼花撩亂的祖母綠、金剛鑽、紅寶石、珍珠、藍寶石是礦山裡華麗的寶石。這些都是阿拉丁從沒見過的，因此他不懂這些寶石的價值，畢竟他只是個少年，以為這些是玻璃或水晶，只順手摘了一些塞進袖筒裡。他把它們當作葡萄或無花果之類的水果，只不過是不能吃的。也因為他以為是玻璃，雖然不懂這些寶石的價值，也沒打算吃它們，但還是每種都摘一些塞在袖筒裡，心裡想：「我可以多收集一點這些玻璃果子，拿回家玩。」

阿拉丁邊走邊摘，隨手塞進口袋和袖筒裡，直到塞滿為止。然後他又解開腰帶包裹這些果子，再綁回腰上。總之，他盡量能帶多少就帶多少，打算把它們陳列在家裡當裝飾品。他一直以為它們是玻璃做的。最後，因為心裡懼怕魔法師叔叔，他加快腳步，匆匆穿過那四個房間，雖然這時他可以拿那四個金罈子裡的寶物了，但他連看也沒看一眼。

他走到樓梯前往上爬，眼看出口就到了，不想到最後一級梯階比其他高許多，加上他身上帶了太多東西，比較笨重，一下子爬不上去，於是他對魔法師喊道：「叔叔，你把手伸下來拉我一把吧。」

魔法師說：「我兒，把油燈給我，減輕你的負擔，說不定是油燈妨礙了你。」

「不是的，叔叔，」阿拉丁回答：「油燈不妨礙我，你伸手拉我一把，我上去了就把油燈給你。」

魔法師因為只想拿到油燈，開始拚命催促阿拉丁把油燈給他，但阿拉丁因為先把油燈塞在袖筒裡，然後又塞了許多寶石進去，一時之間沒辦法把油燈掏出來交給對方。

魔法師一心只想要油燈，眼看他想要的東西拿不到手，不由得火冒三丈，失去理智。雖然阿拉丁不停保證只要出了地下室就交出油燈，完全沒有惡意，也不是說謊，但是魔法師見阿拉丁就是不交出油燈，不由得怒火中燒，氣到極點，乾脆放棄了取得油燈的希望。他唸起咒語，抓了一把香料投到火中，那塊石板咯噔一翻，因為咒語的力量而把洞口封上了，隨即地表合攏如初，阿拉丁被封在地底下，出不來了。

這魔法師原本是個外鄉人，不是他自稱的阿拉丁的叔叔，他從頭到尾都是假冒的，是想藉由這孩子得到油燈，指望由此獲得鉅額財富。這時他把地面合攏，把阿拉丁埋在底下，想活活餓死他。

這可憎的魔法師來自非洲巴巴利的一座城市，從小醉心魔法和所有超自然的技藝，這個城市在這方面十分有名。他年輕時在非洲家鄉就不停閱讀和學習這類東西，直到學會所有他想學的知識，嫻熟所有他想要的技藝。他如此鑽研了四十年，對各種咒語都瞭如指掌。有一天，他從古籍中發現，在遙遠、城市林立的中國有個名叫克拉斯的城市，那裡埋藏著一筆巨大的寶藏，天下帝王所擁有的都無法相提並論；但最稀奇的是，這寶藏中有一盞奇妙的神燈，得到這神燈的人將成為世間首富，無論是力量或財富，都無人能與之相比，就算世界上最偉大的帝王，也比不上這神燈所能帶來的財富、權力和美譽。

此外，他還從書中得知，這個寶藏只能由一個出生在那座城市名叫阿拉丁的男孩獲得，只有這男孩可以不費吹灰之力拿到神燈。他毫不猶豫，立刻整理行裝，如他所說的長途跋涉來到了中國，接著找到阿拉丁，用計行騙，認為可以得到神燈。

沒想到，他的努力受挫，期待落空，一場辛勞全部化為泡影。於是他用法術合攏地面，打算謀害阿拉丁，讓他這樣死了，自己就不會背負謀殺犯的罪名[3]。此外，他故意藉由這方法讓阿拉丁出不來，因此神燈也不會出現在世界上。他的希望破滅了，在懊喪絕望中起身返回自己在非洲的家鄉。

魔法師有多喪氣，同樣的阿拉丁就有多喪氣。

地表闔上之後，阿拉丁還在狂喊魔法師伸手拉他一把，心裡還想著那是他叔叔，指望對方會把他從地底下救出去。然而，當他發現沒有人回答他，他才逐漸意識到自己被騙了，那個魔法師不是他叔叔，而是一個會施妖術的騙子。他開始絕望，在悲傷中知道自己可能出不去也回不到地面了。他開始哭，哀歎自己倒楣。

過了一會兒，阿拉丁起身走下樓梯，心想至高的真主說不定會在哪裡為他開一扇門，讓他能夠出去。他四處尋找，但是除了四面牆壁和一片漆黑，什麼也沒有，因為魔法師已經用法術把所有的門都封死，連通往花園的門都關上了。如此一來，阿拉丁無路可走，不但回不到地面，還會加速死亡。

阿拉丁見所有的門都關上，包括通往花園的門，哭得更凶，哀歎得更厲害。那花園本來還能為他帶來一些安慰的，現在門關了，所有的希望都沒有了，他放聲嚎啕大哭，同時回頭走到樓梯上坐下，他剛才就是從這道樓梯下來的。他坐在那兒痛哭，失去了所有的希望。

不過這對真主來說都是小事（讚美真主的完美），真主願意成就的事，祂說成，就成，祂能在困境之中創造安慰。

話說，魔法師在叫阿拉丁走下地下室之前，拿了一個戒指戴在阿拉丁手上，說：「這戒指能救你脫離所有的困境，無論落入災難中或變動裡，它會幫你脫離麻煩，無論你在哪裡，它都是你的協助者。」

此乃至高真主的安排，好讓它成為阿拉丁脫離困境的方法。所以，阿拉丁坐下來哭泣，對自己的情況發愁，確定沒有活命的指望，絕望的念頭不斷襲來，因而痛苦不堪，這時，他一邊悲哭，一邊絞扭著手，又把雙手高舉向天，向真主祈求說：「我作證，唯獨祢是真主，偉大全能、充滿力量、征服一切，是賜生命和死亡的神，是創造者，是必要之事的完成者，是解決困難、迷惑和詛咒的神。祢使我一無所缺，祢是最優秀的守護者，我見證穆罕默德是祢的僕人和祢的使徒。我的真主啊，我懇求祢，靠著祢賜給穆罕默德的榮耀，救我脫離這絕境。」

他一邊祈求真主，一邊為自己遇到的大難不停絞扭著雙手，過程中，碰巧摩擦到了戒指，剎那間，看啊，一個巨魔突然出現在他面前，說：「我來了，我是你的奴隸，你想做什麼儘管吩咐，誰的手上戴著這個戒指，誰就是我的主人。」

阿拉丁抬頭，看見面前是個巨魔，就像所羅門王時代的巨魔一樣，他忍不住嚇得發抖。不過，當他聽見巨魔對他說：「你想要什麼請儘管吩咐，我是你的奴隸，戴著這個戒指的就是我的主人。」他想起魔法師給他這個戒指時說的一番話，他便振奮起來。

他很高興，鼓起勇氣對巨魔說：「我是戒指主人，奴隸啊，我要你帶我離開這裡回到地面上。」

---

3 這是東方特有的詭辯，因為他只施展了法術而已，並未親手殺害阿拉丁。（培恩注）

他話才說完，地面就打開，他人也已經出到外面站在地上，就在寶藏入口的地方。

這時，阿拉丁已經被關在地下且在黑暗的寶藏堆中坐了三天。當白晝的光線和太陽照在臉上，他一時間無法適應，只能閉上眼睛，然後慢慢將眼皮睜開一條縫，接著再睜開一點，然後又閉上，如此反覆數次，直到雙眼逐漸適應了光線為止。當他看見自己站在地面上，不禁高興得跳起來。他很驚訝自己竟然站在寶藏入口的地方，之前自己就是從這裡走下去的。魔法師當時施法打開了它，但是現在石板關上，地面平整，完全看不出這裡有個門。這情況讓他更驚奇，讓他不由得想，自己是不是記錯了，自己站的可能不是原來的地方，直到他看見他們用枯枝敗葉點燃的那個火堆，魔法師曾經在火裡撒了香料並唸誦咒語。他又朝左右張望，看見遠處那些花園，認出了他們走來的路。

於是，阿拉丁感謝至高的真主，在他放棄所有希望之後，把他帶回地面，救他脫離死亡。接著，他動身循著自己能夠認得的路走回家，最後終於進了城，返回自己家裡。由於逃出生天的極度歡喜，也由於深受恐懼和疲憊所苦，再加上飢餓過度，他一見到母親，就昏倒在地。

阿拉丁的母親從他走後就開始擔心不已，兒子三天沒回來，她坐在家裡早已泣不成聲。當她看見阿拉丁踏進門來，簡直喜出望外，但是阿拉丁一下昏倒在她面前，又把她嚇壞了。不過她沒浪費時間哀哭，急忙取水來潑在他臉上，又去找鄰居拿來香料湊在他鼻子前讓他嗅聞。

阿拉丁終於醒過來，他拜託母親去拿點吃的，說：「媽媽，我這三天什麼都沒得吃。」她起身去端來已經準備好的食物，說：「兒子啊，快起來吃吧，吃了才好恢復體力。等你恢復了，再告訴我發生了什麼事，你遇到了什麼災禍。我現在不問你，因為你太累了。」

等阿拉丁吃飽喝足，休息好恢復精神之後，他對母親說：「唉，媽媽，我很難過，你把我交給那個該受詛咒的人，真是不應該，他幾乎害死我了。事實上，那個你說是我叔叔的人一心想殺了我，那該死的傢伙陷害我，使我一隻腳踏進了鬼門關，幸虧至高的真主從他手裡把我救出來，否則我早就死了。媽媽，他口口聲聲保證是要我好，做這做那是因為愛我，其實你我都受了騙，吃到了苦頭。媽媽，那人是個該死的魔法師，是個冒名頂替的騙子、偽君子。我認為連地底下的那個巨魔都不是他的對手，願真主把他牢牢記上一筆！媽媽，你聽聽那該死的傢伙都做了什麼，我要告訴你的都是真的。你看看那個惡棍怎麼詐欺人，他所做所說都是為了我好，其實都是為了完成他的目的。他的目的是殺了我。讚美真主拯救了我！媽媽，那該死的惡棍做了這些事。」

於是阿拉丁將離開家門之後發生在自己身上的事，一五一十全告訴了母親。能再見到她，令他喜極而泣。他說魔法師帶他到了山上，那裡埋著寶藏，他如何唸了咒語、撒了香料。「是真的，媽媽。」他說：「當時我嚇壞了，在他作法之後，大山裂開，地面開口；他撒的香料、唸的咒語，招來轟隆的雷聲，天地一片黑暗，我嚇得瑟瑟發抖，這些徵兆令我害怕，我想要逃跑。當他看見我要跑，他痛罵我並打我，一巴掌把我打倒在地，我痛得昏了過去。可是通往寶藏的路雖然已經打開，他自己卻不能下去。身為邪惡的魔法師，他知道開啟石板的名字不是他，他只能藉助我，這項冒險是為我準備的。因此他又與我重修舊好，安撫我，好派我走下儲藏寶藏的地方。寶藏已經近在眼前，只要靠我就可以拿到。他派我下去時，從自己手上取下一個戒指戴在我手上。我走下地下室，發現有四個房間，裡面堆滿了金銀，不過那該死的傢伙要求我一點都不可拿。然後我進入一個華麗的花園，裡面長滿高大的樹，樹上的果子真叫人著迷。媽媽，它們是各種顏色的水晶。我繼續往前走，一直走到高台上找到這盞燈。我立刻拿了這盞燈，吹熄它，倒掉裡面的燈油。」

說著，他就從袖筒裡把油燈掏出來，並把從花園裡帶出來的珍珠寶石也全拿給母親看。這些珠寶他裝滿了兩大口袋，任何一顆都不是天下帝王寶庫裡能見著的，但是阿拉丁不知道它們的價值，以為它們是玻璃或水晶。

「媽媽，」他繼續說：「我拿到油燈之後，穿過花園來到寶藏的入口，我喊那該死的魔法師伸手拉我一把，那時我仍然以為他是我叔叔。我因為身上帶了太多東西，太重，自己一個人爬不上去，可是，他就是不伸手幫我，而是說：『把你拿到的油燈給我，我再伸手把你拉上來。』我因為把油燈塞在袖筒裡，接著又塞了這些東西，所以沒辦法掏出油燈給他。我對他說：『叔叔，我沒辦法把油燈給你，等我上去了，我會拿給你的。』但是他不肯拉我上去，他就只要油燈，他的目的是拿了油燈之後就把地面合攏，讓我死在裡面，就像他最後對我做的。媽媽，這就是那個邪惡的巫師對我做的事。」

阿拉丁從頭到尾說完所有的事，揭露魔法師的計謀後，忿忿地說：「這人就是個該受詛咒的傢伙、邪惡的妖術師、鐵石心腸的壓迫者，沒有人性，背信棄義，偽善的壞蛋，完全沒有慈悲之心！」

阿拉丁的母親聽到兒子這番話，知道魔法師的所作所為後，說：「是的，兒子，他是個信仰邪教的偽君子，是個用妖術害人的人。不過，榮耀歸給至高的真主，祂從背叛者手中把你救出來。這個妖術師真是太狡詐了，我一直以為他真的是你叔叔呢。」

阿拉丁因為三天沒睡，這時非常睏，就回房間去睡覺，他母親也回房休息。阿拉丁一直睡到第二天中午才醒來，並且一醒來就找東西吃，他餓壞了。

他母親說：「兒子，我沒有東西給你吃，家裡有的，你昨天全吃完了。不過，你再等一下，我已經紡了一些棉線，我這就去市場賣了，然後看能買些什麼東西回來給你吃。」

「媽媽，」阿拉丁回答：「把棉線留著先別賣，把我昨天帶回來的油燈拿來給我，我拿去賣，賣來的錢應該足夠買你我吃的東西。我想那個油燈能比你的棉線賣到更多的錢。」

於是她去拿了油燈來。可是，那盞油燈非常髒，於是她說：「兒子，這油燈太髒了，如果我們把它洗乾淨，然後打磨光亮，應該能賣個好價錢。」

她找來一點沙子，用來擦洗油燈，但她才一擦油燈，立刻有個巨魔出現在她面前。巨魔長得非常醜怪，身形非常龐大，這時開口對她說：「我來了，對我說出你的願望吧。我是你的奴隸，這燈在誰手上，我就是誰的奴隸，並且不只我，而是你手上這盞神燈的所有奴隸都聽你的命令。」

面對這可怕的景象，她緊捏著油燈嚇傻了，張口結舌一句話都說不出來，接著身子一歪昏倒在地，因為她從未見過這種靈異現象。

不過，站得比較遠的阿拉丁卻見過，他摩擦戒指時見過戒指的奴隸。因此，當他聽見巨魔對他母親說的話，他立刻衝上來從她手上拿過油燈，說：「神燈的奴隸，我餓了，我要你給我拿一些吃的東西來，而且要非常美味可口才行。」

巨魔眨眼消失，旋即又出現，手裡拿著一個昂貴的銀托盤，盤裡擺著十二個色彩繽紛、盛滿美味食物的碟子，還有兩個銀杯和兩個黑色大肚酒壺，裡面裝著陳年佳釀，另外還有雪白的麵餅。他把這些放在阿拉丁面前，然後就消失了。

阿拉丁趕緊去拿水來灑在他母親臉上，又拿薰香讓她嗅聞，等她醒來，他趕緊說：「媽媽，起來吧，我們可以一起來吃至高真主賞賜給我們的食物了。」

當她看見那個巨大的銀托盤，大吃一驚，對阿拉丁說：「兒啊，是誰這麼慷慨又富有，得知我們又餓又窮，給我們送來這麼多飯菜？我們欠人家大恩啦。這顯然是蘇丹聽說了我們的窮苦和悲慘，給我們送來這麼大一盤東西。」

「媽媽，」阿拉丁回答：「別問也別說那麼多了，起來吃吧，我們都餓壞了。」

他們起身，在托盤前坐下，開始吃飯。阿拉丁的母親每一種都先嚐嚐，這些都是她此生從來沒吃過的美食。他們滿心歡喜地開懷大嚼，一方面是餓，更因為這樣的美味只有帝王家才有。他們也不知道那個托盤和餐具值不值錢，因為他們一輩子也沒見過這樣的東西。當他們吃飽喝足，剩下的食物還足夠他們的晚餐和隔天再吃。他們起身洗了手，又坐下說話。

阿拉丁的母親說：「兒子，告訴我那個巨魔怎麼回事？讚美真主賜給我們豐盛的食物，現在我們吃飽喝足了，你沒有藉口再說：『我餓了。』」

於是阿拉丁告訴母親，在她害怕昏倒之後，他跟巨魔打交道的經過。她驚訝得無法想像，說：「看來是真的啊，雖然我這輩子從來沒見過巨魔，他們竟然向亞當的子孫[4]顯現。兒啊，我想就是這個巨魔把你從地下寶藏室救出來的吧。」

「不是，媽媽，」阿拉丁回答：「不是這個，你看見的是神燈的燈奴。」

「兒啊，這話怎講？」

他說：「這個奴隸跟那個不一樣。那個是戒指的奴隸。你見到的這個是你手裡那盞油燈的奴隸。」

他母親聽見這話，忍不住大聲嚷叫：「唉呀！那個突然冒出來、差點把我嚇死的，竟然是這盞燈的奴隸？」

「對。」阿拉丁回答。

她說：「兒子，看在我養育你的分上，我拜託你，趕緊把戒指和這盞燈都扔了，它們會給我們帶來太可怕的事。我受不了，再也不要看見它們。我們被禁戒不得與巨魔往來，先知（願上帝祝福他）告誡過我們，不要與它們來往，免得有禍。」

「媽媽，」阿拉丁回答：「你說的話，我都牢牢記下來了。不過，我不會照你說的把油燈和戒指扔掉。你瞧，我們餓了，它給我們帶來了美食。還有，媽媽，那個騙人的魔法師在我走下寶藏室的時候，四個房間裡的金銀他都不要，只要我把這盞燈拿上來給他，因為他知道最有用的就是這盞燈。除非他知道這盞燈多麼厲害，否則他不會費盡辛苦長途跋涉來到這個國家。況且，他把我關在地下，不是因為寶藏，而是因為我不把油燈給他，他拿不到油燈。因此，媽媽，我們最好留著這盞燈，小心看好它，往後我們的吃穿要靠它，發財致富也要靠它了。千萬不能讓別人知道有這麼一盞燈存在。這個戒指也一樣，我得一直戴在手上，要不是這個戒指，我肯定就死在地底那堆寶藏裡，你這輩子再也見不到我了。所以我怎麼能把戒指拿下來呢？誰知道我將來還會碰到什麼災難，或時運不濟發生什麼意外呢？說不定這戒指到時候還會救我一命。不過，考慮到你的期望，我會把神燈收起來，讓你從此再也看不見它。」

他母親聽完這些話，思考一番，覺得很有道理，便對他說：「兒子，就照你的意思辦吧。至於我，我再也不要看到之前見過的可怕景象了。」

阿拉丁和母親一連兩天待在家中，吃巨魔送來的那餐飯菜。當東西吃完，他知道家裡什麼也沒有了，於是從巨魔拿來的托盤當中拿了一個盤子去賣。那盤子是純金打造的，但是阿拉丁不知道。他來到市集，遇到了一個比惡魔更狡猾的猶太人。他上前把盤子給了那個猶太人，猶太人一見盤子，馬上把阿拉丁拉到一旁，以免別人看見。他檢查那個盤子，發現是純金的，但他不曉得阿拉丁是否識貨，是否懂得盤子的價值。於是，他對阿拉丁說：「大人，你這盤子要賣多少錢？」

阿拉丁回答：「你明明知道這盤子值多少錢。」

阿拉丁這回答很漂亮，讓猶太人對自己該給阿拉丁多少錢感到十分棘手。他想要少給一點，又

4　指人類。（譯注）

怕阿拉丁知道盤子的價值，跟他討價還價，開更高的價。他心想：「他肯定不知道這盤子的價值。」於是從口袋裡掏出一個金幣遞給對方。

阿拉丁一看是金幣，立刻拿過來轉身就走。猶太人馬上明白這少年根本不懂盤子的價值，非常後悔自己付出了一個金幣，早知道給他一塊錢或幾毛錢就行了。

與此同時，阿拉丁一點也沒耽擱，立刻去餅店買了餅，把金幣換開了，然後回家去見母親，把餅和剩餘的錢都交給她，說：「媽媽，你看我們還需要什麼，就去買吧。」

於是，她出門去市場，買了所有他們需要的食物，回家來母子二人吃得極為開心。等到賣盤子的錢都用完了，阿拉丁又拿了一個盤子去找猶太人。那個該受詛咒的猶太人很想只花小錢，或打個大折扣把盤子買過來，但因為他第一次是用一個金幣買的，怕這次給少了，這少年會把盤子拿去賣給其他人，使他損失一大筆賺頭，於是照樣給了少年一個金幣。

就這樣，阿拉丁把盤子一個接一個賣給他，最後，盤子全部賣完了，只剩下那個大托盤。由於托盤太大太重，阿拉丁索性到市集裡把猶太人帶回家，把托盤拿出來給他看。當猶太人看到那麼大一個托盤，立刻給了阿拉丁十個金幣，阿拉丁收了金幣，猶太人就把托盤帶走了。

阿拉丁和母親靠著這十個金幣過了一段舒服的日子，直到把錢花完。於是阿拉丁又把神燈拿出來，擦一擦，神燈中的奴隸——那個巨魔——就像上次一樣又出現在他面前，說：「主人，請問你要什麼？我是你的奴隸，誰擁有油燈，我就是誰的奴隸。」

阿拉丁說：「我希望你像上次一樣，再為我帶一托盤的食物來，因為我餓了。」

巨魔眨眼之間給他端來跟上次一樣的托盤，上面同樣擺著十二個華麗的盤子，盤中裝滿食物，同時還有裝滿酒的酒壺和最好的餅。

至於阿拉丁的母親，當她一察覺兒子要拿出油燈來擦時，她就出門去了，免得再次看見巨魔。過了一會兒之後，她進門來，看見托盤裡擺滿了銀盤子，整間屋子裡充滿了美食的香味，驚奇歡喜不已。

阿拉丁對她說：「媽媽，你叫我把油燈扔了，看，現在知道它有用了吧。」

「兒子，」她回答：「願真主使那巨魔發達富貴，但是我再也不要見到他了。」

他們在托盤前坐下來，盡情吃喝，直到心滿意足，然後把剩下的收起來，留待明天。

等他們把食物都吃完了，阿拉丁又拿了一個盤子，塞在衣服底下，打算出門去賣給那個猶太人。不過，說來湊巧，路上他經過一個金匠的店鋪，老金匠是個誠實、虔誠又敬畏真主的人。老金匠看見阿拉丁，喊住他，說：「我兒，你要去賣東西嗎？我好幾次見你從這兒經過，去找那個猶太人，把什麼東西賣給他。我想，你現在身上就帶著東西要去找他，想賣給他對吧？但是我兒，你要知道，在猶太人眼裡，搶奪我們這些信靠至高真主的好穆斯林信徒是合法的，因此，他們會欺騙穆斯林，尤其你打交道的這個該受詛咒的猶太人，跟他做買賣都要吃大虧。我兒，你到底要拿什麼東西去賣給他？拿出來給我看看，別怕，按著至高真主的真理，我會給你公道的價錢。」

於是，阿拉丁把盤子拿出來給老人，老人放在秤上仔細秤了，說：「這跟你賣給猶太人的是一樣的盤子嗎？」

「是，」阿拉丁回答：「一模一樣，就像兄弟倆。」

「他給你多少錢買這個盤子？」老金匠問。

阿拉丁說：「他給我一個金幣。」

老金匠聽見這話，大聲罵道：「這該死的傢伙，竟然這樣欺騙至高真主的僕人！」他看著阿拉丁說：「我兒，這猶太人是個騙子，他騙了你還笑話你不識貨，你這個盤子是純銀的，製作精美，我秤過重量，它值七十個金幣。你要是願意，就以這個價錢賣給我吧。」接著，他便數了七十個金幣給阿拉丁。阿拉丁收了錢，感謝老金匠的仁慈，願意把猶太人的狡詐告訴他。

從此，每當賣一個盤子的錢用完了，他就再拿一個去賣給老金匠，就這樣，他和母親的生活寬裕起來，家中有了積累；不過，他們還是過著平凡知足的日子，像個中等人家，並不揮霍或浪費。

至於阿拉丁，他脫離了遊手好閒、整天跟混混往來的日子，決心擔負起成年人的責任。他每天到市集裡，坐在大大小小的商人當中，打聽做生意的訣竅、經商的方式，以及各種商品貨物的價格等等。他又去金銀市場和珠寶市場，待在那裡觀看各種金銀珠寶，看珠寶商人怎麼買賣。也就在那時候，他才意識到，自己在地下寶藏室裡從樹上摘下塞滿口袋的那些水果，既不是玻璃也不是水晶，而是寶石。現在他知道自己發了大財了，簡直富可敵國。他還注意到，市場上那些珠寶商人所擁有的寶石，就算是當中最大顆的，也只比得上自己家中最小的。

他每天都到珠寶商的市場上跟人打交道，和他們交朋友，打聽和徵詢買賣的知識，又學習辨識珠寶的貴賤。

有一天，他早晨起床，穿好衣服，按照以往出門前往珠寶市場，卻在半路上聽見有官差大聲宣布：「奉當今仁慈國王之命，所有百姓現在各自返家，所有商店都要關閉，因為蘇丹的女兒白德如．布杜爾公主要去澡堂沐浴。如果有人違反命令，格殺勿論。」

阿拉丁早就渴望見見蘇丹的女兒，當他聽見這宣布，心想：「所有的人都說公主非常高雅美貌，我最盼望的就是見她一面了。」

他內心一陣盤算，認定最好的辦法是躲到澡堂的門後面，如此一來，白德如．布杜爾公主進門時，他就能看見她的臉了。主意既定，他立刻採取行動，先到澡堂占得先機，躲在門後，讓任何人都看不見他。

白德如・布杜爾公主

不久，蘇丹的女兒白德如・布杜爾公主在宮女的簇擁下出了門，穿過城中一條條大街，逛了一圈，興奮地觀看街景，之後準備到澡堂沐浴。她進了澡堂的門，揭開了臉上的面紗，果然具有傾城的容顏，燦爛奪目如太陽，光潔圓潤如珍珠，正如詩人所描述的：

誰在她的雙眼點綴了魔力的暈彩，
從她鮮果般的雙頰上收集盛開的玫瑰？
誰放下了她如帷幕般的漆黑長髮，
又在朦朧之間得見她前額升起的光輝？

她揭開臉上的面紗後，阿拉丁看見她，心想：「她的容貌果真榮耀了偉大的造物主啊，讚揚真主的完美，既創造了她，又恩賜她這等的美麗和高雅！」他如遭雷擊，對公主一見鍾情，從此腦海中總是縈繞著她的身影，整個人失魂落魄，死心塌地的愛上了她。他轉身回家，渾渾噩噩地踏進家門，見到了母親。

母親跟他說話，他呆呆的什麼也不回答。她見他這副模樣，給他端來飯菜，說：「兒子，發生了什麼事？你生病了嗎？告訴我出了什麼事，受了什麼刺激，怎麼我跟你說話，你都不回答。」

一直以來，阿拉丁都以為女人就是他母親那種樣子。他聽過蘇丹的女兒白德如．布杜爾公主非常美麗，但是在此之前，他不懂什麼是美麗和高雅。這時他轉頭對母親說：「走開，別煩我。」但是她堅持要他吃飯。於是阿拉丁走到餐桌前坐下，吃了一點，然後回去倒在自己床上，胡思亂想到天亮。第二天，他還是失魂落魄，情況沒有改善。

他母親不明白他怎麼會變成這個樣子，不知道他出了什麼事，以自己的經驗揣測，認為他病了。於是過來問他：「兒子，你感覺哪裡痛？還是哪裡不舒服？告訴我，我去幫你找個醫生。聽說最近城裡來了一個從阿拉伯來的醫生，醫術好像很高明，蘇丹曾經召他進宮去治病。所以如果你病了，我就去請他來看看。」

阿拉丁聽見母親要去請醫生，連忙說：「媽媽，我沒生病。事情是這樣的：我以前以為女人都跟你一個模樣，但昨天蘇丹的女兒白德如．布杜爾公主去澡堂沐浴時，我看見了她。」於是他把昨天發生的事都告訴了母親，說：「你肯定聽見官差宣布了，商店都要關閉，路上也不可有行人，因為白德如．布杜爾公主要穿過街市去澡堂沐浴。不過，我還是見到她了，她一跨進門就揭開了面紗，我一見到她美麗高貴的容貌，媽媽，一股愛情的渴望、想要得到她的強烈欲望，立刻攫住了我，占據了我整個人。除非得到她，我內心再也得不到安寧了。因此，我決意按著法律和正義，向她父親，也就是蘇丹，請求娶她為妻。」

阿拉丁的母親聽見這話，想也沒想就說：「兒啊，願真主保佑你！我看你是已經失去理智了。快醒醒吧，兒子，別像個瘋子一樣！」

「不，媽媽，」阿拉丁回答：「我沒發瘋，也沒失去理智。你說的話也不能改變我的想法，除非我娶到內心深愛的、可愛的白德如．布杜爾公主，否則將不得安寧。我決意要向她父親蘇丹提親。」

她說：「兒子，我這輩子就指望你了，別再說這種話，免得別人聽見了把你當成瘋子。趕緊拋棄這種放肆的念頭。你想，誰做過這樣的事？誰跟蘇丹提過親？我想不出來你要怎麼去跟蘇丹提這門親事，就算你是誠心誠意的，你要讓誰去提親？」

「媽媽，」阿拉丁高興地說：「這樣的親事我能讓誰去提？這人遠在天邊近在眼前，還有誰能比你更讓我信任？我打算就讓你去幫我提這門親事。」

「兒啊，」她說：「求真主救我一命！難道你以為我像你一樣，也失去理智了嗎？快拋開這個念頭，想想你自己是誰。兒啊，你是裁縫的兒子，是這城裡最窮、最微不足道的裁縫的兒子，我是你媽，我的親戚朋友都是最窮的人。所以你怎麼敢要求要娶蘇丹的女兒？她父親只會把她嫁給其他蘇丹或王子，即使去求親的是貴族和官宦人家，如果階級差太多，他也不會把女兒嫁給他們的。」

阿拉丁等母親長篇大論說完，才開口說：「媽媽，你說的道理我都懂，我知道自己是窮人家的兒子，但是你說的這些話一點也不能打消我的念頭。媽媽，我求你，我是你兒子，你愛我，你就好心幫幫我吧。否則，你就要失去我了，要是得不到我心愛的人，我也活不下去了。媽媽，無論如何，我是你兒子啊。」

阿拉丁的母親聽見這話，傷心落淚說：「對，兒啊，我是你媽，你是我兒子，是我的心肝寶貝，除了你，我沒有其他孩子了，我最大的願望就是你生活快樂，你開心我也就開心了。所以，你要是願意，我就給你找一個跟我們家門當戶對的新娘。不過，我去提親的話，人家一定會問你有什麼手藝、是否經商，有沒有土地和花園是可以用來養家活口的。這些問題，到時候我必須回答。兒啊，如果連像我們這麼窮苦的人家提的問題我都答不出來，我怎麼敢去向國王的女兒求親，國王可是睥睨天下的啊。

「你有沒有好好想過，你是誰，敢向她求親？你是個裁縫的兒子啊。事實上，我知道要是我去說了，只怕我們要倒楣的，這事會給我們帶來很大的危險，惹怒了蘇丹恐怕會給你我招來殺身之禍。我怎麼能這麼厚顏無恥，去冒這種危險呢？還有，兒啊，我憑什麼去向蘇丹的女兒求親？我能拿出什麼好處來給他？如果他們問我，我要怎麼回答？我很可能被他們看成瘋婆子。就算我得到晉見的機會，我要帶什麼禮物獻給國王？

「兒啊，說真的，蘇丹很仁慈，任何人到他面前尋求保護或求他施恩，他從不拒絕，因為他對所有的人，無論高貴卑微，都是慷慨又仁慈，但他的恩惠只給值得享有的人，或是在他面前英勇作戰或防衛疆土有功的人。兒啊，你告訴我，你為蘇丹或國家立過什麼功勞，能夠獲得他的恩惠？再說，你所渴望的遠超過了你的條件，國王是不可能把你想要的賜給你的。還有，想要去見蘇丹並得到他恩惠的人，必須帶上某種配得上王室尊貴的禮物。所以，聽我說，你要是拿不出能夠配得上他那個等級的禮物，怎麼敢去見蘇丹，敢向他女兒求親？」

「媽媽，」阿拉丁回答：「你說得很合理，也是實話，你的提醒讓我需要好好想想。不過，媽媽，對蘇丹的女兒白德如．布杜爾公主的愛，已經深入我心。除非我娶到她，我的心再也沒有安寧。還有，你提醒了我，我差點忘了，我有個東西，它能讓我大膽請你去向蘇丹的女兒求親。媽媽，你說，按照百姓的慣例，我沒有禮物可以呈給蘇丹。事實上，我有禮物可以給蘇丹，我認為那東西沒有任何國王擁有，也沒有任何東西比得上。你知道嗎，媽媽，我在寶藏堆裡塞滿口袋帶回來的那些東西，我以為是玻璃或水晶的水果，其實是寶石。我想，天底下任何國王藏寶庫裡所擁有的寶石，都比不上我的寶石中最小的一個。我在那群珠寶商人當中混了那麼久，我知道它們全是貴重的寶石。

「現在，請你行行好，去拿個瓷缽來，我來裝滿這些寶石，讓你可以拿去呈給蘇丹。有了這些東西，我相信你要站在蘇丹面前幫我求親會容易許多。媽媽，如果你拒絕盡力去幫我達成我的願望，娶到白德如．布杜爾公主，那我也活不下去了。別擔心這禮物，這些真的是貴重無比的寶石。媽媽，我多次在市集上看珠寶商買賣寶石，那些寶石都比不上我們家的漂亮，連百分之一都不及，而且價格還高得不可思議。當我看見這情形，我跟自己說：『我們家裡那些真是價值連城，貴重無比啊。』所以，媽媽，現在快照我說的，拿個瓷缽來，我們把這些寶石好好擺一擺，看看它們有多漂亮。」

於是她起身去拿瓷缽，心裡想：「讓我們瞧瞧我兒講的有關這些寶石的話是不是真的。」她把缽放在阿拉丁面前，他把裝在袋子裡的寶石全拿出來，挑選後擺放進去，直到把瓷缽裝滿。當寶石擺好，阿拉丁的母親望向瓷缽，卻幾乎無法正眼看著它們，因為那些寶石散發出的光芒與色澤異常璀璨。她不得不閉上眼睛，整個人都糊塗了；她不敢確定這些寶石的價值有她兒子說的那麼大，但他說天底下的國王都沒有這樣的東西，這話可能是真的。

阿拉丁轉過來對她說：「媽媽，你看，這是個能獻給蘇丹的高貴禮物，我相信他會非常敬重你，全心全意接待你。現在，媽媽，你不要再找藉口了，好好捧著這個缽去王宮吧。」

「兒子，」她回答：「就算這些東西像你說的那麼值錢，那麼貴重，從來沒有人擁有過，但是誰敢去見蘇丹說要娶他女兒白德如．布杜爾？如果他問我：『你來有什麼要求？』我可不敢貿然說：『我要你女兒當媳婦。』兒啊，我見了他，恐怕舌頭會打結，說不出話。即使安拉讓這件事可以成，我能提起勇氣來對他說：『我希望跟你結成親家，讓我兒子阿拉丁娶您女兒白德如．布杜爾公主為妻。』他們一定會馬上斥責我、辱罵我，把我當瘋婆子趕出去。我不用告訴你，這麼做是讓我去冒生命的危險。這不是只有我，任何這麼做的人都會遭遇這樣的下場。兒啊，關於你的願望，我需要有勇氣才能去。不過，兒啊，如果國王接見我，也看在禮物的分上尊重我，問我送禮的目的，而我也說了你想娶他女兒的願望，他肯定會按慣例，問我你有什麼產業，靠什麼收入養活，到時候我該怎麼回答他？兒啊，他在親口問你這些話之前，一定會先問我。」

阿拉丁對她說：「不會，蘇丹不會問你這些問題，當他見到這些寶石，看見它們的耀眼華美，他會激動到什麼事都不想，不會問你問題的。你只要起來，去見他，獻上這些寶石，幫我求親就好了，不要還沒去就先把困難誇大。還有，媽媽，你知道我有那個神燈，現在是它在養活我們。不只養活，無論我要什麼，它都會帶來給我。我相信，靠著它，我能回答蘇丹所有的問題，無論他問的是什麼。」

他們為此談了一晚上，第二天早晨，阿拉丁的母親起來，因為兒子詳細跟她說了神燈能為他們帶來的財富，以及他們所想要的一切，她的信心比較堅定了。不過，當阿拉丁看見母親得知神燈的好處後如此有信心，又擔心她把事情說出去讓別人知道，於是他說：「媽媽，注意，別提神燈和它的用處，它可是我們的寶貝。要小心，跟任何人說話時千萬不可提起，免得有人來偷。它現在可是我們最寶貴的財產，所有的幸福都要靠它獲得。」

「兒啊，別怕。」她說完起身，拿了一條最好的布巾把瓷缽連寶石一起包起來，然後趁早出門，以便及時抵達蘇丹的議事廳，晉見國王，免得到時人太多。當她抵達王宮，議事的召集還沒開始，她看見宰相和一些文武官員正陸續進入議事廳。過了一會兒，宰相、文武百官、貴族都召集完畢，蘇丹出來了，宰相與文武百官和貴族都依自己的身分羅列在王面前，雙手背在背後[5]，等候王的命令就座。蘇丹吩咐他們坐，他們才在各自的位子坐下。接著，請願者一一上前，在蘇丹面前陳明自己的事，也都當庭獲得了解決，如此一直到議事結束，國王起身返回王宮，大臣與貴族也各自歸返。

阿拉丁的母親比所有的人都先到，也進去找到地方站著，但是沒有人來跟她說話，來帶她到蘇丹面前。因此，她就一直站在那裡，直到議事結束，蘇丹返回王宮，其他人也各歸各家，她才轉身慢慢走回家去。

阿拉丁見母親回來，手上還拿著東西，知道一定發生了什麼差錯，不過他沒追問。等到母親進門，放下瓷鉢，喘口氣之後，才對他說出今天的經過：「兒啊，讚美真主，雖然我今天沒有機會和蘇丹說話，但我鼓起勇氣為自己在議事廳裡找到站的地方。明天，如果至高的真主樂意，我會跟蘇丹說的。今天有許多其他的人都跟我一樣，沒辦法和蘇丹說上話。不過，兒子，別擔心，明天我一定幫你跟他說話，不會像今天一樣。」

阿拉丁聽了母親的話，心情又高興起來，雖然他非常想念心愛的白德如．布杜爾公主，希望一切能夠馬上如願，但他還是耐住了性子。

他們一晚安睡，第二天阿拉丁的母親又帶著瓷鉢前去蘇丹的議事廳，未料，議事廳大門緊閉。她向人打聽，他們告訴她：「蘇丹一個星期只舉行三次議事。」她沒有辦法，只好回家。隨後，她每天都去，只要有議事，她就站在門前，直到議事結束才回家，但其中也有些日子沒有議事。就這樣，她持續去了一個星期，蘇丹每次舉行議事時都看見她。在那星期的最後一天，當她按著習慣又去議事廳前站著，一直站到結束，始終鼓不起勇氣上前說話。最後，蘇丹起身進了王宮，但他轉身對跟在背後的宰相說：「愛卿，過去六、七天以來，每次議事我都看見有個老太太站在門口，我注意到她手裡還提著一包東西，你認識她嗎？知道她想要來求什麼嗎？」

「陛下，」宰相回答：「女人向來沒見識，這老太婆八成是來向您抱怨丈夫或抱怨親戚的。」

蘇丹對宰相的回答並不滿意，於是吩咐他，下次那個老太太再到議事廳來，去帶她過來見我。

---

5 在國王面前表示順從的態度。（培恩注）

宰相立刻俯首答道：「遵命，陛下。」

在這期間，阿拉丁的母親雖然對這件事愈來愈厭倦，愈來愈沮喪，但是為了兒子，她完全沒把疲憊放在心上，仍舊依習慣每次有議事都去，站在蘇丹議事廳的門口。於是，這天，她仍然來到議事廳，站在蘇丹前方。當蘇丹看見她，立刻招來宰相說：「站在那裡的就是我前兩天跟你提的那個老太太，現在去帶她過來，我想聽聽她要求什麼，再按她的情況成全她的請求。」

於是宰相起身上前，帶阿拉丁的母親來到蘇丹面前。她到蘇丹面前行禮致敬，伏身親吻地面，願他榮耀加身，世代昌盛。

蘇丹說：「老太太，我見你每天都到議事廳來，卻不說話。告訴我，你想要什麼，我好成全你的請求。」

她第二次親吻地面，又連連祝福他，然後回答：「陛下萬歲，願您萬壽無疆，我確實有個請求。不過，在我把事情說出來之前，請您保證我的安全，並讓我只在您一個人面前陳明請求，因為您會發現我要說的事情很奇特。」

蘇丹天性仁慈，又很想知道她的請求，因此給她安全的保證，又吩咐滿朝官員全部退下，讓他和宰相二人聽她陳述。然後他轉過來對她說：「告訴我你的請求吧，至高的真主會保護你的。」

她說：「陛下萬歲，我還要請求您的饒恕。」

他說：「真主饒恕你！[6]」

於是她說：「陛下，我有個兒子名叫阿拉丁，有一天，他聽見有人大聲宣告，城裡所有的店鋪都要關閉，街上也不許有行人走動，因為蘇丹陛下的女兒白德如・布杜爾公主要出門去沐浴。我兒子聽見這話，很想見見公主，於是他跑去躲在澡堂的大門後面，希望能看見公主。後來，公主一進澡堂，我兒子就看見她了，公主的模樣超過了他的想像。從那時候開始直到現在，陛下啊，他日子過得糟透了，天天茶不思飯不想，吃東西沒滋味，並且非要逼我來求見您，盼您能把公主賜給他為妻。他對公主的熱愛已經病入膏肓，我完全無法打消他的念頭。他對我說：『媽媽，除非得到我所渴望的，否則我活不下去了。』因此，我懇求陛下仁慈開恩，希望您能饒恕我和我兒子的厚顏無恥，不降罪罰我們。」

國王聽了她說的事，忍不住哈哈大笑起來，由於他很仁慈，所以問：「你手裡拿著的那個包裹，裡面是什麼東西？」

她見國王聽了她的話，不但沒生氣，反而哈哈大笑，於是馬上解開布巾，把滿滿一鉢的寶石呈了上去。蘇丹看見寶石（事實上，布巾一掀開，馬上整個議事廳裡如同瞬間點亮了許多蠟燭和燈盞一般），整個人驚奇萬分，他因為寶石的光輝而迷花了眼，對它們的巨大和美麗驚詫不已。他說：「我從未見過這麼大、這麼漂亮又這麼完美的寶石，我想我藏寶庫裡沒有一顆能比得上它們。」

然後他轉向宰相說：「愛卿，你覺得呢？你這輩子見過這麼瑰麗華美的寶石嗎？」

「陛下，我從來沒見過。」宰相回答：「我想，陛下藏寶庫裡的珠寶，也沒有一顆能和這鉢中最小的媲美。」

蘇丹說：「那麼，將這些寶石送給我的人，值得做我女兒白德如．布杜爾的丈夫了吧？在我看，沒有人比他更合適娶她為妻了。」

宰相聽見蘇丹這話，一時之間張口結舌，答不上話，同時內心暗暗叫苦，因為國王已經答應要把女兒嫁給他兒子了。過了一會兒，他對國王說：「陛下萬歲，陛下曾答應將白德如．布杜爾公主

---

6 饒恕的權力是在真主手中，因此虔誠的穆斯林必須說：「真主先饒恕你，我才能饒恕你。」（培恩注）

許給我兒子為妻，為此我不勝感激。現在我懇請陛下將求親的事往後延三個月，若真主許可，我兒子會呈上一份比這更貴重的禮物作為聘禮。」

國王知道宰相辦不到，不單宰相，就算最偉大的國王都辦不到，但出於仁慈，他還是同意了宰相的請求。他轉向老婦人，對她說：「回去告訴你兒子，我答應將我女兒嫁給他為妻，但我需要給女兒準備一份嫁妝，請他耐心等候，我們得把這事延後三個月。」

阿拉丁的母親獲得了答覆，她感謝蘇丹並頌讚他，然後急急忙忙趕回家，一路上歡天喜地，直奔家門。她兒子一見她滿面笑容，就知道有了好消息。此外，她今天沒像過去一樣，逗留在外，而是直接回家，同時也沒把那個瓷鉢帶回來。

於是他問母親，說：「真主在上，媽媽，你帶好消息回來給我啦。那些寶石和它們的價值發生了作用，蘇丹接見了你，對吧？他向你施恩，同意了你的請求。」

於是她把整個經過都告訴他，蘇丹如何接見她，他和宰相對寶石的大小和美麗何等驚奇，並且蘇丹如何向她保證，說他女兒一定會嫁給你。「不過，兒子，」她說：「在他對我保證之前，宰相在他耳邊悄悄說了什麼，然後他就要我等三個月。現在，我恐怕宰相會在這當中搗鬼，讓國王改變心意。」

阿拉丁聽母親這麼說，知道蘇丹要在三個月後把公主嫁給他，他心情愉快，高興得不得了，說：「既然蘇丹允諾我和公主成親，雖然三個月的時間很長，但無論如何，我還是非常快樂。」

然後他感謝母親的慈愛，為他奔波受苦，說：「安拉在上，媽媽，我本來像躺在墳墓裡一樣，現在你讓我活了過來。讚美至高的真主，現在我敢保證，全世界沒有人能比我更富有、更快樂。」然後他耐心等待，就這麼過了兩個月。

公主的婚禮

有一天，阿拉丁的母親在太陽西下時出門去買油，卻見市場都關閉了，全城到處張燈結綵，家家戶戶的窗前都擺著蠟燭和鮮花，又見騎馬和徒步的巡邏隊伍、騎馬的宦官舉著燃燒的火炬在城中來去。這情景讓她感到驚奇，她進到一家尚未打烊的油品商店裡買油，說：「大叔，我發誓，請告訴我，城裡今天有什麼事，為什麼家家戶戶張燈結綵，裝飾美麗，而且商店歇業，有巡邏隊伍來來去去？」

他說：「大娘，我想你是個外地人，不住在這城裡吧。」

「不是啊，」她回答：「我住在這城裡。」

他說：「你住在這城裡，那你怎麼不知道今天晚上是宰相大人的兒子和蘇丹的女兒白德如・布杜爾公主大婚的日子？宰相的兒子正在澡堂沐浴，那些官兵和巡邏隊伍為他站崗和巡邏，等候他，不讓他單獨行動，等一下就按規矩護送他到王宮去和蘇丹的女兒成婚。」

阿拉丁的母親聽見這話，頓時六神無主，煩惱萬分，不知道該怎麼告訴兒子這個壞消息。那可憐的孩子還在數著時間等三個月期滿。她立刻回家，一見到阿拉丁就說：「兒子，我有個消息要告訴你，是個讓我又怒又煩惱的消息，你聽了也會很難受的。」

他說：「快說是什麼消息？」

她說：「蘇丹曾經許諾要把女兒白德如・布杜爾公主嫁給你，但是今天晚上，宰相的兒子要和公主舉行婚禮。事實上，我想就是現在了。兒啊，宰相讓蘇丹改變了主意，我跟你說過的，宰相當著我的面對蘇丹說悄悄話。」

「你怎麼知道宰相的兒子今晚要和白德如．布杜爾公主結婚？」阿拉丁問。

於是她把自己出門去買油，看見城裡張燈結綵，又見宦官和官兵巡邏等候宰相的兒子從澡堂出來以便護送他，因為今晚是他結婚的日子。

阿拉丁聽完這話，深深陷入痛苦當中，不過，這時他想起神燈，立刻又高興起來，對母親說：「我發誓，媽媽，我想宰相的兒子不會像你想的那樣與公主歡度新婚之夜。不過，現在我們先擱下這話題，你先把晚飯擺上，我們先吃飯吧。然後我會回我房間去，事情會解決的。」

於是，等阿拉丁吃過晚飯，他回到自己房間，把房門鎖上，然後拿出神燈擦一擦。巨魔立刻出現，說：「主人，您想要什麼？我是您的燈奴，誰持有神燈，我就是誰的燈奴，您能指揮我和所有油燈的燈奴。」

阿拉丁說：「聽著，我曾經向蘇丹求親，要娶他女兒，他指定我等三個月的時間。現在，他沒有信守自己的承諾，竟要把女兒嫁給宰相的兒子，今晚，他們就要入洞房了。現在我命令你，神燈忠心的僕人，今天晚上你看到新郎新娘上床之後，立刻把他們連人帶床都搬到這裡來。這就是我要你辦的事。」

「遵命。」巨魔回答：「除此之外，若您還有其他事要命令我，可隨時召喚。」

阿拉丁說：「除了剛才吩咐你的，目前沒有其他的事了。」巨魔聞言，眨眼消失。阿拉丁收起神燈，回去陪伴母親。

當阿拉丁估計巨魔該回來時，他起身返回房間。過了一會兒，巨魔連床帶人一同出現。阿拉丁高興萬分，對巨魔說：「把這該絞死的傢伙關進廁所裡。」

巨魔按照吩咐，把新郎抓起來關進廁所，不僅如此，為了防止他逃跑，還對他噴出一口寒氣，把他凍得不停發抖。宰相的兒子就這麼悲慘地過了一夜。

巨魔回到阿拉丁面前，說：「您還有什麼需要，請吩咐。」

阿拉丁說：「明天早上回來，把這兩人連人帶床送回他們原來的地方。」

「遵命。」巨魔回答，隨即消失。老實說，阿拉丁簡直不敢相信這件事居然成功了。當他看見白德如．布杜爾公主在他家裡，儘管內心燃燒著對她熾烈的愛，他還是對她十分敬重，說：「美麗的公主，請不要以為我把你帶到這裡來，是要汙辱你清白的名節。真主禁止這樣的事！不，我只是不想讓別人占有你，因為你父親蘇丹曾經答應要把你許配給我。現在你安靜休息，放心吧。」

至於公主，她發現自己突然來到這昏暗又簡陋的房子，又聽了阿拉丁說的，不禁恐懼戰慄不已，嚇得都糊塗了，一時之間無法回答。

阿拉丁走到床前，在自己和公主之間放了把劍，然後脫了衣服在她身邊躺下，直接睡著了，完全沒有侵犯她。他只要阻止她和宰相的兒子完成婚禮就滿足了。

不過，白德如．布杜爾公主度過了有生以來最糟糕的一夜，而宰相的兒子躺在廁所裡，對巨魔的恐懼使他怕得一動也不敢動。

隔天天一亮，巨魔沒等阿拉丁摩擦神燈就出現在他面前，說：「主人，您有什麼吩咐，我必親自辦妥。」

阿拉丁吩咐他把新娘和新郎送回他們原來的地方。巨魔立刻將新娘和新郎連同他們的床舉起，眨眼間把他們送回王宮原處，並且沒有任何人看見。不過，他們兩人發現自己從一地被搬到另一地時，都嚇得半死。

巨魔才把他們放下離開，蘇丹就來探望女兒了。宰相的兒子一聽見開門聲就知道是蘇丹，因為除了蘇丹，沒有人能進來。他連忙跳下床把衣服穿好。被迫起床讓他很生氣，離開廁所後他本來想在被窩裡躺久一點，讓自己暖和暖和，不料沒時間讓他這麼做。

蘇丹進來探望女兒，俯身親吻公主的額頭，對她說了早安，又問她覺得新郎如何，對他滿不滿意，但是公主一句話也沒回答，反而用一種既沮喪又憤怒的神情看著他。他問了好幾次，她始終保持沉默，一語不發。於是，蘇丹離開公主去找王后，告訴王后自己去探望女兒的經過。

王后為了避免蘇丹生女兒的氣，便說：「陛下萬歲，大部分的新娘在她們的新婚之日都是這樣的，因為害羞而變得不言不語。所以別對她惱火，過一、兩天她就會恢復正常，跟大家有說有笑了。陛下，現在她是因為害羞而不說話。不過，我正打算去探望她呢。」

說罷她起身整理了一下衣服，便前往女兒的房間。她走上前問候女兒，又親吻了她額頭，但是白德如．布杜爾公主一聲不吭，毫無回應。

王后心裡想：「她一定發生了什麼奇怪的事，才會變成這個樣子。」因此，她問公主說：「女兒，什麼事讓你變得默不吭聲呢？告訴我，你出了什麼事？為什麼我來看你，向你道早安，但你卻不回答我。」

白德如．布杜爾公主抬起頭來說：「媽媽，別責怪我，您來探望我，讓我無比榮幸，我該恭恭敬敬地迎接您才對，但是請您聽我說昨晚的事，那真是我這輩子最糟糕的一個晚上。媽媽，昨晚我們才剛躺下，就有一個我不認識的人，把我們連人帶床移到一個又黑、又臭、又破舊的地方。」

接著，白德如．布杜爾公主把昨夜的遭遇全告訴了母后，他們如何抓走新郎，留下她一個人，不久之後又來了一個青年在原本屬於新郎的床位上躺下，並且在兩人之間擺了一把劍。她說：「到了早上，那個把我們帶到那裡去的傢伙回來了，又把我們連人帶床搬回王宮裡。他才剛把我們放下離開，父王就駕到了。當時我還害怕得要命，整個人還在發抖，因此沒有心情也無法開口回答父王。他一定很生我的氣，所以，母親，我求您把我的情況告訴他，請他原諒我，不要因為我沒答話而責怪我。」

王后聽完公主說的事，對她說：「女兒，要當心別把這件事說給任何人聽，免得他們說：『蘇丹的女兒喪失理智了。』話說，你沒有把這件事告訴你父親，你做得對。我再說一次，女兒，要當心，別讓你父王知道這件事。」

「媽媽，」白德如．布杜爾公主回答：「我現在跟您說這件事，神智很清醒，也完全坦誠，毫無隱瞞。無論您相不相信，這確實是發生在我身上的事，不然您可以問新郎。」

王后說：「起床了，女兒，把你腦子裡那些奇奇怪怪的幻想扔到一邊去，起來穿好衣服，看看城裡為你結婚所辦的慶祝宴會。這國的百姓都在為你慶祝，去聽聽那些鑼鼓和歌唱，看看那些張燈結綵的喜慶裝飾。女兒啊，這一切都是為了慶祝你的婚禮，向你表示敬意。」

於是，她召來最老練的宮女，為白德如．布杜爾公主更衣、梳妝打扮。與此同時，王后去見蘇丹，告訴他昨晚公主作了個夢，有種種的幻覺，又說：「她請你原諒她無禮，不回答你的話，你就原諒她吧。」

此外，她還派人私下把宰相的兒子召來，詳細詢問了整件事，想知道白德如．布杜爾公主的話到底是真是假。不料，宰相的兒子害怕說出真相後會失去自己的新娘，再也得不到公主，因此他對王后說：「回稟母后，您所說的事，我一無所知。」於是，王后確信自己的女兒是作了個夢，產生了幻覺。

婚禮的各項慶祝持續了一整天，有許多唱歌跳舞的姑娘，還有各種樂器奏出輕快的音樂，吟遊詩人的吟唱也是曲曲迷人。王后、宰相和宰相的兒子極力保持和渲染宴會的歡樂，好讓白德如．布杜爾公主不再受懊喪所困，整個人能開心起來。他們竭盡所能，在公主面前討她歡心，好讓她拋開占據她心思的事，能高高興興的。

然而白德如．布杜爾公主對眼前的一切全都無動於衷。她默不作聲，一心想著昨夜的事，滿是困惑。事實上，昨夜宰相的兒子在廁所裡凍了一夜，比她過得糟糕多了，但他隱瞞這件事，把自己吃的苦頭擺到一邊，一來是怕說出來會失去他的地位，畢竟娶得公主讓他地位大增，光耀門楣，他知道大家對他的幸運既羨慕又嫉妒；二來他怕說出來會失去他的新娘，失去美貌絕倫又可愛無比的白德如．布杜爾公主。

至於阿拉丁，他這天出門，看見城裡到處都在慶祝，王宮裡充滿歡笑，尤其當他聽到大家在談論宰相的兒子是多麼幸運，成為蘇丹的女婿能享有極大的光榮，他的婚禮是極盡炫耀之事時，阿拉丁心裡想：「你們這些頭腦簡單的老百姓懂什麼，你們都不知道他昨晚受的罪，你們是嫉妒他。」

等到夜幕降臨，睡覺的時間到了，阿拉丁起身回房，摩擦神燈，昨晚那個巨魔又出現在他面前，他吩咐巨魔按照昨晚的情況，把新郎新娘帶來，免得宰相的兒子得到公主的初夜。巨魔毫不耽擱，眨眼消失，片刻之後，就把白德如．布杜爾公主和宰相的兒子連床都一起搬來了。宰相的兒子比照前一夜，被扔在廁所待著，在那裡過了恐懼又焦慮的一夜。阿拉丁則同樣拿一把劍放在他和公主之間，然後躺下來，一覺睡到天亮。之後巨魔出現，把床和兩個人又送回了王宮。對於宰相之子崩潰又困惑的情況，阿拉丁樂不可支。

蘇丹早晨一起床就想去探望女兒，看看她會不會還像昨天一樣。因此，他下床更衣之後就前往公主的房間，推門而入。宰相的兒子聽見聲音，立刻起身，匆匆忙忙穿好衣服，整個人還凍得不停打顫。蘇丹進來時，絲毫沒有發現異狀，因為巨魔已經把他們送回來了。

蘇丹走到床前，看見女兒白德如．布杜爾公主躺在床上，他掀起帳幔，跟女兒道了早，俯身親吻她額頭，又問她昨夜過得好不好。

公主皺著眉頭，苦著臉看著她父王沒回答，因為她過了糟糕的一夜。

蘇丹很不高興，以為她出了什麼事，因為她不答話。蘇丹拔出劍來說：「你到底怎麼回事？你若不告訴我發生了什麼事，我這就殺了你。我好好跟你說話，你卻一個字也不回答，這是你尊敬父王的態度和方式嗎？」

白德如．布杜爾公主知道父王很生氣，又看見他手中出鞘的利劍，嚇得幾乎昏過去。她抬起頭來說：「親愛的父王，您別生我的氣，別這麼快就對我發脾氣，您問我話我沒回答是有原因的。您先聽聽發生在我身上的事，我敢保證，等您聽了過去這兩夜發生的事情後，您會原諒我的，而且您會轉而同情我，因為我知道您愛我。」接著，她就把發生的事原原本本告訴他，然後說：「父王，如果您不相信我的話，您可以問新郎，他一定會把所有的事都告訴您。雖然我不知道他們把他從我身邊帶走後，對他做了什麼，我也不知道他被關在哪兒。」

當蘇丹聽了女兒經歷的事，又傷痛又憤怒，連眼淚都要掉下來了。他還劍入鞘，俯身親吻她，說：「女兒，你為什麼昨天不告訴我？讓我可以保護你，使你昨天晚上不再受到驚嚇。無論如何，起來吧，把這些事都拋到腦後，今晚我會派人守護你，讓你不再遇到前兩晚的折磨。」

接著他返回自己的王宮，立刻召見宰相。宰相匆匆趕來，等候吩咐。蘇丹對他說：「愛卿，你兒子肯定把發生在他和我女兒身上的事告訴你了，你說現在該怎麼辦？」

「陛下萬歲，」宰相回答：「我昨天和今天都沒見到兒子。」

於是蘇丹把女兒白德如．布杜爾公主告訴他的事，全都說給宰相聽，又說：「我希望你回去問問你兒子這事的真相，我女兒可能驚嚇過度，把發生在她身上的事說得太過或不及，但我知道她說的都是真的。」

於是宰相回家，把兒子召來，又把蘇丹告訴他的事說了一遍，問兒子這件事到底是真是假。

「父親大人，」做兒子的說：「真主禁止白德如．布杜爾公主說謊！事實上，她說的全是真的。過去這兩個晚上，本來應該是最快樂的新婚夜，但是我們卻過了最糟糕的兩夜，而且我的更糟。我不但沒有和我的新娘同床共枕，相反的，還被關到一間廁所裡，那是個又黑又可怕而且充滿惡臭的地方，我整夜擔驚受怕，凍得半死。」接著，他把發生在自己身上的事，從頭到尾講給宰相聽，最後他說：「親愛的父親，我求你去告訴蘇丹，解除這段婚約，還我自由吧。當蘇丹的女婿，對我來說當然是非常光榮的事，更別說我深愛白德如．布杜爾公主，但是過去兩個晚上的經歷，我受不了再來一次了。」

宰相聽完兒子這一番話，心裡很悲傷，又懊惱悔恨不已。他本來想，讓兒子成為蘇丹的女婿，兒子就能平步青雲，飛黃騰達，不料兒子竟有如此遭遇。他十分困惑，不知該想什麼辦法才好。他確實懊惱，非常捨不得退婚，長久以來他一直求告聖人，希望能靠兒子和公主聯姻，使自己更加位高權重。因此，他對兒子說：「兒啊，要有耐心，我們再看看今晚如何。我們會在你們周圍設下防衛，派人守護你們，你千萬不要輕易放棄這麼大的榮譽，這可是別人想求都求不來的啊。」

隨後他離開兒子，回去稟報蘇丹，白德如．布杜爾公主說的全是真的。未料蘇丹回答：「既然如此，事不宜遲，婚禮的慶祝都取消吧。」他立刻吩咐停止慶祝，解除婚約。

全城的百姓都對這奇怪的轉變驚訝萬分，尤其當他們看見宰相和他兒子可憐兮兮的前往王宮，一副懊喪無比的模樣，紛紛交頭接耳問：「發生了什麼事？為什麼婚姻撤銷，慶祝終止？」但是除了求親的阿拉丁之外，沒有人知道。阿拉丁對此暗笑不已。

阿拉丁和公主訂婚

在婚姻宣告無效之後，蘇丹依舊沒想起他對阿拉丁母親的承諾，宰相也一樣不記得，兩人絲毫不知所發生的事究竟原因何在。

雖然三個月的等候期已經無效，阿拉丁還是耐心等待，蘇丹答應過要把女兒嫁他為妻。等時間一到，他立刻要他母親去見蘇丹，要求對方實踐承諾。他母親前往王宮，當國王舉行議事時，看見站在前方的老婦人，想起自己曾經答應過婚約的事，並且要對方等候三個月。他轉過身對宰相說：「愛卿，這是那個先前送過我寶石的老太太，我們也許下承諾，三個月後我們會召她進宮，商討她兒子的婚事。」

宰相上前接待她，領她到蘇丹面前。她向蘇丹問安，祝他永遠榮耀昌盛。國王問她有何需求，她回答：「陛下萬歲，您吩咐要我等候三個月，現在時間已到，我來請求您將您女兒白德如．布杜爾公主嫁給我兒子阿拉丁為妻。」

蘇丹聽見這要求，內心惱火狂亂，尤其當他看見老婦人貧窮的外表，顯然是窮人裡最窮的，但她帶來的東西又那麼貴重華麗，價值遠非他的力量能及。這時，他轉向宰相，說：「你有什麼辦法應付這件事？我確實答應過要把女兒嫁給他兒子，但是我看他們不但不是富貴人家，恐怕還十分窮苦貧賤。」

宰相對這事本來就嫉妒得要命，自己的兒子沒娶成公主，讓他特別難過，他心想：「在我兒子失去這最高的榮譽之後，怎麼能讓一個窮小子娶走國王的女兒？」於是他低聲對國王耳語說：「陛下，要擺脫這種貧窮的壞蛋很容易，像他這樣的無名小卒，本來就不配讓陛下把女兒嫁給他。」

「我們有什麼辦法拒絕？」蘇丹問：「我已經答應過了，國王說話是一諾千金，不能反悔的。」

宰相回答：「陛下，我的辦法是，你要求高額聘禮，要他用四十個純金打造的盤子，裝滿老太婆上次帶來的那種寶石，由四十個白膚女奴端著，在四十個黑膚男奴的護送下送進宮來。」

國王說：「安拉在上，愛卿，你果然擊中要害，這要求他們肯定辦不到，這麼一來，我們就可以擺脫他們了。」

於是他對阿拉丁的母親說：「你回去告訴你兒子，我信守對他的承諾，但是他必須有能力拿出娶我女兒的聘禮，我才能同意婚事。我要求他準備四十個純金的盤子，裡面裝滿你上次帶來給我的那種寶石，然後要由四十個女奴端著，在四十個男奴的護送下送進宮來。如果你兒子辦得到，我就把我女兒嫁給他。」

阿拉丁的母親在回家路上不停搖頭歎氣，自說自話：「我可憐的兒子要去哪裡找這麼多金盤子和寶石？要他再回那個被施咒的寶藏堆去，從那些樹上摘下寶石來，我看是不可能的。就算他有了盤子和寶石，女奴和黑奴要從哪裡來？」她就這麼一路叨叨唸唸，直到跨進家門。她一看見等在家的阿拉丁，一分鐘也沒耽擱，立刻開口說：「兒啊，我豈不是告訴過你，絕對不要妄想超過你能力所及的事，不要想娶白德如・布杜爾公主。對我們這樣的人家來說，那種事情是不可能的。」

「告訴我消息吧。」阿拉丁說。

她回答：「兒啊，蘇丹按照他的慣例，很尊敬地接待我，我認為他對我們是滿懷好意的，但是你的對頭是那個該死的宰相。我對國王報上了你的名字，按照你吩咐我的話說：『根據承諾，三個月的時間已過，』又說：『請陛下恩准，將您女兒白德如．布杜爾公主嫁給我兒子阿拉丁為妻。』蘇丹於是轉頭和宰相說話，宰相對他耳語了一番，之後蘇丹給了我答覆。」接著她把國王的要求列出來，說：「兒啊，國王在等著你盡快答覆呢，但我想我們沒辦法回覆他。」

阿拉丁聽見這話，大笑說：「媽媽，你斷定這件事太難，我們無法回覆國王是吧？現在，你先別想這些，先起來為我們準備點吃的吧。等我們吃飽後，你會看見我的答覆，肯定讓你滿意。蘇丹想的和你一樣，他提出這麼龐大貴重的聘禮，是為了讓我娶不成他女兒。事實上，他的要求遠遠不及我事先所預期的。不過，你先去買菜，為我們弄點吃的吧，我去準備一下要給國王的回覆。」

於是他母親出門到市場買菜，阿拉丁回到自己房間，拿出神燈來擦一擦，轉眼燈奴就出現在他面前，說：「主人，請問您有什麼需要？」

阿拉丁回答：「我決心要娶蘇丹的女兒為妻，他要求我準備四十個純金的盤子，每個重十磅，裡面裝滿我們在藏寶室發現的那種寶石。此外，還要四十個女奴頭頂著這些金盤子，由數目同樣是四十個的男奴護送進宮。我希望你能把這一切盡快備齊，帶來給我。」

「遵命，主人。」燈奴說，隨即消失了大約一個小時，回來時帶著金盤、寶石、女奴和男奴。巨魔將這一切放在阿拉丁面前，大聲說：「您要求我的都辦好了。您還有什麼其他需要，現在請吩咐吧。」

阿拉丁回答：「現在沒有需要了，等我有需要時，我會召喚你讓你知道。」

燈奴眨眼消失。過了一會兒，阿拉丁的母親回家來，一進門就看見那些婢女和男奴，大吃一驚，喊說：「這一切全是安拉賜給我兒子的神燈的功勞！」

就在她準備取下頭紗時，阿拉丁說：「媽媽，現在正是時候，趕緊在蘇丹結束議事返回後宮之前，把他要求的東西送過去，讓他知道，我能辦到他所有的要求，再多也沒問題。還有，他被那個宰相騙得團團轉，兩個人以為這樣能阻止我，他們的猜想都落空了。」

他起身直接打開大門，每個女奴身旁伴隨一個男奴，一對一對往外走，整列隊伍占滿屋前的街道，阿拉丁的母親走在隊伍的最前頭。當街上的百姓看見這麼壯觀美麗的景象，無不驚歎，人人都在街邊注視著那些身材姣好的女奴，讚歎她們的美貌和可愛，她們每個人身上穿著繡金線綴寶石的錦袍，每一件看起來都值一千金幣以上。群眾也拚命盯著那些盤子看，雖然每個盤子上都蓋著繡花錦緞，但是盛在盤中的寶石依然散發出比陽光更燦爛奪目的光芒。

阿拉丁的母親走在最前面，所有女奴和男奴全部整齊劃一地跟在她後面，市民聚在一起注視著這些美麗的少女，讚美偉大的真主，直到整個隊伍抵達王宮，在阿拉丁母親的率領下進入宮中。當王宮內的護衛、國王的侍從和衛隊長官看見他們，全都驚奇不已，顯然是因為看見那些女奴個個都美得連隱士也會意亂情迷。雖然這些皇家侍從和官員都是有家室的人，是貴族的子孫，有穆斯林信仰，但是他們仍然對少女奢華的服飾及她們頭頂的金盤子感到驚奇，而那些寶石所散發的燦爛光芒也讓他們無法睜眼直視。接著，護衛隊長進去稟報國王，國王直接吩咐他們進入後宮，阿拉丁的母親也隨著一同進去。

他們站在蘇丹面前，全體拜倒，以最尊敬的方式致意，祝他榮耀四海，代代昌盛。接著女奴一一把頭頂的盤子擺在他腳前，揭開上面的錦帕，接著雙手交抱胸前，退到一旁站立。

蘇丹驚喜萬分，這些姑娘的美貌與曼妙可愛也讓他既困惑又驚訝，讚歎連連。當他看見那些吸引視線的金盤子和滿滿的寶石時，失去了理智，不禁目瞪口呆，腦中一團混亂，連一句驚歎的話都說不出來。

當他想到所有這些寶物和人員，都是在他下達命令後一小時內備妥的，就更啞口無言了。過了一會兒，他命令那些女奴拿起她們帶來的寶物——也就是公主的聘禮——進入後宮。當她們遵照他的吩咐離開後，阿拉丁的母親走上前對蘇丹說：「陛下，這些送來給白德如．布杜爾公主的聘禮真不算什麼，公主的價值遠遠勝過這些彩禮好幾倍。」

國王轉向宰相，說：「愛卿，你怎麼說？一個人能在這麼短時間內拿出如此的財富，我說，他難道不值得成為蘇丹的女婿，娶國王的女兒為妻嗎？」

雖然宰相對這筆勝過蘇丹所有財富的聘禮感到驚奇無比，但內心的妒火隨著時間過去卻愈燒愈烈，當他看見他的主上滿足於這些聘禮和金錢，知道自己對抗不了現實，於是回答：「這些還不足以配得上公主。」他一邊說，一邊想著反對國王的策略，希望能阻止國王把白德如．布杜爾公主嫁給阿拉丁。於是他說：「陛下，就算把全世界的寶物都聚在一起，也抵不上您女兒的一片指甲。陛下，您看重這些東西，遠遠過於看重公主了。」

國王聽見宰相這話，知道宰相是出於無比的嫉妒，因此轉向阿拉丁的母親，說：「老人家，回去告訴你兒子，我收下他送來的這些聘禮，也守住我的承諾，我要把女兒嫁給他為妻，他將是我的女婿。此外，吩咐他立刻準備好來見我，我想認識他。我會對他以禮相待，好好照顧他。還有，今晚就開始舉行婚宴。照我的話對他說，讓他來見我，不要耽擱。」

於是，阿拉丁的母親十萬火急地趕回家，她想盡快恭喜兒子。想到自己兒子即將成為蘇丹的女婿，她高興得都要飛起來了。

阿拉丁的母親離開之後，國王結束議事，前往公主居住的宮殿，吩咐人把那些女奴和金盤子帶過來，讓公主可以看看。當白德如．布杜爾公主看見那些寶石，震驚得簡直魂不守舍，大喊說：「我看全世界的寶庫裡也找不到一顆能比得上這些寶石的。」她又打量那些女奴，讚歎她們的美貌與身材曼妙。當她得知這一切都是她的新夫婿送來給她供她使喚的，非常高興。雖然她對和宰相兒子的婚事受挫感到悲傷和遺憾，但現在看見那些迷人的少女，內心又無比快樂起來。

同樣的，當蘇丹看見女兒愁眉不展、鬱鬱寡歡時，做父親的他心裡也很難受，此時見女兒眉開眼笑，又快樂起來，他的愁悶也消散了。他問：「女兒啊，這些東西讓你高興嗎？事實上，我認為你的這個追求者比宰相的兒子更適合你，這真是天意！女兒，你跟他在一起，會美滿幸福的。」

國王的情況是這樣，另一邊阿拉丁的情形是他一看見母親滿面笑容，歡天喜地地踏進家門，他就知道有好消息了。他喊道：「讚美都歸給安拉！我渴望的事終於實現了。」

他母親回答：「兒子，高興吧，我帶好消息回來了，全心全意高興吧，你將如願以償了。蘇丹收下了你送去的聘禮，就是你送給白德如．布杜爾公主的彩禮，現在她是你的未婚妻了。兒啊，今天晚上就是你的婚禮，你會第一次正式與她見面。國王特別向我保證，他會對世界宣告你是他的女婿，並承諾今晚舉行婚禮。不過，他也對我說：『讓你兒子直接過來，我好認識他，我會以禮相待，好好照顧他。』我奔波勞碌那麼久，兒啊，現在我回來了，該發生的都發生了，往後所有的事你要自己擔當。」

阿拉丁起身親吻母親的手，感謝她如此仁慈地為他操勞。然後他離開她返回自己的房間，拿出神燈擦一擦，看啊！燈奴顯現，大聲說：「主人！請說出您的需要。」

少年回答：「我的需要是，帶我去一個舉世罕見的澡堂沐浴、薰香。然後為我準備一套世間帝王都不曾見過的貴重衣袍。」

巨魔回答：「遵命。」隨即將他帶到一座世間帝王都不曾見過的澡堂，全用雪花石和瑪瑙石砌成，四壁都是令人讚歎的彩繪，光彩奪目，大廳中鑲嵌著許多寶石。澡堂中空無一人，但是當阿拉丁步入澡堂，有個變身成凡人的巨魔來幫他擦背、沖澡，一直洗到他滿意為止。

洗好澡後，阿拉丁離開澡堂步入大廳，看見自己的舊衣服已經不見了，那裡擺的是一套華貴無比、勝過王公貴族所穿的錦袍。那位魔僕為他端來冰凍的果子露和摻了龍涎香的咖啡，他享用完畢後，又有一隊奴隸進來伺候他穿上那套昂貴的華服，又為他全身薰香。雖然過去大家都知道阿拉丁是裁縫的兒子，是個窮人，但此時再也沒有人那樣看他了，所有的人都說：「這年輕人一定是某個偉大帝王的子孫。讚美那改變人與不改變的人真主！」

打扮妥當，巨魔來帶他返回家中，說：「主人，請告訴我，您還有什麼需要？」

阿拉丁回答：「有，我要四十八個白膚奴隸侍衛兵，二十四個做前衛，二十四個做後衛，他們要全副武裝，衣飾精美。他們坐騎的鞍轡也必須華貴精美，連世間國王的藏寶庫裡都不曾見過。然後為我準備一匹適合王侯騎的駿馬，鞍轡全用黃金打造，鑲嵌最美的寶石。另外再為我準備四萬八千枚金幣，每個侍衛兵攜帶一千金幣。我馬上要去見蘇丹了，你不要耽擱，趕緊備妥，如果沒有這些東西，我無法去見他。同時，我還要十二名美麗超凡的女奴，穿著最華麗高貴的衣飾，陪我母親前往王宮，她們每個人的衣裳和配飾必須如同王后所穿的那般講究。」

燈奴說：「遵命。」然後在眨眼之間消失又出現，帶來阿拉丁所吩咐的一切，燈奴手裡牽的那匹馬，連阿拉伯的阿拉伯駿馬都比不上，牠的鞍轡由黃金打造，鞍墊是最華美的錦緞，光彩奪目，燦爛非凡。

阿拉丁絲毫沒有耽擱，立刻為他母親送去最好的衣裳，要她率領十二個女奴一同前往王宮。然後他派巨魔帶上一個侍衛兵去看蘇丹是否離開王宮，那侍衛兵在巨魔的帶領下來去猶如閃電，回來後說：「主人，蘇丹正在等候您！」

阿拉丁騎上駿馬，他的衛隊前呼後擁，所有看見的人無不呼喊：「讚美創造他們的真主，讓他們穿上那麼美麗討人喜愛的衣飾！」他們一邊前行，一邊當著主人的面將一把一把的金幣撒向人群，馬上的阿拉丁英俊過人，風度翩翩，人們毫不懷疑他是國王之子，並紛紛讚美永恆的真主！

所有這一切都是神燈的功勞，誰擁有神燈，誰就能成為最得尊寵、最富有又最有智慧的人。人民讚賞阿拉丁過人的慷慨和大方，所有的人都對他的高貴迷人、態度莊重而著迷不已。他們讚美真主創造了這樣高貴的人，他們不停稱讚祝福他，雖然知道他是裁縫之子，但是沒有人嫉妒他，所有的人都認為他配得如此的幸運。

蘇丹已經召集全國的文武百官和貴族要人，通知他們他已答應將女兒嫁給阿拉丁為妻，吩咐他們等候他的到來，然後一起迎接他，祝賀他。於是文武百官和所有的貴族要人都按自己的身分和地位在王宮大殿門口列隊等候新郎。

阿拉丁來到宮門院外，正要下馬，有位貴族奉了國王的命令，上前來對阿拉丁說：「大人，國王下令，讓您騎馬進宮，直到大廳門口。」然後，他們在前領路，一直走到指定的地點，眾官員都圍攏上來，有人接過韁繩，有人圍在左右扶他下馬，人人都甚忙碌。隨後，文武百官和貴族要人簇擁著他，魚貫進入議事大廳，領他來到國王的寶座前。

這時，蘇丹從寶座上走下來，不但制止阿拉丁下跪叩拜，還擁抱親吻他，又要他在自己的右手邊坐下。阿拉丁遵照國王的吩咐行事，他問候並祝福國王，說：「蘇丹陛下，您的慷慨舉世無雙，竟願意屈尊將您女兒白德如·布杜爾公主嫁給我，雖然我不配得到如此貴重的禮物，我仍願成為您最謙卑的奴隸。我祈求安拉賜您昌盛繁榮，萬壽無疆。高貴的君王啊，我的感激之情無法用口說盡，您所賜給我的厚愛，比山高比水深，無法丈量，我盼望陛下賞賜我一塊地，讓我為白德如·布杜爾公主建造一座宮殿，讓她得以歡喜居住。」

當蘇丹見阿拉丁身穿華貴錦緞，容貌長相也俊美討喜，又注意到他身旁的侍衛兵也都相貌威武英俊，對阿拉丁益發稱讚喜愛起來。當阿拉丁的母親上前來，國王見她身上衣飾華貴，打扮得猶如王后一般，又見那十二個交臂抱胸站在她面前聽她使喚的婢女，就更驚訝了。他還注意到阿拉丁議論時口才流利，說話時詞藻優美，在在使他和在座的所有人士感到震驚。

不過，眾人當中的宰相卻是滿腔熊熊妒火，恨得要死。當蘇丹聽了少年一連串的祝頌之詞，看見他高尚的舉止、恭敬的態度，以及他辯才無礙又優雅的言詞後，將他一把攬在胸前親吻他，大聲說：「唉，我兒，我太喜歡和你談話了，我從來沒有這麼高興過！」更令宰相恨到發狂。

然而國王極其高興，吩咐樂隊奏樂，他起身帶著少年進到宮內，晚宴已經備好，僕人已經擺好桌子。國王在主位坐下，讓他的女婿坐在右手邊，其餘文武百官和貴族要人各按身分地位落座，樂隊開始演奏美妙的音樂，盛大的婚宴在王宮中正式展開。

國王此時如同交朋友一般和阿拉丁親切交談，阿拉丁謙恭有禮，口才便捷，彷彿生長於帝王之家，或向來就在宮廷中生活。他們彼此談得愈久，蘇丹聽見女婿能夠對答如流，出口成章，內心歡喜和滿意的程度就愈高。

新宮殿和盛大的婚禮

等他們吃喝飽足，碗盤杯盞都撤下之後，國王召來法官和證人，要讓阿拉丁和白德如．布杜爾公主結成連理，簽下婚約。這時，新郎竟然起身就走，國王拉住他問：「我兒，你要去哪裡？婚宴已經舉行過了，婚姻已經結下了，該定的都定了，該寫的也都寫了。」

阿拉丁回答：「陛下，我盼望能給白德如．布杜爾公主建一座適合她身分地位的宮殿，在完成這一切之後，我才要見她。願上天成全，憑著您僕人最大的努力和陛下的仁慈，這宮殿能在最短的時間內建成。雖然我十分渴望（這話是真心誠意）能早早和白德如．布杜爾公主結成連理，但是我先為她準備好住處才合適，這件事我應當立刻去辦。」

「我兒，看看你周圍，」蘇丹回答：「你看哪塊地適合你要建的宮殿，就拿去吧。我認為最合適的是我王宮對面那片平坦開闊的空地，你要是滿意，就把你的宮殿建在那裡吧。」

阿拉丁回答：「這正是我的心願，如此一來，我就可以天天親近陛下。」說完，他向國王告辭，騎上馬，在侍衛的前後簇擁下離去。所有的人都稱讚他，大喊著說：「安拉在上，他配得這門親事。」他就在一路歡呼中回到自己的家。

他翻身下馬，迅速回到自己的房間，拿出神燈擦一擦。看哪，燈奴出現在他面前，說：「主人，請說出您的需要。」

阿拉丁回答：「我需要你幫我辦一件重要的大事。我要你在蘇丹王宮對面的那片空地上，為我蓋一座宮殿，必須盡快完成。不但建築要完工，裡面的家具也要一應俱全，並且必須是皇家御用的等級。」

燈奴回答：「遵命。」隨即消失。就在天亮之前，燈奴回來對阿拉丁說：「主人，宮殿已經依您想要的建好了，如果您想視察，請跟我一起去。」

阿拉丁起身，燈奴帶著他，在眨眼之間來到新宮殿。面對這座用碧玉、雪花石、大理石所建且鑲著馬賽克的宮殿，阿拉丁非常震驚。接著燈奴領他到宮殿中的藏寶庫，那裡面堆滿各種黃金白銀和寶石，多得無法計算或估算，價值更是無法衡量。接著他察看用餐的大廳，必備的餐桌、碗盤、湯匙、長勺、大碗、蓋子、杯盞等等全是貴重金屬製成的。當他來到廚房，看見廚師所需的全套炊具同樣由金銀打造。來到儲藏室，裡面堆疊著許多箱子，箱中裝滿高貴的服飾和各種用品，比如從印度或中國來的絲綢和錦緞，上面繡著金花。接著他又看了許多房間，每一間都富麗堂皇，難以描述。他又察看了馬廄，裡面的駿馬遠勝過天下所有國王的良馬。最後，他們來到馬具室，裡面所有鞍座轡頭與一切騎馬用品和其他設備，每一樣都鑲嵌著珍珠和寶石。所有這一切，全是在一夜之間辦到的。

阿拉丁因為這宮殿所展示的富裕和氣派震驚得說不出話來，就算這世界上最偉大的王朝也不可能在一夜之間變出這麼多東西。他還看見宮殿裡有男奴和女奴，他們的美貌會令聖人都意亂情迷。不過，這宮殿最令人驚歎的，是頂層那座二十四扇窗戶的觀景亭，所有窗戶全是綠寶石、紅寶石和其他寶石打造的，其中一扇窗戶按照阿拉丁的要求，尚未完工，那是要讓蘇丹證明自己無力完成它。

當阿拉丁視察完畢整座宮殿，他非常滿意，高興無比。然後，他轉向燈奴說：「我還有一項要求，之前忘了告訴你。」

「主人，請說出您的要求。」燈奴說。

阿拉丁說：「我要你給我準備一張地毯，上面主要的花紋要用金絲織成，當地毯鋪展開來時，長度要從這裡一直鋪展到蘇丹的王宮，好讓白德如·布杜爾公主從王宮來到這裡時，可以走在地毯上，不會踏到塵泥。」

燈奴離開片刻，回來後向他報告說：「主人，您的要求已經辦妥了。」然後他帶阿拉丁去看那張從宮殿一直延伸到王宮、金光燦爛的地毯。隨後，燈奴背起阿拉丁飛回到他家，將他放下。

天色大亮後，蘇丹起床，推開窗戶向外眺望，當他看見在他王宮對面已經建好一座美麗的宮殿，不由得揉了揉眼睛，再睜大雙眼仔細看。他立刻鑑定這座新宮殿極其精美，其豪華的程度，足以令人目瞪口呆。此外，他接著看見那張從王宮鋪到新宮殿的長地毯，繼續大吃一驚。新宮殿的門房和家僕，每一個人的模樣都像他們的主人那般精緻富貴，讓人驚異不已。

不久之後，宰相進宮早朝，看見王宮前突然出現一座嶄新的宮殿，還有那張長地毯，他也驚訝萬分。當他進去見蘇丹，兩人馬上談起這神乎其神、吸引人心、令人吃驚又意亂神迷的景象。最後他們說：「老實說，這樣的宮殿，沒有哪個帝王能夠建造出來。」

國王於是轉頭對宰相說：「現在，你得承認阿拉丁有資格當我女兒白德如·布杜爾公主的丈夫了吧？你看清楚，這麼高貴莊嚴、富麗堂皇的宮殿，有哪個人能夠想像得出來？」

然而，始終嫉妒阿拉丁的宰相回答：「陛下萬歲，事實上，如此地基，如此建築，如此富麗堂皇的宮殿，除了使用魔法，不可能建成。同樣的，這世界上，沒有一個人能在一夜之間建造出這樣的宮殿，就算是最富有或最偉大的帝王，都不可能。」

蘇丹回答：「我很驚訝看見你這麼一直喋喋不休地毀謗阿拉丁，不過，我想你就是嫉妒。昨天我在他的請求下賜他一塊地，讓他建一座宮殿給我女兒居住，當時你也在場，我因為喜愛他答應他的請求，這整件事是當著你的面說的。一個能送我那些連帝王都不可能擁有的寶石，把它們拿來當作公主聘禮的人，當然有可能在一夜之間蓋出這樣的宮殿，對吧？」

宰相聽蘇丹這麼說，知道自己的主人深愛阿拉丁，這令他的嫉妒和惡毒的念頭更加高漲。只是此時他沒有辦法對付阿拉丁，因此他保持沉默，不再回答。

另一邊，阿拉丁醒來看見天色大亮，預定在王宮舉行婚禮的時間即將到來（文武百官和貴族要人都將聚集在蘇丹身邊，一同出席婚禮），他連忙起床，拿出神燈擦一擦，燈奴立刻出現，說：「主人，請說出您的需要，我在你面前等候您的吩咐。」

阿拉丁說：「今天是我結婚的日子，我要馬上到王宮去，你馬上為我準備一萬枚金幣。」

燈奴眨眼消失，旋即帶著金幣返回。阿拉丁騎上馬，在侍衛的前後簇擁下穿過街道，一路朝兩旁的人撒出一把又一把的金幣，直到所有人都稱讚他、愛戴他，他的聲望和尊嚴也大為提高。當他朝王宮愈走愈近，等在門口的文武百官和貴族看見他來，立刻去通報國王，蘇丹走下寶座出來歡迎女婿，擁抱親吻他，拉著他的手帶他到自己的住處，讓他坐在自己右邊。

整個城裡張燈結綵，喜慶的音樂和歌聲在王宮中四處飄揚，如此慶祝到了中午，國王吩咐安排宴席，奴隸和侍衛迅速擺開桌椅，端上酒菜，全都是皇家級的珍饈美饌。蘇丹領著阿拉丁與文武百官、貴族要人，各按身分地位分別坐下，開始吃喝，直到人人酒足飯飽為止。無論在王宮或城裡，這都是一場盛大的宴會，所有的達官貴人都歡喜參與，王國人民也同樣歡喜快樂，各省的官員和各地區的富人也都遠道前來觀看阿拉丁的婚禮，觀看整個過程和大小宴會。

蘇丹看著阿拉丁的母親，內心十分驚奇，想到她當初來朝見自己時那窮苦的模樣，哪裡想得到她兒子能有這麼富裕又華麗的排場。前來觀禮的人民聚集在王宮外，觀看宴會和阿拉丁所建造的那座美輪美奐的宮殿，這麼富麗堂皇的宮殿竟是在一夜之間建造完成的，每個人都驚訝萬分，紛紛祝福他說：「安拉喜愛他。安拉在上，這一切都是他應得的！安拉祝福他的日子！」

宴會完畢，阿拉丁起身向蘇丹告辭，跨上馬帶著侍衛們騎往他自己的宮殿，好為迎接新娘白德如·布杜爾公主做準備。人們在他經過時大聲祝福他，異口同聲喊道：「安拉喜愛你！安拉增加你的榮耀！安拉賜你長命百歲！」無數人聚集前來觀看婚禮進行，他們愈聚愈多，一路護送他前往新宮殿，阿拉丁則一路不停撒金幣給他們。

當他到達新宮殿，下馬走進宮內，在躺椅上坐下休息，那些侍衛雙臂交抱站在他面前。過了片刻，他們為他送來冰鎮的果子露。他喝過之後，吩咐他的侍衛、女奴、宦官和宮殿中所有的人，開始準備迎接白德如·布杜爾公主。

正午過後，隨著太陽偏西，氣溫逐漸下降，蘇丹吩咐武官、貴族和大臣一同走下王宮前的廣場，他想騎騎馬。

阿拉丁也帶著他的侍衛一同騎馬前往賽馬場。他騎著一匹當時罕見的阿拉伯駿馬，在賽馬場上展現騎術，又和武士們比賽，沒有人能勝得過他。這時他的新娘在自己閨房的陽台上透過格子窗觀看賽場，看見阿拉丁如此俊美又騎術精湛，當下一見鍾情愛上了他，高興得快要飛起來。

他們在賽場上都跑過馬，每個人都展現過自己的騎術，阿拉丁也證明自己的本事最好、技藝最精湛後，表演告一段落。國王率領眾人騎馬回宮，阿拉丁也返回他的新宮殿。

傍晚時分，大臣和貴族一同送阿拉丁到皇家澡堂沐浴、薰香。隨後他穿上比先前更華麗炫目的衣袍，接著跨上駿馬，大臣和侍衛在他前面整齊列隊，十分壯觀，又有四名大臣握著出鞘的寶劍騎在他前後左右護衛他。全城的人、外鄉人還有衛隊都走在他前方，群眾們都拿著蠟燭、擊打手鼓、演奏管樂器或各種樂器，歡樂無比，一行人將他一路送到新宮殿前。他翻身下馬，走進宮殿，坐在自己的座位上，又讓護送他的大臣官員依次坐下，僕人端來冰鎮果子露和甜飲料，他們也把這些飲品分送給隨著他們前來的人，這是百姓的世界裡聞所未聞的事。阿拉丁又吩咐那些侍衛站到宮殿門外，朝著群眾撒金幣。

蘇丹從賽馬場回到王宮後，下令宮中的人，無論男女，立刻組成一個護送公主的隊伍，在宮中舉行送親儀式，將她送到新郎的宮殿。王宮中的文武官員、宦官、宮女所組成的龐大送親隊伍開始行動，宦官、宮女手持蠟燭走在隊伍的最前方，接著是文武百官和貴族要人的夫人女眷，她們簇擁著白德如．布杜爾公主，阿拉丁的母親走在公主身旁，在她們後方的是她丈夫送給她的那四十八個女奴，每個女奴手裡都拿著一個鑲嵌寶石的巨大金燭台，上面是散發著龍涎香香味的大蠟燭。她們就這麼一路浩浩蕩蕩將公主送到阿拉丁的宮殿。進門之後，她們領她到樓上自己的房間，為她換了衣袍，重新梳妝打扮。

打扮完畢，她們陪同公主一起來到阿拉丁的房間，這是他第一次和她正式會面。他母親就陪在新娘旁邊，當新郎上前來摘下新娘的面紗，老太太凝視著新娘的美麗可愛，內心為兒子感到深深的歡喜。

公主環顧四周，見宮殿裡到處鑲著黃金和寶石，室內各種形式的大燭台都由貴重金屬打造，上面也鑲著綠寶石和紅寶石，心裡忍不住想：「我曾經以為蘇丹的王宮華美無比，但是這個宮殿才是獨一無二的。我想，從來沒有哪個偉大的波斯君王在有生之年獲得這樣的宮殿。我也確定，全世界沒有人能在一夜之間建成這樣一座樓宇。」當然，白德如．布杜爾公主在觀看宮殿的同時，也對它的華美璀璨驚歎不已。

婚禮的宴席已經擺開，眾人入席坐下吃喝，席間歡聲笑語不斷，接著有八十個手持樂器的少女進來表演助興。她們靈巧的指尖一撥琴弦，奏出最優美的樂曲，直到她們抓住所有聽眾的心靈。公主對此益發驚歎，心想：「我這輩子從來沒聽過這樣的歌曲。」她甚至忘了吃喝，以便更加聚精會神地聆聽。

宴席最後，阿拉丁斟了一杯酒親手遞給新娘，全場歡聲雷動。這是個傳頌後世的夜晚，是伊斯坎達爾的雙角之王[7]一生中也不曾有過的夜晚。當宴席結束，桌椅杯盤撤去，阿拉丁起身，領著新娘進入洞房，同享歡悅。

翌日清晨，阿拉丁起床，管家為他送來一套奢華如帝王所穿的精緻昂貴衣袍。當他喝過加了龍涎香的咖啡後，吩咐備馬，然後在侍衛前後簇擁下前往蘇丹的王宮。他一進宮，宦官立刻前往後宮向國王稟報他的到來。

蘇丹一聽阿拉丁來了，隨即起身接見他，擁抱親吻他，彷彿他是自己親生的兒子，又要阿拉丁坐在自己右邊，為他祝福，文武百官和王國中各地區的首長同樣也都前來祝賀他。隨後，國王吩咐送上早飯，僕人迅速擺好，他們一起吃了早飯。吃喝飽足之後，僕人撤了餐桌碗盤，阿拉丁轉過來對蘇丹說：「陛下，請您賜我這份榮譽，帶著您的大臣和地方貴冑，前來您寵愛的女兒白德如．布杜爾公主家一同吃午飯？」

國王對這個女婿愈看愈滿意，回答說：「我兒，你真是太慷慨了。」

接著，他下令所有受邀的人隨他前往，他和阿拉丁並轡一同騎往新宮殿。國王一進門，就開始仔細察看宮殿的結構、建築的樣式，只見所用的石材全是碧玉和紅玉髓，看得他眼花撩亂，對殿內的奢華和富麗堂皇驚歎不已。他轉頭對宰相說：「你還有什麼話說？告訴我，你這輩子見過的最偉大的帝王裡，有哪個用我們現在所見這麼大量的黃金和寶石來建房子？」

宰相回答：「陛下，這樣的宮殿，即使是亞當子孫中最具權勢的帝王也不可能建成。同樣的，就算集合全世界的人類的力量，也不可能建出這樣的宮殿。這宮殿不是人力所能建造的。陛下，如同我說過的，這是靠妖術建成的。」

這些話讓國王確定，宰相就是嫉妒阿拉丁，因此要在他腦中灌輸這種念頭：這樣華麗的宮殿不是人能建造的，是靠魔法還加上妖術的幫忙。因此，他對宰相說：「夠了，愛卿。你沒有別的話可說了嗎？我很清楚你說這種話的原因何在。」

阿拉丁領著蘇丹參觀，最後領他上到頂層的觀景亭，蘇丹看見有天窗、窗戶、格子窗架和窗扉、百葉窗，全都是綠寶石、紅寶石和其他貴重寶石鑲嵌而成。蘇丹看得眼花撩亂，激動萬分。他繞著觀景亭慢慢走，但見城中美景盡收眼底，令他感到心曠神怡，十分快慰。

突然，他看見有一扇窗戶（就是阿拉丁故意安排的）尚未完工，和其他窗戶不一樣。當他看見這窗戶，他叫道：「哎呀，這扇窗戶是怎麼回事，因為你，這個觀景亭就不完美啦。」接著，他轉向宰相，說：「這扇窗的窗框還沒完工，你知道原因嗎？」

宰相說：「陛下，我猜想，這扇窗戶還沒完工，是因為陛下催阿拉丁趕辦婚事，使他沒有餘暇完成。」

阿拉丁趁國王和宰相說話的時候，離開去見白德如．布杜爾公主，通知她父王的來訪。等他回來，國王問：「我兒，為什麼這個觀景亭的這扇窗子沒有完工？」

「陛下萬歲，」阿拉丁回答：「因為婚禮舉辦得急，我沒來得及找到手藝精巧的師傅完成它。」

蘇丹說：「我想自己來完成它。」

7 指亞歷山大大帝。（培恩注）

阿拉丁說：「陛下，安拉使您的光榮永垂不朽。您的手跡將會在公主的宮殿中長存，被人永遠紀念。」

蘇丹立刻下令召集寶石匠和金匠，又下令由藏寶庫提供匠人所需的全部黃金、寶石和貴重的礦石，等匠人聚集在一起後，他命令他們完成觀景亭的這扇窗戶。

這時，公主前來接待父王，她走近時蘇丹看見她笑容滿面，立刻高興地擁抱和親吻她，隨後領著她和眾人下樓。午餐已經擺上桌，一桌給國王、公主和女婿，一桌給大臣、各地區來的王公貴族、地方首長和侍衛隊長等，所有人各自按身分坐下，共進午餐。國王坐在公主和女婿之間，他動手吃了第一口菜，立時大為驚訝，因為食物極其美味，烹調絕佳，餐具也很奢侈。

此外，還有八十個拿著樂器的美少女，在席間彈奏著輕快歡樂的樂曲助興。她們靈巧的指尖撥動琴弦，一首首最美妙的樂曲流淌而出，連悲傷者的心都能打開。蘇丹非常高興，人生難得如此快意，他在欣喜中不由得喊道：「如此快慰人心的事，遠超過世間國王和皇帝所能想像。」眾人於是放懷盡情吃喝，傳杯換盞，一直吃到心滿意足，隨後移駕客廳休息，僕人又端上各種甜點和水果，讓客人在隨意走動談天時可以自由享用。

不久，蘇丹起身，想去看看他的寶石匠和金匠做得如何。他上樓察看他們的工作，卻發現他們的成果與其他的窗戶有著極大差異，他的人根本無法做出阿拉丁那些窗戶的模樣。他們向他報告，所有小寶庫中的寶石都拿來了，仍然不敷使用。於是蘇丹吩咐打開大寶庫，讓匠人需要多少就拿多少。此外，他吩咐他們，如果大寶庫中的寶石還不夠，他們可以取用阿拉丁送給他的寶石。工匠取了所有的寶石，埋頭拚命工作，未料連觀景亭的半個窗戶都還沒完成，寶石就不夠了。於是國王下令徵用群臣和各地王公貴族所擁有的寶石，但儘管他們都把寶石繳來了，仍遠遠不足所需的用量。

第二天早晨，阿拉丁起床後，上樓去看寶石匠們的工作，很驚訝他們連一半都沒做好。他乾脆要他們停工，把寶石全拆卸下來，物歸原主。於是，他們把寶石拆卸下來，屬於蘇丹的歸還給蘇丹，屬於大臣和王公貴族的也分別歸還。然後寶石匠去見國王，向國王稟報阿拉丁的吩咐。

國王問：「他對你們說了什麼？理由何在？他豈不是不滿還有一扇窗戶沒完工，為什麼要叫你們別做了呢？」

他們回答：「陛下，我們都不明白，但是他吩咐我們停工，別再做了。」

蘇丹下令備馬，立刻騎馬前往新宮殿。

另一邊，阿拉丁遣走金匠和寶石匠之後，他回到自己的房間，拿出神燈擦一擦，燈奴立刻出現在他面前，說：「主人，您的奴隸在此，請說您的需要。」

阿拉丁說：「觀景亭那扇還沒完成的窗戶，我希望你立刻把它完成。」

巨魔回答：「明白了，遵命。」他眨眼消失，一會兒之後返回說：「主人，您的命令我已經完成了。」

於是阿拉丁走上觀景亭，發現那扇窗戶已經全部完成了。就在他打量那扇窗戶時，有個宦官上樓稟報，說：「主人，蘇丹騎著馬正朝這裡來探望您，已經進了院門。」

阿拉丁立刻下樓迎接岳父。蘇丹看見女婿，大聲問道：「我兒，為什麼你不讓寶石匠把觀景亭的那扇窗戶做完呢？難道你要給新宮殿留下一處沒有完工的地方？」

阿拉丁回答：「陛下萬歲，我留下那扇窗戶沒有完成，有我的用意，我不是沒有能力完成，也不是讓陛下您賞臉來探望我時，故意讓您去參觀一座有瑕疵的宮殿。我想讓您知道，我不是沒有能力把宮殿造得完美。現在，就請陛下隨我一同上樓，看看還有什麼地方有缺點，需要改善。」

於是蘇丹隨他上樓，進到觀景亭，蘇丹左看右看，只見所有的窗戶，每一扇都很完美，毫無瑕疵。他大大驚奇，立刻擁抱和親吻阿拉丁，說：「我兒，這是什麼獨家本領？你竟能在一夜之間完成寶石匠忙了幾個月都做不成的事。安拉在上，我敢說，這世界上沒有人可以跟你相比，你也不會有任何的對手。」

阿拉丁說：「安拉使您長命百歲，保佑您萬壽無疆！您的僕人實在配不上這樣的讚譽。」國王說：「安拉在上，我的孩子，你值得所有的讚譽，你的技藝，全世界的巧匠都望塵莫及。」蘇丹下樓來，進了他女兒白德如．布杜爾公主的房間，在她身旁坐下歇息。他見女兒住在這麼壯麗宏偉的宮殿中，生活快樂無比，他內心感到十分安慰。歇息過後，他便起身返回自己的王宮。

如今，阿拉丁每天都在侍衛的簇擁下，騎著馬在城中走街串巷，向街道兩旁的人撒出一把又一把的金幣，以此方式周濟百姓。因此，所有的人，無論遠近，無論本地或外鄉，都很愛戴他，稱讚他的慷慨和大方。此外，他增加對孤苦的窮人和苦行僧的救濟，會親手為他們發放救濟金。他的這些善行，在全國各地為他贏得很大的聲譽，各地的王公貴族和要人都成為他的座上賓；連群眾要發誓，都會指著他寶貴的性命發誓。

他仍保有過去的生活習慣，並常騎馬奔馳在平原上，又參加蘇丹舉行的騎術競賽和擲標槍比賽。無論何時，白德如．布杜爾公主看見他騎馬奔馳的英姿，就更加愛他。她心裡想，安拉真是厚待她，當她被嫁給宰相的兒子時，上天保住她的貞潔，將這貞潔給她真正的新郎阿拉丁。

阿拉丁的聲望日隆，也愈傳愈遠，國王和臣民對他的喜愛不斷增加，他在眾人眼中已經成了偉大的人。

此時，正巧有敵人率領大軍來犯。蘇丹集結軍隊，命阿拉丁為統帥，率領軍隊出征。阿拉丁馬不停蹄，長途跋涉奔赴戰場，與敵對陣。敵人的大軍數量龐大，當戰爭開打，他身先士卒，向敵人衝鋒。戰鬥和廝殺非常慘烈，兵器交擊，人吼馬嘶，戰場上喧囂震天。終於，阿拉丁衝破敵陣，殺得敵軍丟盔棄甲，落荒而逃。他斬殺了大部分敵人，奪取他們的金銀、牲口、貨物和財物，掠奪了不計其數的戰利品。大獲全勝後，他凱旋歸來踏進國都時，全城張燈結綵，為他慶賀，為他狂歡。

蘇丹親自迎接他，在歡呼聲中擁抱他，親吻他。全國舉行歡樂無比的盛大宴會。不久，國王和女婿並轡騎至新宮殿，白德如．布杜爾公主出來迎接他們。她看見丈夫歸來，喜不自勝，在眾目睽睽之下親吻他，直接帶他上樓進入自己的臥室。

過了一陣子後，蘇丹也來了，他們和蘇丹一同坐下，女奴擺上冰鎮果子露和各種點心，他們一同吃喝交談。蘇丹下令全國張燈結綵，慶祝女婿擊敗侵略者，凱旋歸來。

如此一來，阿拉丁揚名天下，全國軍民都視他為英雄，一時之間人人都認為「天上有安拉，地上有阿拉丁」。他的慷慨贏得他們的愛戴，這情況在他高超的騎術和為國家擊敗敵人、勝利歸來之後，益發明顯。

北非魔法師重返中國

就這樣，阿拉丁的幸運達到了頂峰。然而，那個北非魔法師返回自己的家鄉後卻始終難以釋懷，自己為了神燈，辛苦跋涉那麼遠，費了那麼大的勁，到頭來卻是一場空，煮熟的鴨子到了嘴邊竟然飛走了。他思前想後，悲傷憤怒之餘，不斷咒罵阿拉丁抗命不聽從他的要求，有幾次他甚至喊道：

「那該死的小雜種死在地底下，我很滿意，神燈還是安全待在那裡，希望日後我還有機會獲得它。」

有一天，他布下沙盤，用手指點出圖案，謹慎占卜並觀察沙粒的變化，又將它們轉換到紙上，想卜算出阿拉丁的生死，以及神燈是否安全保存在地下。不一會兒，他讓圖案固定下來，無論主要的圖案或次要的圖案，他都看不出神燈下落。他極其憤怒，又卜了一卦，想確定阿拉丁的死訊，不料，他看見阿拉丁不在那個魔法藏寶室中。他的怒火開始上漲，當他確定那小子已經出了地洞，現在在地面上活得好好的，他簡直氣炸了。此外，阿拉丁還成了神燈的主人。而他，忍受了長途跋涉的艱辛，吃了各種的苦，最後卻得不到那偉大的神燈。他自言自語說：「為了神燈，我吃盡苦頭，受了那麼多沒有人能忍受的罪，只為了能得到它，但是那該死的小子卻不費吹灰之力，坐享其成。他是怎麼知道神燈的祕密，變成世界上最富有的人的？無論如何，我一定要毀了他。」

於是他又卜了一卦，察看形狀，只見那小子不但變得富可敵國，還娶了國王的女兒為妻。他嫉妒萬分，怒火中燒，恨到極點。他毫不遲疑起身準備行裝，出發前往中國，也在預定的時間內到達。

他來到阿拉丁所在的王城，找了一間客棧住下。等他從旅途勞頓中恢復過來，休息夠了之後，他穿上體面的衣服，到街上去閒逛，經過一群群的人身旁，沒有一群不是在談論阿拉丁。他們若不是叨唸新宮殿有多麼華麗、阿拉丁有多麼俊美可愛，就是在談論他是多麼慷慨大方，言行舉止多麼有禮，道德品行多麼良好。

這時，他走進一家茶鋪，裡面有許多喝茶談天的人。他走近一桌正在大聲說稱讚話語的人，對一個年輕人說：「帥小伙子，你們在描述和談論的人是誰啊？」

「這位大爺，您顯然是外地來的，」另一個人回答：「而且是從很遠的地方來的。不過就算您遠道而來，怎麼會沒聽過駙馬爺阿拉丁的大名呢？我認為他已經名滿天下了啊，他蓋的那座宮殿聲名遠播，可說是世界奇蹟之一。你怎麼會從來沒聽過阿拉丁的英名呢？他享有的榮耀可說是媲美國王了。」

北非魔法師說：「我最大的願望是去看看那座宮殿，您願不願意幫個忙，帶我去看看那座宮殿？我是外鄉人，不識路。」

那人回答：「好，這就帶您去。」說完就帶他去，將阿拉丁的宮殿指給他看。

北非魔法師仔細打量那座宮殿，立刻明白那是神燈的功勞。因此，他大聲說：「啊！啊！我一定要挖個陷阱對付他，那個該死的裁縫的兒子，當初他可是連一頓晚飯都賺不到。如果命運之神站在我這邊，我保證要了他的命，讓他媽媽回去過從前那種紡線過活的日子。」

雖然這麼說，他還是垂頭喪氣，滿懷悲傷地返回客棧。他嫉妒後悔，恨死了阿拉丁。他拿出占星的工具和卜卦的沙盤，想找出神燈在哪裡。他發現，神燈並不在阿拉丁身上，而是在新宮殿裡。他大喜過望，脫口說：「現在要那該死的小子的命，可謂易如反掌，我知道要怎麼拿回神燈了。」

接著他去找銅匠，說：「請你幫我做一些油燈，我多付你一些錢，你盡快做出來給我。」

銅匠說：「遵命。」隨即動手，日夜趕工，把油燈都做出來。那北非魔法師也按照銅匠開的價錢爽快付錢，然後拿著油燈返回客棧，把它們裝進籃子裡。不久，他出門走上大街，一路走到市集，大聲喊著：「來啊！誰要舊燈換新燈？」

群眾聽見他的叫喊，都嘲笑他說：「這人一定是瘋了，要不然怎麼會叫人拿舊燈來換新燈。」於是跟在他後面看熱鬧的人愈來愈多，尤其是小孩子從四面八方跑來，大聲嘲笑他，但是他既不制止他們，也不在意他們的嘲弄。他不停一條街走過一條街，直到走到阿拉丁的新宮殿前，以最宏亮的聲音叫喊更換油燈，圍在他旁邊的孩子也對他高聲尖叫：「瘋子！瘋子！」

由於命運的安排，白德如·布杜爾公主這時正坐在觀景亭上，聽見了換油燈者的叫喊，也聽見那些圍繞著他的孩子的叫喊。不過，她不明白究竟發生了什麼事，因此打發一個宮女說：「下去看看，是誰在叫喊，喊些什麼。」

宮女下樓出門去看，聽見有人高喊：「來啊！誰有舊燈要換新燈？」然後有一群孩子追著那個人，嘲笑他。宮女返回報告，公主聽了大笑。

話說，阿拉丁婚後便漫不經心地把神燈擺在新宮殿裡，沒有把它藏起來，也沒把它鎖進保險箱裡，因此有個宮女見過神燈，這時她說：「公主，我想主人阿拉丁的房間裡有一盞舊油燈，我們不如拿去跟這個人換一盞新的，看看他喊的到底是真是假。」

公主對那宮女說：「那就去把你看見的主人臥室裡的舊油燈拿來吧。」

白德如·布杜爾公主對這盞油燈的特殊之處，以及她丈夫是靠著這盞油燈得到這麼尊貴的地位和這座宮殿，始終一無所知。她這時僅憑經驗來理解，想知道那個人是不是真的會用新燈來換舊燈。宮女聽了她的吩咐，去阿拉丁的臥室把神燈取來給公主。公主當然和大家一樣，不知道這個魔法師的狡詐和巧妙的詭計。於是，她打發一個宦官拿著神燈下樓，用這舊燈換一盞新燈。宦官遵從她的吩咐，去與那人換了一盞新燈回來給公主。公主看見油燈確實是嶄新的，不禁對那個北非人的做法哈哈大笑。

那個北非魔法師把神燈拿到手，並且認出它就是那個有魔力的寶物，立刻一把塞進懷裡，並把其餘的新燈扔給那些圍過來要跟他交換的人，接著拔腿就跑，一直跑到遠離城市，擺脫所有的人，這才放慢腳步，緩緩向前走，一直走到夜幕降臨，四周皆是荒漠，除了他再也沒有人煙。

這時，他才掏出神燈擦一擦。登時，巨魔出現在他面前，說：「主人！燈奴在您召喚下來到，請說您有什麼需要。」

「我的願望是，」北非魔法師說：「把阿拉丁的新宮殿連同裡面所有的一切，從現在所在的地點移到我的家鄉非洲，同時別忘了還有我。你知道我住的城，我要你把宮殿放在城外的花園裡。」

巨魔回答：「遵命。請閉上您的眼睛，然後再張開，您就會發現您和宮殿都在您家鄉了。」眨眼之間，這件事就完成了，北非魔法師和那座宮殿以及其中的人和物品，已經全部移到了非洲。

這就是魔法師要達成的目的。不過，現在先讓我們回過頭來看看蘇丹和他的女婿。

國王因為疼愛女兒，已經養成一種習慣，每天早晨睡醒都要打開窗戶，朝外看看女兒居住的宮殿。這天早晨他起床後，照樣也從窗戶往外張望，不料，當他靠近窗邊，打算往外看看阿拉丁的新宮殿時，竟什麼也沒看見。那塊地平整得就像大馬路，和過去一樣空空蕩蕩，沒有宮殿，沒有人影。

他整個人都驚呆了，心神狂亂，無法思考。他拚命揉眼睛，以為自己眼花了或是瞎了，然後再瞪大雙眼專注凝視。最後，他終於確定，宮殿整個不見了，連一片瓦也沒留下，裡面的人同樣也都不見蹤影。他不知道原因，也不知道宮殿消失去了何處。他愈想愈吃驚，連連擊掌，淚水滾過他的臉頰，流下他的鬍子，因為他不知道公主遭遇了什麼不測。

他立刻派人去把宰相召來，宰相來了，看見他可憐的模樣，忙說：「陛下萬歲，請陛下恕罪，安拉保佑您遠離一切災病！您為什麼如此悲傷？」

國王大聲說：「我想你不知道我遇到了什麼事。」

宰相說：「陛下，臣駑鈍。安拉在上，臣完全不知道發生了什麼事。」

「那麼，」蘇丹繼續說：「這表示你今天還沒往阿拉丁的宮殿的方向看。」

「是的，陛下。」宰相回答：「大門一定還關上鎖著吧。」

國王說：「既然你還沒看，現在就過去，到窗戶那邊去看看阿拉丁的宮殿，你說他的大門還關著鎖著。」

宰相遵命起身去看，卻什麼都沒看見，宮殿不見了，所有的一切都不見了。他想不明白，困惑無比地回到蘇丹身邊。國王問他：「現在你知道我為什麼悲痛了吧。你看到那棟關著門、上著鎖的宮殿了嗎？」

宰相回答：「陛下萬歲，不久之前，我稟報過陛下，那座宮殿和它所有的一切都是魔法。」

蘇丹一聽，大發雷霆，吼道：「阿拉丁在哪裡？」

宰相回答：「他出城打獵去了。」

國王下令他的衛隊和軍官，立刻去抓捕阿拉丁，戴上鐐銬押回來，不得耽誤。

他們立刻出發，四處搜尋，直到找到阿拉丁。他們對他說：「阿拉丁大人，請原諒我們，也別對我們發脾氣，國王下令把你戴上鐐銬押回去，我們希望得到您的諒解，因為是國王下的命令，我們不能違抗。」

聽見這話，阿拉丁目瞪口呆，吃驚得說不出話來，不明白這是什麼緣故。好一會兒之後，他才問他們說：「各位長官，你們知道國王為什麼要逮捕我嗎？我的靈魂是清白的，我既沒有冒犯國王，也沒有背叛國家。」

「大人，」他們回答：「我們完全不知道原因何在。」

於是阿拉丁翻身下馬，說：「你們就按照蘇丹的命令做吧，因為國王的命令高於頭腦和眼睛。」

侍衛將阿拉丁雙反綁，又戴上鐐銬，押解回城。當臣民看見他戴著鐐銬被押解進城，都明白蘇丹是要殺他。由於他深受愛戴，於是人們都聚集起來，從家裡拿了刀槍棍棒蜂擁出門，跟在押解他的衛隊後面，打算看看事情會怎麼發展。

衛隊押著阿拉丁抵達王宮，他們進去稟報蘇丹，國王直接下令，讓劊子手砍了女婿的頭。

當群眾意識到國王下了怎樣的命令，他們堵住王宮的大門，封住王宮所有的門戶，並派人去見國王，說：「現在我們告訴你，要是阿拉丁受到一丁點的傷害，我們就讓你王宮中每一個人的人頭落地，包括你的。」

於是宰相進宮去稟報蘇丹，說：「陛下萬歲，您下的這道命令會要了我們所有人的命。比較合適的方式是，您饒了您的女婿，以免我們遭到不測。因為，百姓確實愛他勝過愛我們。」

這時劊子手已經鋪開準備讓血灑下的地毯，讓阿拉丁跪在地毯上，並用布蒙上他的眼睛。劊子手繞著阿拉丁走了好幾圈，就等國王最後一聲令下，他就動手。另一邊，國王從窗戶往外看，只見百姓蜂擁而來，他們翻上牆頭，一副馬上就要推倒宮牆衝進來的態勢。見此情景，蘇丹連忙下令劊子手放了阿拉丁，同時命傳令官朝群眾大喊，說蘇丹已經寬恕了他的女婿，對他疼愛如初。

阿拉丁重獲自由，見到蘇丹坐在王座上，他上前覲見說：「陛下，由於您向來十分疼愛我，因此盼您開恩，讓我知道我是哪裡得罪了您。」

「你這個叛徒，」國王吼道：「你犯了什麼罪，我到現在也不清楚。」接著，他轉向宰相，說：「把他帶過去，讓他看看窗戶外面，然後要他告訴我們，他的宮殿到哪兒去了。」

宰相遵命照辦，當阿拉丁看見外面廣場原來興建宮殿的地方，現在已經一片平整，如同人來人往的大街，連一石一瓦都不見蹤影。他震驚之餘，也大惑不解，不明白發生了什麼事。不過，當他回到國王面前，國王問他：「你看見什麼？你的宮殿哪裡去了？我的女兒、我唯一的孩子、我那無人可取代的心肝寶貝，哪裡去了？」

阿拉丁回答：「陛下萬歲，我不知道宮殿和公主哪裡去了，我也不知道發生了什麼事。」

蘇丹回答：「你一定知道，阿拉丁啊，我饒恕你，只為了要你立刻去查明這件事，讓我知道我女兒的下落。除非你找到她帶她一起回來，否則你再也別來見我。要是你找不到她，我指著我的腦袋發誓，我非砍了你的頭不可。」

阿拉丁回答：「遵命。我只求陛下給我一個期限，大約四十天左右，如果屆時我沒有找到她帶她回來，您可以按您的意思處置我，砍了我的頭。」

蘇丹對阿拉丁說：「很好，我就給你所要求的四十天，但是你別想能夠逃出我的手掌心。就算你能上天下地，我也會把你抓回來。」

阿拉丁回答：「蘇丹陛下，我已經向陛下說了，如果我無法在指定的時間內把公主帶回來，我會自己回來，讓您砍了我的腦袋。」

群眾看見阿拉丁恢復自由，無不歡欣鼓舞，大家都很高興他獲得了釋放。可是阿拉丁對自己遭遇的事感覺很羞恥，他的敵人個個幸災樂禍，他在親朋好友面前抬不起頭來。他出了王宮，在城中四處遊蕩，對自己的遭遇十分茫然，不明白到底發生了什麼事。他在城裡晃蕩了兩天，淒慘無比，完全不知道要去哪裡找自己的妻子和宮殿。在這期間，各方百姓都很同情他，暗暗給他送水送食物。

兩天過後，他離開城市，遊蕩到城牆外空曠的荒野中，不知自己該往哪裡去。他漫無目的地往前走，沿著道路來到一條河邊，巨大的悲傷壓垮了他，絕望之餘，他想跳河一了百了。不過，身為一個發誓信教的好穆斯林，他打從心底敬畏安拉，因此他站在河邊，準備先梳洗，為自己行淨身禮。

就在他用右手捧起水來搓洗手指時，碰巧摩擦到了手上的戒指。戒指的巨魔登時顯現，對他說：

「主人！您召喚我來，請問要我做什麼？」

阿拉丁的反擊

看見巨魔，阿拉丁大喜過望，大聲叫道：「啊，戒奴，我要你把我的宮殿和我妻子白德如．布杜爾公主，以及所有的一切，全部搬回原來的地方。」

「主人，」巨魔回答：「您的這項要求對我太難了，我恐怕無能為力。這是燈奴的職權範圍內的事，我不敢嘗試。」

阿拉丁回答：「既然這事超過你的能力，我就不要求你了。不過，你起碼可以把我送到我的宮殿旁吧，不管宮殿是在哪裡。」

戒奴說：「遵命，主人。」接著帶阿拉丁騰升到高空中，眨眼之間，就將阿拉丁放到位在非洲的宮殿旁，落腳之處正面對著他妻子的房間。

這時已經是讓人看不清自己家門的黑夜，不過阿拉丁的煩惱和擔憂已經消除淨盡，他本以為自己再也沒有希望見到妻子，這時他又重新相信了安拉。他思索全能榮耀真主的神祕寵愛，在絕望控制他之後，戒指如何讓他高興起來，當他所有的希望都斷絕之後，安拉如何屈尊使用戒奴的服務來祝福他。因此，他高興起來，悲哀都離開了他。由於他煩惱、擔憂、悲傷和思慮過度，已經四天沒有睡覺了，這時自己的宮殿就近在眼前，他在宮殿旁的一棵樹下坐下，立刻就睡著了。

如前所述，這宮殿被安置在非洲一座城外的花園中，阿拉丁一覺睡到天亮，被許多小鳥鳴叫的聲音喚醒。他起來走到河邊（這條河流入城中），同樣洗手洗臉做了淨身禮，然後做了晨間祈禱。祈禱結束後，他返回原處，在公主臥房外的窗子底下坐著。

白德如．布杜爾公主受了那個可憎的魔法師的騙，因為斷了和丈夫與父王蘇丹的聯繫而落入極度的悲傷中，面對這樣的大難，終日以淚洗面，茶飯不思，夜夜失眠。

她最寵愛的宮女會在祈禱的時刻前來問候她，幫她穿衣打扮。這一天，因為命運安排，當她推開窗戶想讓女主人看看樹木溪流，寬寬心得些安慰時，往外一望，正好看見她的主人坐在底下，她連忙通報公主這個消息，說：「公主！公主！我主人阿拉丁就坐在牆腳下！」

白德如．布杜爾公主連忙起身，從窗戶往外望，果然看見了自己的丈夫，而阿拉丁也正好抬頭看見了她。他們彼此問候對方，兩人都高興得快要飛起來。公主說：「趕緊從側門進來上樓吧，那該死的傢伙現在不在。」她下令宮女趕緊下樓為阿拉丁開門。阿拉丁進門，上了樓，見到自己的妻子，他們擁抱、親吻，忍不住喜極而泣。

隨後他們坐下，阿拉丁對她說：「公主，敘舊之前，我先要問你一件事，我放在自己房間裡的一盞舊油燈，哪裡去了？」

公主一聽這話，歎了口氣說：「親愛的，原來是那盞燈讓我們落入這場災難！」

阿拉丁問她：「到底怎麼回事？」

於是白德如．布杜爾公主把事情從頭到尾說了一遍，尤其是她們如何拿舊燈換了新燈。她說：「第二天早晨，我還沒見到你，就發現自己被搬到這裡來了。那個用換油燈的方式欺騙了我們的人告訴我，他是北非人，靠著自己的魔法和那盞油燈完成了這一切，現在我們是在他的家鄉。」

白德如．布杜爾公主說完，阿拉丁說：「告訴我這個該死的傢伙怎麼對待你的？他對你說了什麼？又對你有什麼意圖？」

她回答：「他每天來探望我一次，向我求婚，讓我嫁給他，由他取代你做我的丈夫，他說他會安慰我，讓我忘了你。他還告訴我，蘇丹已經砍掉我丈夫的頭了，而你不過是個窮人家的兒子，是靠他發的財。他不斷用甜言蜜語安慰我，但我只是悲傷哭泣，從來沒對他說過一句甜蜜的話。」

阿拉丁說：「告訴我，你知道他把油燈放在哪裡嗎？」

她說：「他一直把油燈帶在身上，片刻不離。不過，有一次他探詢我對你還有什麼念想時，他把油燈從懷裡掏出來，讓我看了一眼。」

阿拉丁聽到這些話，萬分高興，說：「公主，你注意聽我說，我現在要暫時離開你一下，去換個衣服，所以你要是看我變了樣子，不要覺得奇怪。你派個宮女站在側門邊，看見我來時為我開門。現在我要想個計謀宰了這該死的傢伙。」

話畢，阿拉丁起身離開宮殿，出了門往城裡走，路上遇見一個農夫，他對農夫說：「兄弟，我拿身上的衣服換你的衣服。」

農夫拒絕了，於是阿拉丁動手硬扒下農夫的衣服穿到自己身上，把自己那身華貴的衣服當作禮物送給農夫。然後他繼續順著大道走，進入鄰近的城市，找到一家香料店，用兩個金幣買了一些烈性的迷藥，再以這身農夫的裝扮返回宮殿。

宮女為他開了側門，他進門上樓，來到白德如．布杜爾公主的房間，說：「聽我說！現在我要你拋開先前悲傷的樣子，打扮成你最好看的模樣。當那可憎的魔法師來看你的時候，你要面帶笑容，熱情周到地歡迎他，和他一起吃飯。此外，你要讓他注意到，你彷彿已經忘了你心愛的阿拉丁和你父王，並且不可自拔地愛上他了，你要表現得跟他在一起很愉快，很快樂。然後要他拿出珍藏的好酒來跟你一起喝，一定要紅酒。等你看他兩、三杯下肚，整個人放鬆之後，你趁機把這瓶迷藥滴幾滴在他杯子裡，把杯子斟滿給他喝。只要他喝了這酒，一定會倒下失去知覺，如同死人一般。」

聽見這些話，公主大聲說：「要我做這樣的事，實在太痛苦了。然而，這惡棍切斷我和你及父王的聯繫，天天折磨我，我們要逃脫這惡棍的汙辱，我就必須做到。這該死的傢伙，殺了他都是合法的。」

阿拉丁和妻子商量妥當，一起吃了飯，隨即起身離開宮殿，沒有耽擱。白德如．布杜爾公主召來宮女，為她更衣梳妝，換上華美的衣裳，妝點精緻，噴灑香水。就在她打扮妥當時，看哪，那可憎的魔法師來了。他看見她的模樣，心裡非常高興，等她一反常態面帶笑容接待他，他更歡喜，心中的愛意大增，益發渴望占有她。

她邀請他坐在自己身邊，說：「親愛的，你今晚來看我，就讓我們一起吃飯吧。我的悲傷已經到頂了，就算我繼續坐在這裡哀悼一千年，甚至兩千年，阿拉丁也不會從墳墓裡歸來。我相信你昨天說的，蘇丹，我的父王，因為再也見不到我，太過悲傷，一怒之下把他殺了。今天我的態度和昨天不同，你別覺得奇怪，我已經決定把你當作朋友和同伴，取代阿拉丁，因為除了你，我沒有別的伴侶了。所以，我希望你今晚留在這裡，陪我一起吃飯，我們可以高高興興喝上幾杯酒。我特別想嚐嚐你家鄉非洲本地所產的酒，肯定比我們喝過的中國酒好。我有一些我家鄉所產的中國酒，但今天特別想喝你們這兒的酒。」

魔法師見白德如．布杜爾公主鍾情於他，一改往昔悲傷哀悼的模樣，想必斬斷了對阿拉丁的指望，因此十分高興地說：「遵命，我的公主，您有什麼願望，儘管吩咐就是。我家裡藏有一罈本地的佳釀，我妥善保存，深埋在地底已經八年了。我現在就去把它找出來一起喝，我快去快回。」

公主哄騙他，愈哄愈厲害，說：「親愛的，您別走，別拋下我一個人好孤單，您坐在我旁邊陪我，派個宦官去拿就好了，您在這裡我心裡才有安慰。」

他回答：「我的公主，除了我，沒有人知道那罈酒埋在哪裡，我不會離開太久的。」說著，那北非人起身就走，一會兒就帶著他們要喝的酒回來了。

公主對他說：「親愛的，您為了我不辭辛勞和麻煩，我真慚愧。」

他說：「噢，我寶貝的眼瞳，一點不麻煩，能伺候你，我十分引以為榮。」

接著，白德如．布杜爾公主和魔法師坐在桌前，吃喝起來。當公主表示要喝酒，宮女給她斟滿一杯，接著也給魔法師斟上一杯。她舉杯祝他長壽，心想事成，他也同樣舉杯祝她長壽。接著，口才絕佳又很會說話的公主，開始一杯又一杯地敬他酒，同時說些甜言蜜語，言談中帶著許多暗示性的詞彙。這使得魔法師對她益發瘋狂和迷戀，以為公主是真正愛上他了，而不知道這是一個設來要殺他的陷阱。他見她對自己那麼和善，說話那麼溫柔，他對她的渴望愈強烈，整個人變得飄飄然，連世界都不放在眼裡了。

當晚飯吃得差不多，他也喝得頗有醉意了，公主把這一切看在眼裡，便說：「我們的國家有個習俗，不知道在你們這兒適不適用。」

魔法師回答：「是什麼習俗？」

她說：「晚飯結束時，對飲的情侶彼此要交換酒杯，斟滿後一口飲盡。」說著，她暗暗把迷藥滴進自己的酒杯裡，然後把杯子斟滿酒，讓宮女端過去給魔法師。

由於她已經教過宮女該怎麼做，而整個宮殿中的宮女和宦官都和公主抱持同樣的心思，想盡快除掉這個妖術師，因此宮女把酒端過去給他，又把他的杯子斟滿端給公主。

魔法師聽她解說完，又見她喝了自己杯中的酒，以此表示對他的愛，於是他也接過她的杯子，已經把自己當成是不可一世的亞歷山大大帝。

她婀娜款擺著身形，姿態優雅地將自己的手伸進他手中，說：「我的性命呦，我手裡拿的是你的杯子，而你拿的是我的，愛侶應當這樣喝彼此杯中的酒。」說著她親吻酒杯然後一飲而盡，她又拿過自己的杯子也親一下才遞給他。

魔法師快樂得飄飄然，照她所行的做了，將杯子舉到唇邊，一口氣喝完，完全沒有去想這酒有沒有問題。接著，他往後一靠，酒杯從手中滑落，整個人昏死過去。白德如・布杜爾公主立刻讓宮女下樓，開門讓喬裝成農夫的阿拉丁進來。

阿拉丁上樓來到他妻子的房間，見她還坐在桌子前，在她對面的魔法師倒在椅子上像個死人一樣。他立刻上前擁抱她親吻她，感謝她做了這件事。

狂喜之餘，阿拉丁轉身對公主說：「你和宮女都進到裡面的房間去吧，我一個人來收拾善後，把該處理的事處理了。」

公主立刻帶著宮女們離開了。阿拉丁起身，先把門鎖上，然後才走到魔法師面前，伸手從他懷中掏出那盞神燈，接著拔劍一劍殺了那個壞蛋。

隨後，他摩擦神燈，巨魔立刻出現，說：「主人，您有什麼吩咐？」

阿拉丁說：「我要你把我的宮殿從這個國家搬回中國，放在原來的地方，就是蘇丹的王宮前。」

巨魔回答：「遵命，主人！」

阿拉丁進入內室去見妻子，兩人並肩坐下，擁抱親吻彼此，傾訴離別之苦。與此同時，巨魔已經將宮殿及其中的一切，都移回原來的地方。

阿拉丁吩咐宮女擺開桌子，讓她們送上飯菜，他和白德如・布杜爾公主坐下吃喝，兩人都非常歡喜快樂，等到吃飽喝足，他們又到藏酒廳繼續喝酒閒聊。他們坐在那裡開懷痛飲，非常高興有對方的陪伴，也不停親吻彼此。他們已經很久沒有享受如此尋歡作樂的時光了，因此他們毫不停歇，一直喝到兩人都有了醉意，感覺困倦，這才從容上床，舒舒服服地安靜睡了一覺。

第二天一大早，阿拉丁醒來，喚醒妻子，讓宮女來幫她更衣梳妝，打扮準備好，而阿拉丁也換上華貴的衣袍，穿戴整齊。兩人對離別後的重逢，快樂得飄飄欲仙。此外，公主特別高興，因為她期待在今天見到自己摯愛的父親。

這是阿拉丁和白德如．布杜爾公主的情況，至於蘇丹，那又是另一種情況了。

自從將阿拉丁驅逐出王宮以後，蘇丹對失去女兒一事，始終悲傷不止。他每天呆坐著，像女人般為失去所愛不停落淚，因為公主是他唯一的孩子，是他的心肝寶貝。每天早晨他一醒來，就匆忙走到窗前，推開窗戶，望向先前阿拉丁的宮殿所在的方向，然後傷心落淚，一直哭到淚水乾涸，眼皮紅腫。

這天早晨天一亮，蘇丹就起床，按著習慣往外眺望，未料，他看見眼前出現一座龐大的建築，他揉揉眼睛，好奇地繼續打量，終於確定那的確是他女婿的宮殿。他立刻喚人備馬，片刻也不耽擱，馬一上好鞍具，他立刻上馬朝宮殿奔去。

阿拉丁看見岳父騎馬急馳而來，立刻下樓出門迎接，兩人在中途相遇，他握住岳父的手，領他進門好上樓去他女兒的房間。

然而公主一心急著想要見到父親，早已奔下樓來迎接，二人相見，國王張開雙臂把女兒緊緊抱在懷裡，不住親吻，快樂地流下淚來，公主也是如此。最後，阿拉丁領著二人上到樓上客廳，他們都坐下來，蘇丹開始詳細詢問她整個事情的經過。

白德如．布杜爾公主開始將自己的遭遇說給蘇丹聽：「親愛的父王，直到昨天見到我丈夫，我的命才得救，是他將我從那該死的北非魔法師的囚禁中救出來，我相信這世界上再也沒有比那魔法師更卑鄙的人。若不是我心愛的丈夫，我絕無可能逃脫他的魔掌，我這輩子也再見不到您了。父王啊，我落入極大的悲痛當中，不但是因為失去你，也因為失去了我的丈夫。我將一輩子記得他對我的好，因為他從邪惡的妖術師手裡把我救了出來。」

接著，公主把發生在自己身上的事，從頭到尾說給她父王聽。魔法師如何假扮成賣油燈的商人，用新燈換舊燈，她如何在不知情的情況下把舊燈給了魔法師，並且還嘲笑賣油燈的人是個大笨蛋。「父王，沒想到第二天早晨，」她繼續說：「我們發現自己連同宮殿已經到了非洲，在那裡一直待到我丈夫來看我們，然後設下計謀脫身。若不是阿拉丁趕來幫助我們，那該死的傢伙已經決定要強娶我為妻了。」

接著她告訴蘇丹他們在酒中放迷藥迷倒魔法師的經過，並下結論說：「然後我丈夫回到我身邊，但是我們是怎麼從非洲轉移到這裡的，我一無所知。」

這時，阿拉丁補充說明，當他看見魔法師醉倒不省人事，他讓妻子和宮女退到裡面的房間，接著如何從魔法師懷中取得神燈（是他妻子告訴他神燈藏的地方），然後如何殺了那個壞蛋。最後，他使用神燈，召喚燈奴，命令燈奴將宮殿搬回它原來的位置。最後他說：「關於我說的話，若陛下有任何疑問，那麼就請跟我一起去看看那該死的魔法師。」國王果然起身，和他一起去看了魔法師的屍體，隨即吩咐人把屍體搬去燒掉，把骨灰撒在空中。

然後，蘇丹擁抱並親吻阿拉丁，說：「我兒，請原諒我，這個該死的妖術師陷害你，讓你落入危險當中，使我差點就害了你的性命。我兒，我相信你會原諒我對你所做的，我發現自己失去女兒好孤單，我就這麼一個孩子，她比我的江山更寶貴。你明白做父母的有多麼愛他們的子女，尤其像我這樣只有一個孩子、沒有其他子女可疼愛的人。」蘇丹以此來為自己辯解，並親吻他的女婿。

阿拉丁對蘇丹說：「陛下萬歲，您對我那麼做並不違背聖律，我也沒有違抗您而犯罪，所有的麻煩全來自那骯髒的北非魔法師。」

於是，蘇丹吩咐全城張燈結綵，眾人遵命，大擺宴席慶祝。他同時下令要傳令官到各處大街上宣告：「這是偉大的命定之日，全國各地的百姓都要歡喜慶祝，連續歡慶三十日，向白德如．布杜爾公主和她丈夫阿拉丁的歸返家園表示敬意。」

魔法師的哥哥

以上這便是阿拉丁和魔法師的遭遇。不過，雖然魔法師的屍體已經焚燒，骨灰已經撒在空中，國王的女婿並未完全擺脫那惡人的禍害。因為那惡人有個比他更凶惡的哥哥，無論是巫術、占卜和星象，本事都比他更高強。正如古諺所說：「一粒豆子掰成兩半。」他們各自住在世界的一端，各自修練法術，各自坑害他人，各自無法無天。

有一天，這個妖術師想知道弟弟怎麼樣了，於是取出沙盤，攤平沙子，以指點沙，卜上一卦。他仔細察看沙盤顯示的圖案，發覺他要找的人已經身亡了。他確認了弟弟的噩耗後，非常悲傷，又占了第二次卜，想得知弟弟是怎麼死的，以及事故發生的地點。占卜結果顯示，地點在中國，而且弟弟是遭最惡劣的方式殺害的。此外，他還從占卜中得知，殺害弟弟的是一個叫阿拉丁的年輕人。知道這一點之後，他立刻起身準備行裝，隨即出發，穿過荒野、高原、各種不毛之地，跋涉了好幾個月才抵達中國，來到蘇丹的首都，也就是殺害他弟弟的兇手居住的城市。

他找到一家專門供外鄉人落腳的客棧，租了一個小房間，在裡面休息了一陣子，然後出門，在大街上閒逛，看能不能找到方法，幫他達成為弟弟復仇的目的，讓阿拉丁血債血還。

這時，他走進一家建築精美、位在鬧區市集的咖啡館，館裡聚集了很多人，有的打牌，有的聽說書，有的下西洋棋，有的下象棋，各種活動，十分熱鬧。他坐下來聽旁邊的人閒聊，那群人碰巧談起一個名叫法提瑪的老婦人，十分神聖，住在遠離城市的一個修道之地修道，一個月只進城兩次。他們提到她能行很多聖人所行的奇蹟。妖術師聽見這話，心裡想：「我找到我要找的了，但憑天意，我一定能藉由這老太婆得償心願。」

妖術師湊過去，和那群談論老婦人能行奇蹟的人攀談，說：「這位大叔，我聽見您說一個名叫法提瑪的聖人。她是誰？住在哪裡呢？」

「這可奇了！」那人大聲說：「你住在我們的城市，竟然從來沒聽過法提瑪夫人行的奇蹟？可憐的傢伙，你顯然是個外鄉人，她的奉獻、遠離世俗禁欲苦修，還有她虔誠的美麗，你竟從來都沒聽說過！」

妖術師回答：「沒錯，大人，我是個外鄉人，昨天晚上才來到您們的城市。我希望您能告訴我這位善良貞潔的夫人所行過的奇蹟，並告訴我她住在哪裡，因為我遭遇了不幸的事，想要拜訪她，請求她為我祈禱，好讓榮耀的安拉願意藉由她的祝福，救我脫離我的災禍。」

那人於是將法提瑪做過的奇蹟、她的奉獻、虔誠和她美好的敬拜，都告訴妖術師，又拉著妖術師的手帶他出了城，為他指引去她住處的路，她就住在一座山丘頂上的洞穴中。魔法師說了許多好話感謝他的仁慈指引，又感謝他說的那許多事蹟，隨後就回到他在客棧裡的小房間。

也是命運安排，隔天，法提瑪就進城來了。妖術師碰巧一早出了客棧，看見人群蜂擁聚集，也就跟著上前想看看是怎麼回事。於是他看見那個老婦人站在人群中央，所有生病受苦的人團團圍住她，盼望她為他們祈禱，給他們安慰和祝福。所有她觸摸到的人，身上的疾病都立刻痊癒了。

妖術師一直跟著她，直到她出城返回自己的住處。妖術師耐心等到天黑，這才出了客棧，去賣酒的商店喝了一杯酒，然後出了城，尋路前往老婦人住的山洞。

他悄悄進入山洞，看見她仰躺在一張蓆子上，便走上前，騎在她身上，接著拔出匕首，叫醒她。老婦人醒來睜開眼睛，看見有個北非人手裡握著匕首騎在自己身上，好像要殺了她。她非常驚慌害怕，不過那人開口對她說：「聽著！你要是敢喊叫或出聲，我就立刻殺了你。現在給我起來，然後按照我的話做。」接著他發誓，無論他叫她做什麼，只要她照做，他就饒她一命。

說完，妖術師起身，她也連忙爬起來，然後他說：「把你身上的東西還有衣服都脫下來給我。」她只好把衣服、頭巾、面紗和披肩全部都脫下來交給他。

他說：「你還要用油脂之類的化妝用品，把我的臉塗抹得像你一樣。」

於是她進入山洞裡，拿出一陶罐的油脂，挖了一些在手掌上，然後塗抹在他臉上，直到他的臉色抹得像她一樣。然後她把自己的柺杖給了他，又教他怎麼拄柺走路，進了城之後該怎麼做，並把自己的一串念珠戴在他脖子上。最後，她遞給他一面鏡子，說：「你看看吧！現在你跟我一模一樣了。」他看見自己果然變成了法提瑪的模樣，簡直無法分辨。

就在他達成目的獲得一切所需之後，這卑鄙的妖術師違背了自己的誓言。他向法提瑪要一根繩子，她拿給他。他隨即抓住她，用繩子把她勒死在山洞裡。等她死了之後，他將屍體拖出山洞，拋進一個深坑，然後返回山洞睡了一覺。第二天一早，他起來返回城裡，來到阿拉丁的宮殿，站在一面牆下方。

百姓蜂擁而來，圍著妖術師，都以為他是那位虔誠的法提瑪，他也照著昨天看見她所做的依樣畫葫蘆。他把手按在那些有病痛的人身上，唸上一段《古蘭經》，又為他們祈禱。

不一會兒，聚集人群的喧嘩聲就傳到了白德如．布杜爾公主的耳中。她對宮女說：「去看看怎麼回事，是誰引起這麼大的騷動？」

於是有宦官出門去打探，隨即回來稟報說：「公主，引起騷動的是法提瑪夫人，要是您下令，我就去帶她來見您。這樣您可從她那兒獲得祝福。」

公主回答：「去帶她來吧，我久聞她的大名，每次都聽說她能行奇蹟。我早就想見見她，從她那兒獲得祝福。她治好百姓各種麻煩困難的疾病，是有口皆碑的。」

於是宦官去把穿著法提瑪的衣服、假扮成老婦人的妖術師帶了進來。妖術師站在白德如．布杜爾公主面前，一開始先以一連串的祈禱祝福她，在場的每一個人都以為他真是那個虔誠的老婦人。

公主起身向他行額手禮，然後請他在身旁坐下，說：「法提瑪夫人，我一直想請您來與我長住，以便我常常從您這裡獲得祝福，同時向您學習虔誠和敬拜的方法，隨從您的榜樣來救助眾人。」

這正是可憎的非洲妖術師所企求的，這時他準備進一步完成他的全盤詭計，因此又說：「公主，我是個窮苦的老太婆，一個住在荒漠中苦修的人，實在不配住在帝王的宮殿裡。」

公主回答：「法提瑪夫人，您別擔心這些事。我會在宮殿中為您安排單獨一個房間，您在裡面靜修，不會有任何人打擾。這樣您能在我這裡敬拜安拉，比在您的山洞中要好多了。」

妖術師回答：「遵命，公主。我不會違抗您的命令，國王的子女的命令，是不該被反駁或摒棄的。我只盼望，您能准許我在自己的房間裡吃喝和休息，完全保有自己的隱私。我也不要求美味可口的飲食，您要是關愛我，就請您的宮女每天給我送些餅和湯水就行。當我吃飯的時候，請容許我在自己的房間裡獨自用餐。」這可憎的魔法師是想避免身分被識破的危險，他怕在吃飯時要掀開臉上的面紗，讓人看見他滿臉鬍子，發現他是男人。

公主回答：「善良的法提瑪夫人啊，一切都按您的意願來辦。現在，請您隨我一起來看看您的房間，就是我為您和我們一同居住而準備的地方。」

白德如．布杜爾公主說完起身，領著假扮成老婦人的妖術師來到她許諾為他預備的家，說：「法提瑪夫人，您可在這裡舒服地居住，擁有自己的隱私和靜修，這地方將以您的名字命名。」

妖術師感謝她的仁慈，又為她祝福祈禱。隨後，公主領他走上觀景亭，參觀那鑲嵌著寶石的二十四扇窗戶，說：「法提瑪夫人，您覺得這座神奇的宮殿怎麼樣呢？」

妖術師回答：「安拉在上，女兒啊，這裡的精美奇妙已經超過筆墨所能形容，我認為全世界再也找不到這樣的建築了，但可惜啊，這裡還缺一樣能將它裝飾得更盡善盡美的東西。」

公主問：「法提瑪夫人，還缺什麼？這個能妝點宮殿的東西是什麼？請告訴我，因為我相信它能夠被妝點得更盡善盡美。」

妖術師回答：「公主，這宮殿就缺在圓頂中央懸掛一顆大鵬鳥的蛋，等做到這一點，這座宮殿就傲視全世界了。」

公主問：「這大鵬鳥在哪裡呢？我們能在哪裡找到牠的蛋呢？」

妖術師回答：「公主，大鵬鳥是一種禽鳥，身體非常巨大，力氣也非常強大，牠能襲擊駱駝和大象，抓起牠們飛走，將牠們吃掉。這種鳥大部分棲息在卡夫山，建造這座宮殿的建築師，一定能為你弄一顆鳥蛋來。」

午餐的時間到了，他們擱下話題，宮女們擺好桌子和餐點，白德如．布杜爾公主邀請那可憎的妖術師和她一起用餐，但是他沒有接受，理由如前所說。他起身回到公主為他預備的房間，宮女把他的餐點送過去，讓他自己用餐。

到了傍晚，阿拉丁打獵歸來，上樓見妻子，公主向他問安，他一把將她摟進懷裡，親吻她。不料，公主不像平常總是笑容滿臉，而是臉帶愁容，因此他忍不住問：「親愛的，告訴我，發生了什麼事？你心裡在為什麼事發愁？」

「沒什麼，」她回答：「親愛的，我只是希望我們的宮殿能夠盡善盡美。不過，我寶貝如眼瞳的阿拉丁啊，如果我們宮殿的圓頂上能掛上一顆大鵬鳥的蛋，我們的宮殿就能舉世無雙了。」

她丈夫回答：「你竟為這點小事發愁，這對我完全輕而易舉！快點高興起來。往後無論你要什麼，只要告訴我就好了，我會上天下地，用最快的速度，馬上把事情辦好。」

阿拉丁安撫公主，保證無論她要什麼都能做到之後，直接回到自己的房間，拿出神燈擦一擦。巨魔頓時顯現，說：「主人，請說您的吩咐。」

阿拉丁說：「我要你去弄一顆大鵬鳥的蛋來，把它掛在我這座宮殿的圓頂上。」

巨魔聽見這話，頓時滿面怒容，以極其宏亮又可怕的聲音怒吼說：「你這不知感恩、貪得無饜的傢伙，我和所有神燈的燈奴都伺候你，你竟然要求我將我們王后的蛋拿來讓你玩耍，將它掛在這座宮殿的圓頂，讓你們夫婦賞玩？安拉在上，現在你們倆只配讓我把你們變成灰燼，撒在空中。不過，因為你們對此事無知，不曉得這事的真實情況，因此我原諒你們，因為你們確實是無辜的。這冒犯是來自那該死的妖術師，那個非洲魔法師的哥哥，他假扮成虔誠的法提瑪來住在這裡，他到她的山洞裡搶了她的衣服和物品，然後殺害了她。他到這裡來是想殺了你，為他弟弟報仇，是他教你妻子來向我要大鵬的蛋。」

巨魔說完話就消失了，但是聽到這些話的阿拉丁，在巨魔可怕的怒吼下，全身抖個不停，嚇得幾乎魂飛魄散。好一會兒，他才鎮定下來。他立刻起身離開自己的房間，去到妻子身旁。他假裝頭痛，因為他知道法提瑪以具有神祕的醫治本事、能治各種病痛而著名。

白德如．布杜爾公主看見他扶著腦袋呻吟叫苦，連忙問他怎麼回事，他回答：「我也不知道怎麼回事，突然頭痛得要命。」

她立刻吩咐人召喚虔誠的法提瑪來，讓她將手按在阿拉丁頭上。阿拉丁問她：「法提瑪是誰？」於是公主告訴他，自己為虔誠的法提瑪在宮殿裡安排了一個家。

與此同時，宮女去召了妖術師來。當那可憎的傢伙出現，阿拉丁裝作毫不知情，起身上前向他問安，彷彿他真的是法提瑪。阿拉丁拉起他的衣袖親吻，歡迎他，敬重對待他，說：「法提瑪夫人，我希望您能祝福我，醫治我的病痛。我不知為什麼忽然頭痛欲裂。」

那可憎的妖術師簡直不敢相信自己聽見的話，這可謂正中下懷啊！於是，這個冒牌貨伸出手來，將左手按在阿拉丁頭上，裝作醫治阿拉丁的頭痛，右手卻伸進長袍底下，暗暗抽出匕首，打算殺了阿拉丁。

阿拉丁注意著他的舉動，耐心等他把匕首完全抽出來後，突然出手用力一把抓住他的手腕，猛奪過匕首，迅速一刀刺入他的心窩。

白德如．布杜爾看見阿拉丁做的事，嚇得尖聲大叫，說：「這個善良又神聖的老太太做了什麼事，你竟敢冒著大不韙殺了她？你這樣妄殺無辜，難道不怕安拉懲罰？這神聖的老婦人以行奇蹟聞名於世啊。」

「不，」阿拉丁回答：「我沒有殺法提瑪。我殺的是殺害法提瑪的人，他是那個可憎的、用妖術把我的宮殿和你一起轉移到非洲的魔法師的哥哥。這個該死的妖術師來到我們的城市，耍了一些詭計，謀害了法提瑪，打扮成她的樣了，為的是要來替他弟弟報仇。他還教你要求我弄大鵬鳥的蛋來，我差點就因為這個要求而死。你要是懷疑我說的，那就過來親眼看看我殺的是誰。」說著，阿拉丁一把扯下妖術師的面紗。

白德如．布杜爾聽見這些話，又看見原來被面紗遮住的那個男人的容貌，立刻明白了真相。她對丈夫說：「啊，吾愛，我第二次把你推到了死亡的邊緣！」

阿拉丁回答：「公主，在你充滿愛的雙眼的祝福下，我沒有受到傷害。所有你為我帶來的事，我都滿心快樂地接受。」

公主聽見這話，連忙上前張開雙臂抱住阿拉丁，親吻他說：「親愛的，我做這些事都是因為愛你，別無他意，我也絕不輕看你對我的愛。」

阿拉丁緊緊抱住她，親吻她，兩人對彼此的愛更深了。這時，蘇丹來訪，他們將發生的事告訴蘇丹，又把妖術師的屍體指給他看。國王下令將屍體拖去燒了，把骨灰撒在空中，就如之前處置這妖術師的弟弟一樣。

阿拉丁和妻子白德如．布杜爾公主避開了所有的危險，從此居住在宮殿裡，過著充滿幸福和快樂的生活。當蘇丹去世後，他的女婿繼位做了國王。他以公平正義治國，所有人民都愛戴他。在他統治的年代，國泰民安，百姓富足，而他和妻子生活快樂，白頭到老，安享天年。

一千零一夜故事集

最具代表性的原型故事【新譯版】

作　　者　約翰·培恩（John Payne）等編
譯　　者　鄧嘉宛
美術設計　莊謹銘
文字校對　謝惠鈴
內頁排版　高巧怡
行銷企劃　蕭浩仰、江紫涓
行銷統籌　駱漢琦
業務發行　邱紹溢
營運顧問　郭其彬
責任編輯　周宜靜
總 編 輯　李亞南
出　　版　漫遊者文化事業股份有限公司
地　　址　台北市103大同區重慶北路二段88號2樓之6
電　　話　(02) 2715-2022
傳　　真　(02) 2715-2021
服務信箱　service@azothbooks.com
網路書店　www.azothbooks.com
臉　　書　www.facebook.com/azothbooks.read

發　　行　大雁出版基地
地　　址　新北市231新店區北新路三段207-3號5樓
電　　話　(02) 8913-1005
訂單傳真　(02) 8913-1056
二版一刷　2025年1月
定　　價　台幣499元
ISBN　978-626-409-061-2

國家圖書館出版品預行編目 (CIP) 資料

一千零一夜故事集：最具代表性的原型故事【新譯版】/ 約翰. 培恩(John Payne) 等編；鄧嘉宛譯. -- 二版. -- 臺北市：漫遊者文化事業股份有限公司, 2025.01
464面；14.8 X 21　公分
譯自：The Arabian nights : tales from a thousand and one nights.
ISBN 978-626-409-061-2（平裝）
865.59　　113020258